Merkwürdig, wie manche Bezeichnungen an einem hängen bleiben und alles andere in den Hintergrund drängen. »Mörderin« – als diese wird die Gesellschaft mich in Erinnerung behalten, wenn ich nicht mehr bin, und all die kleinen Erfolge, die ich mühsam errungen habe, werden vergessen sein. Als hätte es »das brave Mädchen« und die »Ehefrau und Mutter« nie gegeben. Und dabei habe ich mich so danach gesehnt, alles richtig zu machen. »Mörderin« (um wie vieles schlimmer sich das anhört als Mörder) genannt zu werden, lässt alles verblassen, was ich je in meinem Leben erreichte. »Premierministerin« bliebe sicher jedem auf Anhieb in Erinnerung, würde jedoch die tiefere Wahrheit »böse, gestört und rücksichtslos« nur oberflächlich übertünchen.

Hier ruht die Mörderin. Name, Alter, Familienstand, wen würde das schon interessieren?

Geschähe ein Wunder und ich bekäme den Nobelpreis, so stünde das auf meinem Grabstein an zweiter Stelle. Würde vielleicht nicht einmal erwähnt.

Ich sollte dankbar sein, sage ich mir wieder und wieder, wenn ich mein Leben nach positiven Aspekten durchforste – Gedanken an meine Kinder verbiete ich mir, sie sind auf die Dauer zu schmerzhaft. Aber ich sollte dankbar sein, wenn ich an Ruth Ellis denke, die letzte Frau, die in Britannien hingerichtet wurde, und an die wenigen Jahre, die zwischen ihrem Verbrechen und meinem liegen – beides Verbrechen aus Leidenschaft. Und als sie sich von ihrem Kind verabschiedete, wusste sie, dass es ein Abschied für immer war. Mir bleibt zumindest die winzige Hoffnung, dass ich eines Tages wieder mit meinen Kindern vereint sein könnte.

Andere Frauen in dieser offenen Strafanstalt reden von nichts anderem als von ihren Kindern und ihren Männern. Sie haben deren Fotos in ihren Zimmern. (Ja, wir haben Zimmer, keine Zellen, obwohl wir selbstverständlich nachts eingesperrt sind. Die fehlenden Gitterstäbe sind genauso eine Illusion wie die Blumen, die wir pflanzen und die auf ein Leben verweisen, das vorbei ist und nie mehr so sein kann, wie es einmal war.) Über meinem Bett hängt auch ein Foto, doch bis jetzt habe ich es nicht übers Herz gebracht, es anzusehen.

Was mich an den anderen Frauen stört, sind die Männer, die sie sich ausgesucht haben. Die meisten hier haben mit ihrem Mann zugleich ihren Untergang gewählt … doch sie sind wie besessen von diesen Monstern, und was Besessenheit angeht, bin ich eine Expertin. Ich erteile niemandem Ratschläge und will auch keine hören. Aber es tut mir Leid, eine Mörderin zu sein. O ja, glauben Sie mir, ich bereue es jede Sekunde.

Man hat es nicht leicht, wenn man intelligenter ist als die Wärter hier. Sie kriegen es mit und es gefällt ihnen nicht. Deshalb bemühe ich mich meistens darum, ordinär und dumm zu wirken. Hier drinnen muss man sich an die Mehrheit anpassen, und die Mehrheit wird immer jünger, gewalttätiger und aggressiver. Drogen überall und die Messer sitzen locker. Ich versuche mich da rauszuhalten, angepasst und brav zu sein, ohne als feige zu gelten.

Es heißt, das Leben sei ein Traum. Wie schön das wäre. Dann hätte ich niemanden umgebracht, hätte nicht die Zukunft meiner Kinder zerstört, indem ich ihnen die Mutter nahm und sie für immer mit meiner schrecklichen Tat in Verbindung brachte. Angenommen, mein ganzes Leben

GILLIAN WHITE

Denn du bist mein

Buch

Als Jennie Gordon mit ihrer Familie in die Nachbarschaft von Martha Frazer zieht, ist diese hocherfreut. Endlich haben ihre Kinder Spielkameraden direkt nebenan. Auch die beiden Frauen freunden sich in kurzer Zeit an, obwohl sie so verschieden sind wie Tag und Nacht. Während Jennie eine schwierige Ehe führt und sich selbst als minderwertig empfindet, ist Martha eine fröhliche, lebenslustige Frau, die ihre Familie und ihr Haus erfrischend chaotisch organisiert. Mit einer zunehmend fatalen Mischung aus Bewunderung und Hass beobachtet Jennie jede Bewegung von Martha, der alles von leichter Hand zu gelingen scheint. Wie gerne wäre sie wie Martha! Martha hingegen fühlt sich von Jennie bedroht, denn sie kann die besitzergreifenden Ansprüche ihrer Nachbarin kaum mehr abwehren …

Autorin

Gillian White stammt aus Liverpool und arbeitete mehrere Jahre als Journalistin, bevor sie sich ganz dem Schreiben von Romanen widmete. Mit ihrem Mann und zwei Hunden lebt sie in Totnes, Devon.

Von Gillian White sind außerdem als Goldmann Taschenbuch lieferbar

Das Familiengrab. Roman (45384)
Ein unheimlicher Gast. Roman (45236)
Der Peststein. Roman (45128)
Das Ginsterhaus. Roman (44539)
Hexenwiege. Roman (44984)
Das Hotel bei den Klippen. Roman (44540)

wäre nur eine Art unruhiger Traum gewesen, meist eher dröge, aber manchmal unruhig bis hin zu richtig albtraumhaften Phasen? Was ich getan habe, scheine ich im Traum getan zu haben, so viel ist sicher. Und die Person, die ich tötete, scheint einem bösen Traum entsprungen.

Die Obsession, die sie und mich erfasste, ist ein eigenartiges Phänomen, ein chemischer Prozess. Die »Liebe« tauchte ganz plötzlich auf wie eine Hexe auf ihrem Besen, eine ganz eigene Macht, eine Bedrohung. Eine solche Anziehung lässt Millionen von Atomen aufeinander prallen, Lichtfunken im Blutstrom setzen die Nerven, das Herz und das Hirn, den Brustkorb und den Bauch in Brand, jedes Gefühl des Entzückens und der überschäumenden Freude bedeutet gleichzeitig entsetzlichen Schmerz.

Auf den jahrelangen Stress dieser Obsession folgte ein verzweifeltes Verlangen, ein geradezu körperliches Bedürfnis, Erlösung zu finden von dieser Anspannung. Ein Verlangen, das zu heftig war, um es einfach wegzuwischen. Sie schien beinahe unsichtbar zu sein, als ich mich ihr damals im Garten zum letzten, verhängnisvollen Mal näherte. Sie war ich, jedoch seltsam formlos, nicht fassbar. Das Summen der Insekten war laut, und in dieser glühenden Hitze stand die ganze Welt still, als wäre sie verzaubert.

Auf leisen Sohlen trieb mich der Schmerz zu ihr. Sie sah mich kommen, sie sah die Decke, schlug die Augen auf und runzelte die Stirn. Dann blickte sie mich angewidert an und brach in Lachen aus. Statt zu weinen, lacht sie, wenn sie verletzt ist, ich kenne das bei ihr. Sie saß da und sah zu, als ich näher kam, das Gesicht versteinert, die Augen weit aufgerissen. Ihr Vertrauen war unerschütterlich. Ich ertrug ihre Nähe nicht länger.

In diesem Augenblick, als sie sich wegdrehte, konnte ich den Schnitt setzen.

In diesem Augenblick trat Angst in ihren Blick, und in

den Sonnensprengseln, die über ihre Schulter fielen, tanzten eine Million Staubpartikel.

Nun ist sie von uns gegangen, und von mir ist auch nicht mehr viel übrig. Hier ein Stück, da ein Stück, so weit verstreut, dass man Zeit braucht, die einzelnen Teile aufzuspüren.

Nun kann mir nichts mehr zustoßen, und darüber bin ich froh.

1

JENNIE

Kann man sie hören?

Als ich vorhin durch meinen Garten ging, glaubte ich, Lachen zu hören – nein, ich hörte es wirklich, ich bin ja nicht taub. Kollektiver Hass. Verwünschungen. Disteln und Unkraut ersticken meine Rosen unter diesem klaren blauen Himmelsbogen.

Es ist, wie der Sprecher nicht aufhört mir zu erklären, genau sechs Uhr, und montags und donnerstags verließ ich mein Haus um sechs Uhr durch die Hintertür, lief zum rückwärtigen Zaun, um in einer Umkehr des ganzen Procedere Marthas Küche aufzusuchen. Dieses Ritual war so tief in mir verwurzelt, dass es schon an Schlafwandeln grenzte. Ich tapste voran wie ein Kind beim Blindekuhspiel, mit ausgestreckten Armen, ein Junkie auf dem Weg, seine Sucht zu befriedigen. Wie unsäglich erbärmlich und dumm.

Doch Marthas Küche war warm und so einladend wie selbst gemachte Kekse auf blauweißen Porzellantellern, und ich fand sie so unwiderstehlich wie eine wohlige Erinnerung – an Kindheitserzählungen oder Märchen. Sie hatte ein Händchen für so vieles, wofür mir das Geschick ganz und gar fehlte. Martha pflückte die Blumen büschelweise und steckte sie in braune Krüge, während ich meine langsam und sorgfältig schnitt und so niemals diese spontane Wirkung erzielte. Künstlich und kalt sahen diese Sträuße in meinen Porzellanvasen aus, wie Blumen aus Glas.

Und jetzt, da ich nicht mehr dorthin gehen kann, komme ich mir vor wie verlassen.

Mir bleibt nichts übrig als stillzustehen und zwischen meinen Vorhängen hindurchzulugen, bis meine Augen schmerzen, und *das tut so weh, so verdammt weh.*

In der Schule erging es mir schon einmal so. Heutzutage gibt es Schulpsychologen, um Derartiges zu verhindern. Doch wenn ich heute auf diese längst verflossenen Zeiten zurückblicke, erscheint es mir nur als böser Traum. Gott steh bei mir, das hier ist die Wirklichkeit.

Wie ich mich auf diese Stunden freute, auf sechs Uhr montags und donnerstags. Es ließ sich nicht mit Grahams Rückkehr vergleichen, es war nicht das Signal für hektische Aktivitäten – ich musste nicht nachsehen, ob die Kinder frisch angezogen waren, und schnell das Essen in den Backofen schieben, die Spielsachen vom Wohnzimmerboden einsammeln, damit Graham nicht Gefahr lief, auf ein Stück von Fisher Price zu treten.

Nein, wenn Martha von der Arbeit nach Hause kam, wurde in guter alter Schlampenmanier zuerst die Sherryflasche auf den Tisch gestellt. Die Schuhe flogen in die Ecke und die Ereignisse des Tages wurden durchgekaut, zusammen mit ein paar alten Twiglets, die sie, wenn sie Glück hatte, in ihrer verrosteten alten Dose fand. Und dabei rieb sie sich die ganze Zeit die Blasen an ihren Fersen.

Ich habe nie derartig abgetretene Dr.-Scholl's-Latschen gesehen wie ihre. Ihre Füße waren an den Sohlen ganz weiß und so rissig wie ein abgenagtes Holzscheit.

»Ich will jetzt meine Ruhe haben, ihr Nervensägen«, brüllte Martha ihre Kinder an, drahtige, braun gebrannte Wesen mit neugierigen Augen, die sich durch die Ausbrüche ihrer Mutter nicht aus der Fassung bringen ließen. Kleine Orang-Utans, nicht annähernd so sensibel wie meine

Poppy und mein Josh. »Die alte Mutter Frazer hat den ganzen Tag schwer geschuftet, um Kleinholz ranzuschaffen, und braucht jetzt etwas Zeit, um sich zu erholen.«

Montags und donnerstags. Seit Martha an diesen zwei Tagen in der Woche arbeitete, war ich auf die halbe Stunde am Abend angewiesen. Dann war ich glücklich, denn in diesen ersten Jahren stand mir Martha näher als jeder andere Mensch in meinem Leben.

Sie hatte immer damit gedroht, so bald wie möglich wieder zu arbeiten anzufangen. Aber aus irgendeinem Grund, vielleicht war es Selbstschutz, hatte ich es ihr nie so richtig geglaubt. Wahrscheinlich dachte ich, dass sie unsere gemeinsam verbrachten langsam verstreichenden Tage, die oft so ausgelassen sein konnten, ebenso genoss wie ich und daher genauso abgeneigt war, den Status quo zu ändern.

Wie dumm von mir.

»Ich bin eine Frau ohne Lebensinhalt«, jammerte sie. »Krakeelende Kinder, Katzen, Karotten, Kartoffeln, Klamotten. Das ist mein Leben. Sobald diese Schratzen in den Kindergarten gehen, bin ich hier weg.«

Als stehe ein Unglück bevor. Ich pflegte darauf zu erwidern: »Ja, das wäre nett. Vor allem wegen des Geldes.« Aber das meinte ich nie so. Und außerdem hatten wir Glück, Graham verdiente genug, ohne dass ich etwas dazu beitragen musste.

Martha und Sam nannten ihr Haus Beavers, nach Sams Großvater, einem großen Tier in der Navy. Und niemand machte sich darüber lustig. Graham und mir wäre das nie gelungen.

Die Montage und die Donnerstage.

Aus Martha sprudelte es nur so heraus, sie redete mit beiden Händen zugleich, während ich ihr mit offenem Mund zuhörte wie ein Popcorn essendes Kind im Kino und jedes ihrer Worte einsog. Mit ihrer heiseren, rauchigen Stimme gab sie eine farbige, verführerische Vorstellung und ging die Belanglosigkeiten ihres Tages durch.

Sie kannte natürlich meine Biographie. Mein Leben war völlig uninteressant. Deshalb wunderte mich immer wieder, dass Martha mich zu mögen schien. Einmal fragte ich sie nach dem Grund dafür. Zuerst meinte sie, sie könne es nicht sagen, und dann gab sie zu, es könne sein, dass ich ihr damals, als wir uns kennen lernten, Leid getan habe. Ich hätte so verletzlich und Mitleid erregend ausgesehen, als ich mich durch den Krankenhauskorridor schleppte, nachdem ich genäht worden war. So ängstlich und verschreckt. Als ich verzweifelt versuchte, mich nicht von diesen herrischen Schwestern und Hebammen herumkommandieren zu lassen. Von dieser Zeit weiß ich nur noch, dass ich so viel lachen musste, dass meine Narbe schmerzte, und wie schockiert ich war, wie weit Martha ging, um eine Zigarette zu rauchen.

Wer raucht, heißt es, bekommt ein kleines Baby.

»Lieber Gott, wer will schon ein großes Baby?«, war alles, was Martha dazu sagte. »Dicke schwabbelige Dinger wie während des Kriegs. Das kann nicht gesund sein.«

Die Hebamme, mit einem Gesicht wie ein Kartoffelacker, sagte zu Martha: »Sie sind eine ausgesprochen ordinäre und selbstsüchtige junge Frau.« Und das ganze Zimmer brach in lautes Gelächter aus, denn wir waren alle gut drauf.

Als sie wieder zu arbeiten anfing, hielt ich ihr den Rücken frei. Waren Scarlet oder Lawrence zu krank, um in die Schule zu gehen, reichte sie sie mir einfach über den Zaun, noch immer bettwarm und im Pyjama, wie eine Kostprobe eines neuen Rezepts.

Gott, wie ich diese Kinder liebte.

Wunderschön, ohne sich dessen bewusst zu sein. Genau wie ihre Mutter.

Ich verachtete mich selbst, weil ich so illoyal gegenüber meinen eigenen Kindern war und mir wünschte, sie wären mehr wie ihre. Pflegeleicht und entspannt. Sie jammerten nicht endlos, wenn sie mal hingefallen waren oder sich gestritten hatten. Sie nölten nicht ständig, um ihre Aufmerksamkeit zu bekommen. Weil sie wussten, dass das ohnehin nur Zeitverschwendung wäre. Dennoch hatten sie nicht den geringsten Zweifel an der Liebe ihrer Mutter.

Widerstrebte mir damals diese Rolle? Sie hielt mir das vor, deshalb habe ich mir diese Frage immer wieder gestellt. Aber die einzige Antwort, die ich darauf geben kann: Falls sie mir widerstrebte, war ich mir dessen nicht bewusst.

Ich sollte ehrlich sein. Was mir missfiel, war, dass Martha wieder arbeiten ging. Auch wenn sie mich gewarnt hatte. War ich Martha nicht genug? Warum nicht? Hatten wir etwa keine gute Zeit? Was vermisste sie? Ich konnte nachfühlen, dass sie Angst hatte, verrückt zu werden, wenn sie zu Hause blieb. So wie Sam mit ihr umsprang. Sie war darauf angewiesen, unabhängiger zu werden, das sah ich ein. Ich passte auf ihre Kinder auf, wenn sie ein Vorstellungsgespräch hatte, obwohl die meisten Jobs ungeeignet für sie waren – Kummerkastentante bei *Marie* – und insgeheim freute ich mich, wenn sie eine Absage erhielt.

»Aber Martha, du hast gar nicht die Zeit zu arbeiten«, war meine Standardantwort nach jeder Absage, um es ihr leichter zu machen.

»Ich brauche andere Menschen um mich herum. Ohne Anerkennung habe ich das Gefühl, ich geh kaputt. Du hast Glück, Jennie, du bist weitaus genügsamer als ich. Du brauchst niemanden.«

Dabei wusste sie, wie sehr ich sie brauchte, und das war Teil des Problems.

Wir waren ehrlich zueinander. Zwischen uns gab es keine Rivalität.

Allerdings hatte Martha Recht, wenn sie sagte, ich sei mit ein paar engen Beziehungen zufrieden. Lerne ich neue Leute kennen, weiß ich nicht, worüber ich mit ihnen reden soll. Auf Partys bin ich hoffnungslos verloren. Diese bedeutungslosen oberflächlichen Freundschaften, die man nach Lust und Laune aufnimmt und wieder fallen lässt, sind nicht mein Ding. Ich brauche Jahre für eine Freundschaft, und Graham findet, dass ich in der Beziehung nicht ganz normal bin.

Was mich ärgert, vor allem die Art und Weise, wie er es sagt. »Wie kann man es mit der Loyalität übertreiben? Entweder man ist loyal oder nicht, stimmt's?«

»Aber deshalb muss man doch nicht so ein Aufhebens darum machen.« Dann war ich verletzt, schockiert. Denn wann machte ich schon ein Aufhebens? Außerdem war ich es nicht gewöhnt, dass Graham mich kritisierte. Gemeinsam missbilligten wir, wie Sam ständig an Martha herummeckerte und Spitzen gegen sie stichelte. In meinen Augen war sie eine Märtyrerin, weil sie Sam ertrug. Andererseits betete sie ihn an, sie verehrte ihn, und ihre Beziehung hatte definitiv eine starke körperliche Seite.

Manchmal betrachtete ich Sams Hände, ständig in Bewegung, zupackend, nur Muskeln und Knochen, und verglich sie mit Grahams Händen …

Und nun bin ich die Sitzengelassene.

»Ich vergehe«, diese alten Bibelsprüche hätten niemals aus der Mode kommen dürfen. Wehe mir, ich vergehe! Verflucht sei der Tag, an dem ich geboren wurde. Ich vergehe, löse mich auf, werde hinfort gerafft, in tausend Stücke geschnitten wie Weihnachtskarten, die schnipp schnapp in Geschenkanhänger umgewandelt werden.

Es gibt Dinge, die behält man am besten für sich, Geheimnisse, die man nicht einmal aufschreiben sollte. Das Vertrauen eines Freundes zu verraten, um einen kurzen Augenblick im Mittelpunkt zu stehen – und dann, kaum schließt man den Mund, dieses niederdrückende Gefühl des Abscheus vor sich selbst. Man begreift sofort, was man gerade getan hat. Doch wenn man sich selbst betrügt, wird einem das erst viel später klar.

Ich hatte immer gedacht, der schlimmste Betrug sei der eines Mannes, der seine Frau verlässt. Wenn Körperliches ins Spiel kommt, wenn es um Schlafzimmergeheimnisse geht, um dieses Prickeln und Gerangel, wenn die Hüllen und die Hemmungen fallen. Sex.

Doch ich lag falsch.

Bei Martha und mir hatte es etwas mit dem Kopf zu tun, eine Art Seelenverwandtschaft, und das war aufregend und wunderbar. Nicht, als schlüge man einen Akkord an, sondern als komponiere man ein ganzes Konzert. Der einzige Mensch, der den Schmerz, den ich nun empfinde, nachfühlen kann, ist Martha. Martha mit ihrem umwerfenden Lachen.

Die sich weigert, mit mir zu sprechen.

Die den Hörer auflegt, wenn ich anrufe.

Die meine Briefe nicht beantwortet.

Und die mir das Herz bricht.

Das Leben scheint sich langsam aus unserem Haus zurückzuziehen, seit Martha nicht mehr hereinweht, einen Hauch von Hysterie um die Schultern, melodramatisch und sprühend vor verrückten Ideen.

Es ist noch schlimmer.

Es fing noch böser an – zusehen zu müssen, wie Poppy und Josh verletzt wurden, zum ersten Mal in ihrem Leben wirklich tief verletzt. Mit acht und zehn Jahren ist man zu jung, ein solches Leid zu ertragen, und ich hatte gedacht, Martha würde über so etwas stehen. Unsere Freundschaft mochte zerbrochen sein, aber wir hätten uns bemühen müssen, unsere Kinder aus unserem Streit herauszuhalten.

»In Katastrophen bist du ganz groß, Jennie, also verzieh dich und genieße.«

Das waren die letzten Worte, die letzte Gemeinheit, die sie zu mir sagte. Eine am Boden zerstörte Aischa … das war ich. Ich hatte das Gefühl, auf einen Schlag um Jahre gealtert zu sein.

Vergeblich versuchte ich genau zu erklären, was geschehen war, aber Martha weigerte sich einfach, mir zuzuhören.

Ich war wie vor den Kopf gestoßen durch diesen Wutausbruch, hinter dem sich Angst verbarg, und suchte verzweifelt nach der Wahrheit.

Ein älteres Haus wäre mir lieber gewesen. Martha meinte boshaft, weil es dann mehr zu leiden gäbe. Aber der Mulberry Estate war nicht übel. Der Architekt hatte sich angestrengt, jedes Haus unterschied sich ein bisschen vom anderen, und die Gärten waren keine schmalen Handtücher. In der Anzeige hatte es »exklusive Villen« geheißen, und Graham und ich wurden als die Ersten, die einzogen, mit einem Blumenstrauß und einer Flasche Champagner mit Schleife begrüßt. Die ersten drei Villen waren gerade fertig, als wir unsere bezogen, die Möbel durch den Schlamm der Mulberry Close schleppten. Und wir lebten mit dicken braunen Packpapierstreifen auf einem senffarbenen Teppichboden, die uns die Baufirma zur Verfügung stellte.

Kaufanreize gab es genügend – einen eingebauten Schwedenofen, eine Kühl- und Gefrierschrankkombination, eine Geschirrspülmaschine von Bosch und eine Waschmaschine. Graham und ich hatten an unserem Verlobungstag den Vertrag für das erste Haus unterschrieben, doch da es nicht rechtzeitig fertig wurde, mussten wir anfangs bei Grahams Mum einziehen.

Ein vom zu vielen Mähen arg mitgenommener Rasen. Ein ordentlicher und deprimierend solider Bungalow. An der Wand ein Piratenkopf aus Mallorca, Glasvitrinen, solide Möbel von G-Plan aus den sechziger Jahren und auf einer stelzbeinigen Blumenbank ein paar Topfpflanzen, ein schüchterner grüner Tupfer in der schalen, trostlosen Atmosphäre.

»Was treibt ihr beiden den ganzen Abend da oben in eurem Schlafzimmer? Das kann doch nicht gemütlich sein. Du liebe Güte, warum kommt ihr nicht runter und setzt euch zu Howard und mir ins Wohnzimmer? Wir beißen euch schon nicht«, beschwerte sich Grahams Mum, Ruth.

Doch Graham und ich lagen im Bett und sahen fern und waren einfach nur glücklich, zusammen zu sein, verheiratet zu sein und der Welt zu zweit gegenüberzustehen.

Graham sagte: »Lass uns in Ruhe, Mum. Wir melden uns schon, wenn wir was brauchen. Uns gefällt es so.«

»Dann entschuldigt bitte die Störung.«

Da ich arbeitete, hatte ich nicht die Zeit, im Haushalt mitzuhelfen, bei der Wäsche, dem Einkauf und was so anfiel. Aber ich wusste, Ruth erwartete mehr von mir, zum Beispiel, dass ich mich abends zu ihr und Howard gesellte. Wir aßen gemeinsam mit Grahams Eltern, obwohl wir deutlich gemacht hatten, dass wir lieber alleine äßen. Alles wurde mit dicker Soße serviert. Als Nachtisch wurde in wässrig grünen Schalen Kompott in allen möglichen Variationen gereicht. An dem Tag, an dem wir einzogen, war abends, als ich nach Hause kam, der Tisch für vier Personen gedeckt.

»Ruth, das hättest du nicht machen müssen«, erklärte ich, »das hätte ich doch tun können.« Aber meine Stimme verlor sich, während ich meinen Regenmantel aufknöpfte und sie sich ihre Schürze umband.

»Du kannst dich um die Kartoffeln kümmern, Schatz, wenn du mir unbedingt helfen willst. Lass Graham und seinen Dad in Ruhe die Nachrichten anschauen.«

Auf eine merkwürdige Weise, als habe sie etwas gegen mich, schien Ruth ihre Arbeit absichtlich in einer Reihenfolge zu erledigen, die es mir unmöglich machte, ihr zur Hand zu gehen. Ich war einfach nicht da, um meine Pflicht zu erfüllen, also hatte sie sich ihre Gereiztheit selbst zuzuschreiben.

»Streifen auf den Tellern gibt es bei uns nicht«, erklärte sie mir. Mit gerunzelter Stirn meinte sie: »In diesem Haushalt, Jennie, wird das Geschirr immer mit einem Handtuch poliert.« Anschließend beobachtete sie mich mit Argusaugen beim Geschirr abtrocknen. »Bitte immer schön einen Teller nach dem anderen, Schatz. Diese Teller habe ich bereits seit zwanzig Jahren und ich möchte nicht, dass sie jetzt angeschlagen werden.«

Betont diskret lagen jede Woche saubere Bettlaken ordentlich zusammengelegt am Bettende, als vermute sie, unsere wiesen Flecken auf. Jeden Freitag wurde das Bett frisch bezogen. Ich sagte stets: »Es ist doch nicht nötig, den Bettbezug zu bügeln, Ruth. Mach dir doch nicht so viel Arbeit.«

Und Ruth lächelte stur.

Ich glaube nicht, dass Ruth mich nicht mochte. Vielleicht wollte sie mir nur etwas über die Ehe klar machen, was ich in ihren Augen noch nicht wusste. Graham und ich waren jetzt verheiratet und das hieß Schluss mit der Romantik. Für eine Ehefrau kam an erster Stelle Aufopferungsbereitschaft, und das hier war eine sanfte Hinführung.

Worauf ich Graham stets vorwurfsvolle Blicke zuwarf und ihm nichts übrig blieb, als die Achseln zu zucken.

Wenn wir Wein tranken, dann heimlich, und morgens musste Graham die in Zeitungen gewickelten Flaschen in seiner Aktentasche aus dem Haus schmuggeln.

Ein anderes Paar hätte sich gegen eine solche Bevormundung aufgelehnt, doch nicht Graham und ich. Wir hassten Streit, wir verabscheuten Szenen und wir waren so dankbar, einander gefunden zu haben. Keiner von uns beiden hatte sich vorstellen können, ein anderer könne sich in ihn verlieben. Wir hatten beide keinen Busenfreund oder Busenfreundin gehabt, in der Hinsicht waren wir uns so ähnlich, absolut durchschnittlich, fünfzehnter in einer Klasse von dreißig Schülern, sechster in einem Team von zwölf, mit allen befreundet, aber für niemand die Nummer eins.

Ziemlich mittelmäßig. Könnte besser sein.

Mit am besten am Verheiratetsein gefiel mir, mit jemand anderem den Namen zu teilen. Man fühlte sich so stark, wenn man zu jemandem gehörte. Ein Name war wie ein stabiler Holzzaun, durch dessen Latten man gemeinsam in die Welt lugen konnte. Und Gordon war ein guter, ein starker Name, weiter vorn im Alphabet als mein Mädchenname, Young, der mich im Leben immer hatte zurückstehen lassen.

In diesem ersten Sommer liefen wir jeden Tag zu unserem Haus und sahen zu, wie es wuchs. Gingen darin herum und stellten uns vor, wie unsere neuen Möbel darin wirken würden. Ich stieg die Treppe hinauf und hinunter, fühlte das glatte Holzgeländer unter meinen Händen. Graham plante den Garten. Anfangs war ich mir wegen des Hauses nicht sicher gewesen, doch allmählich lernte ich es zu lieben. Das ganze Haus war ein verheißungsvolles Freiheitsversprechen, und ich flüsterte ihm zu: »Beeil dich bitte, Haus.«

Himmlisch. Wir konnten wieder frei atmen. Zum ersten Mal waren wir wirklich zusammen, und er trug mich über die Schwelle. Verständlicherweise fühlten wir uns in unserem Besitzerstolz verantwortlich und musterten die Paare argwöhnisch, die zur Besichtigung des Musterhauses kamen. Es war das erste fertig gestellte Haus in der bratpfannenartig angelegten Anlage.

Wir waren keinen Monat eingezogen, da hing das rote

»Verkauft«-Schild an Haus Nummer zwei, drei und vier, obwohl drinnen noch die Handwerker zugange waren. Wir hielten das für ein gutes Zeichen. Wir würden das Haus schnell verkaufen können, wenn Graham auf der Karriereleiter nach oben kletterte. Ich war bereits schwanger. Poppy sollte im Frühjahr kommen, und ich hatte bei der Bank aufgehört. Der Job hatte mich nie wirklich interessiert.

»Den kenn ich«, sagte Graham, der, ohne sich im Geringsten zu schämen, das Pärchen musterte, das, den Schlüssel in der Hand, den Weg zum Haus nebenan entlangschritt.

»Ach ja?« Also starrte ich genauso unverhohlen wie er zum Fenster hinaus, fasziniert von der kugelrunden Frau mit der wilden Mähne, so schwanger, wie ich noch nie jemanden gesehen hatte. Sie war riesig und eingehüllt in einen smaragdgrünen Vorhang. Schamlos. Watschelte wie ein Pinguin in riesigen Jesuslatschen den Weg entlang, während sie sich mit den Händen den Rücken massierte, als könne das Baby jeden Augenblick kommen. Ihr schallendes Gelächter tat mir in den Ohren weh. Schließlich war sie neu hier. Ich lebte bereits hier, ich und Graham und ein paar kümmerliche Schösslinge.

»Sam Frazer, er hat seine eigene Marketingfirma und geht mittags immer in die Painted Lady. Ich hab ihn dort mit seinen Freunden gesehen.«

»Wie ist er so?« Ohne zu wissen, warum, hatte ich ein komisches Gefühl.

»Scheint ein netter Kerl zu sein.«

»Vielleicht sollten wir ihnen eine Tasse Tee anbieten … und hinübergehen … uns vorstellen … du weißt schon.«

Graham spürte meine Anspannung und nahm meine Hand. Nervös standen wir nebeneinander in unserem brandneuen Haus und atmeten den Geruch von Sägespänen, Terpentin, Farbe und Kitt ein. »Jennie, wir müssen überhaupt nichts mehr. Das ist unser Haus, wir tun nichts, was wir nicht wollen, und wir können so unfreundlich sein, wie es uns Spaß macht.«

Martha wäre die Erste gewesen, die ihm zugestimmt hätte. Vielleicht hätte sie sogar ein fleckiges Glas gehoben und ihm zugeprostet, hätte sie ihn gehört.

Lieber Gott, ich wünschte, ich hätte sie nie kennen gelernt.

2

MARTHA

Lieber Gott, ich wünschte, ich hätte sie nie kennen gelernt.

Da waren wir also in unserer exklusiven Villa. Ich muss sagen, ich hätte nie gedacht, einmal in einer halb fertigen Siedlung in Essex, in der Provinz, zu landen.

Andererseits hatte ich auch nie damit gerechnet, je zu heiraten oder ein Kind zu kriegen. Noch hätte ich mir vorstellen können, einmal zwanzig zu werden, einen Busen zu bekommen oder die Periode, meinen schwarzen Lederrock wegzuwerfen, zu sterben oder aufzuhören, mir jede Folge von *Neighbours* anzusehen.

Unser Haus war nicht so aufgeräumt und stilvoll eingerichtet wie das unserer Nachbarn. Bei uns ging es drunter und drüber, und nichts passte zusammen. Das Sofa war übersät mit Decken und Kissen, die Stühle bunt zusammengewürfelt, die Kissen darauf ebenso. Die Lampen und noch einiges andere aus knorriger Eiche, weil wir ursprünglich geplant hatten, ein altes Cottage drüben in Hertfordshire zu kaufen. Piglet's Patch war mein Traumhaus. Geißblatt, Reetdach und Rosen.

Als ich im achten Monat schwanger war, gaben wir auf. Wir hatten unsere Wohnungen verkauft und brauchten ein Zuhause. Lange genug hatten wir improvisiert. Also kauften wir das Haus hier mit dem löwenzahnübersäten Rasen in einer Art Torschlusspanik. Wir hatten nicht vorgehabt, lange hier zu bleiben, doch das Leben steckt stets voller kleiner Überraschungen.

Ich hatte nicht geplant, hier Wurzeln zu schlagen, neben einem altersschwachen Maulbeerbaum. Aber lieber Gott im Himmel, weitaus bizarrer war es, von der Frau umgebracht zu werden, die ich für meine Freundin hielt.

Es war ein nasser und windiger Märztag, als Jennie und ich mit der dunklen Welt der Fortpflanzung Bekanntschaft machten.

Die ganze Nacht hindurch wurden die Frauen in unserem Zimmer von den Mitleid erregenden Schreien der Frauen in dem Kreißsaal nebenan wachgehalten.

Sam fuhr mich nach St. Margaret's, als die Wehen in Abständen von fünf Minuten kamen. Nach einer Stunde wurde Scarlet geboren.

Die Natur ist schrecklich.

Die Natur tut verdammt weh.

Dieser viehische Gestank, das Blut, die Binden und die Blumensträuße der Besucher.

Sam war bei der Geburt dabei, und danach schlugen wir uns den Bauch voll mit den Hühnchensandwiches, hielten abwechselnd Scarlet im Arm und begann uns an die Worte »unsere Tochter« zu gewöhnen. Es war so wunderbar! Sie auf ihre schwarzen, noch blutigen Haare zu küssen. Ich brauchte eine halbe Schachtel Papiertücher, um Sams stolze Tränen wegzuwischen.

Perverserweise hatte ich eine absolut unkomplizierte Geburt, während Jennie eine Zangengeburt über sich ergehen lassen musste. Ich erkannte sie wieder, als man sie am nächsten Morgen mit dem Tee in das Zimmer schob, schlapp wie ein nasser Waschlappen. Ich hatte sie schon einmal gesehen, am Vortag, als wir eingezogen waren. Ich hatte gerade die Sandwiches gemacht, damit wir nicht verhungerten. Dass wir keine Zeit haben würden, sie zu essen, hatten wir zu dem Zeitpunkt nicht geahnt.

»Ich kenn Sie doch? Sind wir nicht Nachbarn?«

Jennies Hausschuhe, die auf ihr Nachthemd abgestimmt waren, standen neben ihrem Bett auf dem Boden. Mit weißen Rosenknospen, die für Unschuld standen. In so viel Weiß hatte sie was von einer Elfe. Sie hob den Kopf vom Kissen und sah mich an, ihr war nicht ganz klar, wo sie war und wie sie sich verhalten sollte.

Ich warf einen Blick in das Plastikbettchen neben ihr. »Super, ein Mädchen. Wir wohnen nebeneinander und werden sicher Busenfreundinnen.«

Jennie stöhnte.

»Lassen Sie Mrs. Gordon in Ruhe«, sagte die Schwester. »Sie hat einiges durchgemacht und ist völlig erschöpft.«

Natürlich ärgerte mich das. Ich ließ mich nun mal nicht gerne wie ein Kind behandelt, aber ich schaffte es, mich darüber hinwegzusetzen. Schließlich hatte ich nur ein Anliegen, so schnell wie möglich aufs Klo zu kommen, um meine Morgenzigarette zu paffen.

Als ich an Jennies Bett vorbeiging, die Zigarettenschachtel tief in Sams Morgenmantel vergraben, flüsterte sie mir mit geschlossenen Augen zu: »Das war's. Nie wieder.«

Eine der ersten Geschichten, die mir Jennie erzählte, war, wie die anderen Mädchen sie in der Schule fertig machten. Ich denke, das hatte sie tief verletzt und ihr Verhalten stark geprägt.

Wir waren damals in ihrem Haus, in ihrem Schlafzimmer. Ich saß auf Grahams Betthälfte, während sie, ein Handtuch um ihre nassen Haare geschlungen, neben mir Poppy die Flasche gab, die sie zuvor sorgfältig sterilisiert hatte. Mit dem Handtuch um den Kopf sah Jennie nicht mehr ganz so aus wie eine Klosterschwester, ganz im Gegenteil, sie hatte etwas Neckisches. Mit ihrem zarten Knochenbau und der Himmelfahrtsnase erinnerte sie mich an einen Kobold.

»Warum suchten sie sich ausgerechnet mich aus?«, fragte sie mich. Diese Frage beschäftigte sie nach all den Jahren noch immer. »Ich war nicht anders als die anderen. Ich war weder dick, noch hatte ich Pickel oder Körpergeruch. Ich schielte nicht und hatte keine Hasenscharte. Diese Mädchen hatte ich zu meiner Geburtstagsparty eingeladen, und sie machten sich lustig über meine Mutter.«

»Was war denn mit deiner Mutter?« Ich strich um meine klebrige Brustwarze, an der Scarlet gierig sog. Ich war immer lange vor Jennie fertig, weil es absolut wichtig war, dass Poppy das ganze Fläschchen trank, zwischendurch mindestens sechsmal Bäuerchen machen musste und am Schluss, wenn diese Tortur vorüber war, waren Jennies Lippen mindestens so wund wie meine Brüste. Sie biss sich ständig auf die Lippen. In der Tasche ihrer Babyfütterschürze hatte sie stets Lippenbalsam stecken. Sie wechselte wöchentlich die Marke, versuchte es sogar mit Ziegenmilch, als Poppy einmal längere Zeit unter Koliken litt.

»Nichts war mit meiner Mutter«, fuhr sie mich an. »Deshalb traf es mich umso mehr. Meine Mutter gab sich wirklich Mühe. Sie strengte sich so an, alles richtig zu machen. Mein Gott, wie ich Geburtstagspartys hasste, aber man musste feiern und auf die Partys der anderen gehen, wenn man eingeladen war. Gibt es Kinder, denen das wirklich Spaß macht?«

»Mir machte es Spaß.«

»Wirklich?«

»Ich war wie ein Schwein. Verfressen und gierig. Ich ging gern hin, weil ich scharf auf das Essen und auf die Geschenke war.«

Jennie legte sich Poppy bäuchlings auf den Arm, und die Kleine machte Bäuerchen und spuckte dabei. Jennie sah besorgt drein. »Verdammt, verdammt, verdammt.« Es war ansteckend, wie sie sich aufregte. »Heute Nacht bekomme ich wieder keinen Schlaf.«

»Stell ihre Wiege doch nach unten, wo du sie nicht hörst. Das schadet ihr nicht, jedenfalls weniger als eine müde Mutter.«

Natürlich hörte sie nicht auf mich, warum auch? Jennie hielt sich stur an ihre Ratgeberbücher. Jennie glaubte an Gott, wog ihre Zutaten ab, wie das Rezept es befahl, und testete ihre Haare, bevor sie sie färbte. Sich zwanghaft an Regeln zu halten war einer ihrer grundlegenden Wesenszüge.

»Meine Mutter hatte Krampfadern an den Beinen.«

Ich warf einen Blick auf meine. »Willkommen im Club.«

»Nein, Martha, keine solchen Äderchen. Richtige dicke Krampfadern. Sie redete immer davon, sie sich wegmachen zu lassen. Sie musste Stützstrümpfe tragen. Mit den Krampfadern fing dieses Getuschel an. Es waren Barbara Middleton und Judith Mort.«

Sogar an ihre Namen konnte sie sich noch erinnern. »Kinder können so fies sein.«

»Mit Kreide kritzelten sie dünne rote und blaue Linien an die Tafel. Niemand außer mir wusste, was das bedeuten sollte. Und darunter schrieben sie in lila: Traumbeine. Doch damit war es nicht genug. Es ging immer weiter.«

»Nur weil du nichts dagegen getan hast.«

»Was meinst du damit?«

»Du hättest dich wehren, ihre Bücher ins Klo werfen müssen.«

»Und andere Kinder fingen an mitzumachen. Kinder, die ich für meine Freunde gehalten hatte.«

»Auf jemand anderem herumzuhacken ist eine gute Möglichkeit, um nicht selbst das Opfer zu werden.«

»Ich weiß, ich weiß.« Endlich hatte Poppy dieses verdammte Fläschchen ausgetrunken. Erschöpft versuchte Jennie zu lächeln. Sie begann ihren Wickelkorb aufzuräumen, eine knallrosa Angelegenheit aus wasserdichtem Baumwollstoff, in dem sie ihre Ölfläschchen und Cremedöschen, ihre halb geöffneten Päckchen von diesem und jenem, ihre ganze zeremonielle Habschaft aufbewahrte. »Heute ist das alles leicht zu durchschauen, damals nicht. Nachts quälte ich mich mit dem Gedanken, wie tief es Mum verletzte, wenn sie davon erführe. Ständig fragte sie mich, was los sei. Sie fragte so nett, so fürsorglich. Wie hätte ich es ihr sagen können?«

Dieser erste Frühling in Mulberry Close war so nass, dass die Erde nach Meer roch. Es regnete ohne Unterlass. Einen Schritt vor die Tür zu setzen hieß metertief im Schlamm zu stehen. Das herzförmige Laub des Maulbeerbaums, der auf der Wiese in der Mitte der Siedlung stand, war mit Teer und Zement bedeckt. Sam konnte den neuen Garten nicht anlegen. Der Boden war zu schwer zum Schaufeln, also blieben die Steinplatten für die Terrasse, der Sand und der Zement im hinteren Teil der Garage verstaut, und als die Rosen in ihren kleinen braunen Säckchen geliefert wurden, stellten wir sie in den Schuppen, wo wir sie vergaßen.

Ich wurde immer fetter, schlapper und depressiver, während Jennie nebenan mit einem strahlenden Lächeln und geradezu unheimliches Selbstbewusstsein versprühend durch ihr aufgeräumtes Haus schwebte, das eine Aura von Frieden und Freundlichkeit vermitteln sollte.

An den wenigen trockenen Tagen, die wir hatten, hing ihre Wäsche schon um halb neun auf der Leine.

Ich war die Einzige, der sie es gestattete, einen Blick hinter diese Fassade fröhlichen Mutterglücks zu werfen. Und das nur, weil ich keine Konkurrenz darstellte mit meiner Plastiktüte vom Supermarkt, voll gepackt mit Pamperswindeln, meinen schmutzigen Lätzchen und den klebrigen Schnullern.

Bei Jennie musste alles perfekt sein.

Bekam Poppy die Windpocken, wurde das ganze Haus desinfiziert, was mich verrückt machte.

Die Handtücher in ihrem Bad passten zu den Waschlappen.

In ihrem Spülbecken stapelte sich kein Geschirr, und ihre Fenster blinkten.

Sie wollte ständig hören, was für eine wunderbare Mutter sie sei. Auch wenn es sie teuer zu stehen kam. Sie leistet Übermenschliches: pürierte Poppys Essen, wog die Kleine wöchentlich, kochte ihre schneeweißen Stoffwindeln aus, desinfizierte die Rasseln, und wenn ihr Baby schlief, schlich sie durchs Haus und sprach nur mit gedämpfter Stimme. Dabei gingen ihre Lebenslust und ihre Vitalität verloren.

Alles wurde strikt nach Vorschrift erledigt, nichts war je spontan.

»Ist das nicht wunderbar?«, schien sie ständig zu fragen. »Seht nur – ich habe alles im Griff und bin die geborene Mutter.«

Aber sie hatte nicht alles im Griff. Ganz und gar nicht.

Die schrecklichen Krampfadern ihrer Mutter fielen mir ein, und ich fragte mich, wie sie die bekommen hatte. Denn so wie Jennie programmiert war, schadete sie sich selbst.

Ermutigte ich sie, es etwas lockerer anzugehen, wand sie sich, so unangenehm war ihr das. »Gib doch Graham mehr zu tun«, schlug ich ihr vor. »Er ist einer von diesen neuen Männern. Das solltest du ausnutzen. Wenn du mit Sam verheiratet wärst, könnte ich verstehen, dass du mit den Nerven am Ende bist.«

»Wieso mit den Nerven am Ende?«, begehrte sie auf und biss sich auf die bebende Lippe.

Das Ganze endete damit, dass ich sie aufforderte, sich zu setzen. Schließlich war sie kurz davor zusammenzubrechen.

»Ich kann nichts trinken«, schniefte sie, als ich ihr ein

Glas Wein anbot, und hielt dabei den Blick gesenkt wie ein eingeschnapptes Kind. »Ich muss Poppy noch füttern.«

»Blödsinn«, sagte ich. »Trink das und leg die Beine auf diesen Stuhl.«

»Du weißt nicht, wie das ist«, stöhnte sie. »Dir fällt es so leicht, Mutter zu sein. Es ist ja eigentlich auch nicht viel dabei. Aber Scarlet ist ein so liebes Baby, sie ist nachts noch nie öfters als zweimal aufgewacht.«

»Ich finde es wahnsinnig schwer, mit ihr fertig zu werden«, erzählte ich Jennie wahrheitsgemäß.

In einem plötzlichen Anflug von Schwäche vertraute sie mir ihr schreckliches Geheimnis an. »Was würdest du sagen, wenn ich dir erzählte, dass ich Poppy manchmal so sehr hasse, dass ich Angst habe, ich könnte sie umbringen?«

»Ich würde sagen, du bist normal«, antwortete ich, verblüfft darüber, wie fremd ihr dieser Gedanke war.

»Graham würde das nie verstehen. Er hielte mich für ein Monster.«

»Wenn du nur damit aufhören würdest, ständig Theater zu spielen«, sagte ich.

Und ich begann mich zu fragen, bei welchen Gelegenheiten Graham und Jennie noch Theater spielten. Und aus welchem Grund.

Ich brachte sie dazu hinauszugehen, Briefmarken in der Post zu holen. Sie hatte das Haus seit der Geburt nicht mehr verlassen. »Geh zu Fuß, nimm dir Zeit, lass das Auto zu Hause stehen.« Ein solch kleiner Schritt. Ich brachte sie dazu, Poppy bei mir zu lassen.

Als sie zurückkam, war sie glücklicher, hatte aber zugleich Angst vor der eigenen Courage.

Der nächste Schritt war, sich bei Aerobics anzumelden.

Sam sagte: »Warum sitzt dieses blöde Weib immer hier rum, wenn ich nach Hause komme? Und schaut dabei so schuldbewusst drein, als hätte sie gerade etwas angestellt. Ich weiß nicht, wie ich mit ihr umgehen soll. Sie kommt mir so schüchtern vor, als fühle sie sich in meiner Gegenwart nicht wohl.«

»Das kommt daher, weil du so grob bist«, antwortete ich. »Nicht jeder teilt deinen seltsamen Humor. Sei einfach netter zu ihr. Vielleicht sollten wir die beiden auch mal zum Abendessen einladen.«

»O nein ...«

»Fang nicht damit an. Wir könnten die Fords auch dazu bitten. Ich glaube, Jennie ist einsam. Geht auf dem Zahnfleisch. Ich meine, sie bricht in Tränen aus, wenn ihr ein Kuchen nicht gelingt, und sie hat außer mir niemanden, mit dem sie reden kann.«

»Man sollte sich nicht in die Angelegenheit anderer Leute einmischen«, erwiderte Sam wie erwartet. »Außerdem kann ein zu enges Verhältnis zu den Nachbarn auf die Dauer unangenehm werden.«

»Es wäre das erste Mal seit der Geburt Poppys, dass die arme Jennie abends ihr Haus verlässt. Ich werde ihr vorschlagen, einen Babysitter zu engagieren.«

»Martha, ich ertrag das nicht. Sie wird diesen Fratzen mitbringen.«

So fing das vor zehn Jahren an.

Das Leben mit Jennie war nie einfach, aber die unheilvollen Risse traten erst später auf.

Als Mrs. Forest mich anrief, konnte ich nicht glauben, was ich hörte.

Ich war wie vor den Kopf gestoßen. »Aber Jennie Gordon ist eine gute Freundin, sie lebt direkt nebenan. Wenn diese Probleme schon so lange andauern, warum zum Teufel hat sie nichts davon erwähnt?«

»Sie sagt, sie hätte es Ihnen gegenüber erwähnt, aber Sie

seien einfach darüber hinweggegangen«, entgegnete die Lehrerin. »Ich kann nur so viel sagen: Poppy fürchtet sich seit Beginn des Schuljahres davor, in die Schule zu kommen. Gestern Nachmittag fehlte sie.«

»Wegen Scarlet?« Lachhaft!

Das Telefon vibrierte vor Spannung. Es musste sich um ein Missverständnis handeln. Scarlet und Poppy waren seit frühester Kindheit unzertrennlich. Im letzten Schuljahr wurden sie auseinander gesetzt, weil sie ununterbrochen geschwatzt hatten. Sie öffneten ihre Weihnachtsgeschenke nur gemeinsam. Sie bestanden auf derselben Frisur. Sie mochten aussehen wie Schneeweißchen und Rosenrot, doch irgendwie schafften sie es, sich ähnlich zu sehen.

»Ich denke, wir beide sollten uns einmal darüber unterhalten«, erklärte Mrs. Forest freundlich. »Kommen Sie doch einfach in der Schule vorbei und holen Sie Scarlet früher ab.«

Äußerst merkwürdig. Als ich losfuhr, nahm ich eine Bewegung hinter den Vorhängen von Haus Nummer eins wahr. Jennie war nervös. Wieder wurde sie verfolgt, wieder war sie das Opfer. Ich begann mich zu fragen, ob es genetisch bedingt war, dass man ein Opfer wurde, oder an einer bislang noch nicht identifizierten chemischen Substanz lag.

Und ich denke, sie hat nie gelernt zu lieben.

3

JENNIE

Und ich denke, sie hat nie gelernt zu lieben.

Durch eine Art geheimnisvolle Osmose scharten die Frazers ihre Nachbarn um sich wie Jesus seine Jünger.

Kommet her zu mir, alle, die ihr mühselig und beladen seid, ich will euch erquicken.

Keine schlechte Sache, wenn einem das gegeben ist. Meine Eifersucht allerdings wuchs ins Unermessliche, da ich, wie Martha es später ausdrückte, das Leid brauchte, um zu existieren.

Doch der Beliebtheit der Frazers und Marthas Schlampigkeit verdankten wir, dass in unserer Straße nicht dieser sonst übliche Druck herrschte, mit den Nachbarn in allem gleichzuziehen. Die Frazers fuhren einen teuren Cherokee Jeep, den sie nie wuschen, weder innen, noch außen. Statt einen Zweitwagen zu kaufen, chauffierte Martha Sam jeden Morgen zur Arbeit, eine Fahrt, die keine zehn Minuten dauerte, doch während dieser Zeit ereignete sich zu Hause ständig ein Missgeschick – der Waschmaschinenschlauch platzte und der Fußboden wurde überschwemmt oder auf dem Herd kochte etwas über. Statt eines teuren Fertigspielhauses mit Tür und Plastikgartenblumen bekamen ihre Kinder eine Hütte mit einem Wellblechdach, die Sam aus ein paar Brettern zusammengenagelt hatte. Martha wollte auch auf keinen Fall eine Putzfrau. Wo hätte die Ärmste auch anfangen sollen? Die Frazers besaßen einen Traktorrasenmäher, doch der verlor Benzin und funktionierte so gut wie nie.

Worauf ihre Anziehungskraft beruhte, war mir ein Rätsel. Sie hatten nichts Glamouröses. Doch auf eine gewisse Weise waren sie bezaubernd, worum ich sie beneidete. Ich hatte das bereits früher kennen gelernt, in meiner Kinderzeit. In der Nähe solcher Menschen fühlte man sich wie ausgewechselt. War man ausgeschlossen, kam man sich wie tot vor.

Die Sache mit der grünen Tür.

Die Tür bestand aus verschlagenem Getuschel.

Die Tür war verschlossen durch wissende Blicke.

Kein Entkommen war möglich ohne das Losungswort.

Nicht dass die Frazers protzten, aber sie ließen es gerne krachen. Sam arbeitete in der Werbebranche, und der Name seiner Firma tauchte bei ITV öfters im Abspann auf. Trotzdem zog sich Martha wie eine Zigeunerin an, sie kaufte die merkwürdigsten Stoffe und nähte sich ihre weiten, fließenden Kleider selbst, knallige Teile, so geschmackvoll wie selbst gemachte, angebrannte Süßigkeiten. Ihre Kinder wuchsen in geflickten Latzhosen, weiten Pullovern und bunten Gummistiefeln auf.

Sie lässt sich nichts vorschreiben, dachte ich und wusste zugleich, dass ich nie so würde leben können.

Sie ging nur einmal im Jahr zum Friseur, um sich ihre schwarzen Locken kurz schneiden zu lassen.

Wie schnell sie sich langweilte.

Aber in Gesellschaft blühte sie auf.

Sie sammelte Katzen, und ihr gemütliches Haus roch dementsprechend.

Wenn mich Martha in ihre chaotischen Pläne einbezog, lief mir ein freudiger Schauer über den Rücken, doch gegen das elende Gefühl, das mich überkam, wenn die Frazers von meinen mit mir rivalisierenden Nachbarn abends eingeladen wurden, war ich machtlos.

Ja, es stimmt, und ich muss es zugeben, für mich waren sie seit Beginn meiner Freundschaft mit Martha Konkurrenten.

Die lächerlichsten Kleinigkeiten machten mir schwer zu schaffen.

Unfähig, meinen Kummer für mich zu behalten, klagte ich Graham mein Leid. »Warum, verdammt noch mal, gehen sie schon wieder zu den Wainwrights, wenn Martha ständig beteuert, wie wenig sie diese Leute ausstehen kann? Er, sagt sie, sei sicher Exhibitionist, weil er immer mit einem Regenmantel rumrennt.«

Und:

»Stell dir vor, Christine lädt Scarlet zu Jodys sechstem Geburtstag ein. Scarlet ist doch noch ein Baby …«

Oder:

»Martha sagt, Tina tue ihr so Leid. Deshalb geht sie so oft auf einen Kaffee zu ihr. Das ist das Problem mit Martha, jeder will sie sehen, weil sie alle zum Lachen bringt.«

Graham widersprach, die weißen Gräten seines Frühstücksfischs vor sich. »Ist das so wichtig? Was kümmert dich das? Warum machst du dir ständig Gedanken um Martha Frazer? Du verbringst ohnehin den Großteil deiner Zeit drüben und klatschst mit ihr. Ich dachte, du wärst froh, mal ein bisschen Zeit für deine Arbeit zu haben.«

»*Was meinst du mit ›Zeit für deine Arbeit‹?*« Das war stets ein wunder Punkt. Ich lag nie im Rückstand mit meiner Hausarbeit. Bei mir war es tipptopp, genau wie bei Ruth, seiner Mutter, und Stella, meiner Mutter.

»Übrigens, so wie du jeden Schritt Marthas kontrollierst, könnte man denken, du seist eifersüchtig.«

Dieser Vorwurf saß. »Das ist absurd. Natürlich bin ich nicht eifersüchtig.«

»Dann hör auf, dir Gedanken um sie zu machen. Was geht es dich an, wenn es in Marthas Garten vor Kindern wimmelt? Du möchtest sie doch gar nicht hier haben. Wenn sie sich durch das Tohuwabohu nicht gestört fühlt, wunderbar. Sie ist eben verrückt.«

Graham hätte der Schlag getroffen, würde unser Garten so verschandelt wie der ihre. Der Sand aus Scarlets kleinem Sandkasten war inzwischen – teils von den Kindern, teils von den Katzen – über die ganze Terrasse verteilt. Gepunktete Bälle, Sandkuchenformen und Plastikgießkannen, die meisten davon zerbrochen und mit einem Häufchen Schlamm bedeckt, verrotteten überall im Garten vor sich hin. Die Rasensoden, die Sam verlegt hatte, waren nicht richtig angewachsen, weshalb der Rasen der Frazers bucklig war und nicht wie unserer eben wie ein Billardtisch. Graham war nämlich so vernünftig gewesen, Grassamen zu säen und den jungen Rasen wochenlang zu walzen.

»Wenn man sich schon die Mühe macht, kann man es gleich richtig machen«, war einer seiner Lieblingssprüche.

An den wenigen Tagen, an denen es warm genug war, um Poppy draußen spielen zu lassen, achtete ich darauf, dass sie auf der Terrasse blieb, Grahams Werk zuliebe.

Zusammen gaben wir ein ernst zu nehmendes Paar ab, Graham und ich. Wir waren so stolz auf unser Haus, aber Martha hatte einen nicht zu unterschätzenden Einfluss. Ihr so unbekümmertes Verhältnis zu ihrem Haus. Daneben wirkten wir richtig spießig und zwanghaft, geradezu materialistisch, mit unseren sauberen Vorhängen und Türmatten. Und ich vermute, Martha amüsierte sich insgeheim über meinen Toilettendeckelüberzug. Aber so waren wir nicht – nicht wirklich.

Irgendetwas jedoch machten wir mit Sicherheit falsch, denn die Atmosphäre in ihrem Haus war viel unbekümmerter, während es in unserem immer noch nach der neuen Farbe roch, ganz gleich, wie oft ich lüftete.

Selbst abends, wenn die Kinder im Bett waren und wir auf ein schnell improvisiertes Essen an Marthas schiefem und mit Farbspuren besprenkelten Tisch in ihre chaotische Küche rübergingen, strahlte diese mit den halb heruntergebrannten Kerzen, dem abgeschlagenen Geschirr, den Holzmöbeln, den bauschigen Kissen, den knallgelb gestrichenen Wänden und den Katzen auf dem Ofen eine Atmosphäre aus, die wir mit unseren auf unser beiges Esszimmer abgestimmten Kerzen niemals erreichen konnten.

Mein kleiner Triumph.

Entgegen jeder Wahrscheinlichkeit waren meine Kinder größer und schwerer als ihre. Was wohl daran lag, dass sie regelmäßig zu essen bekamen und nicht mit ein paar Happen zwischendurch aus dem Kühlschrank abgespeist wurden, wann es Martha gerade in den Kram passte. Außerdem hatten sie meiner Meinung nach durch die Flasche einen besseren Start.

»Ich dachte, meine würden Riesen wie ich«, meinte Martha leicht niedergeschlagen. »Keine solchen klapperdürren Knochengestelle, als seien sie den Illustrationen eines Dickensromans entsprungen.«

»Martha übertreibt es manchmal mit ihrer Lässigkeit«, erzählte ich an diesem Abend voller Genugtuung Graham. »Ist ja gut und schön, wenn sie mir ständig erzählt, ich solle es ruhiger angehen lassen. Ich mache zu viel und ich mache mir zu viele Sorgen. Aber da siehst du, am Ende zahlt es sich aus.«

»Martha ist eine Schlampe«, sagte Graham.

»Aber total nett«, entgegnete ich.

»Ja, eine sehr nette Schlampe«, gab er mir Recht.

»Wünschst du dir manchmal, ich wäre etwas mehr wie Martha?«

»Herr im Himmel, nein! Warum sollte ich? Sie ist melodramatisch, laut und faul. Sie würde mich in den Wahnsinn treiben. Ich könnte keine Sekunde mit ihr leben, und du könntest nicht mit Sam leben.«

Ob er wohl gern mit Martha ins Bett ginge?

Die Männer sahen Martha nach, sie gefiel ihnen trotz der Haare in den Achselhöhlen.

Ich war zu steif. Daran gab es nichts zu rütteln. Verglichen mit der üppigen Martha, die offen zugab, sie habe am liebsten Sex in der Küche, fühlte ich mich wie eine alte Jungfer, obwohl ich noch keine dreißig war. Ich wurde als arrogant bezeichnet, weil man meine Schüchternheit als Hochnäsigkeit auslegte. Woran auch meine Himmelfahrtsnase schuld ist. »Doch da wir gemeinsam in Urlaub fahren«, bemerkte Graham düster, »sollten wir uns besser bemühen, miteinander auszukommen.«

Während ein Monat nach dem anderen verflog, sahen wir stolzen Mütter zu, wie unsere beiden Mädchen ihren ersten Zahn bekamen, das erste Wort brabbelten und ihre ersten Meter krabbelten. Das war unsere beste Zeit.

Doch acht Jahre später sah es anders aus.

Die Schikanen hatten schon wochenlang angedauert, bevor ich es merkte.

Im Nachhinein betrachtet war Poppy stiller gewesen, sicher, aber sie hatte auch mehr Hausaufgaben zu erledigen, nachdem das erste Schuljahr zu Ende ging und ich wusste, sie hatte Angst davor, in die Gesamtschule zu wechseln.

Ich war fassungslos, als ich entdeckte, dass sie die Schule schwänzte. Gott sei Dank fand ich sie rechtzeitig und schaffte es, sie davon abzuhalten, bevor eine gefährliche Angewohnheit daraus wurde. Ich stieß auf sie in der Fußgängerzone in der Innenstadt, sie saß inmitten einer Schar alter Weiber auf einer Bank vor Marks and Spencer.

Anfangs konnte ich es gar nicht glauben. Ich nahm an, es handle sich um einen Schulausflug. Ich lächelte ihr sogar zu, weil ich mich freute, sie zu sehen. »Poppy? Was macht ihr hier? Ich wusste gar nicht, dass ihr heute einen Ausflug unternehmt.«

Aber wo steckten die anderen? Und warum war sie so blass?

Sie sah mir nicht in die Augen, wusste nicht, was sie sagen sollte. Und dann fing sie an zu weinen.

»Was ist denn los?« Ich zog ein Papiertaschentuch heraus. »Poppy, schau mich an! Was ist los? *Was machst du hier?*«

Sie blickte mich todunglücklich an, eine Haarsträhne im Mund.

»Bist du allein? Wo ist Scarlet?«

Wie schrecklich, was hätte alles passieren können? Ein Kind in ihrem Alter. Ich wurde plötzlich furchtbar wütend.

Und laut. »*Und niemand weiß davon? Niemand in deiner Schule weiß, dass du hier bist?*«

Poppy schüttelte niedergeschlagen den Kopf. Sie wickelte eines ihrer dünnen Beinchen um das andere.

»Du kommst auf der Stelle mit mir nach Hause, und wir reden darüber, bis ich weiß, was hier los ist. Der Gedanke, Poppy, *lieber Gott im Himmel*, der Gedanke, dass du ganz allein unterwegs bist …«

»Ich bin sicher hier, Mum.«

Meine Magengrube fühlte sich plötzlich eiskalt an. »Was? Was sagst du da? Dass du das schon öfters gemacht hast, dass es nicht das erste Mal ist?« Ich war wie vor den Kopf geschlagen. Wir hatten ein enges Verhältnis. Ich hatte aufrichtig geglaubt, wir hätten keine Geheimnisse voreinander und jetzt das – mein Gott.

»Das ist das erste Mal. Ich konnte nicht anders. Ich hielt es nicht länger aus, es tut mir so Leid.«

»Das sollte es auch. Und mir ebenfalls. Daddy wird es Leid tun. Mrs. Forest wird es Leid tun …«

»Bitte erzähl es ihnen nicht«, flehte sie mich an. »*Bitte sag Mrs. Forest nichts.*« Und wieder flossen die Tränen.

Ich beugte mich zu ihr hinunter und hielt sie an den Armen. »Hör mir zu, Poppy«, begann ich, entschlossen, sie zu beruhigen, »niemand wird dich anbrüllen oder böse mit dir sein. Es ist nur wichtig, dass wir darüber reden, um genau zu verstehen, was hier los ist.«

»Aber ich kann es dir nicht sagen …«, heulte sie auf.

Ich sah sie streng an. Sie war genauso stur wie Graham.

»Was kannst du mir denn nicht sagen, Schatz?«

»Ich kann dir nicht sagen, was los ist. Ich kann dir nicht sagen, was du von mir wissen willst.«

Ich bemühte mich, einen möglichst sanften Ton anzuschlagen. »Warum nicht, Poppy? Nichts ist so schrecklich, dass du es mir nicht sagen kannst. Oder Daddy, wenn dir das lieber ist. Oder Martha? Hast du das Gefühl, du könntest mit Martha darüber sprechen?«

»Das würde alles nur schlimmer machen«, stieß sie hervor. Zu allem Überfluss bekam sie auch noch einen Schluckauf.

Angstvoll ließ ich die Augen über die Arkade schweifen, über die hässlichen Menschen, presste die Hände an die Schläfen. »*Schlimmer?* Schlimmer als hier herumzulungern, sich hierher zu flüchten, an diesen grauenvollen Ort? Das kann doch unmöglich schlimmer sein, Poppy? Wenn ich nur daran denke, was dir alles hätte zustoßen können. Und was du in der Schule versäumst? Ich kann mir nicht vorstellen, dass dein Fehlen unbemerkt blieb.«

»Ich gehe nie mehr dahin zurück, Mum.« Sie rieb sich ihre rot verschwollenen Augen. Beim Anblick meines todunglücklichen Kindes brach mir das Herz. »Du kannst tun was du willst und du kannst reden mit wem du willst, aber ich gehe nie wieder in die Schule zurück.«

Als Erstes lief ich hinüber zu Martha, auch wenn sie das im Nachhinein abstritt.

»Es ist Scarlet«, hatte Poppy verzweifelt erklärt, »Scarlet und Harriet Birch.«

Das wollte ich ihr klar machen, und dass es zum Teil ihre Schuld war.

Sie schob den Brie und die Knetmasse zur Seite, stellte mir eine Tasse Kaffee hin. Dann zündete sie sich eine ihrer stinkenden Zigaretten an, Samson. Sie drehte sich ihre Zigaretten selbst, schnell und gierig, weil sie glaubte, so wären sie nicht so schädlich. Doch ihr Husten war eher schlimmer geworden.

Sie sah mich verständnislos an und sagte: »Ich wollte nichts sagen, aber anscheinend hat Poppy etwas gegen Scarlets Freundschaft mit Harriet, und es ist für alle drei nicht einfach.«

Oh nein, damit gab ich mich nicht zufrieden. Das war zu einfach. Eine Verdrehung der Tatsachen. »Sie waren absichtlich gemein zu Poppy«, erklärte ich, »und das läuft schon eine ganze Weile. Sie sagt, sie beobachten sie ständig und, mein Gott, Martha, sie leidet stumm …«

»Jennie, ich möchte nicht unvernünftig klingen, aber das ist nicht die Version, die ich gehört habe.«

»Ich kann es nicht glauben. Du weißt davon? *Du sagst, du weißt davon und hast mir nichts erzählt?*«

»Jennie«, seufzte sie und lehnte sich zurück, ohne darauf zu achten, wohin die Asche ihrer krummen Zigarette fiel. »Ich wollte nicht, dass du glaubst, ich hätte den Eindruck, Poppy habe ein Problem.«

»Wie bitte?« Ich stellte klirrend meine Tasse ab, sprachlos ob dieser Ungerechtigkeit. »Ein Problem? *Poppy?*«

»Und ich möchte dir nicht unterstellen, dass du sie zu sehr bemutterst.«

Dann besaß sie die Frechheit zu lächeln.

Was für eine Unverschämtheit! »Selbst wenn dem so wäre, selbst wenn ich sie zu sehr bemutterte, musst du zugeben, dass das für Poppy nicht einfach ist. Sie und Scarlet sind die besten Freundinnen, seit sie laufen können. Und jetzt kommt Harriet Birch daher und plötzlich wird Poppy in die Ecke gestellt wie ein alter Besen.«

Martha beugte sich vor und sagte leise: »Pass mal auf, Jennie, du kannst dich hier nicht rausreden.«

»Wenn du weißt, was der entscheidende Punkt ist, dann klär mich bitte darüber auf.«

»Der entscheidende Punkt ist, dass Poppy seit Jahren wie eine Klette an Scarlet hängt und meine Tochter das allmählich satt hat.«

Gott im Himmel! Ich konnte es nicht fassen. Martha, berüchtigt für ihre unverblümte Art, hatte mich so tief getroffen, dass es mir den Atem verschlug. Ich senkte den Kopf, als hätte ich soeben eine Ohrfeige bekommen, knallrot vor Empörung. Zwar wusste ich in meinem Innersten, was sie meinte, aber ich ertrug nicht, wie sie es ausgedrückt hatte. Wir sprachen hier über mein Kind, meine verletzliche, verängstigte, unglückliche Tochter, und ich hatte mehr von Martha erwartet. Schuldbewusst dachte ich an all die Zeiten zurück, in denen wir gesagt hatten:

»Geh mit Scarlet, Poppy, sie kümmert sich um dich ...«

»Pass auf Poppy auf, sie hat Angst vor Hunden ...«

»Sag es Scarlet, wenn diese Kinder dich nicht in Ruhe lassen. Sie gibt ihnen schon Saures ...«

Uns war beiden klar gewesen, dass Scarlet, als Marthas Kind, mehr Selbstvertrauen hatte als meines und die Rolle der Anführerin womöglich sogar genoss.

Und Scarlet hatte sich nie beschwert. Bis jetzt nicht.

Im Gegenteil, es schien ihr sogar zu gefallen, Schwache zu verteidigen, sie fand sich ganz natürlich in ihre Rolle ein. Niemand zwang sie oder setzte sie unter Druck.

Dann sagte Martha: »Ich fürchte, wir haben Scarlet in letzter Zeit etwas zu viel zugemutet. Die Prüfungen stehen kurz bevor und anschließend der Schulwechsel. Sie ist schließlich erst zehn.«

Das war unerhört. Ich blinzelte. »Bei Poppy ist es nicht anders. Und ich stelle fest, dass du gar nicht genau wissen willst, was vorgefallen ist. Es war ziemlich fies, so viel sei gesagt.«

Wieder seufzte meine beste Freundin nur. »So sind Kinder nun mal, fürchte ich. Scheiße, das musst gerade du doch am besten wissen, Jennie.« Das war nun der Gipfel an Illoyalität.

Ich sagte es ihr trotzdem, ob sie es nun hören wollte oder nicht. »Sie haben sich gegen sie verschworen, auf sie eingehackt. Ihre Bücher versteckt und mit Äpfeln nach ihr geworfen. Sie haben dafür gesorgt, dass sie als Letzte in die Mannschaft gewählt wurde, auf dem Spielplatz getuschelt und ich habe gehört, es fehlte Geld ...«

»Ja«, sagte Martha. »Darüber weiß ich Bescheid. Poppy beschuldigte Scarlet, es gestohlen zu haben. Sie schlich zu Mrs. Forest und sagte ihr, sie habe gesehen, wie Scarlet und Harriet im Umkleideraum das Geld aus einem Turnbeutel genommen hätten. Was sich als Lügenmärchen entpuppte.«

Inzwischen zitterte ich vor Wut. Das war zu viel. Ich hatte Harriet Birch noch nie ausstehen können, ein hinterfotziges Kind. Es tat so weh. Ich fühlte mich hintergangen. »Poppy hat gesehen, wie sie das Geld nahmen.« Am widerlichsten fand ich, dass Martha sich darüber zu freuen schien, dass nun alles offen zur Sprache kam.

Kühl meinte sie: »Und du nimmst ihr das einfach so ab?«

In diesem Augenblick ging mir auf, dass Poppy, die sich in ihrem Zimmer verkroch wie ein Tier, anders als Scarlet keine Freunde hatte. Freunde, die ihre Geschichte bestätigen könnten. Freunde, mit denen sie in der Pause spielen könnte. Ohne Scarlet war Poppy ganz allein. Bemutterte und beschützte ich sie deshalb so? Musste ich deshalb so kämpfen? Weil ich nicht vergessen hatte, wie es mir in Poppys Alter erging?

Panik überkam mich.

Wie allein ich war.

Und dann sagte Martha: »Jetzt beruhig dich, Jennie. Du bist gekommen, um zu reden. Also lass uns reden. Wir erreichen nichts, wenn du dich benimmst, als hätte Scarlet einen Massenmord begangen.«

Ha. Die Schnoddrigkeit, die ich bisher so bewundert hatte, widerte mich nun an. Ich brauchte Martha nicht. Ich brauchte niemanden. Wortlos stand ich auf und marschierte müde und abgekämpft aus ihrem Haus.

Ja, unsere Freundschaft war nicht einfach.

4

MARTHA

Ja, unsere Freundschaft war nicht einfach.

Unsere Babys hatten zu sprechen und zu laufen angefangen. Wochenlang hatten Sam und ich darüber gestritten, ob wir die Gordons einladen sollten, dieses Jahr mit uns in den Urlaub zu fahren. Sam konnte sie ganz gut leiden, obwohl er und Graham nicht viel gemein hatten. »Er schafft es nie über das mittlere Management hinaus«, sagte Sam in der aufgeblasenen Tour, die er manchmal drauf hat. »Er hat nicht den richtigen Kampfgeist.«

»Du meinst wohl«, entgegnete ich, »er ist einfach zu anständig.«

Jetzt war nicht der geeignete Zeitpunkt für dieses Thema. Die Glotze lief und Scarlet brüllte.

»Noch so eine Klette am Bein«, beschwerte sich Sam. Ich hatte ihn gebeten, die Äpfel zu schälen, und er stellte sich absichtlich ungeschickt an, schnitt den Großteil der Äpfel samt dem Kernhaus weg. »Sie werden uns alles verderben«, fuhr er fort. »Sie werden mit Emma und Mark nicht zurechtkommen, und du hast wieder einen Braten im Rohr. Poppy ist eine solche Heulsuse, dass sie es am Abend bestimmt nicht zum Essen schaffen und wir es vor lauter schlechtem Gewissen nicht wagen, abends das Hotel zu verlassen, ganz egal, wie gut das Babysitten organisiert ist.«

»Aber Jennie braucht die Abwechslung. Und eine Aufheiterung. Schau dir nur ihre Augenringe an, und auch ihr nervöses Zwinkern ist wieder da. Wenn das nicht wäre, würde ich nicht drauf drängen. Aber sie wäre die zwei Wochen hier so einsam …«

»Gott, Martha«, und wieder wurde ein kläglicher Apfelrest wütend in die Schüssel geschleudert. »Diese Frau hat ein Temperament wie eine Schnecke. Verdammte Scheiße. Wen lädtst du denn noch so ein? Jeden aus unserer Straße, der ein Problem hat? Warum stellst du kein Schild raus? Du bist nicht verantwortlich für Jennie, warum lässt du dich dann von einer Nachbarin derart vereinnahmen?«

»Sie ist nicht bloß eine Nachbarin, sie ist eine Freundin«, entgegnete ich unwirsch. Aber wie die meisten Männer hatte Sam keine Ahnung von Freundschaften. »Sei kein solcher Kleingeist. Der tägliche Trott und ihr pathologisches Pflichtgefühl machen sie fertig.«

Sam brummte unzusammenhängendes Zeug vor sich hin und sagte schließlich: »Ein Urlaub ändert nichts daran. Sie wird ihre Ketten mit sich schleppen. Sie braucht sie, Martha, siehst du das nicht? Sie setzt ihr Leiden als Waffe ein und gewinnt jedes Mal. Sie braucht diese Fesseln, um sich sicher zu fühlen.«

»Und wer hat Schuld daran?« Kalten Blickes wandte ich mich an Sam. Er war ein so selbstsüchtiger, nur auf sein eigenes Wohl bedachter Bastard. »Männer. Männer, die das Selbstvertrauen der Frauen untergraben, bis diese sich hinter diesen erbärmlichen Mauern verschanzen …«

»Kacke. Du redest über Graham Gordon, vergessen? Er ist der totale Softie.«

»Du weißt gar nichts. Jennie hat bis jetzt nicht viel gehabt vom Leben«, versuchte ich es mit dem sachlichen Ton. Sam hasste jede Form von Gefühlsduselei. Ich schubste ihn von der Spüle weg. Ich konnte die Äpfel genauso gut selber schälen. Er schaffte es immer, sich vor seinen Aufgaben zu drücken, eines seiner eher unangenehmeren Talente. »Sie hatte nie die Freiheit, es richtig krachen zu lassen. Sie wuchs mit einer neurotischen Mutter auf, die einen unglaublichen Hass auf einen Vater schob, der sie sitzen gelassen hatte. Versuch dir das mal vorzustellen.« Doch ich wusste, dass Sam dazu nicht in der Lage war. Männer mit Scheuklappen wie er können sich nicht gut in die Lage anderer einfühlen. »Jennie war das einzige Kind und musste schnell erwachsen werden. Deshalb ist sie so ernst, was der Grund ist, warum du sie nicht magst. Stimmt's?«

Wie Jennie während dieser Jahre litt, als die Kinder klein waren.

Und manchmal, wenn sie mich wieder in eines ihrer Geheimnisse einweihte, verspürte ich den Drang loszubrüllen: *»Halt die Klappe. Hör auf, erzähl es mir nicht, es ist zu intim.«* Statt dessen wand ich mich innerlich, und die Zehen stellten sich mir auf. Sie vertraute mir bedingungslos, weitaus stärker, als ich mir selbst vertraute.

Sah sie in mir jemanden, der sie gesund machen konnte?

»Das habe ich noch nie zuvor jemandem erzählt.« Und schon weihte sie mich wieder in eines ihrer Geheimnisse ein, wobei sie mich vertrauensselig mit diesen riesigen blauen Kulleraugen ansah. Vermutlich dachte sie, ich müsse mich geschmeichelt fühlen, doch das tat ich nicht. Ich wusste nicht, wie ich reagieren sollte. Mir ist klar, ein Therapeut hätte ihr wohl helfen können. Sie hatte Probleme, die der Klärung bedurften, Probleme, die mit ihrer Vergangenheit zu tun hatten, und Probleme, die ihre Gegenwart berührten.

Und warum zum Teufel hatte sie sich mit diesem Graham zusammengetan?

Im Bett lief jedenfalls so gut wie nichts.

Sie schliefen einmal die Woche miteinander, am Freitag, ich vermute, damit er Ruhe gab. Freitags musste ich daher immer an die beiden denken. Ich stellte mir vor, wie sie sich die Treppe hinaufschleppten, diese schreckliche kalte Gewissheit, es jetzt tun zu müssen, ob sie dazu Lust hatten oder nicht. Und ich stellte mir ihn vor in einem blau gestreiften Pyjama und Jennie in einem röschenbestickten Flanellnachthemd. Ich wusste natürlich, dass sie so etwas nicht wirklich trugen. Er trug ein Nachthemd von Marks and Spencer und sie Spitzennachthemden, sogar ziemlich hübsche, soweit Nachthemden hübsch sein können. Ich hatte oft genug auf ihrem Bett gesessen, in diesem unpersönlichen Schlafzimmer, hatte dabei auf den jeweiligen Kissen die makellose, ordentlich zusammengefaltete Nachtwäsche liegen sehen, während ich Scarlet das Fläschchen gab, um Jennie Gesellschaft zu leisten.

Sex und Fleisch.

Jennie widerte alles Körperliche an.

Hätte ich ihr doch an diesem Tag, als sie beschloss, sich ihre sexuellen Probleme von der Seele zu reden, nicht diesen dritten Sherry aufgenötigt. Sie trank nie besonders viel, noch erforschte sie gerne ihre Abgründe. Mit versteinerter Miene und angespannten Schultern saß sie da und fuhr die Holzmaserung meines Tisches mit den Fingern nach, während sie von der Reaktion ihrer Mutter erzählte, als sie ihre kleine Jennie dabei ertappte, wie die an sich rumspielte. Und darauf folgte die Verdauungslitanei. Welcher Wert im Haus ihrer Mutter auf regelmäßigen Stuhlgang gelegt wurde und wie sie eine Ohrfeige bekam, wenn sich bei der Inspektion herausstellte, dass sie versagt hatte. So vieles galt als ekelhaft, so oft hieß es: »Das gehört sich nicht!« Was Jennie da stockend erzählte, war kaum zu glauben. Sie tat mir so Leid. Es war so schwer mit anzusehen, wie peinlich ihr das war und wie sie sich schämte. Doch warum erzählte sie mir das überhaupt?

Ich tat es mit einem Lachen ab. War das die richtige Reaktion?

Und sie fuhr fast mechanisch fort, als lege sie die Beichte

ab. Sie waren so unbedeutend und traurig, die Sünden, die sie aufaßen. Und ich dachte, ich helfe ihr, wenn ich sie von jeder Schuld freispreche. Jetzt weiß ich, dass sie das nicht wollte, sie wollte leiden, sie genoss ihre Schuld. Peitschenhiebe auf den Rücken hätten ihr mehr Linderung gebracht als Vergebung.

»Was würdest du denn tun, Martha, wenn du Scarlet mit einem Vibrator ertappen würdest?«

»Falls sie nicht gerade zwei Jahre alt wäre, dann würde ich hoffentlich ihre Intimsphäre respektieren und mich für sie freuen, dass sie das genießen kann. Deine Mutter hatte offensichtlich selbst jede Menge Probleme.« Ich stand auf, um den Herd zurückzuschalten, auf dem ich einen Topf mit Roter Beete stehen hatte.

»Sicher hatte sie Probleme. Ein schweres Leben. Sie hat sich einen Buckel gearbeitet.«

Einen Buckel gearbeitet? Was für ein merkwürdiger Ausdruck für das einundzwanzigste Jahrhundert. Diese Mutter-Tochter-Beziehung kam mir etwas seltsam vor.

»Mit Graham spüre ich überhaupt nichts«, flüsterte sie tonlos. »Genauso gut könnte ich in der Nase bohren.«

»Na, dann wär's vielleicht mal Zeit für ein Techtelmechtel, etwas Fremdpoppen«, scherzte ich.

»Ach Martha«, zierte sie sich, »du immer.«

»Hast du denn nie etwas gefühlt?«, fragte ich, weil es mich interessierte. »Nicht mal am Anfang? Auch nicht mit jemand anderem?«

Da errötete sie, und ich fand, sie sah aus wie eine Nonne, so fromm. »Es gab niemanden vor ihm und ich könnte ihn nie betrügen. Ich liebe ihn. Vielleicht schlafe ich nicht gern mit ihm, aber ich habe ihn wirklich sehr, sehr gern.«

Graham war pingelig, was Fleisch anging, er mochte nur weißes Fleisch, rotes war ihm nicht geheuer, und vielleicht war das der Grund, warum er sich in Jennie verliebte. Am auffälligsten war sein Gesicht. Es war riesig und rund. Unterhalb seines Kopfes war er dünn, beinahe schon hager. Trotzdem hatte ich das Gefühl, dass er es im Bett brachte. Er hatte rote Haare wie die Flieger in den alten Filmen über die Royal Air Force und wirkte anständig und jungenhaft, als säße er neben David Niven in der Offiziersmesse. Graham war ruhig, er hatte einen trockenen Humor und brachte mit seinen Bemerkungen sogar den sonst so zynischen Sam dazu, sich vor Lachen auszuschütten. Ich wurde den Verdacht nicht los, er habe Angst vor mir und halte mich für eine allzu ordinäre Person.

Konnte es denn sein, dass dieser ernsthafte Mann Jennie so unter Druck setzte, dass sie putzte, backte und schrubbte, die Schuhe an der Haustür auszog, ihrem Baby täglich die Haare wusch und jeden Samstag das Auto sauber machte?

Regelmäßig rechts wählen – die natürliche Reaktion auf ein Gefühl der Unterlegenheit?

Oder lag es an den widerwärtigen Zeitschriften, die sie so gierig verschlang?

Was immer es war, vermutlich sah Graham meine Freundschaft zu seiner Frau nicht gern. Es war offensichtlich, wie unangenehm es ihm war, wenn wir über eine Anspielung lachten, die nur Jennie und ich verstehen konnten. Aber auch wenn ich einen schlechten Einfluss auf seine Frau hatte, musste er begreifen, dass seine pflichtbewusste Frau hin und wieder durchatmen musste und ihre kleinen Fluchten aus diesem sterilen Haus brauchte, um nicht vollends durchzudrehen.

Den Urlaub galt es bis ins letzte Detail vorzubereiten.

Listen, Listen, Listen. Fahrten zu Mothercare, um alles Nötige einzukaufen, zum Arzt, in die Apotheke und die Buchhandlung, um Ratgeberbücher zu besorgen für Reisen mit Kleinkindern. Denn die Welt jenseits des Kanals war eine gefährliche, in der Verbrecherbanden auf der Lauer liegen konnten.

Was für mein Gefühl ganz gut lief, war nach Sams Einschätzung ein einziges Desaster. Okay, der Flug war wegen des Aufhebens, das Jennie um Poppy veranstaltete, ein Albtraum. Kein Wunder, dass die Kleine brüllte, wenn die Mutter so angespannt und nervös war.

Süditalien war viel zu heiß, zu schmutzig und zu grausam zu Tieren.

Ständig gab es Kalbfleisch, und sie dachte nicht daran, ihrem Kleinkind Kalbfleisch zu geben. Poppy war allergisch gegen die Sonne, also wurde gecremt und nochmals gecremt. Der Sonnenschirm am Buggy saß nicht richtig. Sam, ich, Emma und Mark zogen tagsüber los und ließen Graham und Jennie wie Gefangene im Hotel zurück. »Im Hotelzimmer ist es wenigstens kühl«, sagte sie, »und hier können wir auch das Wasser abkochen.«

Mit Emma und Mark, die alte Freunde von uns waren, hatten wir schon öfters gemeinsam Urlaub gemacht. »Ihr müsst doch vorher gewusst haben, wie heiß es hier sein kann«, bemerkte Emma zu Jennie, womit sie nicht Unrecht hatte. »Warum seid ihr dann überhaupt hergekommen?«

»Es gibt solche und solche Hitze«, entgegnete Jennie, wobei sie sich mit einem übergroßen Sonnenhut Kühlung zufächerte. Sie hatte Emma von Anfang an nicht gemocht, obwohl ich mit Jennie einfach durch die Tatsache, dass wir beide Mütter waren, mehr gemein hatte als mit meiner alten Vertrauten aus Collegezeiten. »Das ist eine ekelhafte trockene Hitze, bei der einem die Kehle austrocknet. Das kann nicht gesund sein.«

Wir aßen in kleinen Restaurants, tranken Wein in Mengen und nahmen die meisten Mahlzeiten im Freien ein.

Aber das dunkelviolette Kreuchzeug, das dieselbe Farbe

hatte wie der billige Wein, den sie hier ausschenkten, biss die Babys, und Poppy schrie.

Wieder wurde die Creme aus der Tasche geholt.

Der Ausschlag wurde immer schlimmer.

Das Meer stank nach Kloake. »Das riecht nicht nach Scheiße, das riecht nach Algen«, erklärte Sam, der sich auf dem Rücken im Wasser treiben ließ und entgegen aller Warnungen eine vor Freude kreischende, haselnussbraune Scarlet auf dem Bauch balancierte.

Gemüse gab es nicht, und Graham, der sich fast ausschließlich vegetarisch ernährte, der nur zu unentschlossen war, um sich ganz zum Vegetariertum zu bekennen, hatte Probleme, etwas auf der Speisekarte zu finden. An manchen Tagen mussten wir zwanzig Minuten auf seine unmögliche Wahl warten. Sam wusste genau wie lange, weil er heimlich die Zeit mitstoppte.

»Nie wieder«, erklärte er, als wir endlich in unserem Schlafzimmer waren, und verdrehte die Augen. »Und du bist schuld an allem.«

Ich warf ihm das Handtuch zu. »Sei nicht so negativ.« Bis auf den Hintern war er am ganzen Körper braun gebrannt und sah gut aus. Dessen war er sich voll bewusst und zeigte sich gern. »Das beeinträchtigt deinen Urlaub nicht im Geringsten, nur ihren, was eine Schande ist. Jetzt habe ich Schuldgefühle. Vielleicht hätte ich sie nicht fragen sollen.«

»Mein Schatz, du musst dich aber auch überall einmischen.« Er legte mir die Hand auf den Mund, damit ich zu labern aufhörte, dann bedeckte er mich mit dem Sand aus seiner behaarten Brust, und wir liebten uns. *Noch einmal.*

Angesichts meiner Toleranz und meiner Gutherzigkeit ist es vielleicht verständlich, warum ich acht Jahre später, als diese Geschichte mit den Schikanen in der Schule ans Licht kam, es einfach nicht fassen konnte, dass Mrs. Forest mich wegen Scarlet anrief.

Die Situation drohte außer Kontrolle zu geraten.

Warum hatte sich Jennie bei der Schulleitung beschwert, obwohl ich neben ihr wohnte? Was zum Teufel war bloß in sie gefahren? Ich war wie vor den Kopf geschlagen, als sie mich zur Rede stellte, weil sie Poppy allein in der Innenstadt angetroffen hatte. Und ihre böswillige Schilderung dieser problematischen Dreierbeziehung – dabei hatte ich mir solche Mühe gegeben, dass Poppy sich ja nicht ausgeschlossen fühlte, wenn Harriet Birch hier war.

Es war doch Scarlets gutes Recht, sich mit anderen Mädchen anzufreunden. Und Dreiecksbeziehungen sind nun mal nicht einfach, selbst unter Erwachsenen nicht. Kleine Mädchen können richtig gemein sein. Und ich merke das nicht immer sofort. Nicht wie Jennie, die ständig mit dem Schlimmsten rechnet und immer auf der Hut ist, ob nicht Satan mit seiner Klaue über ihre Unschuld herfällt. Sam meint, das sei wie eine Einladung an den Teufel. Ich warte lieber, bis das Unheil über mich hereinbricht, bevor ich mich daranmache, die Scherben wegzuräumen.

Aber es hatte Hinweise gegeben. Ich hätte die Spannungen bemerken müssen. Zum Beispiel erinnere ich mich daran, wie Scarlet sagte, Poppy sei hinterhältig. Es gab auch noch andere Fingerzeige, nichts Handfestes, nichts, was ich richtig ernst nahm. Sie hatte gesagt: »Poppy ist hinterhältig, aber sie tut immer ganz unschuldig. Sie schnüffelt hinter unserem Rücken herum. Und sie hat mir erzählt, Graham hätte gesagt, du wärst eine Schlampe.«

Das ist die Art von Kindergeschichten, über die ich lässig hinweggehe. Ich glaube, ich antwortete darauf nur: »Er nennt mich eine Schlampe, weil Jennie so ordentlich ist. Sie gibt sich so viel Mühe. Und dasselbe gilt für euch, Fräulein. Sieh dich nur an, Scarlet, und du, Harriet! Wann habt ihr euch das letzte Mal frisiert? Eure Hände starren vor Schmutz. Es ist widerlich.«

Ich hatte zu tun, es war genug los.

Sam machte es richtig Spaß, mir klar zu machen, dass ich übertreibe. Volle Pulle beim Express, anschließend die Hausarbeit, und außerdem leidet Lawrence, seit der Keuchhusten vorüber ist, unter Pseudokrupp.

Und dann, war es die Woche drauf oder die Woche zuvor?

»Poppy hängt immer rum hier. Wie eine verdammte Klette, stimmt's, Harry? Sie kapiert es einfach nicht. Warum muss sie aber auch ständig hier sein und so ein Gesicht ziehn?«

»Scarlet, jetzt sei nicht so eklig«, entgegnete ich. »Poppy ist immer noch deine Freundin, und du kannst doch nicht einfach, weil du eine neue Freundin gefunden hast, die alte fallen lassen. Nein, das geht einfach nicht. Du und Harry, ihr dürft die arme kleine Poppy nicht so ablehnend behandeln. Seid bitte nett zu ihr. Zeigt ihr, dass ihr sie mögt.«

»Aber warum hat Poppy denn keine anderen Freunde?«

Das erste Glas Wein musste meinen Verstand benebelt haben, ich stand auf der Leitung. Ich trank gern ein, zwei Gläser, bevor ich mich an den Herd stellte. »Poppy ist schüchtern, das weißt du doch.«

Ich merkte nicht, wie Harriets Hände sich verkrampften und sie ihre kleinen Augen in Scarlet bohrte. Ihr stummes Lächeln zeigte, wie sehr sie diese kleine Szene genoss. Ich war mir nicht sicher, ob ich Harriet mochte. »Poppy ist nicht schüchtern, sie ist hinterfotzig, wie Prinzessin Diana.«

Ich hatte jede Menge zu tun, und die Kinder gingen mir auf die Nerven. Und wo zum Teufel steckte Lawrence? Ich hatte vor einer Ewigkeit nach ihm gerufen. Fast nie tauchte er vor dem Abendessen auf, und dann hustete er sich die Lunge aus dem Leib. Wir hielten uns fast ständig in der Küche auf. Anders als bei unseren Nachbarn gab es bei uns keine den speziellen Lebensbereichen zugewiesenen Räume, und wenn ich, so wie jetzt, zu kochen versuchte, bereute ich unseren zigeunerhaften Lebensstil.

»Rede nicht schlecht von den Toten. Du plapperst wieder mal alles deinem Vater nach.«

»Poppy erzählte Mrs. Forest, sie hätte gesehen, wie ich und Harry Geld aus Kirsty Sullivans Turnbeutel klauten.«

Hey, was war das?

»Das erzählte Poppy Mrs. Forest. Und als Mrs. Forest in meinen Turnbeutel sah, fand sie Kirstys Geld genau da, wo Poppy gesagt hatte.«

Das war eine ernst zu nehmende Angelegenheit. »Wann war das?«

»Am Montag, aber Mrs. Forest glaubte mir und Harry.«

»Aber warum zum Teufel sollte Poppy so etwas tun?«

»Und außerdem hat Poppy gesagt«, und Scarlets Augen funkelten seltsam, »dass Jennie bei einer Party mit Daddy im Bett war.«

»Oh?«, sagte ich, und Harriet Birch kicherte blöde. »Das ist geradezu lächerlich. Poppys Phantasie geht mit ihr durch. Erzählt eure Märchen jemand anders und wascht euch bitte endlich die Hände.«

Manchmal wünschte ich, sie wäre tot.

5

JENNIE

Manchmal wünschte ich, sie wäre tot.

Als wir nach Italien flogen, war Martha schwanger, als wir zurückkamen, war ich es ebenfalls. Ein Triumph bei diesen schweißnassen Laken, dem kaputten Ventilator und der kaum vorhandenen sexuellen Spannung, die, laut Martha, zwischen Graham und mir bestand. Damals in Italien war das erste Mal, dass ich gemeinsam mit Graham weg war, abgesehen von den Monaten, die wir bei seiner Mum und seinem Dad gewohnt hatten, und den wenigen Wochenenden, die wir bei meiner Mum, Stella, in ihrem Tiefparterre in Walthamstow verbrachten. Nicht gerade ein Urlaub.

Es gelang uns, einen erschöpften Esel vor seinem narbengesichtigen Besitzer zu retten, der Zähne hatte wie Dominosteine. Mit tränengefüllten Augen wandte ich mich ab vom Elend der Hunde, den sterbenden Hühnern und wo, verdammt, war hier eine Bank?

Jeder akzeptiert, dass die Art Stress, die man mit einem Baby hat, besonders seinem ersten, nicht ohne Einfluss auf die Persönlichkeit bleibt. Seit die kleine Poppy geboren wurde, stand ich ständig unter Strom. Martha nicht. Martha und Sam mussten nicht die Anspannung ertragen, die aufreibender Besuch mit sich brachte. Ihre Familien wohnten in großzügigeren Häusern, in denen sie sich ungestört erholen konnten. Und wenn Martha ihre Mutter in Dorset besuchte, kam sie ausgeruht zurück.

Stella, meine Mutter, war mit ihren fünfzig Jahren noch lange nicht alt, doch ihre Haut war fahl und ihre Haare mausbraun und dünn von der Dauerwelle. Sie kam nach Poppys Geburt vierzehn Tage zu uns, ein traumatischer Besuch, der außerdem noch meine neue Freundschaft zu Martha schwer belastete. Ich gebe es nur ungern zu, aber zum ersten Mal in meinem Leben schämte ich mich schrecklich für sie und die Werte, für die sie stand, für ihre Feindseligkeit und ihre Stimme, die schon so gemein klang, ihren Sauberkeitswahn und ihre permanente Predigt, dass harte Arbeit der Sinn des Lebens sei.

»Ich komme extra her«, sagte sie, »und dir fällt nichts anderes ein, als zu deiner schrecklichen Nachbarin hinüberzuspazieren und mit ihr zu tratschen.«

»Sie ist eben witzig.«

Die Nachspeise, Stellas Blancmange mit der Haut obenauf, lag mir im Magen wie ein Stein. Und dabei war mein Bauch ohnehin noch geschwollen.

Arme Mum. Geboren, um sich nützlich zu machen, und durch das Leben zum Neutrum geworden, hätte sie es vorgezogen, mich im Bett zu sehen, pflegebedürftig und abhängig von ihr, leicht klinisch steril zu halten. Und ich hasste ihr schleimiges Getue, wenn die Hebamme vorbeisah. Immer diese Unterwürfigkeit allem gegenüber, was einen weißen Kittel trug.

Und den Aufwand, den sie vor diesen Besuchen trieb.

Alles tipptopp auf Vordermann gebracht, nicht nur ich, sondern das ganze Haus. Ich wurde herausgeputzt auf dem Stuhl platziert, nichts durfte auf meinen Dammriss hinweisen. Und Poppy lag frisch gebadet in ihrer Wiege, ein Püppchen in Rüschen und Spitzen. Die Wäsche hing nass draußen an der Leine, reingewaschen von sämtlichen körperlichen Sekreten, das Spülbecken strahlte, mein Haus aufgeräumt und frisch durchgesaugt.

Und währenddessen versuchte ich, erschöpft und niedergeschlagen, einem Faultier in einem Zimmer voller Affen gleich, Stella die Realität nahe zu bringen. »Sie ist nur eine Hebamme, Mum. Der ganze Aufwand ist völlig unnötig. Sie wird uns Poppy nicht wegnehmen, nur weil sie irgendwo ein Staubkorn findet.«

Doch sie leistete erbitterten Widerstand. »Was für eine unmögliche Einstellung. Du bist jetzt eine Mutter, da muss das wie am Schnürchen laufen. Die Leute sollen doch nicht denken …«

Ich kehrte ihr den Rücken zu, weigerte mich, ihr zuzuhören. Dieser Satz war die Geißel meiner Kindheit – *die Leute sollen doch nicht denken*. Er bedeutete, dass die Milchflaschen vor unserer Tür vor Sauberkeit funkelten, ich nie das Haus ohne Pausenbrot verließ, ich mich nach Einladungen schriftlich bedankte, statt mit einer Frisur mit einem Haferlschnitt herumlief und wir nie Pommes auf der Straße aßen.

Wovor bloß hatte Stella solche Angst?

Doch meine Indoktrination hatte zu früh begonnen, als dass ich mich davon befreien könnte, erklärte mir Martha.

Nachdem sie sich devot von der Hebamme verabschiedet hatte, blieb Stella stets noch in der Tür stehen, um zu beobachten, wie diese zu Martha ging. Stella wusste, wie sehr ich meine Nachbarin bewunderte, daher hatte sie nur Verachtung und Mitleid für sie übrig. Dass die Tür nebenan häufig von einer »Schlampe im Nachthemd« geöffnet wurde, die eine brüllende Scarlet auf dem Arm trug, erfüllte sie mit Genugtuung. »Wie sie nur aussieht! Dass die überhaupt einen Mann abkriegte? Und das arme Kind erst, was für ein schrecklicher Start ins Leben …«

Doch mir entging nicht, dass die Hebamme bei Martha länger blieb, sie dort ihren Kaffee trank, obwohl Stella ein Tablett bereitgestellt hatte mit Serviette und drei Biscuits.

Merkte Martha nichts, oder war ihr Stellas offenkundige Abneigung egal? Wie auch immer, ich wollte sie auf keinen Fall als Freundin verlieren.

»Interessant«, bemerkte Stella. »Marthas Mutter hat sich nicht die Mühe gemacht, ihrer Tochter zur Hand zu gehen.«

»Sie hat es ihr angeboten, aber Martha wollte nicht, dass sie kommt.«

»Ha, ich kann mir vorstellen, warum.«

»Mum, *du kennst sie nicht einmal.*«

»Und du, Jennie, kennst du sie? Du hast sie im Krankenhaus kennen gelernt. Und man muss bei ihr nicht ein- und ausgehen, um sie zu durchschauen.«

So lange ich mich zurückerinnern konnte, war Stella immer überkritisch gewesen, hatte auf ziemlich gemeine Weise andere schlecht gemacht, die ihren kleinlichen Wertvorstellungen nicht genügten. Sicher, das geschah aus einer Abwehrhaltung heraus, um sich als überlegen hinzustellen. Und es gab wirklich nicht viel, wo sie sich überlegen fühlen konnte.

Martha lachte über die Art, wie Stella es bei der eine Woche alten Poppy mit der Sauberkeitserziehung versuchte.

»Das Gefühl des kalten Plastik am Po, das ist es«, erklärte Stella gequält. Marthas Kritik hatte sie getroffen. Poppy berührte sie erst, nachdem Stella sich eine bestimmte Schürze angezogen hatte. Die Schürze passte zu ihren Händen, so weiß und gestärkt war sie. »Durch die Kälte lernen sie das, merkt euch das. Poppy ist im Handumdrehen sauber.«

»Aber der kleine Wurm kann ja noch nicht mal sitzen«, lachte Martha, ohne zu bemerken, wie Stellas Anspannung wuchs. »Das ist reine Zeitverschwendung. Irgendwann werden sie sauber, ganz egal, was man tut.«

Stella warf Martha einen funkelnden Blick zu und rümpfte die Nase.

Wenn Martha und ich uns ausruhen wollten, war Stella

mit Eimern und Windeln zugange, räumte schwitzend und schnaufend die Waschmaschine aus und wieder ein, und vor lauter Anstrengung wurden ihre braunen Haare noch krauser.

»Bleibt ruhig sitzen, ihr zwei«, sagte sie zu mir und Martha, und das meinte sie wirklich so. »Überlasst mir das, ihr braucht etwas Erholung.« Um mit übertriebener Höflichkeit hinzuzufügen: »Mrs. Frazer, noch eine Tasse Kaffee?« Wie oft musste man Stella noch sagen, sie solle Mrs. Frazer Martha nennen? Und noch eine Tasse Kaffee dauerte so lange und wurde von so lautem Töpfeklappern begleitet, als koche sie ein ganzes Menü. Wie viel Leiden das verursachte! Die äußere Form ging über alles. War die Untertasse nass, musste sie abgetrocknet werden. Aber Stellas Hilfsbereitschaft hatte ihre zwei Seiten, alles hatte seinen Preis.

»Du liebe Güte, wie kämst du nur ohne mich zurecht.«

Natürlich war ich lieber bei Martha drüben.

Martha zuzusehen, wie sie mit Scarlet umging, war, als streife man sich nach einem langen Spaziergang die zu engen Schuhe von den Füßen.

Doch wenn Poppy schlief, mussten wir auf Zehenspitzen durchs Haus schleichen. Man kam sich dann vor wie im Leichenschauhaus, ein Heim für die Toten, nicht für ein Neugeborenes. Der Geruch des Desinfiziermittels hätte genauso gut Formaldehyd sein können.

Martha dagegen lag meist wie ein gestrandeter Wal auf ihrem abgewetzten Küchensofa, schmökerte oder sah sich irgendeine schreckliche Nachmittagssendung an, eine Zigarette im Mund und eine Tasse Kaffee neben sich. Scarlet war stets in ihrer Nähe, entweder zu ihren Füßen in der klobigen Babytrage oder riskant auf einem Kissen abgelegt, während Poppy immer in ihrem Bettchen im ersten Stock schlief. Darauf bestand Stella. Kein Geräusch schien die schlafende Scarlet zu stören, noch schien Martha sich wegen der um das Baby herumschleichenden Katzen Sorgen zu machen.

Ich hatte den Eindruck, sie freue sich jedes Mal, mich zu sehen, und sei enttäuscht, wenn ich ohne Poppy kam. Doch mir war es lieber, Poppy zu Hause zu lassen. Ihre Zerbrechlichkeit machte mir Angst, und ich fürchtete mich davor, wenn sie aufwachte. Dieses Wimmern und davor das schwere Atmen.

Marthas Haus war immer voller Leute, es herrschte ein stetes Kommen und Gehen, ohne dass deshalb großer Aufwand getrieben wurde. Martha rief einfach: »Der Wein steht im Kühlschrank, wenn du welchen willst, der Kaffee dort drüben.« Aber sie brachte in nur fünf Minuten ein Essen auf den Tisch, nur Thunfisch und kalte Kartoffeln. Sie wollte nie jemanden beeindrucken oder irgendetwas beweisen.

In unserem Hause wurden bei Überraschungsbesuchen die Augenbrauen hochgezogen. »Wie gedankenlos, einfach so vorbeizukommen«, bemerkte Stella dann, nachdem der Besuch gegangen war. »Wie unhöflich. Was kostet schon ein Telefonanruf?« Nicht dass es bei uns häufig Überraschungsbesuche gegeben hätte, als ich ein Kind war.

Und durch meine frühen Erfahrungen geprägt wurde ich zu der Mutter, die ich nun bin.

Nebenan, das war eine ganz unbekannte Welt, wo man das Wort Flicken nicht kannte und von Babys kaum gesprochen wurde, *doch würde das je meine Welt sein?*

Ich liebte es, Martha zu beobachten, Martha mit den strahlenden Augen, die selbst in Sams riesigem Pulli schön war, und staunte.

Meistens ging ich, wenn Sam nach Hause kam, und grübelte dann darüber nach, wie schwierig es für mich gewesen war dazuzugehören, als ich noch bei meiner Mutter wohnte. »Es muss hier doch Leute mit mehr Niveau geben, mit denen du dich anfreunden kannst, Jennie«, pflegte Stella dann zu ihrer teilnahmslosen Tochter zu sagen.

»Gibt es aber nicht«, entgegnete ich trotzig.

»Und was ist mit den Mädchen von der Bank?«

Wie Stella mir auf die Nerven ging, wenn sie so drauf war. Kapierte sie es denn nicht? Bis zu meinem dreiundzwanzigsten Lebensjahr lebte ich mit ihr in Walthamstow, und nach unserer Hochzeit verbrachten Graham und ich diese schwierigen Monate bei Ruth und Howard. Ich hatte nie die Möglichkeit gehabt, Freunde mit nach Hause zu bringen. Als Kind spielte ich lieber bei meinen Freunden, da Stella nicht gerade gastfreundlich war – außer an Geburtstagen, wenn sie es völlig übertrieb. Bei den anderen gab es bei der Party Hotdogs und weiße Bohnen und Pommes und Mayonnaise. Ich hatte Liebesperlen, Luftballons und Spiele, und Stella schuftete natürlich besonders schwer, weil alles aufwändiger und teurer sein musste.

Das Mobbing dauerte etwa zwei Jahre, doch ich hatte es nicht gewagt, die Schule zu schwänzen wie Poppy. Nicht zuletzt wegen meiner Mutter riss ich mich zusammen und ging weiter brav in die Schule, saß auf dem Spielplatz allein herum oder im Klassenzimmer in der ersten Reihe, tat, als mache es mir Spaß zu lesen und mein Pausenbrot in dem lauten Speisesaal allein zu vertilgen.

Diese Krampfadern. Was störte die anderen noch? Mitgebrachte Pausenbrote statt Schulessen. Weiße Socken statt schwarzer Strumpfhosen. Fette Haare und ein kindischer, unvorteilhafter Schnitt. Ungeschickt bei Ballspielen. Haare an den Beinen. Nichtschwimmerin. Nylon- statt Baumwollblusen, und man hatte mich sonntags in der Kirche gesehen.

Es war die schlimmste Zeit meines Lebens bisher.

Ich sehnte mich so sehr danach, alles recht zu machen für meine Mum und für mich.

Jede Nacht weinte ich mich in den Schlaf.

Ich lernte es, mich klein zu machen, mich am Rand des Lebens aufzuhalten und die Welt zu beobachten. Mit gesenktem Kopf nahe der Mauer entlangzugehen, ohne jedoch die Umgebung außer Acht zu lassen, stets auf der Hut vor dem nächsten Angriff. Ich hasste mich selbst mehr, als die anderen mich hassten. Und wie sehnte ich mich danach, beliebt zu sein. Ich träumte von einer Heldentat, jemanden zu retten, zu erblinden oder zum Kind des Jahres gewählt zu werden. Oder dass plötzlich mein Vater auftauchte und sich als Richard Branson entpuppte.

Am schönsten jedoch wäre es – wenn Stella stürbe. Ich sah es genau vor mir: Die Sekretärin würde mich holen und in ihr Büro mitnehmen, wo bereits die nach Flieder duftende Direktorin mit einer Schachtel Papiertaschentücher auf mich wartete, um mir möglichst schonend die schreckliche Nachricht mitzuteilen.

Man würde mich nach Hause begleiten und die Klasse informieren. Ein paar Mädchen würden weinen, weil es so traurig war, und wenn ich nach etwa drei Wochen zurückkäme, würden sie sich darum streiten, in meiner Nähe zu sein, mich zu trösten, meine beste Freundin zu sein.

Aber Stella weigerte sich, für mich zu sterben, und ich musste mit meinen Problemen weiterleben, mit meiner Sorge um sie und meinem schlechten Gewissen wegen meiner gemeinen Tagträume. Mir war klar, wie sehr sie darunter leiden würde, wenn sie erführe, wie man mich behandelte. Und all das, obwohl sie so hart arbeitete, sich so krumm legte und Tag für Tag solche Anstrengungen auf sich nahm. Ich hatte sie verraten, weil ich keine Freunde hatte. Wenn ich auf dem Nachhauseweg ihr angespanntes Gesicht sah, schloss ich mich ihr zuliebe sofort der nächsten Gruppe an und tat, als gehöre ich dazu. Und als Judith Mort mir meine Geldbörse entwendete, Stellas verknittertes Foto entfernte, in zwei Teile riss und darauf herumtrampelte, war es, als hätte sie es mir direkt aus dem Herzen gerissen.

Es fiel mir also nicht schwer, mich in meine gequälte Tochter hineinzuversetzen, und ich war so erleichtert, dass Poppy, nachdem ihr Leiden nun offenkundig war, mit mir über ihre Probleme sprechen konnte. Für mich bedeutete das, dass sie sich nicht verantwortlich fühlte, nicht in dem Maße, wie ich mich für Stella verantwortlich gefühlt hatte. Wenigstens das hatten wir richtig gemacht, sie hatte mich nicht verraten und sie musste mich nicht beschützen. Und ich suchte Mrs. Forest auf, weil die Schikanen nicht aufhörten. Poppy protestierte, dadurch würde alles nur schlimmer. Also besuchte ich sie während der Schulzeit, wenn mich niemand sehen würde. Diese Schikanen mussten ein Ende haben, unbedingt.

Mein Gespräch mit Martha hatte nichts gebracht. Außerdem war es in letzter Zeit nicht einfach, etwas von ihrer kostbaren Zeit zu erhaschen, da sie darauf bestand, jede freie Minute zu arbeiten. Obwohl die Frazers auf das Geld nicht angewiesen waren.

»Poppy sieht in letzter Zeit schlecht aus«, erklärte ich Mrs. Forest, die für eine Klassenlehrerin zu jung wirkte. Ich war nicht gekommen, um zu diskutieren, ich war gekommen, um ihr zu erklären, was los war. »Und sie isst wie ein Vögelchen. Sie müssen doch irgendetwas tun können, um das zu ändern. Scarlet wohnt nebenan, und das macht alles nur schlimmer.«

Wir saßen in einem leeren, mit Laub und Farnen geschmückten Klassenzimmer, und hinter uns tobten zwei fette Hamster durch ihre Papierschnitzel. Ich saß auf einem Kinderstuhl, während Mrs. Forest wie ein Vogel auf der Kante des Sachkundetisches balancierte. Man hatte den Eindruck, als sei dies ein guter Ort, um glücklich zu sein, und bei dem Gedanken, wie sehr meine Tochter litt, war ich wütend. Wie schnell die Kindheit doch vorübergeht.

»Diese ständigen furchtbaren Schikanen.« Das war unerträglich, und ich wollte mich nicht mit Entschuldigungen abspeisen lassen. Die Schule trug die Verantwortung, Poppys Außenseiterrolle hätte auffallen müssen, es war nicht mein Fehler. *Ich war nicht ansteckend. Poppy hatte das nicht von mir.* »Sie müssen doch etwas gemerkt haben, bevor es so eskalierte. Poppy erzählte mir, es sei am Anfang des Schuljahres losgegangen.«

Wie raffiniert Mrs. Forests Zopf geflochten war. Sie sah aus wie Heidi, so frisch und rosig, als käme sie aus den Bergen. Sie lächelte, bevor sie zu ihrer Verteidigungsrede ansetzte, und ich erwiderte ihr Lächeln höflich. »Das ist schwierig … ich weiß nicht, wie ich … hätten Sie mich gefragt, hätte ich gesagt, mit Poppy sei alles in Ordnung. Eher hätte ich vermutet, dass Scarlet diejenige ist, die leidet. Und dass die Feindseligkeit, so unterschwellig sie ist, hauptsächlich von Poppy auszugehen scheint.« Sie zögerte, um meine Reaktion einschätzen zu können, bevor sie fortfuhr, in dieselbe Kerbe zu schlagen. »Mir ist diese Veränderung nicht aufgefallen, und in gewisser Hinsicht ist die arme Harriet nur der Katalysator für etwas, das ohnehin eingetreten wäre. Die Wahrheit, Mrs. Gordon, ist, dass sich Scarlet und Poppy seit einiger Zeit auseinander entwickeln. Sie haben verschiedene Interessen. Sie wachsen beide heran, zu Individuen mit unterschiedlichen Bedürfnissen …«

Mir wurde unvermittelt schwindlig, ein kalter Schauer lief mir über den Rücken, in den Achselhöhlen brach mir der Schweiß aus. Damit hatte ich nicht gerechnet. »Versuchen Sie mir zu sagen, dass Poppy sich dagegen wehrt? Wollen Sie mir sagen, dass Harriet Birch mit diesem Verhalten nichts zu tun hat? Dass alles Poppys Schuld ist?«

»Mrs. Gordon«, fuhr sie besänftigend fort, »wie Sie sicher wissen, ist Scarlet ein fröhliches und unbekümmertes kleines Mädchen. Poppy hingegen fällt es schwerer, Freundschaften zu schließen. Bisher hatte sie immer bei Scarlet Zuflucht gefunden. Das hat im Kindergarten und auch die ersten Jahre hier wunderbar funktioniert, aber mit zehn Jahren werden Beziehungen komplexer …«

»Ja?« Warum diese Pause?

»Wir hätten früher reagieren sollen, das stimmt. Wir hätten die zwei Mädchen trennen müssen, um ihnen diesen Übergang zu erleichtern. Für Poppy war der Druck zu groß, in Scarlets Gruppe mitzuhalten.«

»Ach?« Schockiert und verwirrt hörte ich Mrs. Forests Geleier weiter zu. Den beiden, Harriet und Scarlet, war es also gelungen, die Lehrerin für sich einzunehmen. Es sind immer die hübschesten und beliebtesten Kinder, die beim Lehrer am besten bestehen. Ich hatte sogar gehört, dass ein attraktiver Name die Einstellung der Umgebung beeinflusst. Aber ihr Name, Poppy, war attraktiv. Ich hätte es besser verstanden, wenn wir sie Janice oder Sue genannt hätten.

Ich weiß nicht, wie ich an diesem Tag nach Hause kam.

Graham war unausstehlich, er unterstützte mich überhaupt nicht. Er erklärte mir, ich leide unter Verfolgungswahn, und warum solle Scarlet plötzlich so ein Ekel sein? Ich solle die beiden an einen Tisch bringen, für eine ruhige, sichere Atmosphäre sorgen und mit ihnen über eine Bereinigung des Konflikts sprechen.

Doch für mich war das der Tag, von dem an Poppy außen vor bleiben sollte. Nicht mehr zu den Erwählten gehörte, sondern zu denen, die zu Hause bleiben und die Linsen aus der Asche klauben.

Es war so unerträglich traurig.

Für mich war das der Tag, an dem man sie in eine schlechtere Klasse stecken würde, die sie weniger forderte. Sie käme mit weniger talentierten Schülern zusammen, würde ihre Ansprüche an sich selbst zurückschrauben. Dann würde es nicht lange dauern und sie würde mit dem Gefühl aufwachen, betrogen worden zu sein. Müsste dieses grausame Erwachen durchstehen, sich im Mittelmaß wiederfinden und gezwungen sein, den Privilegierteren dabei zuzusehen, wie sie an ihr vorbeiziehen, nicht etwa, weil sie begabter wären, sondern weil sie bei anderen besser ankommen und durchtriebener sind.

Der Tag, an dem man sich von seinen Träumen verabschieden muss.

Es war so ungerecht, so entsetzlich ungerecht.

Die Intensität meiner Gefühle beschämte mich.

Ich war wie meine Tochter, Poppy, und ich war wie meine Mutter: Wenn ich unglücklich war, wurde ich gemein.

Und das nach allem, was wir beide durchgemacht hatten.

6

MARTHA

Und das nach allem, was wir beide durchgemacht hatten.

Jennie wurde mit Josh schwanger, weil ich mit Lawrence schwanger war – als ich Sam das zu erklären versuchte, nannte er mich paranoid. Es gab jedoch noch andere Hinweise, die ich nicht erwähnte, und damit meine ich nicht nur die Riemchensandalen, die sie, nachdem ich mir welche gekauft hatte, ebenfalls haben musste, oder der Heißhunger auf eine Fünf-Minuten-Terrine. Nein, ich meine die Krankheiten. Unglaublich. Nicht nur unsere Krankheiten, sondern die unserer Kinder.

Es war nicht so einfach wie Münchhausensyndrom, kein Hilfeschrei, kein Heischen nach vermehrter Aufmerksamkeit, bei dem Poppy als Köder herhalten musste. Bislang ist mir noch kein passender Begriff zu Ohren gekommen, der auf dieses Wirrwarr von Symptomen gepasst hätte, doch nach dem ersten Schock stand für mich felsenfest – *sie kopierte mich.*

Es ist mir ein Rätsel, wie Jennie in diesem vermurksten Italienurlaub schwanger werden konnte. Anscheinend war ihr Freitagabendtermin eine zu eingefleischte Angewohnheit.

Natürlich hatte sie gewusst, dass ich »ein Kind unter dem Herzen trug«. Kaum hatte ich Verdacht geschöpft, Sams Zeugungskraft und seine grabschenden Hände verflucht, rannte sie schon in die nächste Apotheke, um einen Schwangerschaftstest zu besorgen.

Positiv. Aber bitte, bitte, *war möglicherweise ein Irrtum passiert?* Wir hatten das nicht geplant. Es war zu früh.

Erwartungsvoll erkundigte sie sich jeden Morgen nach meinem Zustand, meine dramatische Reaktion nahm sie für bare Münze (es war eher die Reaktion einer schockierten Primadonna). Am schlimmsten wurde ihr Getue, als ich sagte, ich wolle es nicht kriegen.

»Aber das kannst du nicht machen. *Unmöglich.*«

»Warum denn nicht? Es gibt sowieso schon zu viele Kinder auf der Welt.«

»Das ist Mord«, entgegnete sie. »Du zerstörst ein Leben.«

»Quatsch. Jetzt komm mir nicht damit. Ich bin keine Abtreibungsgegnerin und du auch nicht.«

»Man muss nicht fanatisch sein, um zu wissen, was richtig und was falsch ist.« Und ihre kleine besserwisserische Nase wies selbstgerecht nach oben. »Du hast keinen Grund abzutreiben. Du solltest dich etwas verantwortungsvoller benehmen.«

»Ach ja? So wie du und Graham.«

Okay, das war nicht nett, und ich hatte Jennie auf dem falschen Fuß erwischt. »Was willst du damit sagen?«

Ich stand auf, um Fishcake, die Katze, vor Poppys ungeschickten Liebkosungen zu retten. Sie behandelte Katzen wie ihre Spielsachen, ich war froh, dass wir keinen Rottweiler als Haustier hatten.

»Jennie, ich weiß, dass du die Pille nimmst und das ist absolut empfehlenswert, aber ich bin zu fett und deshalb setzen wir auf eine etwas riskantere Methode.«

»Ja, dein ekliges altes Pessar, kein Wunder, dass es versagte. Es muss inzwischen verrottet sein, und deinen Zyklus hast du auch nicht im Kopf. Das heißt, du hast dir dieses Baby unbewusst gewünscht.«

Jennie hatte Recht, mein Pessar war widerlich, und ich

benutzte es ungern. Solche Dinge behandle ich selten pfleglich. Mein hautfarbener Wasserkessel, das Hochzeitsgeschenk einer alten Tante, ist fleckig und abgestoßen und wird lieblos behandelt, weil ich eigentlich einen eisernen Wasserkessel von Aga wollte. Dito mein zerrissenes braunes Bügelbrett. Sowie meine Schuhe, am liebsten sind mir meine alten Latschen von Dr. Scholl, sonst laufe ich gleich barfuß. Ach ja, mein Pessar war kein schöner Anblick und ich sollte es nicht oben im Badezimmer herumliegen lassen, aber ich gehe nun mal nicht davon aus, dass meine Freunde und Nachbarn dort oben herumschnüffeln.

Einmal hatte Jennie mich gefragt: »Hast du eigentlich Hämorrhoiden?«

Überrascht hatte ich geantwortet: »Nein, aber Sam. Warum?«

»Ich dachte nur.«

Mir war natürlich klar, dass das eine Lüge war. Sie war in meinem Badezimmer gewesen. »Aber es wäre ihm unangenehm, wenn es jemand erfährt. Sein gesundes Image und seine Eitelkeit wären verletzt.«

Ein anderes Mal verriet sie sich selbst. »Warum benutzt Sam so ein altmodisches Rasiergerät?«

»Weil er behaart ist wie ein Bär und die neuen Apparate bei ihm nicht funktionieren. Warum?«

Jennie zuckte die Achseln.

»Nur damit du's weißt, ich brauche seine alten Klingen auf.«

Damals waren ihre Fragen mir nicht zu intim. Wir unterhielten uns nun mal über persönliche Sachen. Was mir eigentlich zu schaffen machte, war, warum sie sich überhaupt dafür interessierte. Ich hielt mich so gut wie immer zurück, egal, was sie tat. Irgendetwas sagte mir, ich müsse auf der Hut sein bei dieser Mimose von Freundin, die jede obszöne Geste eines Autofahrers persönlich nahm und sich von jedem ruppigen Kartenabreißer den Boden unter den Füßen wegziehen ließ. Solch belanglose Unannehmlichkeiten sammelte sie, um sie in die Luft zu werfen und bündelweise auf sich niederprasseln zu lassen wie Glassplitter.

Mir war bewusst, dass sie immer abhängiger von mir wurde. Sie bemühte sich erst gar nicht, mir in dieser Hinsicht etwas vorzumachen, und zum ersten Mal spürte ich dieses leichte Unwohlsein. Manchmal machte sie Anstalten, etwas zu erklären, aber ich hasste es, wenn sie sich erniedrigte, und sorgte mich um sie, sie klang so verletzlich. »Wenn ich doch nur mehr wie du wäre, Martha.«

Wie wenig sie mich wirklich kannte.

»Ich fühle mich lebendig, wenn ich mit dir zusammen bin.« In ihrer Stimme schwang ein beinahe religiöses Zittern mit. Verunsichert beobachtete ich, wie sie mit dem Finger über die Rillen meines Tisches strich, und stürzte mich in die Suche nach einem fehlenden Socken, wegen dem Sam am Morgen in einen Tobsuchtsanfall ausgebrochen war. Ich tauchte in die leere Waschmaschine, ich wühlte mich durch den Stapel Bügelwäsche. Ich hatte ihm versprochen, zu Marks and Spencer zu gehen und ihm einen neuen Dreierpack Socken zu kaufen. »Du fehlst mir so sehr, wenn du nicht da bist, und jetzt denkst du darüber nach, wieder arbeiten zu gehen.«

Tränen lauerten hinter ihrer Stimme.

»Was soll ich bloß ohne dich tun?«

Sie tat mir so Leid, sie wirkte so gequält. »Ich werde ohnehin keine Arbeit finden.« Mehr fiel mir dazu nicht ein.

Nach diesem merkwürdigen Vorfall fing sie an, sich meinen Freunden gegenüber abweisend zu verhalten. Sie war nicht direkt unhöflich, aber kalt und aufbrausend, wie ich es zuvor nicht bei ihr gesehen hatte.

Ich hätte darüber gern mit Sam gesprochen, aber er war

der Typ, der daraus die falschen Schlüsse zog. »Lesbe«, würde er grinsen. Sam war hysterisch heterosexuell, er hatte nichts übrig für Schwule, und er legte Wert darauf, abends lange aufzubleiben und sich jeden Film anzusehen, der nur für Erwachsene freigegeben war. Meistens schlief er dann dabei ein.

Seine sexuellen Vorlieben sollte man für sich behalten, war Sams Motto, während er selbst bei jeder sich bietenden Gelegenheit dreckige Witze mit seinen Kumpels riss.

Und überhaupt war das gar nicht das Problem mit Jennie. Sexuelle Zwischentöne fehlten hier, hätte es sie gegeben, wäre es vielleicht weniger kompliziert gewesen. Dann hätte ich ihr einfach sagen können, dass ich darauf nicht stehe.

Zum zweiten Mal waren Jennie und ich gleichzeitig schwanger, was uns wiederum einander näher brachte. Wir fuhren zu den jeweils anstehenden Untersuchungen, ich begann mit den Eisentabletten, sie hörte mit den ihren auf, ich hatte die Morgenübelkeiten gerade überstanden, sie verbrachte noch immer Stunden mit dem Kopf über der Kloschüssel.

Wir kauften unseren Töchtern Babypuppen, um die Eifersucht auf das Geschwisterchen zu lindern und den Mutterinstinkt in ihnen zu wecken, von dem ich zweifelsohne nicht viel abbekommen hatte. Poppy riss ihrer die Augen heraus, und Scarlet begrub »Rosebud« in der Sandkiste.

Eines Tages stand ich auf und entdeckte zu Tode erschrocken Blutflecken in meinem Bett. *Wie? Warum?* Ich war nie krank. Mein Körper funktionierte perfekt wie eine Maschine, trotz des Nikotins, das ihm zugemutet wurde.

Sam holte Scarlet aus ihrem Bettchen und fuhr uns sofort ins St. Margaret's, wo man mich in ein bretterhartes Bett verbannte und eine Woche unter Beobachtung da behielt.

Als ich nach Hause kam, zog Jennie bei mir ein.

»Du musst dich unbedingt schonen«, wies sie mich zurecht, »und du musst dich mit der Tatsache abfinden, dass du nicht weniger verwundbar als alle anderen bist. Du kannst nicht so weitermachen wie bisher, mit deinen schrecklichen Angewohnheiten. Du musst aufhören, mit Emma auszureiten. Du kannst nicht mehr mit Jayne zu euren wüsten Mädeltreffs gehen. Du darfst nicht mehr so viel saufen und paffen.«

»Ach lass mich in Ruhe, Jennie.«

»Du musst jetzt an das Baby denken, nicht nur an dich.«

»Quatsch. Wenn es darum ginge, das Baby oder die Mutter zu retten, wärst du glücklich, dein Leben herzugeben?«

»Ja, das täte ich tatsächlich.«

Jennie war immer für eine Überraschung gut.

Als Nächstes hörte ich, wie sie meiner lieben Freundin Stevie erzählte, ich sei zu krank, um Besuch zu empfangen.

»Wer war denn das am Telefon?«, fragte ich sie. Ich war ziemlich verärgert, dass sie einfach drangegangen war. Das war mein Haus, verdammt, noch konnte ich mich auf eigenen Beinen fortbewegen und reden.

»Niemand Wichtiges.«

Herrgott! »Jennie, du sagst mir jetzt sofort, wer es war!«

»Es war Stevie.« Sie warf mir einen Seitenblick zu.

Ich hätte gern mit ihr geplaudert. »Was wollte sie denn?«

»Sie wollte zum Lunch vorbeikommen.«

»Ach?« Das freute mich. Schließlich war mir langweilig. »Wann kommt sie denn?« Die Frage hing in der Luft.

»Ich sagte ihr, es ginge nicht.«

»Du hast ihr was gesagt?« Ich schrie zurück. Im Haus festzusitzen machte mich wahnsinnig. Ich ging zum Telefon und wählte Stevies Nummer. »Du hattest nicht das Recht dazu, wie kannst du es wagen, verdammte Scheiße …«

»Du verstehst das nicht«, heulte Jennie. Sie malträtierte das Abspültuch in den Händen. »Ich ertrage es nicht! Warum willst du mit Menschen wie ihr zusammen sein. Ich bin dir nie genug. Du sagst, wir wären Freundinnen, aber du tust nur so. In Wirklichkeit tue ich dir nur Leid …«

»Hör auf damit, Jennie! Sofort!« Ich kochte vor Wut. »Warum kannst du zur Abwechslung nicht mal an mich denken?«

»Ich halte es einfach nicht aus«, weinte sie. »Keine Minute mehr. Es geht immer weiter und weiter und hört nicht auf, und ich weiß nicht, was ich tun soll …«

Ich legte den Hörer auf und sagte ruhig: »Schau, Jennie, ich versuche mir ja klar zu machen, dass du unglücklich bist, aber ich kann doch nicht mein Leben so ändern, dass es dir passt. Du gibst mir ständig das Gefühl, an allem möglichen schuld und für dich verantwortlich zu sein. Das ist nicht fair, das ist zu viel. Du redest von Freundschaft, aber das ist keine …«

Sie hörte mir nicht zu. »Du drehst mir das Wort im Mund um, dabei will ich nur dein Bestes.« Sie machte einen Schritt zurück. »Nur zu, ruf Stevie an. *Ruf sie an!* Dann könnt ihr euch über das blöde Weib von Haus Nummer eins lustig machen … da … das ist eine Flasche Wein, mach sie leer mit deiner Stevie, die dir so wichtig ist, dann könnt ihr euch über mich kaputtlachen.« Auf der Suche nach einem Korkenzieher wühlte sie wie eine Verrückte in der Küchenschublade herum. Sie knallte die Flasche vor mir auf den Tisch, klemmte sich Poppy unter den Arm und rauschte aus dem Haus, wobei sie die Tür sperrangelweit offen stehen und diesen blöden Wasserkessel laut pfeifen ließ.

»Ich kann nicht deine sämtlichen Probleme für dich lösen«, rief ich ihr nach, doch sie konnte es nicht mehr hören.

Ich zog mir zwei Zigaretten hintereinander rein und überlegte, ob ich ihr nachgehen sollte.

Als Nächstes hörte ich Grahams Auto nebenan vorfahren.

Ich machte mir Sorgen. »Alles okay?«, rief ich. Ich kam mir vor wie der letzte Dreck, wie eine neugierige Nachbarin.

»Nein!«, rief er geistesabwesend und rannte, den Schlüsselbund in der Hand, auf die Tür zu. »Jennie hat angerufen. Mein Gott, sie hat Blutungen bekommen.«

Da stand Jennie, weiß wie eine Wand, wiegte sich hin und her wie eine alte Oma beim Stricken, nur dass sie mit ihren Händen ihren Bauch umklammerte.

Die Waschmaschine neben ihr surrte, der Schaum im Fenster war rosa.

Verdammte Scheiße, war das meine Schuld? Hatte mein Gefühlsausbruch das ausgelöst? Ich überschlug mich vor Hilfsbereitschaft. »Lass mal, Schatz, bleib ruhig, du bist gleich im Krankenhaus. Kümmere dich nicht um das hier. Poppy kann zu uns kommen, ich hab ein Auge auf Graham …«

»Bringen wir sie raus zum Auto.« Und dann fragte Graham, als fiele es ihm wie Schuppen von den Augen: »Warum hat sie nicht zuerst dich angerufen?«

Ich wusste sehr wohl, warum sie mich nicht angerufen hatte. »Wäre der Rettungsdienst nicht besser?«

»Nein, mit dem Auto sind wir schneller.« Er ging so vorsichtig mit Jennie um, so fürsorglich und liebevoll. Er stützte sie, sie lehnte sich auf ihn, zusammen wankten sie zum Auto und er hob sie in den Wagen. Jennie sah so unglaublich klein aus, schien nur aus Haut und Knochen zu bestehen. Ihre Schultern waren so schmal wie die eines Kindes. Alles war meine Schuld.

Nachdem das Auto wegfuhr, nahm ich Poppy mit zu mir und rief Tina an, meine andere Nachbarin. Ich bat sie, auf die Kleinen aufzupassen, und ging wieder hinüber in Nummer eins, um das Chaos zu beseitigen. Blutflecken haben immer so etwas Unangenehmes, schwarz und rot wie brennende Ölfelder im Irak, gefährliche Farben.

So unordentlich hatte ich ihr Bett noch nie gesehen, als

hätte jemand darin einen Albtraum gehabt. Die Tagesdecke war zurückgeschlagen, die Bettdecke darunter zerwühlt, doch vom Laken und Jennies Kleidung war keine Spur zu sehen.

Jesus im Himmel. Sie wird doch nicht in diesem Chaos noch alles weggeräumt haben, wie eine Hündin, nachdem sie geworfen hat?

Und dann fiel mir die Waschmaschine ein.

Ich machte mir eine Tasse Kaffee, setzte mich an Jennies Tisch und sah gedankenverloren der Waschmaschine zu, in deren Fenster der Schaum sich immer stärker rosa färbte. Wie zum Teufel hatte sie es in diesem Albtraum geschafft, alles wegzuräumen *und auch noch die Waschmaschine einzuschalten?*

In Jennies Küche war alles so, wie es sein sollte. Bis auf eine Schublade, die etwas offen stand. Ich ging zu der Schublade neben dem Ofen, in der Jennie ihre Gewürze verstaut hatte. Die sie natürlich ordentlich in den dazugehörigen Dosen aufbewahrte und nicht wie ich in zusammengeknüllten Papiertüten. Jennie füllte immer alles in entsprechende Behälter um. Selbst die Cornflakes und Spaghetti, ja sogar die Milch wurde in Plastikflaschen mit Kühen darauf und Gänseblümchendekor an den Seiten umgefüllt.

Nur die Aromen und Farbstoffe durften in ihren hübschen kleinen Glasfläschchen bleiben.

Ich nahm die Koschenillefarbe heraus und hob sie gegen das Fenster.

Ich fuhr mit dem Finger um den Deckel.

Nichts.

Aber ich hätte es mir denken können.

Jennie hatte die Angewohnheit, den Rand abzuwischen, bevor sie den Deckel zuschraubte.

Ich blieb am Spülbecken stehen und inspizierte das Abspültuch. Es hing hygienisch über dem funkelnden Wasserhahn, weißer als weiß, und darunter umgedreht ihre blaue Abspülschüssel, auf der kein Fettspritzer und kein Soßenrest zu entdecken war, so sauber wie eine Servierplatte.

Was zum Teufel war los mit mir? Woher dieses Misstrauen? Lieber Gott, war das etwa Rache? Und was hieße das für Jennie? Was ich hier dachte, durfte nicht wahr sein, ich schämte mich. Hier war ich und schnüffelte in der Küche meiner Freundin herum, obwohl ich doch vor Mitgefühl zerfließen sollte, wo sie Gefahr lief, ihr Kind zu verlieren.

Ich machte Jennies Bett, wie ich meines noch nie gemacht hatte. Beim Anblick des ordentlichen Schrankes musste ich lächeln. Was psychische Befindlichkeiten anging, war ich hier die Verrückte, nicht sie. Ich konzentrierte mich auf die Laken und pusselte so lange herum, bis keine Falte zu sehen war, keine Delle im Kissen. Ein Hochzeitsfoto steckte in einem Silberrahmen neben der Lampe auf Jennies Nachttischchen. Ob es klug war, jedes Mal, wenn man ins Bett ging, an diesen steifen, unnatürlichen Tag voll gezwungenen Lächelns und Versprechen erinnert zu werden, fragte ich mich.

Nun war es Graham, der mir Leid tat.

Vielleicht passten sie im Bett nicht zueinander, aber Graham und Jennie waren Freunde, er musste in letzter Zeit, als Jennies Gefühlsleben so in Aufruhr geriet, einiges abbekommen haben.

Lieber Gott, was hatte ich bloß angerichtet? War ich auch daran schuld?

Hätten wir es nur dabei belassen können.

7

JENNIE

Hätten wir es nur dabei belassen können.

Um zu verstehen, wie unglücklich wir im Augenblick darüber sind, hier zu wohnen, bedarf es einer groben Beschreibung der Anlage unserer Siedlung, Mulberry Close. Die meisten Leute sagen, sie sei angelegt wie ein Spiegel mit einem Griff, wie der, den die böse Königin in Schneewittchen um Rat fragte.

Spieglein, Spieglein an der Wand
Wer ist die Schönste im ganzen Land?

In unserer Straße wäre das Martha. Ich würde keine Rolle in dem Märchen spielen, damit musste ich leben.

Der Griff des Spiegels ist eine von Buchshecken gesäumte Straße, die, wenn sie auf die Wiese mit dem Maulbeerbaum in der Mitte trifft, um diese in einem Oval schwingt. An diesem Oval kleben unsere sechs Häuser im Landhausstil, die imposantesten der ganzen Siedlung. Die anderen Häuser, größtenteils Doppelhaushälften, stehen vollkommen abgetrennt von uns Halbgöttern.

Zehn Minuten zu Fuß die Straße hinunter befindet sich ein kleines Einkaufszentrum, entsetzlich funktional, ein Mace-Supermarkt, ein Waschsalon, ein Postamt und ein Feinkostgeschäft. Wegen des Imbisses am Ende des Blocks, der Fisch and Chips verkauft, ist der Asphalt davor von Papier und Wespen übersät.

Abends kann man sich hier nicht herwagen, hier sammeln sich die jungen Raubtiere. Sie bieten einen traurigen Anblick, lethargisch, ohne Hoffnung und Erwartung ans Leben. Nach dem teppichgefliesten Pub mit seinen Drehstühlen, seinen Pommes und seinen Fertigsoßen aus der Tube bleibt ihnen nichts anderes übrig, als mit ihren Nasenringen und ihren tätowierten Glatzen auf den Bänken herumzulungern und herumzupöbeln, wobei sie nichts Stärkeres als ein paar Dosen Bier haben, um sich in Fahrt zu bringen.

Die Mädchen hocken mürrisch und schweigend neben ihnen, mit spindeldürren Armen, die aus den engen T-Shirts ragen.

Man hatte uns gewarnt. In ein Haus zu investieren, das sich in der Nähe einer solchen Siedlung befindet, lasse auf mangelndes Urteilsvermögen schließen. Doch wie Graham zu sagen pflegt: Heutzutage ist man immer nur fünf Minuten vom nächsten Unruheherd entfernt, wo man auch wohnt. Selbst abgelegene Siedlungen ziehen Diebesbanden aus der Stadt an.

Unsere Villen wurden mit Alarmanlagen und Sicherheitsfenstern ausgestattet.

So bedenklich die Gegend ist, die Häuser selbst werden von den meisten Leuten bewundert. Ihre Holzfront glänzt wie frisch poliert unter den zwei dreieckigen, hintereinander angeordneten Giebeln – ein wunderbarer 3D-Effekt. Die kleinen Vorgärten sind nicht eingezäunt, was die Hunde anzieht, doch die nach hinten gelegenen Gärten sind von Zäunen geschützt und groß genug, um ein Tennismatch spielen zu können.

Als mir Martha daher Piglets Patch beschrieb, das Cottage, auf das sie zunächst ihr Auge geworfen hatte, verstand ich sofort, warum sie und Mulberry Close nicht so richtig zusammenpassten.

»Aber die Kinder werden dir eines Tages dankbar sein«, sagte ich. »Sie würden es hassen, in so einem Krähenwinkel begraben zu sein – Bächlein und Hündlein und Picknicks, *Abenteuer.* Einbildung. Phantasterei. Mulberry Close ist näher an der Realität.«

Und ich fragte mich, was Martha wohl zu dem Ort sagen würde, an dem ich aufwuchs, Stellas Tiefparterrewohnung zwischen den Werbeplakattafeln in Walthamstow. Ich hatte ihr einiges aus meiner Vergangenheit erzählt, aber nicht alles.

Doch der Snob war Sam, nicht Martha. Und er ritt so gern darauf herum, dass er mich geradezu dazu zwang, die »Unterschicht« zu verteidigen. In seinen Augen war ich wahrscheinlich eine hitzköpfige Linke.

Er war die britische Sparausgabe von Hitler. Kastriert die Arschlöcher, knüpft sie auf, deportiert sie.

Martha lächelte dazu, aber sie widersprach ihm nicht. Ihre coole Art machte mich rasend.

Sie meinte: »Er will dich doch nur auf die Palme treiben. Du wirst ihn nicht ändern, also warum regst du dich so auf?«

Ich regte mich auf, weil er mir das Gefühl gab, unterlegen zu sein, und weil ich wusste, er würde die Nase rümpfen, wenn er wüsste, woher ich käme.

Genauso resigniert lächelte Martha, wenn Stella rachelüstern vom Leder zog … hängen und vierteilen … schickt sie zurück, woher sie gekommen sind … bei diesen Bemerkungen krümmte ich mich innerlich, so sehr schämte ich mich.

»Sei still, Mum«, stöhnte ich dann verzweifelt. Martha sollte wissen, dass ich Mums Ansichten nicht teilte. In ihrer für sie typischen trägen Art sagte Martha nichts dazu.

Und wenn es ganz schlimm kam und Stella mit verzerrtem Gesicht erklärte, ihre Nachbarn kämen geradewegs aus dem Dschungel, wenn sie die Nationale Front bejubelte, dann wechselte Martha einfach das Thema.

Für mich war das ein Ausdruck von Schwäche. Ich warf ihr vor: »Du würdest alles tun, um eine Szene zu vermeiden.«

»Aber es ist absolut sinnlos, Jennie, warum kapierst du das nicht? Es hat was mit ihrer Generation zu tun, du kannst sie nicht ändern. Und dicke Leute nehmen alles nicht so tragisch, das ist bekannt.«

Mit Sam ging sie genauso um. Es macht mich fuchsteufelswild, wie sie um ihn herumtanzte, während er sie so herablassend behandelte. Wenn Martha am Abend ausgehen wollte, ihr Göttergatte jedoch andere Pläne hatte, bat sie ihn nie, zu Hause zu bleiben und auf die Kleine aufzupassen. Nein, Scarlet wurde bei uns abgegeben, was für Graham und mich kein Problem war. Und als Martha sich damals um den Teilzeitjob bemühte, verhielt sich Sam absolut destruktiv und war überhaupt keine Hilfe.

»Anscheinend will er nicht, dass du arbeitest.«

»Es ist ihm egal«, sagte Martha. »Solange er nichts davon merkt, dass ich nicht da bin.«

»Er ist so egoistisch.«

»Ja, er ist ein Mistkerl«, war alles, was sie dazu sagte, während sie geistesabwesend Scarlet streichelte. Aber mir entging nicht, wie unglücklich Sam sie machte, und ich wusste, wie lüstern er anderen Frauen hinterherhechelte.

Sam hätte nachts durchaus helfen können, die Babys zu füttern, doch er stand nie auf. Und wenn eine Nacht besonders schlimm war, zog er in das Gästezimmer um, um in Ruhe schlafen zu können.

Als wir uns für Wasseraerobic anmeldeten, war Marthas Hauptmotivation Sam. Für ihn wollte sie ihre Figur wiederhaben. Und als wir in Italien waren, war es Martha, die jeden Abend, wenn der Babysitter sich verabschiedete,

Messer und Gabel beiseite legte und nach oben ging, um Scarlet ins Bett zu bringen. Und dabei war sie so stark und so selbstbewusst. Zwei brüllende Kleinkinder, überlaufende Töpfe und ein klingelndes Telefon – das schaffte sie spielend, während Sam ungerührt am Tisch saß, seinen Toast vertilgte und die Sportseiten im Independent las.

»Es ist ungerecht«, sagte ich. »Sam sollte mehr mithelfen.«

»Das wäre zu stressig«, antwortete sie. »Er ist ungeschickt, er bringt's nicht«, und dann lachte sie, »allerdings nicht in allen Bereichen.« Ich krümmte mich innerlich. Wie ich es hasste, wenn sie so daherredete. Sie konnte gelegentlich auf unangenehme Weise ordinär sein.

Scarlet war noch kein Jahr alt, als Martha anfing, in den Lokalzeitungen nach einem Job zu suchen.

Eine rabenschwarze Zeit für mich.

»Warum suchst du dir eigentlich keinen Teilzeitjob, Jennie?«, fragte sie mich, als sie, einen Stift zwischen den Zähnen und starr vor Konzentration, an ihrem Frühstückstisch saß. »Sieh doch zu, dass du etwas rauskommst.«

»Ich will nicht mehr zurück in die Bank. Da hab ich mich mehr gelangweilt als zu Hause.«

»Du kommst unter Menschen, kriegst andere Eindrücke. Du willst hier doch nicht versauern und langsam verblöden.« Sie verschwand in ihrer jüngsten modischen Kreation, und ihr zusammengezurrter Haarknoten wackelte wild. »Taxifahrer haben größere Gehirne wegen der Unmenge an gespeicherten Informationen.«

»Also ich für meinen Teil benutze mein Gehirn zu Hause mehr als in der Arbeit.«

»Dann geh doch zurück auf die Schule. Du musst dich weiterentwickeln, sonst bleibst du stehen.«

Und ich wünschte mir, ich wäre Ärztin, Rechtsanwältin

oder wenigstens Lehrerin, um in Marthas Augen besser dazustehen.

Das letzte Mal, als wir gemeinsam Einkaufen gingen (das liegt jetzt schon lange zurück, aber ich erinnere mich noch genau daran), machte Martha eine Pause, um sich einen Kaffee und ein Hörnchen zu kaufen. Dabei lachte sie so sehr, dass sie sich verschluckte und einen Teil über den Tisch prustete. Ihre gierigen Finger glänzten von der Butter …

Auf dem Parkplatz sagte ich ihr nicht, dass sich ihr Rock in ihrem Schlüpfer verhängt hatte, und ein Passant tippte sie auf die Schulter …

Sie stolperte bei GAP aus der Umkleidekabine, hoffnungslos übergewichtig wie eh und je, um mir zu zeigen, dass die Druckknöpfe nicht zugingen. Dabei schwabbelte ihr Bauch über dem Rock. »Diese widerlichen Zwerge, die in Kleidergröße 38 passen«, keifte sie voller genüsslicher Boshaftigkeit. Ich fürchtete, mir mitten im Laden in die Hose zu machen und suchte mit zusammengepressten Beinen die nächstgelegene Toilette auf …

Was immer wir machten und wo immer wir hingingen, mit Martha war es ein Riesenspaß. Sogar ein fauler Nachmittag im Garten, bei dem wir dem Rasensprenger zusahen, war pures Vergnügen. Oder ein Winternachmittag, wenn wir uns, während die Kinder schliefen, alte Filme ansahen, dabei eine Flasche bulgarischen Wein aus dem Supermarkt leerten und Martha das Zimmer voll qualmte.

Meine Mutter hätte der Schlag getroffen, wenn sie uns so gesehen hätte.

Aber Scarlet war ein Jahr alt und Martha wollte mehr von ihrem Leben, Tee und Obsttörtchen reichten ihr nicht.

Das war ihr zu fad.

Ich hätte nicht zeigen sollen, wie sehr ich sie brauchte. *Fühlte sie sich nun in meiner Gesellschaft nicht mehr wohl?* Ich hatte mich als ihr nicht ebenbürtig verhalten.

Aber ich vertraute so sehr auf ihre Klugheit. Wenn sie eine Vorstellung davon hätte, was ich erleiden musste, vielleicht könnte sie mir dann weiterhelfen. Ihr fiel nicht mehr ein, als mir ein Hobby vorzuschlagen. »Möglicherweise brächte es dich weiter, wenn du zu malen anfingst.«

Gab es ein Wort für meine Sucht? War sie so ungewöhnlich? Vielleicht ging es nicht nur mir so, vielleicht gab es sogar eine Therapie dagegen.

Wenn mir doch nur jemand helfen könnte.

Ob ich ihr meine peinlichen Gefühle mitteilen sollte? Um sie zu beeinflussen? Wenn sie wusste, wie mir zumute war, stärkte das vielleicht das Band zwischen uns? Warum sehnte ich mich so verzweifelt nach ihrer Aufmerksamkeit? Das Karussell in meinem Kopf drehte sich, bis die Gefühle selbst mir in die Augen zu springen schienen.

Es hatte mit Eifersucht begonnen. Und ich hatte es nicht einmal bemerkt, bis Graham es in einer beiläufige Bemerkung erwähnte hatte. Und das war ganz am Anfang gewesen, als wir uns kennen lernten.

Dann kam dieses Gefühl der Leere, ohne sie fühlte ich mich wertlos.

Danach erfüllte mich diese Sehnsucht, sie zu sein, nicht nur ihren Stil zu übernehmen, sondern wirklich Martha zu werden, der Mensch, den ich am meisten bewunderte.

Und dabei handelte es sich keineswegs um vorübergehende Gedankenspielereien, die mir zu schaffen machten, wenn ich die Tomaten pürierte, die Narzissenzwiebeln setzte oder eine neue Zahnbürste aus der Verpackung zu zerren versuchte. Diese Gedanken überkamen mich, wenn ich morgens aufwachte, und hielten mich wach, wenn ich mich abends im Bett hin- und herwarf. Ich malte mir die verrücktesten Dinge aus. Wie ich und Martha für immer zusammen sind, wie ihr Bedürfnis nach mir meines allmählich übersteigt oder wie ich ein phantastisches Talent besitze, das Martha grenzenlos bewundert.

Gott weiß, wie sich das für Leute anhört, die es nicht selbst durchgemacht haben, der langsame Weg aus der Gnade in die Verderbnis.

Es gab kein Wort dafür. *War ich etwa lesbisch?* Darüber zerbrach ich mir ständig den Kopf. Wollte ich mit Martha ins Bett? Sie nackt sehen? Sie berühren? Sie streicheln oder sie irgendwie wie ein Mann besitzen? Ich malte mir aus, wie mir ihr Körper auf einer Bahre gebracht wird, williges Fleisch züchtig bedeckt. Würde ich die Decke wegziehen, wenn ich es könnte?

Und wenn nicht, wie waren diese Gefühle der Ekstase dann erklärbar? Etwas so Elementares musste doch letztlich auf sexueller Anziehungskraft beruhen?

Auch heute ist es mir immer noch unmöglich, alle diese Fragen zu beantworten, aber ich kann beim Leben meiner Kinder beschwören, dass derlei Körperliches dabei keine Rolle spielte.

Von alldem hatte ich Martha nur wenig gestanden – meine wachsende Abhängigkeit, meine Eifersucht, und das Wenige steigerte nur ihre Besorgnis um mich. Sie stimmte mir zu, das sei nicht normal, und war ebenso erpicht darauf wie ich, daran etwas zu ändern. Lachend meinte sie einmal, ich müsse in sie verschossen sein, und als ich ihr trotzig widersprach: »Dafür ist es viel zu stark«, erklärte sie mir, es gäbe nichts Stärkeres als die erste große Liebe in der Pubertät. »Da war dieser Junge, David Fuller. Himmel, ich gab ihm Geld. Ein widerlicher, pickliger kleiner Arsch.«

»Ich hoffe nur, das vergeht wieder«, sagte ich, immer noch auf eine Antwort wartend, als handle es sich dabei um etwas, das man im Gesundheitsbuch nachschlagen konnte.

»So was läuft sich meist irgendwann mal tot«, beschloss sie und ließ lässig ihre Eiswürfel klirren.

Aber da es nunmehr neun Jahre andauert, muss sie sich offensichtlich geirrt haben.

Manchmal verfolgte mich die Vorstellung, ich könne ihr zu viel anvertraut haben und sie habe Sam davon erzählt. *Und wenn Graham von meinen Gefühlen erfuhr?* Wie sollte er das verstehen? Doch Martha sagte Sam bestimmt nichts davon, die beiden erzählten sich bei weitem nicht so viel wie Graham und ich. Außerdem wusste sie, dass Sam sich darüber lustig machen würde und er die Indiskretion in Person war. Nein, ich war mir ziemlich sicher, dass Martha meine Verrücktheiten für sich behielt.

Wir hätten nie darüber sprechen sollen, denn kaum hatte ich angefangen, ihr diese Gefühle anzuvertrauen, begann sich mein Verhalten zu verschlimmern.

Es fiel mir zunehmend schwerer, ihre Freundschaften zu anderen zu ertragen.

Ich machte ihr sämtliche Interessen und Hobbys madig, die mich ausschlossen.

Und meine Entschuldigung für mein schlimmes Verhalten bestand in diesem schlappen und bedeutungslosen Satz: *»Aber Martha, du verstehst das nicht.«*

Ein Wunder, dass es so lange dauerte, bis sie mich hasste. Ich bewegte mich auf gefährlichem Gelände.

Wieder begann ich, wie damals als Kind, mich an jeden noch so dünnen Strohhalm zu klammern, mir zu wünschen, ein Unglück käme mir zu Hilfe, damit Martha, diese übergewichtige Frau mit den Laufmaschen in ihren Strumpfhosen, sich um mich kümmern, mich bemerken würde … dass unser Haus niederbrenne, Poppy krank sei, Graham das Auto zu Schrott fahre. Natürlich nichts Tödliches, aber genug, um Marthas ungeteilte Aufmerksamkeit zu bekommen, so dass sie wieder mehr Zeit in unserem Haus verbrachte oder – noch besser – ich in ihrem.

Am Ende versuchte ich es mit bloßer Willenskraft. Wenn Graham zu spät von der Arbeit nach Hause kam, sah ich auf meine Armbanduhr und begann zu hoffen …

Und wenn Poppy Fieber hatte, tauchte ich das Thermometer in heißes Wasser, damit es einen Grad anstieg, bevor ich zu Martha hinübersauste, um es ihr zu zeigen.

O ja, zu solchen Dingen war ich fähig.

Ich, eine solch mittelmäßige und phantasielos ehrliche Person. Ich, eine hintertriebene Schlampe. Die Mutter eines solch anbetungswürdigen Kindes. Hätte mir jemand gesagt, dass ich so tief sinken könnte, ich hätte ihn ausgelacht. Solche Geschichten liest man beim Friseur: *»Ich heiratete ein einbeiniges Monster. Mein Baby war nicht mein Baby. Meine Mutter tötete meinen Vater vor meinen Augen. Ich verliebte mich in meine Nachbarin.«*

Ich verbarg mein Gesicht in den Händen und schluchzte.

Und damals hatte ich noch keine Ahnung davon, wie schlimm es noch kommen sollte.

8

MARTHA

Und damals hatte ich noch keine Ahnung davon, wie schlimm es noch kommen sollte.

An dem Plan war etwas faul. Warum sollte ausgerechnet Jennie einen Pool im Garten wollen, wo sie doch so schlecht schwimmen konnte? Bei unserem Italienurlaub gelang es ihr nur mit Mühe, sich wie ein junger Hund paddelnd über Wasser zu halten. Wenn ihr die Wellen ans Kinn schlugen, brach sie in Panik aus.

Sie war gestört. Mir schwante, was dahinter steckte, und ich hatte Schuldgefühle, weil ich so verdammt hartherzig war.

Fröhlich umschlang sie ihre Knie. »Stell dir nur vor«, schwärmte sie, »wie herrlich das wäre. Die Kinder würden richtige Wasserratten, während wir uns sonnten. Und die Bewegung, wie gut dir das täte.«

O ja, und wie ich mir das vorstellen konnte. Ich sah mich schon als gestrandeten Wal neben Jennies Pool, angewiesen auf das Wasser, um den Konfrontationen aus dem Weg zu gehen, die allmählich immer unerträglicher wurden. Anscheinend schreckte sie vor nichts zurück, um mich davon abzuhalten, wieder zu arbeiten.

Und jetzt auch das noch.

Ich hoffte, Graham würde Vernunft walten lassen. Die Kinder waren zu klein, das Wetter in diesem Land lohnt derartige Ausgaben nicht, und vor allem, was immer man dagegen unternimmt, ein Pool im Garten lockt umtriebige

Badegäste an. Kinder. Neue »Freunde«. Aufdringliche Nachbarn. *Und das Chaos.*

Meine Gebete wurden, wie üblich, nicht erhört. Vermutlich hatte Gott mich zu diesem Zeitpunkt schon durchschaut, ich war kein besonders zuverlässiger Fan von ihm. Graham dachte, ein Pool hebe Jennies Laune. Sie verstand sich darauf, ihn um den Finger zu wickeln, und ich wünschte mir, ich könnte mir das von ihr abschauen.

»Jeder kann mitmachen«, fuhr Jennie euphorisch fort. Sie sah richtig hübsch aus, wenn sie zur Abwechslung mal lachte. »Wir fangen nach Weihnachten an. Ein Nachbarschaftsprojekt!«

Selbst damals musste ich aufpassen, was ich sagte. Und wie ich es sagte. »Damit kannst du Ade sagen zu deiner viel gepriesenen Zurückgezogenheit. Denk nur an die Horden von Badegästen in deinem Garten. Nasse Handtücher, nasse Fußböden, überall Abfall. Jeder benutzt deine Toilette. Und der Krach. Meine Mum hat einen, das ist harte Arbeit.«

Von allen Menschen, die ich kannte, oder von denen ich je gehört hatte, war Jennie die letzte Person, die ich mir in der Rolle der Gastgeberin für einen Haufen klatschnasser Gestalten vorstellen konnte, die alles voll tropfend über ihre Teppiche hüpften. Einfach lächerlich. Sie würde es nicht überleben.

Bei der nonchalanten Art, in der unser Haus als Spielplatz, freies Pub und Frauentreffpunkt diente, bekam Jennie sowieso dauernd eine Krise. Dass sie nun auf so perverse Weise den Spieß umdrehte, war ein beunruhigendes Alarmsignal dafür, wie weit zu gehen sie bereit war.

Ich pfiff auf die Konsequenzen und ging auf Konfrontation. »Ich habe keine Lust auf deine Spielchen, Jennie. Uns ist beiden klar, was hinter diesem Plan steckt, und du bist verrückt, wenn du allen Ernstes glaubst, ein Pool könne in irgendeiner Weise meinen Wunsch beeinflussen, wieder zu arbeiten. Wenn ich wirklich einen Pool wollte, würde ich mir selbst einen bauen.«

Mit einem strahlenden, aber falschen Lächeln versuchte sie mir in die Parade zu fahren: »Martha! Wie verbohrt du bist, es ist unglaublich!«

Okay, okay. Vielleicht war ich neurotisch, schließlich wäre ein Pool ein etwas extremer Zug in dem Spielchen, das Jennie mit mir trieb. Vielleicht würde die Idee nach Weihnachten einen sanften Tod sterben. Bis dahin war Jennie bestimmt kuriert, und wir konnten alle weitermachen wie bisher.

Liebe deinen Nächsten.

Dieses Weihnachten war eine verkorkste Angelegenheit. Eigentlich hätte es wunderbar werden müssen. Poppy und Scarlet waren knapp über zwei Jahre alt. Ideal für Lametta und den Weihnachtsmann und gefüllte Strümpfe und Elche und Krippenfiguren.

Jennie litt eine Woche schrecklich mit Grahams Eltern, Ruth und Howard, und Stella, ihrer eigenen verkniffenen Mutter.

Als sie mir erzählte, sie hätten sich selbst eingeladen, rief ich: »Wehr dich doch! Sag ihnen, das ist dir zu viel mit Poppy und einem Baby im Bauch, das du beinahe verloren hättest.«

Man hatte sie die Nacht über im Krankenhaus behalten und dann wieder nach Hause geschickt mit den Worten, sie solle sich keine Sorgen machen. Gott sei Dank war es nur falscher Alarm gewesen.

Ich war im achten Monat schwanger und unglaublich dick. Jennie war erst im vierten Monat und litt noch immer unter Morgenübelkeit. Sie stopfte sich mit Vitaminen voll und mit Tabletten gegen ihre geschwollenen Knöchel. »Mit diesem Baby stimmt was nicht«, sagte sie ständig, »ich spür das.«

Ich hasste es, das zu hören. »Sag doch nicht so etwas, Jennie. Der Ultraschall war in Ordnung.«

»Auf dem Ultraschall sieht man auch nicht alles.«

Als ob sie das Unglück herbeireden wollte. Nicht auszuhalten.

Und wenn sie sich tatsächlich so sorgte, warum zum Teufel hatte sie dann diesen Besuch zu Weihnachten zugelassen? Und wenn sie sich nicht traute abzusagen, dann hätte das Graham für sie übernehmen sollen.

Ich sprach ihn darauf an, doch er hatte, wie zu erwarten war, keine überzeugende Antwort parat. »Wenn sie nicht zu uns kommen, müssen wir zu ihnen. In den Bungalow, den Jennie hasst.« Es schien mir zu reaktionär, darauf hinzuweisen, dass sie in keinster Weise verpflichtet waren, Weihnachten mit irgendjemandem zu verbringen.

Natürlich lud ich sie alle zu unserer Party und zu einem kleinen Umtrunk am Weihnachtsmorgen ein. Obwohl wir erst vor zwei Jahren eingezogen waren, war das bereits Tradition.

»Ich kann sie nicht mitbringen«, stöhnte Jennie. »Es geht nicht, sie würden alles verderben.«

»Dann gib ihnen Bristol Cream, lass sie zu Hause, und du kommst mit Graham allein.«

Doch das stand außer Diskussion. »Das wäre der ›Gipfel der Unverschämtheit‹, wie Stella es ausdrücken würde, ›einfach losziehen und uns hier sitzen lassen, als ob du dich für uns schämtest‹. Aber«, stöhnte Jennie, »ich würde sterben, wenn ich die Musik höre und das Gelächter und ich sitze hier fest und muss mit ihnen Scrabble spielen.«

Eine Entscheidung musste her. »Du bringst sie mit, Scheiß drauf. Es sind genug Leute hier, da wird deine Sippe gar nicht auffallen.«

»Sie werden hinterher über dich ablästern, richtig fies.

Das tun sie meistens, wenn sie sehen, dass andere sich amüsieren.«

»Na und, Jennie, das ist ihr Problem. Mach dir nichts draus.«

Aber Jennies Kampf kam einer Persönlichkeitsspaltung gleich. Ihre Familie kannte sie in Rock und Bluse, für sie war sie die verkörperte Ordentlichkeit. Trug sie mal ihre sportliche ärmellose Jacke, wurde dies mit hochgezogenen Augenbrauen quittiert. Aber in den letzten Monaten hatte sie sich trotz ihrer Schwangerschaft auf Jeans und enge Miniröcke umgestellt, die nur bis zum Knie gingen. Sie sah gut darin aus. Irgendwie lässiger, als könne sie auch mal fünf gerade sein lassen. Einmal entdeckte ich sogar ein Loch in einem ihrer schwarzen Kniestrümpfe. Im Haus nahm sie es auch nicht mehr so genau. Abgesehen von ihrer zerstörerischen Zwanghaftigkeit war sie lockerer geworden, konnte besser loslassen. Graham hatte sich daran gewöhnt, aber für ihren Besuch war diese Veränderung sicher schockierend.

»Eine Woche lang«, jammerte sie. »Ständig dieses schwere Essen. Und wie können wir sieben ganze Tage miteinander verbringen und so tun, als ob es uns Spaß macht? Hilf mir, Martha, *hilf mir!*«

Jede Frau würde mit ihr fühlen. Es muss endlich gehandelt werden – Weihnachten muss endlich wieder auf zwei Tage beschränkt und die Flut der Selbstmorde eingedämmt werden. Weihnachtslieder und Teletubby-Anzeigen gehören verboten, solange nicht die letzte Woche vor Weihnachten angebrochen ist.

Der Weihnachtsabend.

Jennie, Graham, Howard, Ruth und Stella waren die ersten Gäste, und obwohl ich von oben herunterrief, sie sollten sich selbst bedienen, war mir klar, dass sie das niemals tun würden. Sie würden herumschlendern oder voller Erwartung Platz nehmen, die besten Manieren an den Tag legen und darauf warten, bedient zu werden.

»Ich konnte sie nicht davon abhalten«, raunte Jennie mir aufgeregt zu. »Es war ein Fehler, ihnen zu sagen, es gehe ab acht los.« Sie war zu mir nach oben gekommen.

Verdammt. Ich musste also raus aus der Dusche, und als ich in meinem roten Kaftan nach unten ging (den Sam sich von mir ausleiht, wenn er bei der Weihnachtsfeier im Cricket Club als Weihnachtsmann auftritt), saßen Jennies Verwandte tatenlos herum. Die Stimmung entsprach der bei einer Beerdigung. Papierteller wurden verteilt und Platten mit Häppchen, die für später angerichtet waren, wurden höflich herumgereicht.

»Hübscher Baum«, bemerkte Stella und beäugte dabei unseren Weihnachtsschmuck, als handle es sich um ein exotisches Tier aus dem Zoo.

Die Atmosphäre war ansteckend. Ganz egal, wie sprühend ihre Laune war, sobald die Gäste mit diesem Stone-Henge-Effekt konfrontiert waren, diesen Hinkelsteinen auf Stühlen, die sich standhaft sträubten, sich unters Volk zu mischen, erhielt ihre gute Laune einen Dämpfer. Die Gespräche wurden immer förmlicher. Verdammt. Ich suchte Sams Augen, und er zuckte die Schultern, mit etwas mehr Alkohol würde sich das schon geben.

Jennie schüttete das Zeug nur so in sich hinein und sie vertrug bekanntlich keinen Gin. Ich wusste, wie sie sich mit diesem Anhang fühlen musste, aber sie brauchte sich doch deshalb nichts vorzuwerfen. Es war unsere Party, und wir würden das Kind schon schaukeln.

Am Ende sah Sam sich gezwungen, Jennies Leute zu bitten, sich woanders hinzusetzen. Ihre Anwesenheit erstickte jeden Anflug von Fröhlichkeit im Keim. »Ich denke, es wäre für euch im Wintergarten ruhiger und bequemer«, erklärte er ihnen, wie ich fand, auf umwerfend charmante

Weise. Und als sich ihre langen Gesichter entfernten, wurde es sofort einen Tick bunter.

Die arme Jennie – *Lady in Red* wurde ihr zum Verhängnis und der magische Grotteneffekt im Spielzimmer. Nachmittags, als Sam die Lichterkette aufhing, hatte ich ihn vor epileptischen Anfällen gewarnt.

Ganz in meiner Lieblingsrolle als Gastgeberin aufgehend, brauchte ich einige Zeit, bis ich bemerkte, dass ständig dasselbe Lied lief. Dann sah ich die betrunkene Jennie im Spielzimmer herumwandern. Tränen strömten ihr über das Gesicht, ein Träger ihres Kleides hing ihr über die Schulter und entblößte eine ihrer winzigen Brüste zur Hälfte. Verloren inmitten der glücklichen Tänzer schwebte sie dahin, der sterbende Fisch im Aquarium.

»*Lady in Red* – das sollte dein Lied sein«, erklärte ein alter Freund von mir, der mit seiner fettarschigen zweiten Frau hier war, mit einem bewundernden Blick auf mein knallrotes Kleid. Mein »*Oh Gott, nein*« muss ihn ziemlich überrascht haben. War das eine tiefgründige, an mich gerichtete Botschaft oder einfach Zufall, dass Jennie ununterbrochen diesen Schmachtfetzen spielte? Noch nie zuvor hatte mir jemand auf so romantische Weise seine Liebe erklärt … bei dem Gedanken, dass Jennie vielleicht genau das tat, lief es mir eiskalt den Rücken hinunter. Zu Graham sagte ich: »Sie hat zu viel getrunken. Jemand muss sie retten, *und zwar schnell.*«

Aber Graham schien Jennies pathetisches Getue nicht zu stören, und als die Situation immer peinlicher wurde, erklärte Sam zu meiner Erleichterung: »Es ist okay, ich mach das.«

Die schreckliche Stella samt Anhang saß noch immer im Wintergarten fest, und alle gaben sich alle erdenkliche Mühe, mit ihren verkrampften Gesichtern die Stimmung zu drücken. Solange sie blieben, wurde der Wintergarten, eigentlich ein idealer Ort, um zu chillen, von allen gemieden. Sie fragten sogar, ob sie nicht eine Tasse Tee haben könnten, waren zu faul, den Hintern zu heben. Zum Teufel, *warum gehen sie nicht endlich?* Sie glaubten doch nicht etwa, aus Anstand bis zum Ende durchhalten zu müssen?

Oben schliefen Poppy und Scarlet wie die Lämmchen, ohne sich von dem Radau stören zu lassen. Weihnachtsabend, also gingen alle etwas früher, niemand wollte den morgigen Tag über dem Klo hängend verbringen. Die Taxis kamen, und durch die eisige Luft gellten die lauten Zurufe.

Die letzte Stunde über hatten Sam und Jennie eng umschlungen getanzt. Sam stellte sich als Laternenpfosten für unsere hilflose betrunkene Nachbarin zur Verfügung. Ihre verdammte Familie saß noch immer da, ich wollte ins Bett, also machte ich mich auf die Suche nach Jennie.

Zwei Pärchen schoben durch das inzwischen dunkle Zimmer, ohne ihre Umgebung wahrzunehmen. Aber wo zum Teufel war sie? Sam hatte sie doch nicht etwa im Stich gelassen?

Hatte er nicht. Ich fand die beiden zusammen oben im Schlafzimmer.

»Ich habe sie ins Bett gebracht«, sagte er schnell, die Hände hinter dem Rücken verschränkt, als ich ihn neben dem Bett stehend antraf. »In ihrem Zustand kann sie nirgends mehr hingehen. Vielleicht ist sie sogar bewusstlos. Wir können nicht zulassen, dass diese Arschgesichter sie so sehen.«

»Ich verstehe.« Mir war etwas schwindlig. Wie sie auf dem Bett lag, sah sie aus wie ein ramponiertes Feenpüppchen, das man zu sehr liebte, um es zu entsorgen. Mein Herz pochte wild, als ich Sam fragte: »Wäre es nicht besser – sicherer gewesen, du hättest Graham geholt oder mich?«

»Sicherer? Ich hab dich gesucht, aber ich konnte dich nicht finden«, antwortete Sam. »Außerdem ist sie schwerer als sie aussieht.« Meine Angst war unberechtigt. Sam hatte die Situation gerettet, das hier war keine Affäre. *Das war Jennie.*

Also beließ ich es seufzend dabei und widmete mich stattdessen meinem Verlangen nach Rührei. »Ich geh mal und erzähl ihnen, sie sei krank«, sagte ich. »Aber sie werden sich schon denken, dass sie sternhagelvoll ist.«

»Gott steh ihr morgen bei«, entgegnete Sam. »Ich möchte nicht in ihrer Haut stecken.«

»Ich auch nicht«, stimmte ich ihm aus ganzem Herzen zu.

Natürlich war mir klar, dass nichts vorgefallen war. Trotz der Geschichten, die sie später erzählte.

Warum bloß hab ich ihr je vertraut?

9

JENNIE

Warum bloß hab ich ihr je vertraut?

Es nahm kein Ende. Es war ermüdend und entnervend, nicht nur für mich, sondern auch für Martha. »*Was willst du von mir, Jennie?* Wenn ich nur wüsste, was du von mir willst«, wiederholte sie immer wieder. Viel zu oft.

Wie ich mir wünschte, ihr eine klare Antwort geben zu können. Am nächsten kam dem noch mein leises Gemurmel: »Ich glaube, ich möchte einfach zu dir gehören, etwas Besonderes sein für dich, so wie Scarlet.«

»Und wenn ich dir sage, dass du etwas Besonderes bist?«, seufzte Martha. »Wärst du dann glücklicher?«

Was für eine bescheuerte Frage, vollkommen unter ihrem Niveau. Ich schüttelte den Kopf. »Das würdest du ja nur sagen, damit es mir besser ginge.«

»Du darfst also solche kindischen Spielchen spielen, und ich nicht«, meinte Martha kopfschüttelnd.

Im Januar kam Lawrence zur Welt. Ein lockiges Äffchen, dessen blaue Babyaugen bald ebenso faszinierend schwarz wurden wie die Marthas und Scarlets. Vom Körperbau her waren die Kinder drahtig, wie Sam. Einen Sohn zu haben war wichtig für Sam, mit ihm angeln zu gehen und Fußball zu spielen und der ganze Kram. Ich fragte mich, wie er wohl reagiert hätte, wenn Martha wieder ein Mädchen bekommen hätte. Graham hingegen war das Geschlecht des Kindes völlig egal.

Martha rauchte und trank natürlich nach wie vor. Und stöhnte, dass sie wieder arbeiten wollte. Wie sie daran allerdings auch nur denken mochte, bei allem, was sie am Hals hatte, konnte ich mir beim besten Willen nicht vorstellen.

»Es ist jetzt eher noch wichtiger«, tönte es aus den Tiefen ihrer schmuddeligen Küche, wo sie gerade einen selbst gemachten lila Hut aufsetzte (sie überlegte, ob sie nicht solche Hüte auf dem Markt verkaufen sollte), während sie an einem Gin mit Bitter Lemon nippte. »Wenn ich jetzt tot umfiele, würde die Welt mich nicht vermissen. Sam sagt, ich rieche inzwischen wie ein Baby, nämlich nach Milch und Scheiße. Ich sitze hier fest.«

Ich wünschte, ich hätte die Geburt hinter mir. Ich werde nie das erste Mal vergessen, dieses Martyrium, als ich mir schwor, das nie wieder durchzumachen. Mit der Zeit verblasste die Erinnerung daran, jetzt war sie wieder da, schmerzhaft deutlich.

»Lass dir unbedingt eine Epiduralanästhesie geben, Jennie. Vergiss den ganzen Kram von wegen natürlicher Geburt. Das ist einfach unmenschlich. Du bist kein Tier des Waldes, so sehr du dich selbst verachtest.«

Ich musste ihr Recht geben.

»Und vielleicht könntest du«, fügte sie scheinbar beiläufig hinzu, »wenn du schon dabei bist, den Arzt wegen deiner Depression fragen – und all dem.«

Wir wussten nicht, wie wir es nennen sollten. Mit *»all dem«* war diese Obsession gemeint, aber wie ließe sich diese »Liebe« beenden, denn das war das Nächste, was mir dazu in den Sinn kam. Obwohl Martha das anders sah. »Wenn sie mir bei Liebeskummer helfen könnten, gäbe es einen Run von Suizidgefährdeten mit gebrochenem Herz, die lautstark dieselbe Therapie verlangen würden.«

»Das ist keine Liebe«, widersprach sie streng. »Ich dachte, das Thema wäre erledigt. Das ist eine Art Übertragung, die durch irgendein Trauma in der Kindheit verursacht wurde. Eine Psychotherapie würde es vielleicht aufdecken. Um Himmels willen, Jennie, es ist einen Versuch wert.«

Martha hatte mit Teppichknüpfen angefangen, »damit ich nicht ständig mit meinen Händen an mir herumzupfe«. Aber es hatte mehr mit dem Wunsch zu tun, das Rauchen aufzugeben. »Um Himmels willen, sieh mich an«, fuhr sie fort, ihr Teppichknüpfwerkzeug hinter dem Ohr, »du bist nicht die einzige Irre hier, und das kommt nur davon, wenn man daheim gefangen ist.« Sie schwieg einen Moment und dann, bevor sie unvermittelt explodierte, riss sie sich den lila Hut vom Kopf und rief: *»Und ich denke, Sam trifft sich mit einer anderen Frau.«*

Ich wurde knallrot, die Kinnlade fiel mir nach unten. »Ach Martha, nein! Wie kommst du da drauf?«

»Es wäre nicht das erste Mal, dieser Wichser.«

»Das hast du mir erzählt. Aber damals war es nichts Ernstes. Und es ist seit Jahren nicht mehr vorgekommen. Er ist nun mal der Typ für so was, das wusstest du von Anfang an, und du hast es akzeptiert.« Mir war es immer völlig verrückt erschienen, wie gelassen sie mit seinem Hang zum Fremdgehen umging.

»Aber ich hab mich noch nie so verwundbar gefühlt wie jetzt«, entgegnete Martha leise und rieb ihre Wange an dem weichen lila Filz. »Scheiße. Ich war noch nie so auf ihn angewiesen, so abhängig von ihm, und er hat aufgehört, die Morgenzeitung zu lesen.«

Das lag womöglich an meinen Telefonanrufen, Anrufe, die ich einfach machen musste, egal, wie bescheuert ich mich dabei fühlte. Nur, um ihre Stimme zu hören und zu wissen, sie ist da. Sobald jemand ans Telefon ging, legte ich auf.

»Du stehst jede Nacht wegen Lawrence auf«, sagte ich. »Du bist müde und leidest unter postnataler Depression. Es gibt keinen Grund zu denken, Sam betrüge dich erneut. Das spielt sich nur in deinem Kopf ab, du bildest dir das ein.«

»Ich habe meine Gründe. Welchen willst du zuerst hören?«, entgegnete Martha zu meiner Überraschung. »Er schläft nicht mehr mit mir. Wahrscheinlich meine Schuld, ich bin nicht scharf darauf, in den wenigen freien Minuten, die ich habe, mit ihm zu poppen. Lawrence ist eine Nervensäge, ich bin ständig fix und alle.«

Was für ein egoistischer, gedankenloser Ehemann dieser Sam doch war. »Was noch?« Wollte ich es wirklich wissen?

»Er kommt spät nach Hause.«

»Er hat mit diesem neuen Projekt zu tun …«

»Das weiß ich«, fuhr sie mich an, »aber dann sind da noch diese Telefonanrufe.«

»Was?« Mir sank das Herz in die Magengrube. Die Anrufe, das war ich. Ich spürte, wie mir das Blut aus den Adern wich …

»Zuerst schenkte ich ihnen keine Beachtung. Ich bin nicht wie du, ständig auf der Suche nach einem Problem. Aber inzwischen kommen die Anrufe fast jeden Abend, manchmal drei- oder viermal, und wenn ich rangehe, wird aufgelegt.«

»Wenn Sam was zu laufen hätte, warum sollte er dann ein solches Risiko eingehen?«

»Keine Ahnung.« Sie zuckte die Achseln. »Außer er hat Schluss gemacht.«

Ich schüttelte den Kopf, wich ihrem Blick aus. »Für mich ergibt das keinen Sinn. Du nimmst gleich das Schlimmste an.«

»Vielleicht sollte ich diese Anrufe zurückverfolgen lassen, falls irgend so ein Verrückter dahinter steckt. Ich hab das Sam gesagt und er war damit einverstanden.«

»Na dann hast du ja deine Antwort bekommen.« Ich stand hastig auf, um Kaffee zu machen.

»Tina meint, ich solle der Telecom Bescheid sagen.«

Ich wirbelte herum. *»Du hast es Tina erzählt?«*

»Ja, sie hat das mal mit Carl durchgemacht. Einmal.«

»Seit wann hast du ein so enges Verhältnis zu Tina?«

»Ach Jennie, nicht jetzt, bitte fang nicht damit an …«

Ich war mir bewusst, wie unangenehm ich sein konnte, trotz meiner geradezu unterwürfigen Gefallsucht. Ich spürte, wie meine Augen sich zu eifersüchtigen Schlitzen verengten. Aber Tina von Haus Nummer drei, Tina mit der Schnappverschlusshandtasche und dem silbernen Jogginganzug, den schmuddeligen Romanen, der Betonfrisur und ihrer Puppensammlung? Doch nicht die. Mir fehlten die Worte. Ich hielt es nicht aus. *»Aber warum hast du es nicht zuerst mir erzählt?«*

»Weil du genug eigene Probleme am Hals hast.«

Einfach die Klappe halten, warum gelang mir das nicht. Ich wusste, wie sehr ich ihr damit auf die Nerven ging. *»Aber ich bin doch deine beste Freundin.«*

»Ja, sicher«, sagte sie zögernd. »Aber ich bin eben anders als du. Ich brauche verschiedene Menschen.«

»Warum?« Gott, was gab ich für eine armselige Figur ab.

»Du weißt verdammt gut, warum. Unterschiedliche Erfahrungen, unterschiedliche Sichtweisen, man kann nicht alles von einem Menschen bekommen …«

»Ich schon.«

»Das weiß ich, du hast also Glück. Mensch, Jennie …«

»Es tut mir Leid, entschuldige bitte.«

Ich würde Martha von den Anrufen erzählen müssen. Ein weiterer Grund, mich zu verachten. Zum ersten Mal in meinem Leben war ich hemmungslos, ohne mich nicht im Geringsten zu schämen.

Ich schloss die Augen. »Ich war es. Ich habe angerufen.«

Sie hatte ganz vergessen, worüber wir gesprochen hatten, hatte nach ihrer alten Gitarre gegriffen und spielte ein paar

Akkorde. Eine traurige Bluesnummer. Am Ende eines Akkordes sah sie ungläubig hoch.

Ich wiederholte meine Worte. *»Ich war es.«*

»Das ist hoffentlich ein Scherz«, lachte sie kalt.

»Schau mich bitte nicht so an.«

»Verdammte Scheiße. Du hättest etwas sagen müssen. Wenn du gefragt hättest, hättest du doch rüberkommen können …«

Es war sehr schwer, die richtigen Worte zu finden. »Ich kann nicht jeden Abend kommen, wenn Sam zu Hause ist. Was würde er denn denken? Er wäre schnell genervt …«

Wie Martha es verabscheute, noch einmal über dieses Thema sprechen zu müssen. Sobald ein Symptom besprochen war, erhob das nächste sein jämmerliches Haupt.

Verzweifelt hing ich an ihren Lippen.

Die Kälte in ihrer Stimme traf mich wie ein Messerstich. »Allmählich verliere ich die Geduld, Jennie. Ich warne dich. Du brauchst dringend Hilfe. Dieser Albtraum gerät außer Kontrolle. Was wäre gewesen, wenn ich Sam deshalb direkt zur Rede gestellt hätte? Ich war sicher, der Flachwichser würde wieder seine alten Spielchen spielen. Wer weiß, was passiert wäre, hätte ich ihn wie geplant darauf angesprochen. Du weißt verdammt genau, dass ich mich momentan nicht so gut fühle. Lawrence ist noch so klein, und meine Bemühungen um Arbeit führen zu nichts.« Marthas Augen füllten sich mit Tränen. »Mir reicht's jetzt, ich habe die Schnauze voll, Jennie. Jetzt ist Schluss.«

»Mir macht das doch auch keinen Spaß«, schluchzte ich voller Selbstmitleid. »Glaub mir, wenn ich damit aufhören könnte, würde ich es tun.«

»Ich glaube es dir ja, Jennie«, antwortete sie und spielte dabei mit diesem blöden Hut rum. Offensichtlich fürchtete sie, ich könne die Fassung verlieren und eine Szene machen, wenn sie mich zu hart anfasste. Inzwischen kannte sie meine Stimmungsschwankungen gut genug, sie war ständig auf der Hut. »Und was immer du glaubst, du bist mir wichtig, und deshalb sage ich dir mit aller Deutlichkeit: Mach eine Therapie. Was passiert als Nächstes? Ich meine, *das hier ist eine verdammte Besessenheit …*«

Martha hatte Recht, es war Besessenheit. Doch wie würde mein Hausarzt es sehen, wenn ich ihm meine seltsamen Anwandlungen schilderte? Man konnte es auch Wahnsinn nennen, wahrscheinlich würde ich umgehend zu einem Psychologen geschickt werden.

Graham könnte von der Sache erfahren.

Und auf unerklärliche Weise sträubte sich dieser Krankheitskeim in mir dagegen, geheilt zu werden. Er wuchs und gedieh prächtig im Unglück, er intensivierte das Gefühlsleben, das Leid und die Ekstase machten süchtig. So verrückt das sein mochte, mein Leben war im Augenblick so sehr auf ein Thema ausgerichtet, dass alle anderen Bereiche daneben unwichtig wurden.

Wie eine gierige Zecke sog ich mich fest, mein ganzes Denken kreiste um meine Intrigen und Pläne, meine Tagträume und meine gesteigerte Wahrnehmungsfähigkeit. Ich reagierte viel intensiver auf Musik und Gedichte, sehnte mich noch stärker nach den »Kleidern des Himmels«. Wenn ich nur in Marthas Nähe war, schwelgte ich glücklich dahin.

Sie war meine Inspiration, der Sinn meines Lebens.

Das musste doch Liebe sein?

Martha warf mir einen besorgten Blick zu, bevor sie die Bombe platzen ließ. »Wenn du nicht deswegen zum Arzt gehst, Jennie, werde ich mich nicht mehr mit dir treffen.«

Mir wurde eiskalt. Ich flehte sie an. »*Nein, nein, nein …*«

»Zu deinem eigenen Besten, nicht allein wegen mir.«

Schluchzend flehte ich: »Ich werde mir Hilfe suchen, *ich schwöre es*. Das nächste Mal spreche ich mit meinem Arzt.

Nur bitte tu mir das nicht an, Martha. Ich könnte es nicht ertragen …«

»Okay, okay. Jetzt hilf mir, diese alten Nudeln zu essen.« Seufzend beließ es Martha dabei und tauchte in die Tiefen ihres Kühlschranks, wobei der lila Hut zu Boden fiel.

»Ich bin am Verhungern.«

Zehn Minuten später, wieder bei mir zu Hause – *»Hilf mir, es ist Poppy! Sie ist auf den Kopf gefallen. Ich glaube, sie verliert das Bewusstsein.«*

Wie vermutet vergaß Martha ihren Unmut augenblicklich und raste mit halsbrecherischer Geschwindigkeit in ihrem Jeep in die Notfallambulanz von St. Margaret's. Ich sprang mit der teilnahmslosen Poppy im Arm aus dem Auto und streckte sie der Krankenschwester wie ein Opfertier entgegen. »Ich muss bei ihr bleiben, sie hätte Angst ohne mich …«

»Mach dir keine Sorgen, ich warte«, rief Martha, zerzaust und aufgelöst, doch voller Sorge. »Alles wird gut, und ich sag Graham Bescheid, wo wir sind.«

»*Graham?* Ach ja, sag es Graham.«

Der picklige junge Arzt schaute tief in Poppys Augen. »Mrs. Gordon, erzählen Sie mir bitte möglichst genau, was passiert ist.«

»Sie fiel aus ihrem Hochstuhl«, schluchzte ich. »Sie hat herausgefunden, wie sie damit schaukeln kann, und bevor ich einschreiten konnte, sah ich wie in Zeitlupe, wie sie kippte. Ich versuchte sie rechtzeitig zu fangen, *ich versuchte es …*«

»Ja?« Die Schwester maß ihr inzwischen den Puls.

»Ich lasse sie nie aus den Augen, weil ich genau vor solchen Situationen Angst habe. Und danach war sie ganz benommen, sie war überhaupt nicht mehr ansprechbar …«

»Es war richtig von Ihnen, sie hierher zu bringen. Die

Wunde selbst sieht nicht allzu schlimm aus, aber was mir Sorge macht, ist dieser apathische Zustand.«

»Was meinen Sie damit?« Und mein Flüstern war kaum vernehmbar.

»Sie reagiert nicht, wie sie sollte, und ihre Pupillen sind erweitert«, erklärte der Arzt und wandte sich mir zu. »Sie kann nicht irgendetwas erwischt haben?«

»Wie meinen Sie das?«

Er schüttelte den Kopf. »Ich weiß nicht. Tabletten, Medikamente. Einen Hustensaft für Erwachsene, der für kleine Kinder nicht geeignet ist.«

Lieber Gott, lieber Gott, wie konnte er nur …

Ich rang die Hände, während ich mich über mein Kind beugte, wie ein Engel des Bösen.

»Aber bitte machen Sie sich keine Sorgen«, fuhr er ruhig fort. »Sie können bei Ihrer Tochter bleiben. Ich denke, wir behalten sie über Nacht hier zur Beobachtung.«

Was machte dieser Arzt denn jetzt? Der eifrige junge Mann untersuchte die frische rote Stelle an Poppys Stirn. Es war nicht einfach gewesen und vollkommen schmerzlos, hatte nur eines Sandpapiers bedurft. Ein paar Mal vorsichtig hin und her gerieben und die zarte Babyhaut rötete sich, winzige Bluttropfen erschienen. Sie weinte nicht, mein Gott, sonst hätte ich sofort damit aufgehört. Es sah aus, als habe sie sich gestoßen, und nach drei Teelöffeln Benylin-Hustensirup war sie schläfrig.

Ich schloss die Augen, das Licht war so grell. Mir wurde schlecht.

Meine Zähne klapperten.

Mein kleines liebes Baby so wehrlos liegen zu sehen, brach mir fast das Herz. Poppy greinte im Schlaf, und ich konnte die Tränen nicht zurückhalten. Ich weinte über meine Untat, die ich aus meiner elenden Zwanghaftigkeit heraus begangen hatte. Marthas Drohung, sich völlig zurückzuziehen, hatte mich in Panik versetzt. Es steckte kein großartiger Plan dahinter, die Idee war mir plötzlich durch den Kopf geschossen, und bevor ich wieder zur Vernunft kam, hatte ich bereits gehandelt.

Genauso einem Impuls folgend, hatte ich vor einigen Monaten diesen drohenden Abgang inszeniert.

Bevor ich lange nachdachte, hatte ich Poppy schon die Medizin gegeben, und die Wunde war auf ihrer Stirn.

Im nächsten Augenblick bedauerte ich es bereits, war verzweifelt darüber, was ich getan hatte. Ich schrie nach Martha, und dabei wäre mein Entsetzen wahrscheinlich weniger groß gewesen, hätte die Geschichte mit dem Hochstuhl der Wahrheit entsprochen.

Ich hatte mich in ein Ungeheuer verwandelt.

Gott steh mir bei. Meinem Kind zuliebe sollte ich Hilfe suchen und mich offenbaren. UND ZWAR SOFORT. Sag es ihnen, schrie mein Gewissen. Martha hatte Recht – was kam als Nächstes? Wenn ich Poppy etwas so Gemeines antun konnte, Poppy, die mir (außer Martha) das Wichtigste auf der Welt war, dann war ich zu allem fähig.

Und warum das alles?

Marthas Aufmerksamkeit wegen?

Der Sicherheit wegen, wieder in Gnade aufgenommen zu werden?

Einer kleinen Dosis ihres Mitleids wegen?

Was war das für ein Dämon, der von mir Besitz ergriffen hatte? Was, in Gottes Namen, war das in mir?

Und das im Namen der Liebe.

Hätten wir uns doch nur Rat holen können.

10

MARTHA

Hätten wir uns doch nur Rat holen können.

Tina Gallagher war vielleicht nicht gerade eine Expertin im Probleme lösen, aber immer noch besser als Sam, der, wenn ich ihn um einen Rat fragte, nicht einmal wusste, was ich meinte. Ich vertraute mich Tina Gallagher an, der verrückten Nudel von nebenan, als sie mich in meiner Küche zusammengesunken und demoralisiert vorfand. Ich hatte Tina schon öfter mein Herz ausgeschüttet – sie war wirklich nett –, etwa wenn ich Sam im Verdacht hatte fremdzugehen, wenn mir zu Hause die Decke auf den Kopf fiel, sogar wenn ich nur sauer war, weil Sam sich weigerte, auf seinem Heimweg im Supermarkt vorbeizuschauen.

An jenem Tag fühlte ich mich besonders hässlich und unförmig (Lawrences Geburt hatte mein Gewicht noch einmal explodieren lassen). Deshalb hatte ich Jennie direkt in die Hände gespielt. Was ich mir bis heute nicht verziehen habe. Nicht so sehr wegen der späteren Geschehnisse, sondern weil ich es zugelassen habe, obwohl ich wusste, wie labil und psychisch angeknackst sie war.

Ich habe Jennie im Stich gelassen. Ich hätte stärker sein müssen.

Jemand hat mal geschrieben, um die ganze Bandbreite an Gefühlen kennen zu lernen, müsse man sein Land verraten, einen Mord begehen und mit einem gleichgeschlechtlichen Partner Sex haben. Ach ja? Damals hielt ich mich für ziemlich abgeklärt und erfahren.

Und bis zu jenem fatalen Tag hatte ich keinerlei Erfahrung mit diesen drei Dingen.

Jennie hielt nicht viel von Tina und Carl, den Gallaghers, meinen Nachbarn. In einem Tonfall, der dem ihrer Mutter ähnelte, erklärte sie, sie seien die falschen Freunde für mich. Und wenn ich jetzt daran zurückdenke, wie ich ihr gestattete, sich in mein Leben einzumischen, zweifle ich im Nachhinein an meiner eigenen psychischen Gesundheit. Aber wenn man den ganzen Tag zu Hause festsitzt, umgeben von sabbernden Kleinkindern oder Frauen auf dem Selbsterfahrungstrip, ohne Ablenkung von außen, kann es leicht passieren, dass die Ich-Grenzen verschwimmen.

Jennies Sohn, Josh, war im April zur Welt gekommen und dank einer Rückenmarksanästhesie war seine Geburt ein Kinderspiel gewesen. Mutter und Kind kamen am Tag nach der Geburt nach Hause, wir feierten diesen Tag und stießen darauf an, dass sie diesmal Stella erfolgreich abgewehrt hatte.

Diese alte Poolsache. Jennie hielt unbeirrt daran fest. Es war an der Zeit, beschloss Jennie, das Projekt voranzutreiben. Ein Gemeinschaftsprojekt, schoss es mir durch den Kopf, wäre vielleicht eine Lösung. Ließe sich Jennie dazu überreden, würde sie sich vielleicht stärker öffnen, neue Freundschaften schließen und diese unheilbare Schwärmerei stürbe eines sanften Todes. Wie wäre es mit Zeit und Geld im Tausch gegen eine begrenzte Nutzung? Ich hatte in einem Magazin etwas über ein derartiges Projekt gelesen. Ein Dorf in Essex hatte den Versuch gewagt und es funktionierte. Ohne auf ihre Zustimmung zu hoffen, ließ ich ein paar Andeutungen fallen und sie war ohne großes Theater einverstanden.

Inzwischen wurde mir klar, dass sie ihre Gründe hatte, andere, als ich vermutete. Erstens war sie auf meine Anerkennung aus und zweitens (und das klingt jetzt wirklich unglaublich) dachte sie tatsächlich, sie könne mich, wenn sie sich bei unseren Nachbarn einschleimte, eifersüchtig machen.

Wäre ich nicht gewesen, hätte das Projekt niemals Gestalt angenommen. Jennie war nicht gerade die beliebteste Anwohnerin in unserer Straße, was an ihrer zurückhaltenden Art und auch an ihrer Launenhaftigkeit lag. Niemand wollte etwas zu tun haben mit einem Pool im Garten der arroganten Gordons. Ich könnte mir im Nachhinein selbst in den Hintern treten, mich irrsinnigerweise so für sie ins Zeug gelegt zu haben – ich wollte den Pool nicht und Sam war's egal. Hinter meinem hirnrissigen Einsatz steckte nur der Wunsch, diese Ablenkung sei gewaltig genug, um ihre Leidenschaft für mich abkühlen zu lassen.

»Dein Garten wäre besser geeignet«, war die einhellige Meinung der Nachbarschaft.

An einem Tag, an dem ich wusste, dass Jennie ausgeflogen war, setzte ich der kleinen Versammlung auseinander, ich sei aufrichtig überzeugt, die Sache habe Hand und Fuß und würde funktionieren, da es ihre Pläne und ihre ursprüngliche Idee seien.

»Das sehe ich nun ganz und gar nicht«, erklärte Hilary Wainwright von Nummer vier. »Ich habe mit der Frau noch kein Wort gesprochen, seit wir hier eingezogen sind. Der Himmel weiß, warum, aber sie scheint etwas gegen uns zu haben. Ich habe schon Glück, wenn sie mir kurz zunickt. Normalerweise würdigt sie mich nämlich keines Blickes. Beim besten Willen, wie kommt sie nur auf die Idee, jemand sei bereit, bei einem solchen Projekt mitzumachen? Es ist so vage gehalten – ›begrenzte Nutzung‹ – nach dem Eindruck zu schließen, den wir von ihr gewonnen haben, kämen wir da nie hinein.« Eine aalglatte, patente Frau, die am liebsten Beige trug – ich beneidete Hilary darum, dass sie wieder unterrichten durfte.

»Was hält denn Sam von der Sache?«, fragte Angie, die Frau des Bauunternehmers von Nummer fünf, die von Kopf bis Fuß in rosa Denim gekleidet war. Wahrscheinlich dachte sie, dass ihr Alex, nachdem er Bauunternehmer war, mehr von der Sache verstünde.

Ich bemühte mich ehrlich zu sein. »Sam ist es so oder so egal. Um es gleich zu sagen, er war felsenfest davon überzeugt, aus dem Projekt würde ohnehin nichts. Aber so ist Sam, von Grund auf negativ eingestellt. Doch da Graham hier der Wasserexperte ist, der Plan von ihm stammt und er ihn für gut hält, sollten wir wenigstens darüber nachdenken.« Ich erklärte, die von Graham angesetzten Arbeitsstunden müssten mit kostenlosem Schwimmen vergolten werden. »Ihr seht, es ist alles gut durchdacht. Graham hat ganz schön viel Arbeit reingesteckt.« Ja, angetrieben von Jennie, setzte ich in Gedanken hinzu.

Nach einem Wortgefecht von einer Stunde waren alle einverstanden, sich die Sache durch den Kopf gehen zu lassen und sich nächsten Samstag bei den Gordons zu treffen, um einen Blick auf die zukünftige Baustelle zu werfen.

»Aber Jennie ist so schrecklich labil«, bemerkte Tina zu meiner Überraschung, nachdem die anderen gegangen waren. Mit Tina konnte man gut reden, sie war verständnisvoll und verschwiegen.

Ich musste zugeben, sie »könne merkwürdig sein«.

»Sie benimmt sich so seltsam, wenn du dabei bist.«

Es war also anderen bereits aufgefallen? »Was meinst du damit?«

»Sie ist so eigenartig, das musst du doch merken«, sagte Tina. »Sie verzehrt sich nach deiner Aufmerksamkeit, hängt mit Hundeaugen an dir, würde alles tun, um dir zu gefallen.«

Verdammt, das reichte. Ich musste Jennie warnen. Dieser Unsinn musste ein Ende haben. »Jennie hat ein paar Probleme«, lenkte ich ab, »wie wir alle hier.«

Als Tina das nächste Mal vorbeikam, war ich bei weitem nicht so gewappnet.

»Martha, Martha, *was ist denn los mit dir?*«

»Frag nicht«, stieß ich schluchzend hervor, während ich halb angezogen am Boden lag und verzweifelt nach Fassung rang. *»Frag einfach nicht, ja?«*

»Du bist krank.« Ja, mit meinem verheulten Gesicht und den zerrauften Haaren musste ich aussehen, als hätte mein letztes Stündchen geschlagen. Tina dagegen stand in ihrem silbernen Jogginganzug da wie aus dem Ei gepellt, jedes Strähnchen an seinem Platz. »Du bist entweder krank oder du hast soeben eine Schlacht geschlagen.« Tina starrte mit hochgezogenen Augenbrauen auf mich herunter – zwei ferne Möwen.

»Letzteres«, murmelte ich, »und ich hab sie verloren.«

»Komm schon, Martha, jetzt leg dich mal in die Badewanne und dann komm rüber zu mir auf einen Brandy. Wo sind denn deine Kinder? Oder ist es das? Du hast sie gemeuchelt und ihre Leichen versteckt?«

Das gab mir den Rest. Ich brach vollkommen zusammen, stieß dicke, fette Schluchzer hervor, während mir aus Mund und Nase die Blasen traten. Halb wahnsinnig heulte ich: »Sprich nicht von den Kindern. Ich bin eine schlechte Mutter.«

»So schlimm kann es doch nicht sein.« Tina bückte sich und zog mich in ihre Arme.

»Fass mich nicht an fass mich nicht an …«

Erschrocken zuckte sie zurück. »Aber Martha, was ist denn los …?«

Ich verlor vollends die Kontrolle über mein Gesicht. Es legte sich in unglückliche Falten, wie ein Bluthund, der Lunte gerochen hatte. »Niemand hat Schuld außer mir«, jammerte ich, »und das ist das Schlimmste daran.«

Ich musste mit jemandem reden, aber wie sollte ich es

ausdrücken und mit welchem bösen Tratsch musste ich rechnen?

Vielleicht könnte ich sagen: »Ich war gerade mit einer anderen Frau im Bett«, oder: »Meine Nachbarin hat mich gerade verführt, sie betet mich übrigens an …«

Und wer würde schon meinen armseligen Entschuldigungen Glauben schenken? »Ich hätte mir nie träumen lassen, dass es so weit kommen würde. Sie kam ins Bett, um mich zu umarmen.« Ja, eine Umarmung, die schnell außer Kontrolle geriet.

Ich hasste mich für meine Schwäche. »Du wirst mir das niemals glauben, Tina.«

»Du schätzt mich vollkommen falsch ein, meine Liebe«, entgegnete sie, »mir ist nichts Menschliches fremd.«

»Darf ich dir eine persönliche Frage stellen?«

»Nur zu«, sagte sie, leicht unruhig.

»Warst du schon mal mit einer Frau im Bett?«

Sie brach in schallendes Gelächter aus. »Mein Gott, Martha, ist das alles? Was willst du jetzt hören – *Wie konntest du nur?*«

»Es ist nicht witzig, ganz im Gegenteil …« Ich versuchte, die Fassung zurückzugewinnen, ohne dabei lächerlich zu wirken. Als Erstes zog ich meine Strümpfe hoch.

»Sag kein Wort«, unterbrach mich Tina, »lass mich raten – Jennie, ich wusste es, die ganze Zeit vermutete ich schon eine lesbische Neigung bei ihr.«

Auch wenn meine Augen auf Tina gerichtet waren, so sah ich doch nur die Wand hinter ihr. Das war alles so intim, viel zu intim. »Jesus, ich zittere am ganzen Körper, das muss der Schock sein. Und Jennie, weiß der Himmel, was sie jetzt denkt.«

»Was hast du auf dem Boden gemacht?«

»Bis hierher bin ich gekommen, dann gaben meine Beine unter mir nach.«

»Wie war's denn?« Tina griff nach der Flasche, der halb leeren Flasche Wein auf dem Küchentresen.

Ich lehnte das Glas ab, das sie mir anbot. »Keinen Wein mehr, nie wieder, ich trinke ab heute keinen Alkohol mehr.«

»War sie gut?«

Das war kein Witz. »Das ist ernst, Tina. Wenn du nur wüsstest ...«

»Aber ich weiß es nicht, außer du erzählst es mir?«

»Jennie sitzt jetzt glücklich zu Hause und glaubt, dass ich ihre Liebe erwidere. Sie hat sich inzwischen wohl eingeredet, sie sei eine Lesbe, aber in Wahrheit geht das viel tiefer ...«

»Aber wenn Jennie glaubt, es habe dir Spaß gemacht, musst du ihr diesen Eindruck vermittelt haben.«

Ich kauerte auf einem Hocker am Frühstückstresen, fuhr mir mit den Händen durch mein wirres Haar und wünschte mir verzweifelt, ich könnte die Uhr zurückdrehen. In gewisser Weise war ich dankbar, dass Tina so locker darauf reagierte, aber andererseits hatte sie nicht verstanden, was wirklich schlimm daran war. Nicht die Tatsache an sich war das Problem, nicht dass geschehen war, was geschehen war, sondern die zukünftigen Auswirkungen des Ganzen.

Lieber Gott, wie schwer es war, darüber zu reden. Ich ging rüber zur Spüle und spritzte mir kaltes Wasser ins Gesicht. Das half. Tina saß wartend am Tresen, das Kinn auf der Weinflasche aus dem Supermarkt aufgestützt.

»Wir waren beide fertig mit den Nerven. Wir hörten Musik, tranken etwas, genossen unsere Freiheit, du weißt, wie es ist, wenn die Kinder mal weg sind?« Aber Tina hatte keine Kinder, also wusste sie es nicht. »Wir alberten herum, tanzten, sangen, hüpften im Zimmer herum ...«

»Lieber Himmel, ich kann mir nicht vorstellen, wie Jennie Gordon ...«

»Du kennst Jennie Gordon nicht«, fuhr ich sie barsch an. »Und plötzlich ging mir die Puste aus, kein Wunder, Lawrence zahnt und noch dazu sein Ausschlag. Ich wollte mich hinlegen und ließ Jennie hier unten, ging nach oben, riss mir die Kleider vom Leib und legte mich, wie ich war, ins Bett. Es war herrlich, sich einfach treiben lassen, sich nachmittags ins Bett legen, wie dekadent …« Hier verlor sich meine Stimme, als ich daran dachte, was als Nächstes geschah.

Konnte ich Tina vertrauen?

Konnte ich überhaupt jemandem vertrauen?

Warum sich jetzt darüber den Kopf zerbrechen? Aber das war demütigend, wirklich demütigend. Wenn Tina gähnte, blieb ihr Make-up intakt, es war perfekt. Doch sie schien in keinster Weise schockiert zu sein, also schob ich die Bedenken beiseite und fuhr fort.

»Berührungen, weiter ging sie nicht. Aber ich tat nichts, um sie davon abzuhalten, oder? Scheiße, verdammte Scheiße.«

»Martha, es hat dir gefallen. *Gib's zu.*«

»Hat es mir gefallen? Wirklich?« Ich versuchte es mir ins Gedächtnis zu rufen. Nach Salz schmeckende Haut, feuchtes Haar, ein verrückter Nachmittag. Die Vorhänge warfen sonnenverspielte Schatten und jede Bewegung schien einem Traum zu entstammen. Und doch, als der Aschenbecher aus dem Bett fiel und Jennie sagte, sie wolle den Staubsauger holen, prustete ich los, ich konnte nicht aufhören zu lachen, sogar als ich nackt neben ihr lag. Ich erklärte Tina: »Du kennst die Videos, ich hab jetzt das T-Shirt.«

Tina pfiff. »Faszinierend. Wie erwachsen. Aber so wie es für mich aussieht, kannst du nicht Jennie die Schuld dafür geben.«

»Hab ich das behauptet?«, fuhr ich sie an. »Hast du mir nicht richtig zugehört? Ich sagte, es sei meine Schuld, weil ich sie nicht gestoppt habe, das ist ja mein Problem. Das ist das Gefährliche daran.« Diese weiße Welt der Bettlaken und dazu der Kontrast von Jennies grünen Augen. Der Gedanke, sie vom Bett zu stoßen, war da gewesen. Aber ich hatte es nicht getan. Ich hatte in dem Moment nur einen Wunsch gehabt: zu schlafen.

Tina betrachtete mich grübelnd durch ihr Weinglas. »Du hast die Regeln verletzt, niemandem ist ein Leid geschehen, abgesehen davon, dass es unerwartet geschah und wohl ein einmaliges Ereignis bleibt – also wo ist das Problem?«

Sie zwang mich dazu, mehr über Jennie und ihre Obsession zu erzählen.

Tina sagte, das überrasche sie nicht. »Die Stillen sind immer die Schlimmsten.«

»Du kapierst nicht, worum es geht, Jennie sitzt jetzt zu Hause und steigert sich in irgendetwas hinein …«

»Du musst das klarstellen, du musst ihr einfach alles erklären und ihr reinen Wein einschenken.«

»Wenn du wüsstest, wie mir das zum Hals raushängt. Die Verantwortung für ihr psychisches Wohlbefinden. Die Art und Weise, wie diese Obsession mein Leben zerstört. Es geht um Jennie, Jennie, immer um Jennie. Ständig muss man darauf achten, ja nichts Falsches zu sagen, um nicht noch eine weitere Szene heraufzubeschwören, noch einen theatralischen Auftritt und eine Selbstmorddrohung. Ich habe vorgeschlagen, unsere Freundschaft eine Zeit lang ruhen zu lassen, aber davon wollte sie nichts hören. Und jetzt das, verdammt noch mal.«

»Das ist natürlich sozusagen das Sahnehäubchen«, sagte Tina.

»Eine hilfreiche Antwort, vielen Dank«, entgegnete ich. »Und sollte Sam davon erfahren, wird er sich scheiden lassen. Daran besteht kein Zweifel«, warnte ich sie.

»Welche Trümpfe ich in der Hand habe.« Sie lächelte viel sagend.

»Er würde dir wahrscheinlich kein Wort glauben.«

»Mach dir keine Sorgen, vertrau mir, meine Liebe. Ich bin so verschwiegen wie das sprichwörtliche Grab.« Und das stimmte. Tina riss ihre Witze, doch ich wusste, dass ich ihr trauen konnte.

Wie es ausgegangen war?

In dem alkoholisierten Zustand, in dem ich mich befand, muss ich irgendwann weggeduselt sein, denn als ich aufwachte, war Jennie verschwunden.

Ich hatte mich nach unten geschleppt, wobei ich versuchte, mich exakt daran zu erinnern, was passiert war und welche Rolle ich dabei gespielt hatte.

Durch meine unüberlegte und primitive Reaktion hatte ich mich und Jennie verraten.

Es war an der Zeit, miteinander zu reden, und zwar ernsthaft.

Könnte ich die Zeit zurückdrehen und noch einmal von vorne anfangen, ich würde es tun.

11

JENNIE

Könnte ich die Zeit zurückdrehen und noch einmal von vorne anfangen, ich würde es tun.

Diese ausgekochte Gallagher klammerte sich an Martha wie eine Miesmuschel an den Felsen. Für sie kein Problem, sie und Carl hatten keine Kinder, materialistische Ellenbogentypen, und weil sie zu Hause arbeitete und an ihrem Superdupercomputer Ferienbroschüren für das English Tourist Board auf den neuesten Stand brachte, konnte sie sich ihre Zeit frei einteilen.

Anfangs, als ich noch auf Wolke sieben schwebte, weil ich glaubte, dass Martha meine Liebe erwiderte, machte mir das nicht viel aus. Sie liebte mich – *sie liebte mich*. Okay, sie hatte nicht gerade die große Leidenschaft an den Tag gelegt, aber sie hatte mich auch nicht angewidert weggestoßen. Meine Freude war absolut, ekstatisch. Ich schmiedete die verrücktesten Pläne. Eines Tages würden wir zusammen von hier weggehen und auf einer sonnenüberströmten griechischen Insel leben, eine Beachbar betreiben, Englisch unterrichten oder, wenn alles andere schief ging, als Reiseleiter arbeiten.

Martha hatte mir gestattet, sie zu berühren, wie man es nur jemandem erlaubt, den man wirklich liebt.

Ihrer Passivität maß ich wenig Bedeutung zu, *das hier ging tiefer.*

Das war eine reine und vollkommene Liebe, nicht irgendwas Perverses.

Ich fühlte mich stark und sprühte vor grenzenloser Energie. Doch diese Energie würde ich nicht in endlosen Putzorgien vergeuden, ich würde aufhören, ständig mein Haus, meine Kinder und mich selbst zu schrubben. Es gab keine gefährlichen Raubtiere in den Ritzen, ich musste keine Angst haben, angesprungen und aufgefressen zu werden, wenn Flusen auf meinem Teppich lagen, Eierreste an meinen Teelöffeln klebten oder Butter in der Marmelade schwamm. Meine eine große Obsession war so allumfassend, dass sie keinen Raum ließ für alle anderen.

Nicht einmal für meinen sehnlichen Wunsch, sie zu sehen, denn sie erwiderte ja meine Liebe. Ich bewegte mich in einer Traumwelt, sog mit geschlossenen Augen an Spaghettis, dachte während des Desserts an Marthas Haut. Martha und ich teilten dieses Geheimnis, das sie an mich band wie nichts sonst es könnte.

Es traf mich dabei wie ein Schlag mit der Peitsche, als sie sagte: »Jennie, wir müssen reden«. Sie erklärte, diese Nähe dürfe sich nie mehr wiederholen, sie sei entsetzt darüber, was wir getan hatten, und falls ich einen falschen Eindruck gewonnen hätte, dann täte ihr das Leid, das wäre nicht ihre Absicht gewesen. Sie sei zu verwirrt, um ihre Motive zu analysieren, aber wenn mir etwas an ihrer Freundschaft liege, solle ich diesen Nachmittag nie wieder erwähnen.

Absturz. »Steckt Sam dahinter?«, fragte ich.

Sie setzte eine ernste Miene auf. »Mit ihm hat es nichts zu tun, das betrifft nur dich und mich. Ich war beschwipst, müde, deprimiert, wünschte mir vielleicht, in den Arm genommen und getröstet zu werden …«

Alles drehte sich, ich zitterte am ganzen Körper. »Du willst damit sagen, ich hätte die Situation ausgenutzt …«

Sie fiel mir barsch ins Wort. »Jetzt komm mir bloß nicht wieder mit der Selbstbemitleidungsnummer. Ich mache dir keine Vorwürfe. Ich hätte dich abwehren können, habe es aber nicht getan. Vergessen wir's. Falls ich einen falschen Eindruck auf dich gemacht habe, tut es mir Leid. Wenn du mir einen Strick daraus zu drehen versuchst, werde ich dir das nie verzeihen.«

Ich saß an ihrem Tisch, ein Häufchen Elend. »Das klingt, als sei ich deine Feindin ...«

»Da liegst du vollkommen richtig, das bist du. Du stellst für mich eine Bedrohung dar.«

»Das wollte ich nicht«, stöhnte ich.

»Davon gehe ich aus«, entgegnete Martha mit einer Feindseligkeit, die mir Angst machte. »Aber so ist es nun mal. Ich weiß nie, wann du wieder durchdrehst. Dein ständiges Theater, deine hysterischen Anfälle und Tränenausbrüche gehen mir zusammen mit deiner hündischen Ergebenheit unglaublich auf die Nerven. Ebenso wie deine Entschuldigungen dafür, was du schon wieder angestellt hast. Ich möchte, dass das aufhört – *und zwar sofort!*«

»Aber wie kann ich damit aufhören?«, jammerte ich verzweifelt.

»Jennie, du kannst es und *du musst es*. Um Himmels willen, es ist an der Zeit, dass du dich normal benimmst. Kapierst du das nicht?«

Wie sollte ich essen können?

Wie sollte ich schlafen können?

Ich konnte mich Graham unmöglich anvertrauen, aber ich war dermaßen am Boden zerstört, dass nicht viel gefehlt und ich es doch getan hätte.

»Ich habe mich mit Martha verkracht«, erzählte ich ihm stattdessen. Irgendeine Erklärung musste ich ihm schließlich geben für meine verschwollenen Augen und meinen fehlenden Appetit.

»Was ist daran neu?« Und er sah sich die Nachrichten an.

Ich gab vor zu lesen, als ich neben ihm saß, doch ich konnte keinen klaren Gedanken fassen. Die Buchstaben krabbelten durcheinander – was in meinem Gehirn ankam, war ohne Bedeutung. Über den Rand meines Buches blickte ich zu ihm hinüber und so unglücklich ich war, mir wurde warm ums Herz. Ich wollte ihm nicht wehtun. Graham, der mit beiden Beinen so fest auf der Erde stand, der so in sich ruhte, würde nicht im Geringsten verstehen, was mich mit Martha verband. Es brach mir das Herz, über sein Los nachzudenken, diese endlose Tretmühle, in der er steckte. Morgens früh aufstehen und in die Arbeit gehen, ein Sandwich zum Mittagessen, um halb sieben wieder zu Hause, Sex am Freitag, Squash am Samstag und Golf am Sonntag. Ein Leben wie im Gefängnis, aber mich hatten die Flügel der Leidenschaft für eine bittersüße Weile darüber hinweggetragen …

Welche Qual, den ganzen Abend ruhig dazusitzen und zu tun, als sei alles in Ordnung, anzukämpfen gegen den Drang, zu toben, auf und ab zu laufen, Martha anzurufen, hinüberzusausen und sie um Verzeihung anzuflehen.

Ich hatte nicht so weit gehen wollen, als ich zu Martha ins Bett kletterte. Vielleicht war ich lesbisch, aber deshalb war ich noch lange nicht verrückt. Vielleicht gefiel mir, was ich machte, es war natürlich, nicht ganz so natürlich wie heterosexueller Sex, aber trotzdem in Ordnung. Destruktive Gedanken, wie »das fühle sich verkehrt an«, schob ich beiseite. Und obwohl ich tun musste, was ich getan hatte, hatte ich, wie Martha, nicht das Bedürfnis, es zu wiederholen.

Das Einzige, was zählte, war, dass Martha mich auf eine sexuelle Art liebte.

Ein Fehler.

Hellwach lag ich neben Graham und lauschte seinem zufriedenen Schnarchen, während ich mich selbst unglücklich in dem heißen, zerwühlten Bett hin- und herwarf. Im Geiste schrieb ich einen Bettelbrief nach dem anderen. Es ist so viel einfacher, es schriftlich zu sagen, und noch dazu nachts, wenn die Willenskraft geschwächt ist. Hier im Bett zu liegen und auf Schlaf zu hoffen war zwecklos, also schlich ich mich nach unten in die Küche und saß dort mit einer Tasse Tee, an der ich mir die inzwischen eiskalten Hände wärmte und den hundertsten Brief verfasste.

Ich breitete meine Fotos auf dem Tisch aus. Martha mit vollen Backen bei einem Barbecue, die trotzdem umwerfend aussah, als die Kamera ihre lachenden Augen einfing; Martha und ich auf unserem letzten Ausflug nach London, als wir den Buggy im Naturkundemuseum verloren; Martha, wie sie sich im Schnee mit ihrem kahlen Weihnachtsbaumgerippe abmühte, zwei Finger zum Siegeszeichen erhoben und ihre roter Schal flatternd in der Luft.

Ich fuhr ihr Profil mit dem Finger nach.

Sie hätte ihre Gefühle nicht klarer formulieren können und dennoch wollte mir nicht in den Kopf, dass meine brennende Leidenschaft ihr nur auf die Nerven ging und ihr das Leben schwer machte.

Ich wollte, dass sie meine Gedanken SOFORT las oder wenigstens am nächsten Morgen.

Ihren Tagesablauf kannte ich wie meinen eigenen. Am darauf folgenden Tag hatte sie einen Termin beim Zahnarzt. Sie würde Scarlet und Lawrence zu einem Babysitter bringen, Sam in die Arbeit chauffieren und dann den Jeep nach Hause fahren.

Ich konnte den Brief an die Windschutzscheibe klemmen.

Ungeduldig wischte ich sämtliche Bedenken zur Seite. Die Risiken waren mir egal, ich wollte handeln, und zwar schnell. Was war, wenn mich jemand sah, wie ich durch meinen Garten in die Auffahrt des Nachbarhauses schlich? Was, wenn Wind aufkam und meinen Brief wegwehte? Was, wenn Martha meinen Brief in ihrer Wut zerriss ohne ihn zu lesen?

Warum hatte ich nicht in Betracht gezogen, dass Sam ihn zuerst finden könnte?

Den Bettelbrief. Das Flehen um Mitleid.

Ich machte mich erneut lächerlich.

Dasselbe Mittel hatte ich schon einmal eingesetzt, in der Schule. Ich wollte mich beliebt machen, als alles sich gegen mich verschworen zu haben schien.

Ich gab ihn Barbara Middleton, die am meisten auf mir herumhackte, als ich sie allein in der Toilette antraf, wo sie sich die Hände abtrocknete.

Sie sah mich fragend an. »Was ist das denn?«, und steckte ihn in ihre Schultasche.

»Bitte zeige ihn niemandem«, stotterte ich, bevor ich davonlief.

Ausgesprochen sorgfältig legte ich meine Bücher zurecht, um mir die Zeit zu vertreiben. Ich saß den ganzen endlosen Nachmittag in dem schwülen Klassenzimmer, lauschte auf die Schulglocke und das Klappern der Rollos im Wind. Mit schweißnassen Fingern schraubte ich den Verschluss meines Füllers ab und wieder auf, schloss die Augen und betete in der Hoffnung auf ein Wunder. Aber was hatte ich bloß getan – jemand so Gemeinem wie ihr zu vertrauen, ihr die Waffen in die Hand zu geben, mit denen sie mich vernichten konnte, wenn ihr der Sinn danach stand? Ich kannte den Text des Briefes auswendig, schließlich hatte ich länger als eine Woche gebraucht, um ihn zu verfassen.

Liebe Barbara!
Ich möchte, dass du weißt, wie unglücklich ich bin, und dich um Hilfe bitten. Meine Mutter hat einen Freund und der hat angefangen, mich zu missbrauchen. Er sagt, er bringt mich um, wenn ich irgendjemandem davon erzähle. Und ich den-

ke, wenn meine Mutter sich zwischen uns entscheiden müsste, würde sie sich für ihn entscheiden, nicht für mich. Ich hoffe, du hast Verständnis. Ich brauche jemanden, mit dem ich darüber reden kann.
Herzliche Grüße,
Jennifer Young

Während Miss Ridley mit dem Rücken zur Klasse stand und eine Landkarte von Simbabwe aufhängte, sah ich, wie Barbaras Hand zu der Schultasche wanderte, die neben ihr auf dem Boden stand.

Zitternd vor Anspannung beobachte ich, wie sie den Umschlag herauszog und ihn öffnete. Judith Mort, ihre Banknachbarin, beugte sich zu ihr, um zu sehen, was Barbara machte, aber sie versetzte Judith einen Stoß mit dem Ellbogen.

Meine Lippe musste inzwischen bluten. Und mein Gesicht war sicher feuerrot.

Sie las den Brief schnell, blickte um sich und sah wieder nach vorne.

Die nächsten Worte trafen mich wie Messer. »Bitte bring diesen Zettel zu mir, Barbara.«

»Ach Miss …«

»Keine Widerrede. Ich sagte – bring diesen Zettel zu mir und lege ihn auf meinen Schreibtisch.«

Schnaubend und pustend und mit einem Seitenblick in meine Richtung gab Barbara meinen Brief ab und die Stunde wurde ohne weitere Unterbrechung fortgesetzt. Ich jedoch konnte mich noch auf das Elend konzentrieren, das sich durch meinen ganzen Körper ausbreitete, ihn von innen ausbrannte. Ich schämte mich so, fühlte mich so gedemütigt.

Was hatte ich getan?

Würde meine Mutter davon erfahren?

Das Ende der Geschichte ist leicht vorhersehbar. Barbara Middleton verbrachte die nächste Pause damit, hinter vorgehaltener Hand mit ihren Freundinnen zu flüstern. Augenpaare richteten sich auf mich. Ich konnte kein Mitgefühl in ihnen entdecken, sondern nur eine Art Schadenfreude.

»Jennifer Young«, erklärte Miss Ridley, als sie ihre Runde durch die Klasse machte, »ich möchte, dass du nach vier Uhr noch kurz hier bleibst.«

Meine Knie waren wie Pudding, ich vermochte kaum mehr zu gehen, so sehr schämte ich mich. Ich stand neben dem Tisch der Lehrerin, während sie das verdammte Blatt Papier glatt strich und mich fragend ansah.

Als ich schwieg, fragte sie: »Ist das wahr?«

Zu verlegen, um reinen Tisch zu machen, nickte ich und flüsterte: »Ja.«

»Möchtest du mit jemandem darüber sprechen?«

»Nein«, antwortete ich hastig, »eigentlich nicht.«

»Nun, Jennifer, dabei können wir es nicht belassen. Komm mit mir, wir gehen zu Mrs. Valentine.« Und sie lächelte mich aufmunternd an, wobei sie ihr merkwürdiges rosa Plastikzahnfleisch entblößte.

Es war wohl besser für mich, dieses Spiel mitzuspielen, als die Wahrheit zu sagen.

Diesen Marsch werde ich nie vergessen. Dieser Marsch durch die langen Korridore, Seite an Seite mit Mrs. Ridley, schien nie enden zu wollen. Ihre Schritte quietschten auf dem glänzenden Linoleum, an dem die Sohlen ihrer vorne offenen Sandalen hängen blieben. Durch die Fenster sah ich eine Gruppe von Mädchen, das Mädchen in der Mitte, das die ganze Zeit redete, war die hinterhältige Barbara Middleton.

Ich wartete eine halbe Ewigkeit vor dem Büro der Direktorin, zumindest kam es mir so vor. Unauffällig und angepasst, wie ich normalerweise war, war ich bisher noch nie ins Direktorat gerufen worden.

Mrs. Valentine öffnete die Tür, eine liebe Frau mit einem weißen Haarknoten, eine Königin, zu der wir jeden Morgen aufblickten wie beim Gebet zum Kruzifix.

»Setz dich, meine Liebe.«

Ich gehorchte wie ein Roboter, ihre Lippen rochen nach Flieder.

»Miss Ridley hat mir diesen Brief gezeigt, den eines der Mädchen heute Nachmittag während des Erdkundeunterrichts las.« Sie legte eine Pause ein, in der sie mich über den Rand ihrer Brille hinweg musterte. »Er stammt von dir, nehme ich an?«

»Ja, Mrs. Valentine.«

»Und deine Mutter weiß nichts davon?«

Ich ließ den Kopf hängen und presste meine Lippen aufeinander.

»Sag mir, Jennifer, wie lange geht das schon so?«

Ich fuhr mit dem Fuß einen kleinen Kreis im Teppichmuster nach.

»Wäre es nicht besser, wenn deine Mutter davon erführe?«

Ich brachte ein piepsiges »Nein, Miss« zuwege.

»Und warum, denkst du, wundert mich das?« Ich hörte, wie sie sich zurücklehnte, und roch an ihrem Parfum, wie sich ihr Körper in der schalen Luft bewegte. Ihre Stimme war so verführerisch wie das Innere einer Tafel mit Orangencreme gefüllter Schokolade. Als ich schwieg, fuhr sie fort: »Hast du Angst, dass deine Mutter dich, wenn sie es wüsste, verlassen könnte?«

»Sie würde mir nicht glauben«, wagte ich mich vor.

»Und du denkst, er könnte dir etwas antun?«, fragte sie, »wie er dir bereits drohte. Wie heißt der Mann, Jennifer?«

Ich wusste nicht, was ich sagen sollte.

»Dir ist hoffentlich klar, dass dieser Lebensgefährte deiner Mutter nichts als ein ganz gewöhnlicher Verbrecher ist, und nicht einmal ein besonders netter?«

»Ja«, flüsterte ich kaum hörbar. Dabei blickte ich hoch zum Busen der Lehrerin und wünschte, ich könnte in diesem weichen Kissen verschwinden.

»Und deshalb muss die Polizei benachrichtigt werden.«

Am liebsten wäre ich gestorben. Sollte meine Mutter davon erfahren, würde sie ausrasten, sie würde zusammenbrechen. In meinen Augen war sie ein absolutes Neutrum, für sie käme es genauso wenig in Frage, mit einem Mann zusammenzuleben wie ungespülte Milchflaschen vor die Tür zu stellen oder an einem heißen Tag ihre Stützstrümpfe nicht anzuziehen.

»Erzähl mir von der Sache, Jennifer«, forderte Mrs. Valentine mich freundlich auf und setzte sich neben mich, wobei sie mit ihrer kühlen Hand nach meiner klebrigen griff. »Ich versuche dir nur zu helfen, das ist dir doch klar?«

»Aber ...«

»Aber was?«

»Aber ich will nicht, dass mir jemand hilft.«

»In deinem Brief steht etwas anderes.«

Was sollte ich darauf sagen? In dem Zimmer war es erdrückend schwül. Ich sehnte mich nach einem Glas Wasser, denn meine Kehle war so trocken, dass ich kaum schlucken konnte.

»Du hast das alles nur erfunden, nicht wahr, Jennifer?«

Mit einem Schlag war ich hellwach. Vor Schreck blieb fast mein Herz stehen. »Was meinen Sie damit?«, flüsterte ich.

»Dieser Brief«, und sie hielt ihn mit Zeigefinger und Daumen hoch, als handle es sich dabei um ein benutztes Kondom, »ist nichts als ein grober Versuch, dir Aufmerksamkeit zu verschaffen.«

»Nein ... nein«, ich hatte angefangen zu weinen.

»Jennifer, ich möchte dich nicht unter Druck setzen, aber es ist wirklich an der Zeit, die Wahrheit zu sagen. Mit solchen Anschuldigungen spaßt man nicht, damit kann man ein Menschenleben ruinieren und ich weiß nicht, ob Mrs. Young einen Freund hat, der bei ihr zu Hause wohnt, aber sollte sie …«

»Hat sie nicht, *hat sie nicht …*«, heulte ich heraus und suchte nach einem Taschentuch.

Mrs. Valentine reichte mir eines. Am Rand ihres Tisches lag ein ganzer Stapel Papiertaschentücher und ich fragte mich, wie oft sie ihn wohl auffüllen musste.

»Deine Mutter lebt also nicht mit einem Mann zusammen. Ist das so?«

Ich schüttelte den Kopf. »Nein, tut sie nicht. Sie könnte gar nicht. Sie würde es nie tun, wegen ihrer Beine.«

»Dir hat also niemand etwas angetan?«

»Nein. Nein.« Ich wünschte bei Gott, es wäre anders. Und wie ich mir wünschte, alles, was ich in diesem üblen Brief geschrieben hatte, wäre wahr. Wie ich meine Mutter hasste, dass sie mir keine Hilfe war.

»Nun, Jennifer, wenn das so ist, kannst du nach Hause gehen.«

»Aber Sie werden ihr doch nichts davon erzählen?«, flehte ich.

»Mein liebes Kind«, die Direktorin blickte mir fest in die Augen, »natürlich muss deine Mutter darüber informiert werden.«

Dafür hasste ich sie und wünschte ihr den Tod. Ich hatte so viel Hoffnung in diesen Versuch gesetzt und was hatte er mir gebracht – nichts. Nichts, als noch mehr Spott von Seiten der Mädchen, die mir so viel Angst einjagten. Mir war klar, dass sie die Wahrheit herausfinden würden. Irgendwie würden sie es herausfinden. Und wie verletzt und enttäuscht würde meine Mutter über meine krankhafte Phantasie sein.

Ich hätte damals meine Lektion lernen müssen, dass solche Briefe einen selbst treffen können wie ein Bumerang und ein für allemal die Finger davon lassen sollen.

Es sah aus, als hätte ich nichts dazugelernt, als ich in die taufrische Nacht hinaustrat, einen Mantel über den Schultern, als ich auf Zehenspitzen über das nasse Gras schlich, über das in Streifen das Mondlicht fiel, und meinen wertvollen Brief an den Türgriff des vor Schmutz starrenden Jeeps klemmte.

Sofort war mir leichter ums Herz, als ich mich auf den Heimweg machte, die Treppe hinaufschlich und zurück ins Bett zu Graham kletterte.

Martha würde mich verstehen. Martha würde mir verzeihen. Wir könnten unsere enge Freundschaft erneuern, sobald dieser Ausrutscher beseitigt und vergessen wäre. Ich würde sie natürlich immer lieben, ich konnte nicht lügen und so tun, als hätte sich daran etwas geändert. Doch mir war jetzt klar geworden, dass meine Gefühle nichts mit Lust zu tun hatten und ich auch nicht lesbisch war. Meine Liebe zu Martha ging tiefer, denn auch wenn ich die Intimität unseres Bettabenteuers genossen hatte, machte mir die Vorstellung, dass es nie wieder so weit kommen würde, nicht besonders zu schaffen. So sehr ich Martha liebte und verehrte, ich wollte sie nicht als Geliebte.

Wenn es nur so einfach wäre zu vergessen.

12

MARTHA

Wenn es nur so einfach wäre zu vergessen.

Wir wurden von dem Anruf um sieben Uhr aus dem Schlaf gerissen. Die Nachricht traf mich wie ein Schlag. Unsere wunderbare, herzensgute, zuverlässige und geliebte Babysitterin, Hilda, war gestorben.

Einfach so.

Unsere Kinder himmelten sie an. Niemand würde sie ersetzen können. Sie war wie Gott, sie ertrug kleine Kinder.

»Ich kann dir nicht sagen, wie Leid mir das tut. Bitte sag uns, wenn wir dir irgendwie helfen können«, versuchte ich unbeholfen ihre Tochter zu trösten.

»Verdammte Scheiße«, erklärte Sam, als ich das Telefon auflegte und mir die Tränen aus dem Gesicht wischte. »Das heißt, jetzt ist die Kacke am Dampfen.«

»Du bist ein so egoistischer Saukerl«, fuhr ich ihn wütend an. »Und wüsste ich nicht, dass du dich nur deshalb wie ein Ekelpaket verhältst, um deine Überforderung mit der Situation zu vertuschen, wäre ich schon längst abgehauen. Scarlet und Poppy – wie sagen wir es ihnen? Wie erklären wir ihnen, wo Hilda jetzt ist? Sie lieben diese Frau mehr als uns. Mein Gott. *Mein Gott, wie schrecklich.*«

»Sag ihnen, sie spielt im Himmel mit der Rassel. Sag ihnen, ihr seien solche Flügel aus Silberfolie gewachsen, wie sie letztes Jahr für die Kinder zu Weihnachten bastelte. Aber damit ist klar, dass du den Zahnarzttermin absagen oder den Bus nehmen musst, ich nehme den Jeep heute Morgen …«

Mein ganzer Tagesablauf war durcheinander geraten. »Aber ja, sicher, *mit beiden Kindern?*«

»Lad sie bei Jennie ab.«

Ich suchte nach einer plausiblen Erklärung. »Sie hängt momentan ziemlich durch …«

»Schon wieder?«

»Der Zahnarzt denkt sicher, ich hätte wieder Schiss, so wie letztes Mal, als ich absagte. Er wird mir die Stunde voll berechnen.«

»Scheiß auf den Zahnarzt. Du hast keine Zahnschmerzen. Das kann ruhig ein oder zwei Wochen warten.«

Die blanke Verzweiflung packte mich. »Wie zum Teufel sollen wir ohne Hilda klarkommen?«

»Wer ist jetzt der egoistische Saukerl? Natürlich ich, und ein winziges Stück vielleicht auch du?«, witzelte er und griff nach seiner Aktentasche. »Auf dieser Beerdigung wird es ganz schön fetzen, sollten wir uns nicht entgehen lassen.«

»Verschwinde, hau einfach ab. *Sie war ein solcher Schatz.* Sie wird uns unglaublich fehlen. Eine so ausgesprochen liebe, nette Frau. Ich kann die Kinder unmöglich jemand anderem anvertrauen.«

»Gestern Abend hast du noch davon gesprochen, sie zur Adoption freigeben zu wollen.«

»Verpiss dich, du Arsch. Halt einfach die Klappe und geh.«

Ich war sofort am Telefon. »Hallo?«

»Ich bin's, Jennie.«

Ich erstarrte, fuhr mir mit den Fingern durch die Haare, als ich zu meinem üblichen »Hi, Jennie« ansetzte.

»Ich hab Sam heute Morgen mit dem Jeep wegfahren sehen.« Ihr angespannter Ton versetzte mich in den Alarmzustand. *Das hieß, sie beobachtete noch immer jede unserer Bewegungen.* Was führte sie nun schon wieder im Schilde?

Bevor sie ein Wort sagen konnte, erklärte ich ihr: »Ja, er nahm den Jeep, Hilda ist tot.«

Dass sie den Hörer derart abrupt auflegen würde, hatte ich nicht erwartet. Gut, Jennie mochte Hilda gern, wir alle mochten sie. Wie typisch von Jennie, diese Tragödie zu nehmen und zu ihrer eigenen zu machen. Diese Frau kreiste nur um sich selbst, sogar aus dem Leiden zog sie noch Lustgewinn. Ich war jedenfalls nicht bereit, hinüberzugehen und sie zu trösten oder gemeinsam mit ihr zu trauern. Sie konnte die gottverdammte Mutter Gottes geben, wenn sie wollte, bei mir war damit kein Blumentopf mehr zu gewinnen.

Ich saß da und überlegte, was zu tun war, stillte dann Lawrence, zog Scarlet an und las die Zeitung. Dabei rechnete ich jeden Augenblick mit dem Auftauchen Jennies. Ich war positiv überrascht, als sie nicht kam, und hoffte, es habe doch genützt, dass ich mit ihr Tacheles geredet hatte.

Was für eine absurde Situation. Geradezu grotesk, wenn es nicht so verrückt wäre. Hätte ich einen Job, hätte ich darüber lachen und die ganze Geschichte als einen dieser üblen Hämmer verbuchen können, die man im Leben abkriegt und die einem zu schaffen machen. Tinas lebenskluge Herangehensweise war erfrischend gewesen, auch wenn ihr der entscheidende Punkt überhaupt nicht klar war. Das Ausmaß von Jennies seltsam verdrehter Obsession blieb Außenstehenden verborgen. Das Schwimmbadprojekt stand an und ich hoffte inständig, es würde sie ablenken.

Ich wusste nicht, wie ich ihr sonst hätte helfen können.

Was schief gehen kann, geht schief.

An diesem Tag fand ich im Briefkasten meine erste Einladung zu einem Vorstellungsgespräch. Und das nach monatelangem gewissenhaften Ausfüllen von Formularen, Schreiben von Lebensläufen und Blindbewerbungen. Ich war kurz davor gewesen aufzugeben – aber erst kurz davor …

Scheiße, *die Zeit war verdammt knapp*, sie erwarteten

mich schon am nächsten Tag zu einem Bewerbungsgespräch. Ich brach in Panik aus – die Kinder – als Erstes würden sie wissen wollen, ob meine Kinderbetreuung wasserdicht war. Ich hatte keine Hilda mehr – *an wen konnte ich mich sonst wenden?* Nach allem, was vorgefallen war, kam Jennie nie und nimmer in Frage, ich würde mich ihr damit erneut ausliefern und vollkommen falsche Signale aussenden. Ich musste mich von ihr distanzieren, sie um Hilfe zu bitten, hieße wieder ein engeres Verhältnis. Sie gäbe ihr Letztes, um mir zu helfen. Es gab niemanden sonst in unserer Straße, an den ich mich wenden konnte. So verzweifelt brauchte niemand Geld. Die eigenen Kinder waren Arbeit genug, geschweige denn die anderer Leute.

Ich war in der Realität angekommen.

Verflucht, was sollte ich tun?

Ich lief auf und ab und überlegte, was ich anziehen, was ich sagen sollte, versuchte mir vorzustellen, was für eine Person sie in mir sehen wollten.

Vergiss es, würde Sam sagen. Für ihn wäre das nicht bedeutender als die Absage beim Zahnarzt.

Der Gedanke, diese Chance nicht zu nutzen, auf die ich so lange gewartet hatte – wieder an der wirklichen Welt teilzuhaben, diese Kinderaufzuchtsjahre endlich abzuhaken, mich mit normalen Leuten zu treffen, Gespräche zu führen, in denen es nicht mehr um Kinderscheiße und -spucke ging – bei dem Gedanken, all das sausen lassen zu müssen, bekam ich Selbstmordphantasien.

Wie lange hatte ich auf diesen Augenblick gewartet?

Ich war viel zu konfus, um es noch zu wissen.

Die Mauern meines Hauses bildeten mein Gefängnis und das Gebrüll der Kinder die Stahlreifen um meine Stirn.

Doch mich angesichts unseres angespannten Verhältnisses in eine Abhängigkeit von Jennie zu begeben, wäre der pure Wahnsinn. Ich musste diesen Job ablehnen. Sofort.

Und abgesehen davon, zog ich es ernsthaft in Betracht, meine kleinen Lieblinge in der Obhut einer Verrückten zu lassen?

Endlich machte Lawrence sein Vormittagsschläfchen.

Um mich über meine zerstörten Träume hinwegzutrösten, holte ich meine Ölfarben hervor und eine Leinwand. Die einzige Therapie, die mich aus diesem Tal der Depression herausholen konnte. Ich deckte jeden Quadratzentimeter in der Küche mit alten Zeitungen ab, damit Scarlet mir in meinem Wahnsinn Gesellschaft leisten konnte. Früher mal hieß es, ich hätte künstlerisches Talent, früher, bevor ich mich von einem Mann vor den Altar hatte schleppen lassen. Ein Großteil unserer Wände war bedeckt mit meiner, wie Sam es ausdrückte, primitiven Kleckserei. Doch es ist schwer, seine tiefen Gefühle auszudrücken, wenn einem eine Dreijährige am Rockzipfel hängt, ganz zu schweigen von ihrem dämlichen, entnervenden Gebrabbel.

»*Was ist das, Scarlet?* Ach ja, ein Haus, ein Hund und ein Birnenbaum …« Meine Tochter war brillant und ich strahlte sie stolz an. Sie war weit für ihr Alter, fast ein Genie. Noddy mit seinem Spielzeugland war in der Glotze zu sehen und wir sangen bei den bekannten Liedern mit, zitterten, wenn die gruseligen Kobolde kamen, aßen Kekse und tranken Milch und veranstalteten das für unser Haus typische, chaotische Durcheinander, das Jennie augenblicklich in den Wahnsinn triebe.

Ich würde den Express anrufen und das Vorstellungsgespräch absagen.

Ich wählte die Nummer und hielt mir das eine Ohr zu, um den Kindersendungsklamauk nicht hören zu müssen.

»Bitte warten Sie, ich verbinde Sie.«

Ich wartete. Meine Augen blieben trocken, die Tränen waren zu tief verborgen.

»Schau mal, Mummy …«

»Das ist wunderbar, Scarlet. Mach weiter, bis Mummy …«

Aber Scarlet musste aufs Töpfchen. Ich legte das Telefon weg und rannte los, um es zu holen. Ich machte ihr die Latzhose auf. »Hallo«, rief ich verzweifelt, für den Fall, dass jemand Wichtiger in der Leitung war, setzte Scarlet aufs Töpfchen, holte ihren abgewetzten Teddy, warf einen Blick in den Spiegel über dem Telefon und erschrak bei meinem Anblick.

Tiefe Ringe unter den Augen, zerzaust und mit leerem Blick sah ich mir entgegen, auf der Nase hatte ich grüne Kriegsbemalung und um den Mund epileptischen Milchschaum.

»Mrs. Frazer?«, drang eine ruhige Stimme von einem weit entfernten Planeten an mein Ohr.

»Ach ja, hallo, spreche ich mit Peter Taylor?«

»Wie gut, dass Sie sich beworben haben. Wir haben die Bewerbungen ausgesiebt, es haben sich mehrere Hundert auf die Anzeige hin bei uns gemeldet. Die glauben, sie seien für diesen Job qualifiziert, wenn sie einen Kuli haben und einen Spiralblock. Ich freue mich darauf, Sie kennen zu lernen. Sally Ince sagt, sie habe einmal mit Ihnen zusammengearbeitet …«

»Oh, wie geht es Sally?« Ich hatte meine alte Freundin mit den schiefen Zähnen ganz vergessen.

Eine Viertelstunde plauderten wir so dahin und schließlich sagte der Redakteur: »Wie wär's, wenn wir das Vorstellungsgespräch einfach vergessen und uns stattdessen zum Mittagessen ganz zwanglos in einem Pub träfen?«

Ich hatte den Job! Ich wusste es! *Ich wusste es!*

Ich hörte mich selbst so nebenhin sagen: »Wunderbar.« Wenn ich den Zwölf-Uhr-Bus erwischte, konnte ich es gerade noch schaffen.

In einem Zustand euphorischer Trance legte ich das Telefon weg.

Jemand da draußen freute sich aufrichtig, mich kennen zu lernen!

Jemand hatte gesagt, ich sei gut in meinem Job!

Jemand wollte mich bezahlen!

Und nur zwei Tage die Woche – es war perfekt!

Lawrence wachte auf und wollte sein Fläschchen. Scarlet malte mit ihrer Pisse auf dem Boden. Der Typ in der Glotze laberte banales Zeug und ich musste den Klempner anrufen, das Klo war verstopft.

Eine halbe Stunde später, als sämtliche Pflichten erfüllt waren und kurz Ruhe einkehrte, rief ich Jennie an.

»Ich komm rüber«, erklärte sie sich sofort bereit. Sie schien Hildas Tod gut zu verkraften.

Fünf Minuten später stand sie vor meiner Haustür.

»Natürlich helfe ich dir«, setzte sie hinzu, »wenn du wirklich fest entschlossen bist, wieder arbeiten zu gehen.«

»Selbstverständlich bezahle ich dich dafür.«

Sie sah mich verletzt an. »Du weißt, dass das Unsinn ist. Bitte halt mich nicht noch mehr auf Distanz.« Sie war schweigsamer als sonst und ich bemerkte, wie sie mich erwartungsvoll musterte, während ich durchs Haus schoss, nach was Geeignetem zum Anziehen suchte, bügelte, mir die Haare wusch und darüber fluchte, in welchem Zustand sich mein einziges Paar schicker Schuhe befand. Jennie war selbst für ihre Verhältnisse auffallend niedergeschlagen, doch ich war so aufgeregt und euphorisch, dass ich ihre Depression darauf schob, dass ich endlich einen Job gefunden hatte.

Die Tür des Puppenhausgefängnisses öffnete sich. Ich erblickte Licht. *Nur noch ein weiterer Schritt …*

Scarlet, Poppy und ich experimentierten mit den Kosmetikresten aus meinem Make-up-Beutel, den ich kaum mehr benutzte, seit ich Mutter war. Die zehn Minuten vor dem Spiegel morgens hatte ich nicht und wenn man ohnehin nirgends hinging, warum die ganze Mühe? Jennie sah uns angespannt zu.

»Wie findest du das?« Ich hatte soeben hellrosa Lippgloss aufgetragen und wandte mich ihr mit zusammengepressten Lippen zu.

»Sieht hübsch aus«, kommentierte sie desinteressiert.

»Die Haare nach oben – oder nach unten?«

»Wie du meinst.«

Ich weigerte mich, mich von ihr runterziehen zu lassen. Meine Zurückweisung machte ihr zu schaffen und für mich war die Vorstellung eines weiteren Gesprächs unerträglich, in dem wir wieder Oberkante Unterlippe im Morast ihres Unglücks wateten. Immerhin versuchte ich sie aufzuheitern. »Zwei Tage die Woche, du liebe Güte, ich wandere doch nicht nach Australien aus.«

Bestimmt wollte sie wieder über unser merkwürdiges sexuelles Abenteuer diskutieren. Auf ihren Schultern lastete das Leid der ganzen Welt und an diesem Vormittag lag ein dünner blauer Schleier über ihren ungewöhnlich matten Augen. War sie krank? War es die Trauer? Was immer es war, ich wollte es nicht wissen.

Das Gespräch lief gut. Ich wusste, ich hatte den Job an Land gezogen. Ich schwebte immer noch auf Wolke 7, als ich nach Hause kam, und verbrachte den Nachmittag damit, Pläne zu schmieden, das Haus nach geeigneten Klamotten zu durchsuchen, Listen zu schreiben. Wenn alles glatt lief, konnte ich in zwei Wochen anfangen zu arbeiten. Irgendwie würde ich Sam davon überzeugen müssen, dass ich das einfach tun musste.

Ich hörte den Jeep. Sam kam früh nach Hause. Aber warum marschierte er zum Eingang des Nachbarhauses … Graham war sicher noch nicht zu Hause und Graham war der einzige Grund für Sam hinüberzugehen – nämlich um mit ihm über diese bescheuerten Schwimmbadpläne zu sprechen.

Was dann geschah, traf mich vollkommen unvorbereitet. Ich erstarrte und Wut stieg in mir hoch, als ich das Gebrüll hörte. Ich rannte zur Tür. Mit vor Angst zugeschnürter Kehle sah ich Sam auf dem Rückweg, gefolgt von einer kreischenden Jennie, die sich an seine Füße zu klammern versuchte.

»Sam?« Ich lief ihm entgegen. *»Mein Gott, was ist passiert, was hast du getan?«*

Keuchend und schluchzend verfolgte Jennie ihn bis zu unserer Haustür. »Aber du darfst mir nicht verbieten, sie zu sehen, das darfst du nicht.« Sie warf sich auf den Fußabstreifer, verbarg das Gesicht in den Händen und heulte wie ein Schlosshund. Eine reuige Sünderin. »Ich liebe Martha, ich liebe sie so sehr.« Und als sie aufsah, weinte sie so sehr, dass es aussah, als habe sie keine Augen.

Mein. Lieber. Schwan. Sam hatte es also herausgefunden. Irgendwie.

Gott, wie ich sie in diesem Augenblick hasste.

13

JENNIE

Gott, wie ich sie in diesem Augenblick hasste.

Schamgefühle rollten über mich hinweg wie ein Güterzug. »Jennie«, Marthas Stimme war eiskalt, »hör auf mit diesem Theater und geh nach Haus. Du dumme Kuh – *bist du jetzt zufrieden?* Nur zu, mach doch, zerstör mich, geht es dir jetzt gut, ja? Blödes Weib …«

Sam stand schweigend neben ihr. Das schlechte Gewissen, etwas getan zu haben, das sich nicht mehr rückgängig machen ließ, überwältigte mich.

Der Tag wurde zur Nacht … alles vorbei … nur noch die Schale war übrig und darin ich, brüllend vor Schmerz.

Keiner der beiden streckte mir eine helfende Hand entgegen.

Vollkommen unvermittelt, wie aus heiterem Himmel, tauchte Sam vor meiner Tür auf, als sei dies sein gutes Recht, ein Tyrann. »Du erzählst mir jetzt haarklein, was passiert ist, denn Martha sagt mir sowieso nichts.« Er hielt mir meinen Brief vor die Nase. »Dieser Brief«, er schüttelte ihn voller Verachtung, »steckt so voller Selbstmitleid, dass mir schlecht wird. Was zum Teufel bist du eigentlich? Eine heimliche Lesbe?«

Sein Sarkasmus verletzte mich, doch am niederschmetterndsten war zu wissen, dass Marthas Freundschaft mit mir von nun an der Vergangenheit angehörte. Sam hatte sich schon immer einen Sport daraus gemacht, seine Intoleranz gegenüber Minderheiten, vor allem gegenüber sexuellen

Minderheiten, lautstark zum Ausdruck zu bringen. Den ganzen Tag über war ich auf das Schlimmste gefasst gewesen, von dem ersten schrecklichen Augenblick an, als ich ihn im Jeep in die Arbeit fahren sah. Mit einem Angriff auf Martha hatte ich gerechnet, aber nicht damit, dass ich sein erstes Opfer sein würde.

Die Arme hatte er fest vor der Brust verschränkt und aus seinen halb geschlossenen Augen sprühte der Hass. Gott sei Dank hatte er wegen der Nachbarn seine Stimme gesenkt, aber mir wäre es lieber gewesen, er wäre ins Haus gekommen. Poppy versuchte verängstigt, sich an mir vorbeizuschlängeln, und ich wollte nicht, dass sie ihn in diesem Ton mit mir reden hörte. Doch er fuhr unbeirrt fort, mich zu erniedrigen: »Verdammte Scheiße, was hast du mit meiner Frau gemacht?«

»Ich wollte nicht …«

Er ließ mich nicht ausreden. »Komm schon, was ist passiert, was war …«

Wie gerne hätte ich ihm einfach den Mund zugehalten, ihm dieses Grinsen aus dem Gesicht gewischt.

»Es ist passiert – ein einziges – Mal, es war mein Fehler, Martha …«

»Ach nee? Und was hat Martha getan, während du damit beschäftigt warst, ihre perverse Lust zu befriedigen? Hat sie um Hilfe geschrien? Sich gegen dich zur Wehr gesetzt? Dir gesagt, du sollst deine obszönen Schweinereien bleiben lassen? Was hat denn Martha getan, Jennie?« Seine Augen durchbohrten mich, machten mir Angst.

Ich schwieg weiter. Aus Verlegenheit. Wieder dieses eiskalte Grinsen.

»Und ist das jetzt deine neueste Angewohnheit, dich in das nächste Haus zu schleichen und es mit jedem Erstbesten zu treiben? Bekommst du nicht genug von Graham, liegt's daran? Du erträgst ihn doch nur einmal die Woche.«

Ich erstarrte vor Schmerz und schluchzte wieder los: »Hat sie dir das erzählt?«

Die Tränen flossen wie ein Wasserfall. Die nächsten Worte trug er mit sichtlichem Vergnügen vor. »O ja, Martha erzählte mir alles, sie ist schließlich meine Ehefrau, falls du das schon vergessen hast. Und Eheleute vertrauen einander ihre Geheimnisse an, auch wenn dir das fremd ist.«

Verzweifelt klammerte ich mich an ihn, um ihn zu überzeugen, aber er wollte mich nicht verstehen. »Es ist nur einmal passiert und Martha ist seither kreuzunglücklich. Es käme so oder so nicht mehr vor, sie wollte es nicht, ich wollte nicht …«

»*Ich verstehe, ich verstehe.* Die Reize meiner Frau haben dich also nicht überzeugt, dir waren ihre Titten zu groß?«

Hinter der Tür greinte Poppy und ich hatte Angst, mich zu bewegen.

»Dir ist klar, was du angerichtet hast, Jennie, oder?«

»Nein!«, schrie ich mit tränenerstickter Stimme.

»Du hast Scheiße gebaut, mit deinem hinterfotzigen perversen Schweinskram …«

»Aber ich liebe sie doch!« War das meine Stimme, so kräftig, so klar, dieser Schrei aus dem Nichts?

»Es tut mir Leid für dich, wirklich. Du liebst sie also, dann schauen wir doch, wie Martha darüber denkt.«

Und mit diesen Worten marschierte er den Weg hinunter, meinen Brief wie eine Fahne schwenkend und ich lief heulend und bettelnd hinter ihm her. Ich war wieder ein Kind und ohne Macht.

Diese Worte waren ausschließlich für Marthas Augen bestimmt gewesen. Jetzt waren sie billig und platt. Bei dem bloßen Gedanken an meinen Brief wurde mir übel. Als ich ihn schrieb, waren sie Ausdruck meiner überfließenden Liebe, jetzt war er reine Selbstzerstörung.

Liebste Martha.
Dir zu schreiben ist eine solche Wohltat.
Bitte lass nicht zu, dass durch das, was zwischen uns passierte, alles andere zunichte wird. Ich weiß, ich habe eine Grenze überschritten, und obwohl mir die ganze Zeit über klar war, dass es falsch war, werde ich nie vergessen, wie glücklich und selbstverständlich ich mich fühlte, als du in meinen Armen lagst. Stark und gut. Den ganzen Tag denke ich daran und nachts bist du in meinen Träumen. Sogar wenn ich dir schreibe, so wie jetzt, erfasst mich ein Hochgefühl, weil ich weiß, du liest meine Gedanken. Wenn du nach dem, was gestern geschehen ist, unsere Freundschaft beenden wolltest, wäre der Schmerz für mich unerträglich. Ich bin bereit, alles zu tun, überall hinzugehen, so zu werden, wie du es dir wünschst, wenn du nur in meiner Nähe bleibst und mich magst.
Aus ganzem Herzen grüßt dich,
Jennie.

Ich habe alles verdorben.

Alles kaputtgemacht.

Mir wurde schwindelig, schwarz vor Augen. Ich konnte nicht erkennen, wer in unserer Straße diese Auseinandersetzung mitbekommen hatte oder zusah, wie ich mich zurück in das Loch schleppte, das mein Haus war. Ich hätte nicht einmal eine Massenkarambolage bemerkt, und wenn sie vor meiner Nase stattgefunden hätte.

»Alles in Ordnung, Poppy, alles in Ordnung.« Ich starrte meine Tochter an, ohne sie wahrzunehmen. »Sam und Mummy spielen nur ein albernes Spiel, Daddy kommt um fünf, schauen wir mal, ob wir bis dahin unser Toastbrot fertig aufgeschnitten haben.«

Ja, Daddy würde nach Hause kommen.

Mir blieb der Rest des Nachmittags, um in meine Sorgenmiene ein Lächeln zu zwingen. Um meinen Kummer unter den Banalitäten des Alltags zu vergraben. Ich könnte behaupten, ich hätte Kopfweh, und mich in ein dunkles Zimmer zurückziehen. Oder eine Tasche packen und weglaufen, zum Bahnhof gehen ... zurück zur Mutter ziehen, nennt man das. Jedes Jahr werden Tausende von Frauen vermisst, von denen man nie wieder etwas hört. Sie gehen ins Wasser, springen von Brücken, verschwinden auf einsamen Landstraßen. Oder ich könnte eine andere Identität annehmen und den Rest meines Lebens damit verbringen, Martha auf Schritt und Tritt zu verfolgen und sie anzurufen.

Aber wollte ich ein solches Leben, ohne Ziel und gespalten, als stecke eine Axt in meinem Schädel? Tagaus tagein gelähmt und verzweifelt, bis sich mein Gehirn langsam auflösen würde?

Natürlich könnte ich all dem ein Ende setzen und diesen Schmerz aller Schmerzen wegreißen. Wie wunderbar mir diese weiße Leere erschien vor meiner in tiefstes Schwarz gehüllten Zukunft. Ohne Marthas Freundschaft hatte mein Leben keinen Sinn und ich malte mir aus, wie man mich an einem Strick baumelnd in der Garage fände. Oder vielleicht sollte ich einen weniger brutalen Weg wählen und es mit Autoabgasen versuchen.

Sam sollte die größten Schuldgefühle empfinden.

Dieses Monster, das Martha wie Dreck behandelte. Wie er die Grausamkeiten bereuen würde, die er mir ins Gesicht geschleudert hatte, wie er schamrot an meinem Sarg stünde, während sie Erde auf den Deckel warfen, sich verfluchen würde für seine mangelnde Sensibilität, seinen Egoismus, seinen Sarkasmus und seine überschießende Aggression. Am selben Tag, gepriesen sei der Herr, fiel Stella, meine Mutter, tot um, wozu mir nichts anderes einfiel, als dass sie nun endlich, abgesehen von dem animalischen Akt der Geburt, etwas getan hatte, um mir zu helfen.

Meine Rettung war so wundersam wie Christi Erscheinung nach seinem Tod. Das Telefon läutete, während Graham die Kinder badete, und ich hüpfte los, … *es könnte ja Martha sein.*

Es war Mrs. Miles, die Nachbarin meiner Mutter.

»Bist du das, Jennie?«

Nicht Martha. Das Herz fiel mir in die Magengrube, als ich bejahte. Für mich gab es nur meinen Kokon aus Schmerz und Leid und am liebsten hätte ich den Hörer aufgelegt.

»Früher Jennie Young?«

Als ich im Hintergrund den Verkehrslärm von Walthamstow hörte, der am frühen Abend besonders heftig war, wurde mein Gehirn wieder aktiv. »Ja.«

»Ich habe dir etwas Schreckliches mitzuteilen, fürchte ich.«

Ich wusste sofort, dass Stella tot war. Diese Szene war Teil einer so alten, so häufig durchgespielten Phantasie … wie oft hatte ich in der Schule darum gebetet, diese Worte zu hören, durch die ich augenblicklich in den Zustand einer edlen Märtyrerin versetzt worden wäre, an deren Sohlen die Flammen einer Tragödie leckten. Und ich stellte mir vor, wie meine arme Mutter auf ihrem Weg in den Himmel die Hände ringt, wenn meine schändlichen Gedanken wie stinkende Rauchschwaden ihren Weg kreuzen.

Und wäre mein Verrat denn wirklich eine Überraschung für sie? *Hatte sie tatsächlich nie etwas geahnt?*

Aber wäre Stella meinem Wunsch nachgekommen und gestorben, während ich in der Schule war, die Geste wäre verschwendet gewesen. Das hier war der weitaus bessere Zeitpunkt, eine Welle der Erregung erfasste mich, die ich jedoch zu unterdrücken versuchte.

Nachdem ich diese Rolle im Geiste so oft durchgespielt

hatte, fiel es mir nun schwer, überhaupt zu reagieren. Von selbst spürte ich nichts, weder Trauer, noch Schock. Da war nichts außer einem hölzernen Gefühl.

Hatte ich sie je geliebt?

Hatte ich überhaupt jemals jemanden geliebt?

Falls die Antwort auf beide Fragen nein lautete – war ich dann ein Psychopath?

Mrs. Miles sagte: »Und natürlich warten sie im Krankenhaus auf eine Anweisung, was sie mit ihr machen sollen. Um all das muss sich noch jemand kümmern und die Wohnung muss noch geräumt werden. Ich nehme an, es gibt ein Testament, aber soweit ich weiß, bist du die einzige Angehörige.«

Angehörige? Hinterbliebene und liebende Anverwandte. Die von uns Gegangene und allseits Geschätzte. Wörter wie weiße Lilien, aufgespart für den Tod.

Ich versicherte Mrs. Miles, ich würde mich um alles kümmern. Graham kannte sich mit diesen melancholischen Angelegenheiten sicher aus und natürlich musste Martha davon erfahren.

»Wer war das?«, fragte Graham, der gerade mit dem winzigen, in ein Handtuch gewickelten Josh die Treppe herunterkam, die nackte Poppy auf den Fersen.

»Stella ist tot.«

»Ach Jennie, nein …«

»Sie starb heute Nachmittag im Krankenhaus. Man hatte sie vormittags mit einer Gehirnblutung eingeliefert und sie versuchten seither, mich zu finden.«

»Ach Jennie, wie schrecklich, oh nein … nein Poppy, komm her. Mummy möchte im Augenblick nicht, dass du auf ihr herumturnst. Mummy ist durcheinander. Wo sind diese kleinen Filzteile, mit denen du vorhin gespielt hast? Schau mal, ob du sie findest.«

»Ich werde hinfahren und alles regeln müssen.«

»Um das meiste davon kann ich mich von hier aus kümmern.« Graham war so zuverlässig, so pragmatisch, so lieb und so rücksichtsvoll mir gegenüber. »Du musst nur irgendwann mal die Wohnung ausräumen.«

»Unter ihren Sachen ist nichts, was wir haben wollen.«

»Nein«, sagte Graham, dem klar war, dass alles aus dieser düsteren Tiefparterrewohnung auf dem Sperrmüll enden würde. »Trotzdem musst du alles durchsehen, schon wegen persönlicher Dinge wie Fotos, Bücher oder Briefen und Unterlagen. Sobald du das erledigt hast, beauftrage ich eine Räumungsfirma ...«

»Sie war noch so jung. Sie war erst einundfünfzig.«

»Ich weiß«, sagte Graham. »Es ist schrecklich.«

»Sie war immer so unglücklich.«

»Aber das war nicht dein Fehler, Jennie.« Er band den Gürtel von Poppys Morgenmantel zu einer besonders hübschen Schleife. Er fing an, Josh anzuziehen, während ich steif neben dem Telefon saß und mich bemühte, meine Gedanken zu ordnen.

»Warum war sie bloß so unglücklich?«

»Ich nehme an, weil ihr Leben unerfüllt war. Außerdem war sie einsam.«

»Sie hat sich nie davon erholt, dass ihr Mann einfach so abgehauen ist. Es ist ewig lang her, aber sie hat meinem Vater nie verziehen.«

Graham sagte: »Ihr ganzes Leben war ein einziger Kampf. Nie hatte sie genug Geld. Und sie musste hart arbeiten.«

Aber das entschuldigte nicht, dass sie so verbittert und so verhärmt gewesen war. »Eine Menge Leute sind knapp bei Kasse, aber deshalb gehen sie nicht durchs Leben, als schleppten sie ein Kreuz auf ihren Schultern herum. Denk doch nur an ihr Gesicht – so abweisend und hart.«

Normalerweise, das wusste Graham, bräuchte ich jetzt

Martha. Ihm war klar, sein Mitgefühl allein war zu wenig. In seiner Stimme schwang solche Sorge um mich, als er sagte: »Warum schlüpfst du nicht schnell zu Martha hinüber, während ich unsere kleinen Racker ins Bett bringe?«

Die neu gewonnene Hoffnung sprengte mir fast den Brustkorb. »Du hättest nichts dagegen?«

»Sei doch nicht albern«, antwortete Graham. »Martha wird das ohnehin hören wollen. Zuerst Hilda, jetzt die arme Stella. Zwei Todesfälle in achtundvierzig Stunden«, setzte Graham bitter hinzu. »Ich frage mich, wer als Nächstes dran ist.«

Ich hatte entsetzliche Angst, als ich mich die Auffahrt zur Haustür meiner Nachbarn hinaufschlich.

»Jennie!« Sams Augen verengten sich zu schmalen Schlitzen, *»was zum Teufel …?«*

»Ich weiß, Sam, und es tut mir auch Leid.« Und dann brach ich in Tränen aus. »Mum ist tot.«

Argwöhnisch trat er einen Schritt zurück, als vermute er eine Lüge. »Was? Wann?«

»Heute Nachmittag«, erklärte ich ihm, den Blick auf den Boden geheftet. Ich wollte ihn nicht schon wieder reizen. »Und da dachte ich, ob ich wohl kurz mit Martha reden könnte.«

Er konnte mich schlecht rauswerfen – nicht jetzt – *Gott segne dich dafür, Mutter.*

»Aber … ich wusste gar nicht, dass Stella krank war.«

»Das wusste niemand. Es kam überraschend.« Ich blieb im Eingang stehen. Ich hatte nicht vor, ohne ausdrückliche Aufforderung hineinzugehen.

Schließlich rang Sam sich zu einem: »Na, dann kommst du wohl besser rein« durch.

»Danke, Sam. Ich hoffe, ich störe nicht …«

»Nein, nein, geht in Ordnung.«

»Hör mal«, erklärte ich ihm mit rot verweinten Augen, »ich möchte, dass du weißt, wie Leid mir das alles tut, und dass ich, könnte ich die Zeit zurückdrehen ...«

Sam seufzte und schien milder gestimmt. Er wirkte erschöpft. »Jennie, lassen wir das jetzt. Komm rein zu Martha und heul dich aus ...«

Wenn der Tod zuschlägt, halten die Menschen den Atem an und Sam und Martha hatten ihre Mutter vergöttert.

Ich trat ein und fand dasselbe Chaos wie immer vor. Martha hatte geweint. Sie mussten gerade heftig gestritten haben, als ich so unverschämt hereingeplatzt war. Sie blickte hoch zu Sam, anschließend zu mir, sie zögerte, bevor sie auf mich zuging. Ernst klärte Sam sie auf: »Stella ist tot.«

»Ach Jennie, nein!«

Martha warf mir die Arme um den Hals und zog mich an ihre Brust. Wir setzten uns auf das verschlissene Sofa. In der Tragik dieses Augenblicks war mein unziemliches Verhalten schon fast vergeben und vergessen. Wie einfach sich das alles geklärt hatte. Wer hätte das auch nur zu träumen gewagt? Vor kurzem noch hatte ich überlegt, ob ich mir nicht das Leben nehmen sollte.

»Sie tut mir so Leid«, heulte ich Martha vor. *»Ihr Leben war immer so schwer gewesen, was gab es für sie schon Schönes ...«*

»Ruhig, das darfst du nicht denken«, sagte Martha. Und dabei war sie so nett, wie sie nur sein konnte. Ich wusste, sie hatte mir bereits fast verziehen. »Stella hat doch viel Gutes erlebt. Sie hatte dich, sie hatte Graham und zwei wunderbare Enkel.«

»Was zu trinken?«, fragte Sam. Damit gab er mir die Gelegenheit zu lächeln und zeigte mir sein Mitgefühl.

»Ich habe sie nie geliebt, vielleicht hat sie das gespürt«, schniefte ich unglücklich.

»Aber du hast sie sehr wohl geliebt, Jennie«, widersprach

Martha, die mich hingebungsvoll tröstete und mir die Hand streichelte. »Denk doch nur dran, wie sehr du darunter gelitten hast, als damals die Mädchen in deiner Schule so gemein zu dir waren. Sie griffen deine Mutter an und das hat dir so wehgetan. Du hast versucht, Stella zu beschützen, gingst wegen ihr durch die Hölle, um ihr Leid zu ersparen. Und du warst damals noch ein Kind. Du hast sie geliebt. Da bin ich mir ganz sicher.«

»Du hast die Schuldgefühle, die jeder hat, der einen Angehörigen verliert«, redete Sam auf mich ein. »Und seien wir ehrlich, Jennie, Stella machte es anderen nicht gerade leicht, sie gern zu haben.«

»Und ich habe Angst, dass ich genauso bin wie sie«, fuhr ich fort und rieb mir die Augen. Sowohl Sam als auch Martha widersprachen heftig. Ich sah sie an, um ihnen zu zeigen, wie viel mir ihr Zuspruch bedeutete. Jeder hat es gern, gebraucht zu werden. Und hier hatte uns alle ein wunderbarer Strudel erfasst und riss uns mit sich einen tröstlichen Abgrund hinunter – alles würde wieder gut werden.

Sollte ich meine Mutter nie zuvor geliebt haben, in diesem Moment liebte ich sie von ganzem Herzen.

Als ich das Haus der Frazers später an diesem Abend verließ, ging ich als lieber Gast, begleitet von ihrer Fürsorge, gestärkt von ihrer Liebe und erfüllt von der Gewissheit eines Neuanfangs.

Welch ein Segen, dass wir nicht in die Zukunft sehen können.

14

MARTHA

Welch ein Segen, dass wir nicht in die Zukunft sehen können.

Auch ich war froh über Stellas Timing, doch allmählich wurden mir diese Katastrophen unheimlich, die zufällig immer genau dann hereinbrachen, wenn es zwischen mir und Jennie »kriselte«. Wäre ich nicht sicher gewesen, dass Jennie sich den ganzen Tag über in dem Haus nebenan aufgehalten hatte und Stella unter den Adleraugen von Spezialisten gestorben war, hätte ich einen Mord vermutet.

Einen Mord aus Bequemlichkeit.

Ich hatte Sam noch nie so unter Strom erlebt wie an jenem Nachmittag, als er mit diesem Brief in der Hand und einer hysterischen Jennie auf den Fersen ins Haus raste. Sein Gesichtsausdruck machte mir Angst. Es gab nichts, was mich entlasten konnte. Ich war »mit dieser Frau im Bett gewesen«, und das war, wie Sam mir ruhig erklärte, »verabscheuungswürdiger als jede normale Untreue«, und wie zum Teufel wäre mir wohl zumute, wenn man ihn mit seinem Schwanz im Arsch eines anderen Mannes in einem öffentlichen Park aufgegriffen hätte oder wenn er gerade in Büstenhalter und Strapsen aus einem Schlafzimmer kommt?

Und was, bitte, solle er nun tun?

Es war die reinste Zeitverschwendung, ihm zu erklären, das sei ein einmaliger Vorfall gewesen, der sich nie wiederholen würde, ein entsetzlicher Fehler. Er weigerte sich zuzuhören. »Was geschehen ist, ist geschehen«, raunte er bedeutungsschwer, und wie könnten wir auch nur annähernd zu so etwas wie einem normalen Eheleben zurückkehren, »vor allem, solange nebenan diese Perverse wohnt. Nichts als eine Farce«, schnaubte er.

Jetzt war nicht der geeignete Zeitpunkt, ihn auf die Scheinheiligkeit seines selbstgerechten Zorns hinzuweisen, auf den unbedeutenden Seitensprung mit der Tochter seines Vertriebsleiters, Fiona mit den leblosen Augen, dem glanzlosen Haar, aber dem ausgesprochen jugendlichen und energiegeladenen Körper. Oder auf sein Wochenende mit der reizenden Sarah, einer der Grafikerinnen in seinem Büro, Sarah, die jedes Mal, wenn sie sich bückte, der ganzen Welt ihren Stringtanga zeigte. Es wäre ihm lieber gewesen, nicht so eng mit Sarah zusammenarbeiten zu müssen, sagte er später, aber seltsamerweise landete er trotzdem mit ihr in der Kiste. Obwohl er sie nicht mochte und ein Flittchen nannte. Später meinte er, das »habe ja nicht viel zu bedeuten«.

Und dann die vielen Beinaheaffären, wenn er schamlos mit meinen Freundinnen flirtete, auf Partys andere Frauen anschmachtete und den Frauen anderer Männer Avancen machte. Immer wenn ich sah, wie leicht sie auf seine Tricks hereinfielen, hätte ich am liebsten losgebrüllt: »Nehmt euch in Acht vor diesem Wüstling, nicht berühren, Verletzungsgefahr.«

Und hatte ich ihm nicht unzählige Male erklärt, beim nächsten Mal könne er für immer die Koffer packen?

Hätte ich mit einem anderen Mann geschlafen, hätte das zweifelsohne das Ende unserer Ehe bedeutet. Und bis zu dem Augenblick, als Jennie mit der schrecklichen Nachricht von Stellas Tod vor unserer Haustür auftauchte, war ich mehr oder weniger überzeugt gewesen, Sam würde jeden Moment seine Sachen packen und gehen.

Aber es lässt einen nicht kalt, wenn jemand stirbt, vor allem dann nicht, wenn eine Mutter stirbt. Ich denke nicht, ich hätte es ertragen, wenn meine Mutter gestorben wäre. Und Sam ginge es mit Caroline genauso. Unter seiner rauen, harten Schale ist Sam nämlich weich wie Butter. Beim Anblick der trauernden Jennie schmolz er dahin vor Mitleid und nur ich sah das triumphierende Blitzen in ihren Augen. Am Ende des Abends konnte ich es nicht fassen, als ich Sam von unserer »Mesalliance« sprechen hörte, »das ist einfach die Zeit, in der wir leben, so etwas passiert eben.« Allerdings war er da bereits bei seinem vierten Brandy.

Ich begleitete Jenny auf die Beerdigung.

»Aber sollte nicht Graham …«

»Bitte, Martha. Ich brauche das Gefühl, stark zu sein, und du gibst mir das.« Und Graham schien es vorzuziehen, zu Hause zu bleiben und die Kinder zu hüten.

Als wir durch die öden grauen Straßen fuhren, vorbei an Reihenhäusern, Wohntürmen, leer stehenden Rohbauten, bewunderten wir, wie immer wieder kleine Gärten stolz in der Frühlingssonne und der Pracht weißer Gänseblümchen badeten, bevor der Staub Londons ihren Glanz zerstören würde. Die Hecken am Straßenrand leuchteten vom Goldregen, die Alleebäume waren, typisch für Mai, mit weißen und rosa Blüten übersät. Und überall sah man das Lila des Flieders. Sie war eigenartig, diese Mischung in der Luft aus süßem Blütenduft, Abgasen und Müll.

»Ich hätte sie in der Aussegnungshalle besuchen können, aber ich hielt das für keine so gute Idee«, meinte Jennie.

»Sehr klug«, sagte ich, »was bringt das schon?« Doch die Plattitüde »besser, man behält sie in Erinnerung, wie sie war«, verkniff ich mir, denn in Stellas Fall war es wohl eher andersrum: sie sah im Tod glücklicher und entspannter aus als im Leben.

Die Toten. Und ihre Poesie.

»Es hat Gott, unserem Herrn, gefallen, die werte Verstorbene zu sich zu holen ...«

»Er gehet auf wie eine Blume und fällt ab, fleucht wie ein Schatten und bleibet nicht ...«

»In der Mitte des Lebens sind wir vom Tode umfangen.« Nun, für Jennies Mutter traf das sicherlich zu.

Es war Rücksichtnahme in Perfektion. Von allen Seiten strömte mir Sympathie entgegen, von den Sargträgern wie vom Priester, der auf leisen Sohlen seiner Aufgabe nachkam. Doch keine Fürsorge der Welt reichte aus, die Tatsache zu verschleiern, dass die Krematoriumskapelle leer war und dass niemand hier, nicht einmal ihre Tochter, darüber Trauer empfand, dass Stellas Leichnam unter der lila Abdeckung lag.

Als die leise Mechanik ansurrte und den Sarg in den Ofen schob, fragte ich mich, wie oft sie wohl ihr Zuhause verlassen haben mochte, ohne dass ihr jemand nachgewunken hatte. *Und konnte man den Grad der Beliebtheit daran ablesen* – wie viele Menschen auf der Beerdigung weinten?

Anschließend fuhren wir zu der Wohnung im Tiefparterre. Auf den Stufen war Kotze. Mrs. Miles, die Nachbarin, die uns den Schlüssel gab, bat uns mit gierigem Blick: »Sagt mir Bescheid, wenn ihr fertig seid, und lasst mich sehen, was ihr nicht brauchen könnt, seid so lieb.« Und als sie Jennies eisigem Blick begegnete, setzte die Gute im Brustton der Überzeugung hinzu: »Stella hätte es so gewollt.«

Wir tranken zwei Tassen starken Tee, bevor wir uns in der Lage fühlten, das in Augenschein zu nehmen, was vom Leben eines anderen Menschen übrig geblieben war. Es zog einen richtig runter, das war alles mal besonders und neu gewesen, und jetzt war es nur noch schäbig und niemand wollte es haben. Das öffnete mir auch regelrecht die Augen. Hier also war Jennie aufgewachsen, in diesem trostlosen

Glasscherbenviertel waren ihre Träume geboren worden. Ihr Blick aus dem Fenster war auf Kamine, Sozialblöcke und ein Gleis gefallen. Der Horizont war begrenzt.

»Das da drüben war meine Schule.« Jennie deutete auf ein Gebäude aus rotem Backstein, das von stacheldrahtverstärkten Mauern umgeben war. Das war nicht die düstere, geheimnisumwitterte Armut, die Dichter und Schriftsteller umtrieb – Kneipen, zu klein geratene Kinder, Keile und Knast – hier war es ruhig und respektierlich, mit schmutzigen Gardinen und todlangweilig. Direkt vor dem Fenster war ein Spielplatz. Die Attraktionen waren das Klettergerüst und die Reifen. Wären die nicht gewesen, hätte es genauso gut ein Ruinengrundstück sein können, ein Auslauf für dünne braune Hunde mit Ringelschwänzchen.

»Was nehme ich bloß von dem Zeug hier?«, rief Jennie, eine rosa Tagesdecke in der Hand, ein hässliches Ding. Als fühle sie sich genötigt, sie nehmen zu müssen, um sie nicht ihrem Schicksal zu überlassen.

»Die willst du doch nicht wirklich«, sagte ich, »und stell diese Lampe wieder da hin, wo du sie her hast. Du musst dir die Sachen gut aussuchen. Stella ist tot, du kannst sie nicht mehr dadurch verletzen, dass du ihren Krimskrams nicht willst.«

Aber Jenny stellte die Knopfbüchse, eine orientalisch aussehende Teedose, in einen der Kartons, die wir mitgebracht hatten. »Das Schreckliche daran ist«, sagte sie und blickte sich bedrückt um, »wie hart Mum für diesen ganzen Kram gearbeitet hat, und jetzt sieh dir das an. *Sieh es dir an!* All diese Schufterei und Knauserei und wofür? Es wäre besser gewesen, sie hätte aufgegeben und hätte von der Stütze gelebt.«

Ich drückte ihr die Hand. »Sie war eben zu stolz«, sagte ich. Dabei hatte ich nicht die geringste Ahnung, welches Durchhaltevermögen Frauen wie Stella an den Tag legen mussten. Sollte ich jemals in eine solche Notlage geraten, ich würde versuchen, den letzten Pfennig aus Sam herauszuholen. Und käme es ganz übel, würde ich wohl nicht mal vor einem Verbrechen zurückschrecken. Aber Stella hatte ihren Stolz nicht vererbt, abgesehen von oberflächlichen Ängsten, die Jennie ständig am Schrubben und Waschen hielten.

Nein, Jennie hatte, anders als die unglückliche Stella, überhaupt keinen Stolz.

»Sieh dir das an! Was ist das? Sieht aus wie ein Brief von deinem Vater!«

Ich hatte in einer muffligen alten Schachtel herumgewühlt, die ich unter Stellas Bett gefunden hatte.

»Schau mal ... oh, da ist ein Foto ...«

Ich sah sie durchdringend an: *»Du hast das niemals zuvor zu Gesicht bekommen?«*

»Nein.« Jennie hörte sich schüchtern an. Ich beobachtete ihr Gesicht, als sie das von einer dieser Instamatic-Kameras aufgenommene und über und über mit Fingerabdrücken bedeckte Foto in die Hand nahm. »Das ist er nicht«, sagte sie mit fester Stimme.

Ich nahm es ihr aus der Hand und schaute es an. »Woher weißt du das? Es liegt bei den Briefen und hier ist ein Hochzeitsfoto. Mein Gott!«

Jennie riss es mir aus den Fingern. Sie sagte nichts. Ihr Vater war ein komischer kleiner Kauz, adrett wie ein Vertreter. Er trug einen verknitterten Anzug und das Foto war zwischen parkenden Autos aufgenommen, vor irgendeinem Standesamt. Stella war ganz in Weiß. Ein weißes Leinenkostüm, eine Krankenkassenbrille und weiße hochhackige Schuhe, die ihre Füße riesig wirken ließen und ihre Beine merkwürdig staksig. Doch der Knaller war ihr runder Bauch. Es bestand kein Zweifel. Stella war schwanger.

»So viel zu Moral und Sittlichkeit.«

Doch Jennie schenkte mir gar keine Beachtung. Mit derselben leisen Stimme wie zuvor sagte sie: »Ich hätte nie gedacht, dass er so aussieht.«

»Ich weiß. Du hast gehofft, er ist Richard Branson. Na, jetzt weißt du jedenfalls Bescheid.« Plötzlich kam mir eine faszinierende Idee. »Jennie, *warum versuchst du nicht, ihn zu finden*?«

»Ich will ihn nicht suchen«, sagte sie schnell und schloss die Schachtel, um sie auf den Mitnahmestapel zu legen.

»Aber er ist höchstwahrscheinlich noch am Leben. Stella war erst einundfünfzig. Du könntest dich auf die Suche nach deinen Wurzeln begeben. Das wär doch ein Riesenspaß.«

»Ich will meine Wurzeln gar nicht kennen lernen, *lass das bitte, Martha.*«

Ich verstand ihre Reaktion zwar überhaupt nicht, war sogar ein bisschen beleidigt, aber ich tat, worum sie mich bat.

Es war erstaunlich, wie geschickt Jennie mit ihrer unterwürfigen Masche Sams Abneigungen gegen sie überwand und ihn in eine Art Beschützer verwandelte. Sie machte auf schwach und hilfsbedürftig und das sprach den dominanten Mann an, dem es insgeheim lieber gewesen wäre, ich wäre dieser anlehnungsbedürftige Typ. Ich redete auf ihn ein und erklärte ihm unsere eigenartige Beziehung, wie Jennies Vernarrtheit sich ohne mein Zutun zu dieser manischen Besessenheit gesteigert hatte, aus der wir keinen Ausweg fanden. Er zeigte eine für seine Verhältnisse ausgesprochen verständnisvolle und reife Haltung und akzeptierte schließlich, dass der Ausrutscher nichts mit unseren sexuellen Neigungen zu tun hatte, sah ein, dass keine von uns lesbisch war, wie er ursprünglich geargwöhnt hatte.

Ich konnte nicht anders, ich bewunderte, wie Jennie ihr Netz um ihn spann, jede List benutzte, um ihn dazu zu bringen, ihr zu vergeben und sie zu akzeptieren. Ich selbst wollte nur, dass wieder Harmonie herrsche, und wenn sich das so am besten erreichen ließ, war es mir recht.

Sam und ich rangen uns widerwillig zu der Erkenntnis durch, der einzige Weg, Jennie aus ihrer Gefühlsverwirrung zu helfen, sei, sie in unseren Alltag mit einzubeziehen und ganz normal zu behandeln. Als daher Betws-y-Coed aufs Tapet kam, meinte Sam, »meinetwegen sollen die Gordons mitkommen, aber Emma und Mark werden nicht allzu erfreut darüber sein und es ist ihr Cottage.«

»Es würde so viel bedeuten für Jennie«, sagte ich, ohne ein Wort über die Chancen zu verlieren, die meine Nachbarin schon erhalten und vermasselt hatte. »Es wäre ein Zeichen dafür, dass du ihr verziehen hast und du weißt, wie viel Wert sie auf solchen Kram legt.«

»Sie spinnt zwar, aber sie ist nicht übel«, erklärte Sam aufgeblasen wie eh und je, ganz der Experte für Obsessionen, »hoffen wir nur, dass die Sache gegessen ist.«

Und ich wagte es anzumerken: »Wir haben alle schon Dinge in unserem Leben getan, auf die wir nicht besonders stolz sein können.«

Und Sam sagte: »Jennie hat keine Ahnung, was sie für ein Glück hat. Und der gute alte Graham tappt im Dunkeln und glaubt, mit der perfekten Frau verheiratet zu sein.«

»Das Leben mit ihr muss die reinste Hölle sein, ständig diese Stimmungsschwankungen und die in Watte gepackten Kinder, denen alles hinten und vorne reingeblasen wird.«

»Solange sie nicht erwarten, dass wir uns darum kümmern, wenn es in Betws-y-Coed zwei Wochen lang schüttet«, meinte Sam.

Wenn ich montags und donnerstags von der Arbeit nach Hause kam, brachte mir Jennie Scarlet und Lawrence zurück. Das wurde schnell zu einer Routine, die wir niemals brachen und die bedeutete, dass ich nie länger im Büro bleiben oder mit den anderen auf einen Drink gehen konnte, wenn die Zeitung fertig war. Jennies Herz hing an dieser Zeit und sie wartete sehnsüchtig darauf, hielt Ausschau hinter ihren Vorhängen, bis mein gebrauchter Mini knatternd vor meiner Tür vorfuhr.

Und da sie sich stur weigerte, Geld anzunehmen, fühlte ich mich verpflichtet, sie im Gegenzug für ihre Hilfe mit Geschichten aus meinem Arbeitstag zu unterhalten. Es war eine Art Ritual. Wir holten den Wein und ich streifte mir die Schuhe von den Füßen, während Jennie sich an den Tisch setzte und wie ein Möwenjunges auf den Dächern hinter den Kaminen auf die Happen wartete, die seine abgekämpften Eltern brachten. Und ich empfand Jennie gegenüber größere Schuldgefühle, sie diese zwei Tage allein zu lassen, als gegenüber meinen Kindern.

Sie war eine Belastung. Unter normalen Umständen hätte ich mich nach einer Tagesmutter umgesehen, um Hilda zu ersetzen, und sie bezahlt, um so viele Stunden arbeiten zu können, wie ich wollte. Ich hätte das Gericht und vielleicht sogar ein paar Stadtratssitzungen abdecken können. Ich wagte es nicht einmal, das Thema anzusprechen, aus lauter Angst, dabei bei Jenny eine neue Krise loszutreten, denn davon hatte ich mehr als genug. Es lief alles wunderbar, jetzt bloß nicht schlafende Hunde wecken.

Sie gab sich größte Mühe.

Sie verdiente es, unterstützt zu werden.

Sie muss sich darüber im Klaren gewesen sein, wie knapp sie daran vorbeigeschlittert war, unsere Ehe zu ruinieren und vielleicht auch ihre. Wäre es nicht wegen der Kinder gewesen und wohnten sie nicht nebenan, hätte ihr Sam wohl nicht so bereitwillig verziehen. Glücklicherweise schien niemand etwas von dem entsetzlichen Drama mitbekommen zu haben, das sich vor unserer Haustür abgespielt hatte, und falls doch, so redete niemand darüber.

Daher war ich wie vom Donner gerührt, als Tina Gallagher mich bei einer Tasse Kaffee direkt darauf ansprach. »Ich hörte, ihr fahrt wieder mit den Gordons in Urlaub.«

»In ein Cottage in Wales, das Freunde von uns vor kurzem kauften.«

Tina sah mir in die Augen. *»Und du hältst das für eine gute Idee?«*

Ich war wie vor den Kopf gestoßen. »Was willst du damit sagen?«

»Na ja«, Tina wich meinen Augen aus, »nach dieser schrecklichen Sache.«

Ich steckte einen Finger in den Zucker und lutschte ihn, um größte Gelassenheit bemüht, ab. Dabei wünschte ich mir, ich hätte mich nicht Tina anvertraut, aber ich war damals so verzweifelt, dass es mir als das einzig Richtige erschienen war. »Ach, das ist vorbei.«

»Da hab ich aber was anderes gehört«, antwortete sie.

Ich wäre am liebsten aufgestanden und gegangen, aber ich tat es nicht, weil ich wissen wollte, was sie damit meinte. »Jennie ist jetzt ganz dick mit Angie Ford zusammen und die erzählte mir, dass Jennie nach diesem Riesenkrach heulend bei ihr auftauchte und sagte, Sam habe kein Recht, sie so zu behandeln, nach dem, wie er sich bei eurer letzten Weihnachtsparty verhalten habe.«

»Was?«

»Anscheinend war Jenny hackedicht, Sam musste sie nach oben bringen …«

»Ja, ich weiß. Er brachte sie ins Bett, hauptsächlich, um sie nicht den Blicken dieser furchtbaren Familie auszusetzen …«

»Anscheinend«, und bei diesen Worten beäugte Tina mich über den Rand ihrer Tasse hinweg, »war das nicht alles, was er getan hat.«

»Quatsch«, entgegnete ich, »absoluter Blödsinn, Sam

hätte es mir erzählt. Er erzählt mir immer alles über seine Frauengeschichten – hinterher. Das macht nicht zuletzt den Reiz aus.«

Mit hochgezogenen Augenbrauen fuhr Tina fort. »Versteh mich bitte nicht falsch, Martha, ich wiederhole nur, was ich gehört habe, was die ganze Straße gehört hat. Und das nur in deinem Interesse. *Sam hat Jennies Situation ausgenutzt und du hast ein ernstes Alkoholproblem.* Das sind die Gerüchte, die Du-weißt-schon-wer verbreitet. Natürlich glaubt niemand ein Wort davon, wir alle kennen Jennie Gordon inzwischen, aber als ich von diesem Urlaub hörte, dachte ich, du tickst nicht richtig. Warum du diese glückliche Familie nicht einfach in Ruhe lässt, kapier ich nicht. Diese Frau macht nur Probleme, richtig dicke Probleme, glaub mir.«

Wann würde dieser ganze Quatsch endlich aufhören?

15

JENNIE

Wann würde dieser ganze Quatsch endlich aufhören?

Das Cottage entsprach absolut nicht meinen Vorstellungen. Es gefiel ihnen allen besser, sich dort im Garten zu treffen, statt, wie ich es vorgeschlagen hatte, gemeinsam im Konvoi zu fahren. Sie lehnten auch meine Idee ab, sich in einem Café in der Stadt zu treffen, in dem es Toiletten und Wasser für die Kinder gegeben hätte.

Wir dachten, wir würden das Haus problemlos finden, wir hatten es auf unserer Landkarte eingekreist und Graham, der so lange Pfadfinder gewesen war, war ein Ass im Kartenlesen.

Es ging mir auf die Nerven, ständig erklären zu müssen: *»Nur noch ein paar Minuten, wir sind fast da, Poppy, Schätzchen, hab noch etwas Geduld …«*

Ich konnte es nicht fassen, als wir ankamen. »*Nein*«, ich hing verzweifelt am Fenster, denn Poppy musste sich alle paar Minuten übergeben und Josh brüllte so sehr, dass ich rasende Kopfschmerzen davon bekam. »Nein, Graham, das kann es unmöglich sein, das ist eine Ruine, hier lebt niemand, da kommt man ja gar nicht hinein.«

»Klar doch, einfach immer geradeaus.« Graham knallte wütend seine Sonnenbrille auf das Armaturenbrett, stieg aus und lief den Weg an der hohen Steinmauer entlang. Ich sah ihm zu, wie er über die Mauer spähte. Er hob den Daumen, setzte sich wieder ins Auto und wir holperten einen Hang hinauf, auf dem eine baufällige Hütte stand.

Schafsdreck. Gott. *Widerlich.*

Ich musste zugeben, mich getäuscht zu haben, als er auf den Namen zeigte. *Letzte Zuflucht* – so albern und zugleich zu typisch für Mark und Emma, obwohl das Haus, um nicht ungerecht zu sein, schon so geheißen hatte, als sie es gekauft hatten. Nach dem verbeulten Schild zu urteilen, hieß es möglicherweise schon seit mehreren hundert Jahren so. Von der Straße aus war es unmöglich zu sehen.

»Schau mal, Poppy«, rief Graham mit aufgesetzter Fröhlichkeit. »Ich glaube, hier wohnt eine Hexe …« Ich hätte ihn würgen können. Er wusste doch genau, wie sensibel Poppy auf solche Geschichten reagierte.

Wie sollten wir in diesem Garten warten?

Überall wucherten Unkraut und Dornen, es schwirrte und krabbelte nur so von Wespen, Bienen, Libellen und Käfern aller Art. Gott sei Dank hatte ich daran gedacht, feuchte Tücher und ein Spray gegen die Mücken sowie mehrere Decken mitzubringen.

Graham ruinierte beinahe das Gartentor, um hineinzukommen. Er trampelte einen Teil der »Wiese« nieder, damit wir eine Decke ausbreiten konnten. An diese schrecklichen Umstände hatten Mark und Emma natürlich keine Gedanken verschwendet, als sie uns versicherten, Haus und Garten seien absolut sicher. Sie hatten ja keine Kinder und schienen auch nicht die Gründung einer eigenen Familie zu planen.

»Aber du musst zugeben«, sagte Graham, dessen Laune sich gebessert hatte, nachdem die Thermosflasche mit dem lauwarmen Tee ausgepackt war und er sie bis auf den letzten Tropfen geleert hatte, »es ist richtig idyllisch hier.« Vielleicht für Heidi. Wir waren von steilen grünen Hügeln umgeben, stellenweise beinahe richtigen Bergen, während sich unter uns ein Wald bis zu einem in der Ferne blitzenden Flüsschen erstreckte.

Außer dem Surren der Insekten, dem Blöken von Schafen, die wir nicht sehen konnten, und dem Plätschern des Baches war nichts zu hören. Es roch nach Wald und Sonne.

»Sicher, ganz bezaubernd, wenn du in der Armee einen Orientierungskurs machst oder dich als Einsiedler in völliger Abgeschiedenheit übst. Aber wie weit entfernt ist die nächste Einkaufsmöglichkeit? Vergiss nicht, wir haben zwei kleine Kinder dabei und mir geht es vor allem um die Grundversorgung.«

»*Warum können wir uns nicht einmal einfach entspannen?*«, fragte Graham, schlug die Beine übereinander und ließ den Kopf auf seine knochigen Schultern sinken. Seine rotblonden Haare kitzelten ihn am Hals. Er beugte sich vor und zog sein Hemd aus.

»So werden dich die Mücken stechen«, warnte ich ihn. »Du forderst sie geradezu heraus.« Ich kramte nach Poppys Sonnenhut, den sie sich bestimmt vom Kopf riss, sobald ich woanders hinsah. Glücklicherweise hatte ich an den Sonnenschirm für die Babywippe gedacht, denn es war weiß Gott heiß. »Kluge Kerlchen, ihr seid bereits da, super«, Emma sprang aus dem Morgan, einen riesigen Fresskorb schwenkend. »Wir hofften, als Erste da zu sein. Um die Fressalien auszupacken und herzurichten.«

Graham schüttelte Mark die Hand und nahm ihm den Bastsonnenschirm ab. »Steck ihn einfach in den Boden, während ich mir einen Weg ins Haus rein suche und uns ein paar Stühle hole.«

Wir hatten schon mal einen gemeinsamen Urlaub mit ihnen verbracht, doch da waren wir nicht so zusammengepfercht gewesen. In Italien hatte jeder sein Zimmer im Hotel gehabt und tun und lassen können, was er wollte. Trotzdem waren Mark und Emma eher Fremde für uns geblieben. Durch ihre lässige Art, ihr Geld, das unerschöpflich zu sein schien, und ihre Ungebundenheit kamen sie uns wie Kinder vor, schienen viel jünger als wir selbst. Neben Emma fühlte ich mich wie eine langweilige graue Maus. *Freuten sie sich, dass wir für zwei Wochen in ihrem Cottage mit ihnen Urlaub machten oder hatte man sie dazu überreden müssen?* Waren Emma und Mark da, redete selbst der in sich ruhende, vernünftige Graham schneller und lauter und bemühte sich krampfhaft, witziger zu sein.

Ich dagegen fühlte mich unterlegen und daher nicht sonderlich wohl in meiner Haut, glaubte, unbeholfen und steif zu wirken.

Die Cottagetür stand offen und Emma verschwand in der Küche. Ich hatte das Gefühl, ich sollte ihr helfen, obwohl ich mit den Kindern alle Hände voll zu tun hatte, so müde und ausgehungert wie sie waren. Und dazu die Hitze. Ich folgte ihr in die sehr einfache Hütte.

Sie erwartete von mir, zu wissen, was ich mit den merkwürdigen Dingen anfangen solle, die sie aus ihrem Fresskorb hervorkramte. Das meiste davon wahrscheinlich erlesene Delikatessen und völlig ungeeignet für die Kinder. Die Situation überforderte mich, *sie überforderte mich einfach.*

»Lass nur, ich mach das schon«, sagte sie, »wenn du es dann bloß rausbringen würdest. Der Tisch sollte inzwischen aufgebaut sein und Mark kümmert sich um den Wein.« Sie wandte sich mit einem breiten Lächeln an Poppy, doch Poppy nuckelte nur an ihrem Daumen und klammerte sich an meinen Rock.

»Sie ist schüchtern«, erklärte ich und schämte mich für meine ängstliche Tochter. Obwohl Poppy durchaus nett und lustig sein konnte, wenn sie wollte.

»Die Fahrt ist ganz schön lang für die Kleinen, stimmt's?«, versuchte Emma Poppy aus der Reserve zu locken. Und: *»Du bist hungrig, nicht wahr?«* Sie fuhr Poppy durch die Haare, worauf diese nur die Stirn runzelte und sich ihre Haare wieder glatt strich.

»Ich wünschte, ich hätte solche Haare«, sagte Emma.

Dabei hatte sie solche Haare. Poppys Haare waren schnurgerade und blond, so hell, wie Scarlets Haare dunkel waren. Emma hatte sich ihre Haare vielleicht so gefärbt, aber ich vermute, es war von Natur aus so, so wie der gesunde Glanz. Sie und Mark hatten es überhaupt mit der »Natur«, liefen meist in Shorts oder Badesachen herum und stellten ihre perfekten Körper zur Schau.

Wahrscheinlich liefen sie Hand in Hand den Strand entlang oder ritten ohne Sattel in den Sonnenuntergang.

Doch ich konnte noch so viel Geld für Klamotten ausgegeben, bei mir wirkten sie nie so selbstverständlich, als sei ich damit geboren worden. Und ich war zu dürr für diesen wiegenden Gang, wie Emma ihn hatte.

Ich zischte Graham zu: »Wetten, dass die Frazers zu spät kommen und das meiste erledigt ist, bis sie da sind.«

»So wie ich Martha kenne, hat sie es so geplant.« Doch Grahams Bemerkung war scherzhaft gemeint, während meine durchaus ernst gedacht war. Ich fühlte mich vollkommen fehl am Platze, war jedoch entschlossen, so zu tun, als amüsiere ich mich prächtig.

»Könnten wir nicht, während wir auf die anderen warten, einen Teil unserer Sachen schon nach oben tragen und sehen, wo wir schlafen?« Ich fand es unhöflich von Emma, dass sie uns noch nicht das Haus gezeigt hatte – schließlich waren wir ihre Gäste.

Sie jedoch hatte keine Zeit für diese Dinge, dazu war sie zu beschäftigt in der Küche. »Die Treppe hoch«, sagte sie, »zieht den Kopf ein, dann links und am Ende des kleinen Ganges seid ihr untergebracht.«

Ich eiste Graham von Mark los – wann immer sich Männern eine Gelegenheit bietet, nichts tun zu müssen, werden sie sie nutzen – und erinnerte ihn daran, dass unser Auto noch nicht ausgeräumt war. *»Du willst, dass ich das jetzt sofort mache?«*, seufzte er überflüssigerweise.

»Wie immer du willst, Graham, das liegt ganz bei dir«, entgegnete ich kühl. Aber er konnte mir ansehen, wie wütend ich war. Und ich wusste in diesem Augenblick, dass diese zwei Wochen unter einem schlechten Stern standen.

Während Graham unten ein Auge auf die Kinder hatte, packte ich oben alleine die Koffer aus und warf einen Blick aus dem vergitterten Fenster, von dem aus man den Garten überblicken konnte. Schon war ich die Außenseiterin. Der Boden im Schlafzimmer knarrte und war schief wie das Deck eines alten Segelschiffs. Das Balkenwerk war exakt ausgerichtet, um dem Unvorsichtigen zur Falle zu werden. Die Möbel waren antik, mit der Zeit dunkler geworden, aber die Stoffe, die Emma ausgesucht hatte, waren phantastisch. Patchwork, Gingham, kühle, frische Baumwolle, es erinnerte mich an ein Kinderspielhaus in dem Garten einer reichen Freundin, in dem ich einmal als Kind gespielt hatte. Wir hatten hier im Cottage ein bequemes Doppelbett, die Kinder Stockbetten in ihrem Kämmerchen. Josh konnte in seiner Tragtasche auf dem Boden schlafen. Die Sonne strömte durchs Fenster und brachte den Duft der roten Rosen mit. Es war albern, aber für einen kurzen Moment fühlte ich mich wunderbar.

»Hey, sie sind da!«

Ich wollte nicht hinuntergehen, um die Frazers zu begrüßen, wollte lieber oben bleiben und abwarten, wie lange Martha brauchte, um mich zu finden.

Das wollte ich, abwarten und beobachten.

Sie sah wie immer unglaublich aus. Die Haare hatte sie mit einem Band oben gerafft, so dass es in losen Locken ihr Gesicht umrahmte. Sie war vielleicht nicht die Schlankste, doch durch ihren lässigen Stil wirkte sie nur um so faszinierender. Das dünne Sommerfähnchen, das sie trug, war rosa und betonte ihre Weiblichkeit.

Mark warf Scarlet in die Luft, während Emma den glucksenden Lawrence abknuddelte. Ihre Kinder gingen auf die Begrüßung ein, *warum, zum Teufel, meine nicht?* »Nimm ihn mir ab, bevor ich mir überlege, doch noch in die Familienplanung einzusteigen«, rief Emma lachend zu Martha hinüber. Über Josh, der momentan etwas kränkelte, hätte sie das niemals gesagt.

Die Korken knallten, als der Wein geöffnet wurde. Für uns war nichts geöffnet worden.

Ich konnte nicht anders, ständig stellte ich Vergleiche an und natürlich war ich verletzt. Zutiefst.

»Wirklich entzückend«, rief Martha, als sie einen Schritt zurück tat, um das Cottage zu bewundern. Bisher schien ich ihr überhaupt nicht zu fehlen.

»Eine wahre Idylle«, sagte Sam, »ihr habt's richtig gemacht.«

Beim Anblick des Tisches, der inzwischen gedeckt und eine wahre Augenweide war, verschlug es Martha den Atem. »Wann hast du das denn alles gezaubert, Emma?«

»Nicht der Rede wert«, sagte Emma, »ich hab das alles mitgebracht. Jennie und Poppy haben mir geholfen. Hast du Hunger?«

Ich hielt gespannt die Luft an, doch Martha fragte noch immer nicht nach mir. Ich war auf Emma und Mark angewiesen, um herauszufinden, was ich meiner Freundin bedeutete. Irgendetwas stimmte nicht. Aber was?

»Scheiße, ich bin am Verhungern«, antwortete Martha und »Scheiße, ich bin am Verhungern«, wiederholte Scarlet. Alle lachten und luden sich die Teller voll und begannen über das Cottage zu reden. Dass der frühere Besitzer in dem Bett gestorben war, das nun Emma und Mark benutzten, und wie die Leute aus dem Dorf von Neugierde getrieben vorbeigekommen waren.

»Wo ist Mummy?«, *f*lüsterte Poppy Graham ins Ohr. Ich

sah, wie sie ihn am Ärmel zupfte, sah, wie sich ihre Lippen bewegten, als sie ihre Frage wiederholte.

Aber sie redeten alle so laut, dass niemand sie hören konnte.

Waren wir hier, weil wir ihnen Leid taten?

Wütend auf mich selbst, weil ich mich in diese Sackgasse gebracht hatte, versuchte ich mich möglichst unauffällig unter die Gruppe zu mischen.

Alle betonten, wie sehr sie sich freuten, mich zu sehen.

In der allgemeinen Ausgelassenheit machten sie sich dann an Arbeiten wie Rasenmähen. Mark benutzte dazu einen museumsreifen Rasenmäher und Graham und Sam halfen ihm. Gemeinsam bauten sie die verdammte Maschine auseinander und wieder zusammen.

War das ihre Vorstellung von Urlaubsspaß?

Schließlich entdeckten sie ein Rinnsal, das sich plätschernd einen Weg über die Steine und durch das Schilf im Garten bahnte. Poppy und Scarlet waren im siebten Himmel und spritzten und planschten zusammen und schleppten eimerweise weiß Gott was an.

Martha beobachtete mich. Etwas Neues lag in ihrem Blick, Zurückhaltung vielleicht. Und als ich aufbrach, um Josh zu füttern, schloss sie sich merkwürdigerweise nicht mit Lawrence an. Ich sah oben vom Fenster aus, wie kurze Zeit später Emma herauskam und Martha das Fläschchen für Lawrence reichte. Schnitt sie mich absichtlich? Warum bloß? Was hatte ich getan? Sie setzte sich neben Emma, um Lawrence zu füttern, sie saßen auf diesen harten Klappstühlen mit der losen gestreiften Auflage.

Sie waren vollkommen glücklich ohne mich.

Später holten sie ein Grammophon und ein paar alte zerkratzte Schellacks, die Mark in einem Nebengebäude gefunden hatte. *»Lazy River«*. *»What a Wonderful World«*

und dann eine tiefe Stimme: »*What is Life to Me Without Thee?*« Die anderen lachten. Aber Emma musste weinen.

Um sechs Uhr beschloss ich, den Versuch zu wagen, Josh ins Bett zu bringen. Wie vorherzusehen war, war das Wasser im Badezimmer eiskalt, ich musste also wie ein Spielverderber in die ausgelassene Runde unten platzen und mich nach warmem Wasser erkundigen.

»Das ist ein raffiniertes Gerät«, erklärte Emma, ohne sich aus der Ruhe bringen zu lassen. »Drück den Knopf auf dem hässlichen Boiler und schon kommt das heiße Wasser. Keine Ahnung, warum wir in London nicht so was haben. Hier, Jennie«, fügte sie aufmerksam hinzu, »nimm dir was zu trinken mit nach oben.«

Graham fragte nicht, ob ich Hilfe brauchte oder ob er statt meiner Josh baden könnte. Ich wusste genau, was er geantwortet hätte, hätte ich ihn darum gebeten: »Lassen wir das doch heute mal aus.« Wenigstens er amüsierte sich prächtig, trank zu viel, redete zu viel und machte sich lächerlich.

Ich war in der Küche und machte Gemüsebrühe warm – es gab nichts Geeignetes zum Pürieren und es war auch nirgends ein Püriergerät oder ein Mixer zu entdecken (ich hätte meinen eigenen mitbringen sollen), als Martha hereinkam.

»Ist alles in Ordnung?«, fragte ich vorsichtig.

»Warum sollte nicht alles in Ordnung sein?«, entgegnete sie.

»Ach, ich dachte nur …«

»*Denk einfach mal nicht, Jennie.* Warum probierst du es in diesen zwei Wochen einfach nicht aus, wie es ist, wenn du gar nichts denkst? Und vielleicht kämen wir dann ohne üble Gerüchte über Weihnachtsfeiern aus, die mit den Ehemännern anderer Leute im Bett enden? Weißt du, was Sam sagte, als ich es ihm erzählte? Er lachte und meinte: ›Glaub mir Schatz, so verzweifelt bin ich nicht.‹ Aber ich kann immer noch nicht fassen, dass du das draußen herumerzählst. Mein Gott, Jennie, was für ein Mensch bist du?«

Das tat so weh. *»Was soll ich getan haben?«*

»Es geht darum, was du gesagt hast, wie du sehr wohl weißt«, antwortete sie kalt. »Lügen haben kurze Beine, Jennie. Ich bin hierher gekommen, um mich zu erholen, und genau das werde ich tun. Und ich werde so viel trinken, wie ich Lust habe, ohne dass ich mich von dir als Alkoholikerin hinstellen lasse. So, und jetzt tu, was du nicht lassen kannst, aber bitte halte mich aus deinen Psycho-Spielchen raus.«

»Ich ertrag das nicht. Ich fahr nach Hause.«

»Wie du willst. Das geht mich nichts an, solange du mich nicht damit behelligst. Wenn du nach Hause willst – nur zu! Aber mach bloß kein Drama draus.«

Und dann ließ sie mich allein in der Küche stehen.

Mir war schlecht. Ich war am Boden zerstört.

Wieder einmal lag mein Leben in Trümmern, doch diesmal würde mir niemand den Gefallen tun zu sterben und mich zu retten.

Ich konnte nicht nach Hause. Ich konnte Martha nicht so feindselig zurücklassen und mich zwei Wochen quälen, ohne die Situation verbessern zu können. Natürlich wusste ich ganz genau, wovon sie sprach. Ich hätte mir nie träumen lassen, dass sie erfahren würde, was ich gesagt hatte. Dabei hatte ich die Lügengeschichte von Sam und mir auf der Weihnachtsparty nur aus einem einzigen Grund erzählt – um mich interessant zu machen. Ich brauchte Freunde … ich musste ihnen Lügengeschichten auftischen. Und Martha trank zu viel, das wusste jeder, was war schlimm daran, es auszusprechen?

Sie zündeten ein Feuer an und setzten sich darum herum. Mark spielte auf seiner Gitarre und die Grillen zirpten dazu.

Poppy und Scarlet, die schon längst ins Bett gehörten, nuckelten am Daumen und versuchten mit ihren müden dünnen Stimmen mitzusingen. Wenn ich darauf bestand, nach Hause zu fahren, würde ich meine Tochter um die lang ersehnten Ferien mit ihrer besten Freundin bringen.

Auch Graham genoss diesen Urlaub und er arbeitete das ganze Jahr so schwer. Wie konnte ich ihn da aus selbstsüchtigen Motiven nach Hause zerren?

Verkrampft umklammerte ich das Schlafzimmerfenster, als ich sie beobachtete und gleichzeitig Joshs tiefem Atmen lauschte. Wie rücksichtslos sie waren. Wenn sie alle zu Bett gingen, würden sie ihn aufwecken, vor allem Poppy, bei der es bestimmt einige Zeit dauerte, bis sie ruhig in dem Stockbett über ihm lag. Und dann würde sie nicht einschlafen, aus Angst vor Grahams Hexen.

Wir würden hier für zwei unendlich lange Wochen festsitzen. Die einzige Wahl, die ich hatte, war, mich so normal wie möglich zu verhalten, zu tun, als genieße ich den Urlaub, mich um Emmas Freundschaft zu bemühen und Martha zu zeigen, dass ich auch ohne ihre Zuneigung zurechtkomme.

Bislang hatte sie nicht auf meine neue Freundschaft mit Angie Ford reagiert. Sie hatte nicht, wie erhofft, Anzeichen der Eifersucht gezeigt, aber ich bezweifle, dass sie überhaupt etwas von Angie und mir mitbekommen hatte. In letzter Zeit hatte sie fast ausschließlich an ihre Arbeit gedacht und was sich bei uns in der Straße abspielte, hatte sie nur peripher interessiert.

Ich hätte zu gerne gewusst, wie Martha reagiert hätte, wenn das langweilige alte Hausmütterchen Jennie mit einem Mal beliebter wäre als sie. Ich nutzte es aus, dass sie zwei Tage weg war, um mich an einige unserer Nachbarinnen heranzumachen. Bei Angie Ford, einer sommersprossigen, kurz gelockten kleinen Person in Jeans, war es am einfachsten. Was zum Teufel wollte ich damit beweisen? Wollte ich, dass Martha darauf verletzt reagiert? Mich für illoyal hält? Um unsere Freundschaft kämpft?

Als Angie mich nach dem Wirbel vor Marthas Haus an jenem schrecklichen Nachmittag fragte, als Sam mit dem Brief nach Hause kam, tischte ich ihr die Lüge mit Sam und der Weihnachtsparty auf. Dadurch glaubte ich in ihren Augen weltläufiger und glamouröser zu wirken. »So was passiert eben«, erzählte ich Angie beiläufig. »Selbstverständlich ist die Sache jetzt vorbei.« Ich konnte ihr ja schlecht die Wahrheit erzählen, sie hätte kein Wort mehr mit mir gewechselt.

Eine harmlose Geschichte, niemand würde davon erfahren. Das dachte ich damals. Mir ging es nur darum, um jeden Preis Anschluss zu bekommen. Und mit dem Poolprojekt boten sich plötzlich eine Menge Gelegenheiten. Ich hatte unsere Nachbarn in unser Haus gelockt. Wo ich mich mit ihnen anfreunden und sie beeinflussen konnte.

Ich hielt tapfer durch in der *Letzten Zuflucht*.

Abgesehen von dem einen Zusammenstoß in der Küche und einigen schrägen Seitenblicken war Martha nichts anzumerken. Oberflächlich betrachtet war sie freundlich. Das Schlimmste am ganzen Urlaub war zusehen zu müssen, wie Poppy und Josh immer wieder außen vor blieben, wenn es lustig wurde … Mir waren die Gründe klar, aber es tat dennoch weh. Scarlet war ein so offenes Kind, das sich freute, wenn es in die Luft geworfen oder in das Wasser getaucht wurde, auf einem Esel ritt oder hinten in Marks zugigem Morgan mitfuhr. Poppy dagegen weinte oder nölte bei diesen Anlässen und versteckte sich hinter meinem Rücken.

Und Poppy hasste es auch, sich schmutzig zu machen.

Und natürlich machte sich Martha in ihrer Sorglosigkeit nicht das Geringste daraus, wenn Lawrence aus seinem

Bettchen geholt wurde, um Jux mit ihm zu treiben oder gekitzelt, angelacht oder gepiekst zu werden. Josh dagegen war anders, er durfte, sobald er in seinem Bettchen lag, nicht gestört werden, weil er so lange brauchte, um einzuschlafen.

Was immer mit dieser Frau zu tun hatte, war mit unendlichem Leid verbunden.

16

MARTHA

Was immer mit dieser Frau zu tun hatte, war mit unendlichem Leid verbunden.

Sie war so leicht zu durchschauen, es war jämmerlich. Ich war so wütend, als ich hörte, was sie getan hatte, dass es mir schwer fiel, höflich zu bleiben. Sie musste doch wissen, dass derart böser Tratsch häufig wie ein Bumerang seinen Weg zurückfand. Und diese gemeine Lüge über Sam, als fände er etwas an ihr, sie war nicht mal sein Typ. Aber bitte, wenn die ganze Straße der Meinung war, ich sei eine Schnapsdrossel, nur zu. Damit konnte ich leben, aber nicht mit dieser anderen Sache.

Dieser entsetzliche Urlaub.

Es war ein solcher Fehler, dass wir sie eingeladen hatten.

Statt wie Uhu an mir zu kleben, zog Jennie jeden Morgen frisch frei fröhlich mit Sam oder Emma oder Mark los, wer immer sich freiwillig für den Supermarkteinkauf meldete. Und gab es in einem Restaurant keinen Tisch für sechs Personen, wer setzte sich dann an einen separaten Tisch …? Holte jemand am Strand Eiscreme, dann war das die neue unabhängige Jennie. Unglaublich, das ganze neue Verhalten war darauf ausgerichtet, mich eifersüchtig zu machen. *Sie kapierte einfach nicht, dass ich die Nase voll hatte.* Und mir war klar, dass sie diese Märchen über sich und Sam nur in Umlauf gesetzt hatte, um zu den »In-Leuten« zu gehören, wie sie es nannte.

Die »*In-Leute*«. Mein Gott! Was für ein Witz. Falls dieses Sammelsurium unserer Nachbarn für Jenny die »In-Leute« waren, brauchte sie wirklich einen Psychiater. Wäre ich nicht wegen der Kinder ans Haus gefesselt, hätte ich mich nicht mit all den Nachbarn angefreundet. Nicht dass sie nicht in Ordnung wären, *sie waren wunderbar*, aber nicht gerade die Art von Leuten, die ich mir normalerweise aussuchen würde.

Verdammt. *Warum nur fühlte ich mich verantwortlich für Jennies unglückliche Kinder?*

Wahrscheinlich aus dem gleichen Grund, aus dem sie mich so anrührte, als ich sie zum ersten Mal in der vermaledeiten Neugeborenenabteilung sah, als es ihr so schlecht ging. Ja, ich machte mir Sorgen um Jennys Kinder, ich liebte sie beinahe so sehr wie meine eigenen.

Poppy greinte: »Scarlets Barbie ist hübscher als meine.«

Jennie antwortete: »Du hättest dir dieselbe aussuchen können.«

»Nein, das konnte ich nicht.« Und gefrustet schmetterte Poppy ihre neue Puppe auf den Boden. »Emma hat sie für uns ausgesucht.«

Emma lachte. »Poppy, das stimmt nicht. Ich sagte, ihr könnt euch die Puppe aussuchen, die ihr wollt. Scarlet nahm sich diese Puppe und du hast die nächste halbe Stunde damit verbracht, dir jede einzelne Puppe in dem Laden genau anzusehen.«

Scarlet, die diese Szene beobachtete und sah, wie Poppys Gesicht immer trauriger wurde und sie ihrer Puppe die Kleider vom Leib riss, gab ihr ihre. »Du kannst die haben, Poppy, tauschen wir einfach.«

»O nein …«, begann Jennie, doch dann fuhr sie fort: »Na ja, wenn es dir wirklich nichts ausmacht, Scarlet. Das ist sehr, sehr nett von dir.«

Und später, im Strandcafé: »Ich will keine Chicken nuggets. Ich will das, was Scarlet hat.«

»Aber du magst doch keine Spaghetti Bolognese, Poppy. Du hast gesagt, du möchtest Chicken nuggets. Komm schon, Herzchen, jetzt iss auf.«

»Komm, wir teilen.« Diese kleinen Dramen machten Scarlet zu schaffen. Sie vergifteten langsam aber sicher die Atmosphäre. »Du legst mir ein paar von deinen Chicken nuggets auf meinen Teller und ich geb dir von meinen Spaghetti ab.«

Und wenn an diesen warmen, stechmückenverseuchten walisischen Sommerabenden Scarlet auf Marks Schoß saß, quengelte Poppy so lange, bis Mark sie auch hochheben musste. Worauf Scarlet herunterkletterte und sich einen bequemeren Platz suchte. Aber damit gab sich Poppy nicht zufrieden. Sie klebte an Scarlet, was immer Jennie sagte.

Im Prinzip nicht weiter erwähnenswert, so nervig es auch mitunter war, aber es schnürte mir den Hals zu, wenn Poppy Jenny traurig fragte: »Warum mögen alle Scarlet lieber als mich?«

Tief getroffen fragte Jennie zurück: »Wie kommst du denn darauf?«

Doch wenn andere Kinder mit ihren Eimerchen und Schäufelchen anrückten, um in derselben Pfütze zwischen den Steinen am Strand zu spielen wie unsere, wenn ein fremder kleiner Nackedei angewatschelt kam, wie es Kleinkinder gerne tun, trat Poppy sofort den Rückzug zu Jennie an und war eingeschnappt. Statt ihre Tochter zurückzuschicken, begann Jennie ihre Kleine zu trösten: »Keine Angst, Herzchen, die sind gleich wieder weg.« Und dann wunderte sie sich, wenn es Poppy schwer fiel, Freundschaften zu schließen.

Wieder zu Hause, klebten in Jennies Haus an jedem Möbelstück Karten mit Zahlen und Buchstaben. Ich fragte Jennie, ob sie es nicht etwas übertreibe.

»Poppy ist unglaublich intelligent, Martha«, erklärte sie

mir, »daher braucht sie Impulse. Und es ist so viel besser, wenn sie eine gute Grundlage haben, bevor sie in den Kindergarten kommen.«

Naturgemäß machte ich mir also Gedanken um Jennies Kinder. Und bis zu einem gewissen Maß machte ich mir Vorwürfe, fragte mich, ob Jennies Geglucke nicht ein Symptom ihrer Beziehung zu mir war.

Wieder zu Hause. Kaum war die eine Krise vorbei, nahm ich meinen ganzen Mut zusammen und stellte Jennie vor vollendete Tatsachen. Scarlet würde ab September an zwei Vormittagen den Kindergarten besuchen, zwei weitere Vormittage, an denen ich arbeiten konnte.

»Wie konntest du nur? Sie ist doch noch viel zu jung«, attackierte mich Jennie. »Ich nehme sie, wenn du unbedingt arbeiten musst.«

»Ich muss nicht arbeiten, Jennie, ich will arbeiten. Und mir ist lieber, sie geht in den Kindergarten, als dass sie zu Hause bei dir bleibt. Sie braucht die soziale Erfahrung.«

Ich hatte genau gewusst, dass Jennie mir anbieten würde, sie zu betreuen. Aber Scarlet brauchte Abwechslung. So kommunikativ, wie sie war, würde sie sich im Kindergarten bestimmt wohl fühlen.

»Aber das heißt, Poppy muss auch in den Kindergarten.«

»Blödsinn«, entgegnete ich. »Selbstverständlich muss sie das nicht. Allerdings würden ihr ein paar Stunden auch nicht schaden. Vielleicht an den Tagen, an denen Scarlet nicht dort ist?«

Jennie sah mich entsetzt an. »Warum sollte ich sie ausgerechnet an diesen Tagen hinschicken? Sie will sicher lieber mit Scarlet zusammen dort hingehen. Wir können sie doch nicht einfach trennen, wo sie doch so eng befreundet sind?«

»Ich weiß, ich weiß«, fuhr ich vorsichtig fort. Ich hatte

den Ausdruck in Jennies Gesicht gesehen. »Aber denkst du nicht, ein bisschen Abwechslung könnte ihnen Spaß machen?«

»Ich sehe nicht ein, wieso. Außer du hast etwas gegen Poppys Einfluss!«

»Ach komm, Jennie, das ist doch absurd. Aber wenn du tatsächlich meinst, sie wären glücklicher zusammen, dann schick Poppy mit. Ich dachte nur …«

»Was führst du im Schilde, Martha, *willst du mich loswerden?*«

Ihr verletzter Blick traf mich und ich beschwichtigte sie: »Unsinn. Du weißt, dass ich dich gerne habe, Jennie.«

»Aber wie kann ich mir da sicher sein, wenn du so kalt mir gegenüber bist. Manchmal verhältst du dich geradezu abweisend. Und in Wales …«

»In Wales war ich stinksauer auf dich. *Welche Reaktion hattest du denn erwartet?* Du läufst herum und ziehst meinen Mann durch den Schmutz, ganz zu schweigen davon, dass du mich als Schnapsdrossel hinstellst … okay, du sagst, du hättest das inzwischen richtig gestellt, aber man sagt, kein Rauch ohne Feuer.«

»Ich brauch dich doch, Martha.«

»Ich weiß, ich weiß.«

»Und mich trifft das so …«

»Ja, auch das weiß ich. Aber ich laufe nicht herum und erzähle Lügengeschichten herum.«

»Wenn du mich nur auch bräuchtest.«

»Ich brauche dich, Jennie. Was täte ich montags und dienstags ohne dich?«

»So meine ich das nicht.«

»Wie denn dann?« Gott, wie ich diese Gespräche, dieses Stochern in den eigenen Befindlichkeiten hasste. Gäbe ich nicht Acht, würde ich den Großteil der Zeit, die wir gemeinsam verbrachten, bis zu den Knöcheln in Jennies Seelenmüll waten. Diese Art von Gespräch war ihr am liebsten und häufig genug setzte sie sich gegen meinen erbitterten Widerstand durch.

Jennie hing laut ihren Gedanken nach, während ich wartete. »Ich glaube … ich glaube, im Grunde genommen möchte ich, dass du genauso fühlst wie ich.«

Ich versuchte, mit einem Scherz darüber hinwegzugehen. »Mein Gott, dann würden wir beide schön in der Patsche stecken. So krank vor Herzeleid.«

»Ich bin so unglücklich«, stöhnte Jennie, »ich wünsch mir so sehr, dass diese Obsession einfach aufhört. Es geht mir alles so auf die Nerven. Ich hasse es, wie ich mich verhalte, was ich aus diesem Zwang heraus alles anstelle.«

»Und ich erst, Jennie«, antwortete ich. *»Glaub es mir, und ich erst.«*

Sie liebte es herauszuposaunen, wie glücklich sie sich schätzen könne, Graham getroffen zu haben. »Wenn man an seine Eltern denkt und an meine Mutter. Und ich war seine erste Freundin und er war mein erster Freund.«

Sie lernten sich in der Bank kennen, in der sie arbeitete. Graham wollte sich Reiseschecks holen und damit fing alles an. Daher war ich leicht überrascht, als sie Angie Ford erzählte, sie hätten sich auf einer Party kennen gelernt.

Doch ich ritt nicht darauf herum.

Es spielte keine Rolle.

Vielleicht fand Jennie diese Version der Geschichte aufregender.

Es war im Sommer darauf. Wir saßen in Jennies Garten. Wir waren keine große Gruppe, es war heiß, Wochenende und wir ließen es uns gut gehen. Tranken selbst gemachte Limonade und sahen, ganz Frau, den Männern dabei zu, wie sie ihre Stunden am Swimmingpool-Projekt abarbeiteten. Das Loch war ausgehoben. Die Rohre verlegt. Das größte Chaos war beseitigt, zu Jennies Erleichterung. Beinahe war es so weit, die Folie auszulegen.

Für das gesamte Material waren die Gordons aufgekommen, doch die Arbeit hatten wir getan. Sobald die Folie ausgelegt war, wollten wir das Becken voll laufen lassen und auf einen schönen Altweibersommer hoffen.

»Ruth und Howard hatten von Anfang an etwas gegen mich, sie erklärten Graham, er könne etwas Besseres finden. Und Stella wurde richtiggehend unverschämt, als ihr dämmerte, wie ernst es uns war. Sie sagte ihm ins Gesicht, er sei ›nichts Besonderes‹, aber Stella hatte ja schon immer eine Abneigung gegen Männer.«

Als ich eine Augenbraue hochzog, fügte sie hinzu: »Seit mein Dad sie verließ, als ich zwei war.«

»So wenig ich Stella kannte, das Herz ging mir bei ihr nicht auf.«

»Ich hatte keine glückliche Kindheit«, sagte Jennie und stürzte sich auf eines ihrer Lieblingsthemen. »Das ist mit ein Grund, warum ich entschlossen bin, es Poppy und Josh so schön wie möglich zu machen. Deshalb arbeite ich auch nicht. Ich selbst war ein Schlüsselkind, die Kinder leiden darunter, daran besteht kein Zweifel. Es gibt auch genügend Statistiken dazu.«

»Dann wäre Martha also eine schlechte Mutter«, bemerkte Angie trocken.

»Ich hab damit nicht sie gemeint«, versuchte Jennie sich zu verteidigen.

Ich lächelte. Natürlich hatte sie mich gemeint. »Ich wäre eine noch schlechtere Mutter, wenn ich zu Hause bliebe«, weigerte ich mich, an diesem Köder anzubeißen.

Und dann erklärte sie völlig unvermittelt: »Scarlet ist gezwungen, sich rasch eine dicke Haut zuzulegen.«

»Wie bitte?« Ich hatte mich wohl verhört.

Ruhig wiederholte Jennie ihre Behauptung. Und dann

fügte sie hinzu: »Ich sehe es ständig. Mir fällt das mehr auf als dir, Martha, schließlich kümmere ich mich um sie …«

»Du hast das noch nie zuvor erwähnt, und was meinst du überhaupt mit *eine dicke Haut zulegen*?«

»Ich sehe, wie dieses Kind gekränkt wird und du darüber hinweggehst«, warf Jennie mir vor.

»Achtung, sie ruft gleich das Sozialamt an«, scherzte Angie.

Das konnte ich einfach nicht auf mir sitzen lassen. Es reichte. Ich hatte Jennies Anschuldigungen so satt. »Mag sein, dass ich es nicht jedes Mal merke. Allerdings gehe ich offenbar natürlicher damit um und reagiere nicht bei jeder Kränkung meines Kindes so, als handle es sich um mich.«

»Du hasst mich wirklich, oder?«, kreischte Jennie, so laut, dass alle innehielten und sich erstaunt nach uns umdrehten.

»Jetzt kommt schon, lasst das«, versuchte Angie einzuschreiten, aber sie setzte sich so schnell auf, dass ihr ihre Sonnenbrille auf die Nase rutschte, was ziemlich dämlich wirkte. »Es ist zu heiß für so was …«

»Halt die Klappe, Angie«, keifte Jennie mit der für sie typischen Hysterie in der Stimme. *»Was weißt denn du schon davon? Sie versucht ständig, mich herunterzusetzen und mich als blöd hinzustellen, nur weil ich eine Mutter bin und mir Gedanken um meine Kinder mache …«*

Ich fiel ihr ins Wort. »Hör auf damit, Jennie, das stimmt doch nicht, und das weißt du.«

»An mich kommst du nicht ran«, brüllte sie, *»und deshalb versuchst du, mich über die Kinder anzugreifen …«*

Entsetzt und peinlich berührt stand ich auf.

»Genau, so ist es richtig, mir einfach den Rücken zudrehen und so tun, als sei das Problem nicht vorhanden …«

Es hatte keinen Zweck, weiter darüber zu reden, jedes vernünftige Argument wäre sinnlos. Noch eine Minute, und sie würde ihr anstößiges Geheimnis hinausbrüllen, was sie weitaus mehr bedauern würde als ich.

Graham eilte herbei. »Jennie? Was ist los? Was zum Teufel geht hier ab?«

Sam schob seinen Schraubenschlüssel in die Hosentasche und murmelte: »Gehen wir.«

Alle anderen trollten sich mit eingezogenem Kopf aus dem Garten, verlegen, Zeuge einer solch peinlichen Szene geworden zu sein. Wie viele von ihnen wohl schon bereuten, bei dem Schwimmbadprojekt dabei zu sein? Und mir insgeheim Vorwürfe machten, sie dazu gedrängt zu haben.

»Martha, kann ich mit dir kommen?«, bettelte Poppy, die verwirrt und verängstigt vor Jennie zurückschreckte.

»O nein, das lässt du bleiben«, kreischte Jennie. *»O nein, meine Kinder wirst du mir nicht wegnehmen!«*

»Sei lieb und bleib hier, Poppy.« Ich bückte mich, um das Kind zu trösten. »Mummy geht es gleich besser.«

Graham hob sie schnell hoch. »Es tut mir so Leid, Martha.« Der Schock und die Verwirrung stand ihm ins Gesicht geschrieben.

»Ist schon in Ordnung, Graham, kein Problem«, beeilte ich mich, ihn zu beruhigen.

»Ich weiß wirklich nicht …«

Doch wir waren schon gegangen, wie die anderen auch, über den Rasen und durch das Gartentor in den sicheren Hafen unserer gemütlichen Küche.

»Scheiße«, sagte Sam.

»Was ist denn los mit Jennie, Mummy?«

Jeder einzelne Nerv in meinem Körper war zum Zerreißen gespannt, also stürzte ich mich auf das schmutzige Geschirr. »Jennie geht es im Moment nicht besonders.«

»Aber du musst rübergehen und Poppy holen«, verlangte Scarlet nervös.

»Mach dir keine Sorgen, Poppy geht es gut.« Ich rieb mit einem versifften Schwammtuch in einer schmutzigen Pfanne herum. Scarlet ließ nicht locker. Sie ging Sam an, zupfte ihn an der Hose. »Geh jetzt, Daddy, und hol Poppy rüber.«

»Ich kann nicht, Herzchen, sie ist in ihrem Haus.«

»Aber es ist so schrecklich dort.«

Ich drehte mich herum und kniete mich zu ihr auf den Boden, fühlte mich dabei wie das schlechte Gewissen in einer Geschirrspülmittelwerbung, aber der Schaum und die nassen Hände störten mich nicht im Geringsten. »Du gehst doch gerne zu Jennie, wenn ich arbeite, du bist doch glücklich drüben, Scarlet?«

»Nicht, wenn Jennie so ist.«

Ich versuchte möglichst unberührt zu wirken. »Und ist sie oft so?«

»Manchmal.« Scarlet schluchzte.

Ich musste sie fragen: »Brüllt sie euch an?«

»Mich nicht. Sie brüllt den Fernseher an und den Herd und die Waschmaschine und manchmal zerschlägt sie Teller …«

Über den Kopf unserer Tochter hinweg sah ich auf zu Sam. Er zog die Augenbrauen hoch. Bemüht, möglichst normal zu klingen, fragte er sie: »Und was macht ihr, wenn Jennie so brüllt?«

Das Thema begann sie zu langweilen, das merkte ich ihr an. Sie versuchte, auf den Stuhl zu klettern, um an das nasse Geschirr zu kommen. »Wir tun so, als ob nichts wäre und spielen weiter, aber manchmal verstecken wir uns unter der Treppe.«

Sam überlegte kurz. Dann wandte er sich um und fragte sie behutsam: »Scarlet, würdest du lieber woanders hingehen, wenn Mummy arbeitet?«

Schniefend wischte sie sich über die Nase. »Ich muss hin. Ich kann Poppy nicht allein lassen.«

»Was zum Teufel tun wir jetzt?«, funkelte Sam mich an, die Hände in die Hüften gestützt.

»Lieber Gott, woher soll ich das wissen?« Ich reichte Scarlet einen Teller zum Abtrocknen. »Und ich bin zu kaputt, um das jetzt zu klären. Wir reden heute Abend, wenn die gnädige Frau im Bett ist.«

»Sie ist vollkommen durchgeknallt«, sagte Sam.

»Bitte rede nicht so vor Scarlet«, wies ich ihn verärgert zurecht. »Verrückt hin oder her, es bringt uns nicht wirklich weiter.«

Doch stimmte das? War sie verrückt?

17

JENNIE

Stimmte es? War ich verrückt?

Ich weiß, ich hätte Martha von Herzen dankbar sein müssen. Sie hatte mir gegenüber unendlich viel Geduld aufgebracht. Ohne unsere Kinder hätte sie mir wahrscheinlich bereits vor Monaten die rote Karte gezeigt. Nach meiner spontanen Explosion gab es vielleicht kein Zurück mehr.

Nun war ich am Ende doch ausgeflippt. Hatte der Welt hemmungslos meine Gefühle offenbart und mich entblößt. Alle meine Nachbarn waren Zeugen meines Gefühlsausbruchs geworden. Nun würden sie hinter vorgehaltener Hand über mich tuscheln. Wie sollte ich ihnen je wieder gegenübertreten? *Wir würden wegziehen müssen.*

»Sei nicht albern, Jennie.« Graham erläuterte mir, dass, bis wir das Haus verkauft und uns woanders niedergelassen hätten, das Schlimmste längst überstanden wäre. »Jeder Mensch hat mal eine Krise«, versuchte er mich zu trösten. »Du hattest einen Nervenzusammenbruch, das ist alles und es ist ja auch kein Wunder, der Tod deiner Mutter könnte ihn ausgelöst haben, außerdem hast du erst vor kurzem ein Baby bekommen …«

»Letztes Jahr«, schniefte ich kraftlos.

»So etwas braucht seine Zeit.« Wie überzeugend er klang. Das mochte ebenso zu seinem Schutz dienen wie zu meinem. Seine Loyalität beschämte mich. Wann würde er merken, dass ich sie nicht wert war? Was wäre, wenn er die Wahrheit erführe?

Und ich zerbrach mir den Kopf darüber, welche Alternativen Martha für die Kinderbetreuung an den Montagen und Donnerstagen finden würde. Konnte ich nach all dem noch mit ihr reden? Gab es einen Weg, um alles wieder gutzumachen?

Nein, dieses Mal nicht. *Wie denn auch?*

Ich gab mich meinem Selbstmitleid hin, wobei ich mir im Klaren darüber war, dass ich mir das alles selbst zuzuschreiben hatte, oder dem Ungeheuer, das in mir tobte, diesem fremden Wesen, das mich zwang, all diese unglaublichen Dinge zu tun, das mich gefangen hielt.

War ich schizophren? Würde ich als Nächstes Stimmen hören?

Niedergeschlagen humpelte ich in mein Schlafzimmer. Der Anblick eines anderen menschlichen Wesens war unerträglich für mich, selbst der meines Ehemannes. Das war das Ende meines Plans, nächsten Monat einen Schwimmclub in meinem Garten zu gründen, denn keiner meiner Nachbarn würde etwas mit einer so neurotischen Hexe wie mir zu tun haben wollen. Außerdem würde das mit dem Pool ohnehin nicht funktionieren. Ich hasste es, Menschen um mich herum zu haben. Ich würde mein ganzes Leben damit verbringen, mich zu verstecken – und darauf zu warten, dass die anderen sich endlich abtrockneten und gingen. Oh Gott …

Ich zog Stellas Schachtel aus dem Schrank hervor.

Las ihren Mitleid erregenden Brief noch einmal, den, in dem sie Stan gebeten hatte zu bleiben.

Ich wünschte, mein Vater würde nicht Stan heißen.

Wütend las ich seine Antwort (lächerliche drei Zeilen auf einem Blatt aus einem billigen Notizblock), die sechs Monate später ohne Angabe einer Adresse kam.

Ich versuchte, mich in meine Mutter hineinzuversetzen,

wie sie auf die Antwort gewartet hatte, allein mit einem Baby. Denn es war die absolute Härte, er hatte keine zwei Jahre gewartet, er hatte sie schon in der Woche verlassen, in der ich geboren wurde. Und sie saß unten in ihrer Tiefparterrewohnung fest, inmitten fremder Leute, Meilen von ihrer walisischen Heimat entfernt, in die zurückzukehren sie sich nicht traute.

Ich las noch einmal den grausamsten Brief von allen, den ich auswendig gelernt hatte, der in dem dünnen, billigen Umschlag, auf dem die Adresse in dieser kleinen, fiesen Handschrift geschrieben war.

»Nein, Stella, wie man sich bettet, so liegt man. Du kannst nicht mehr nach Hause kommen.« Dann waren da diese merkwürdigen religiösen Stellen … irgendein Gott, der darauf bestand, die Mutter müsse sich von ihrer Tochter fern halten, wenn diese Kinder habe und keinen Mann, der sie unterstütze. Es war fürchterlich, einfach fürchterlich. Und obwohl ich natürlich nie dort gewesen bin, brauchte es nicht viel, um sich das kleine graue Dorf auszumalen, das sich um die Kirche gruppierte, wo jeder jeden kannte und die Frauen schüchtern und neugierig zugleich unter ihren Kopftüchern hervorlugten. »The swinging sixties« hieß diese Zeit, davon war an diesem düsteren Ort nichts zu spüren.

Kein Wunder, dass Stella verbittert war, kein Wunder, dass sie mich ablehnte, nachdem sie so viel für mich aufgegeben hatte. Unweigerlich stellte ich jedes Weihnachten, wenn wir einsam unter unserem Plastikbaum das Weihnachtsprogramm im Fernseher ansahen, die Frage, wo der Rest unserer Familie sei. Warum hatten wir nicht diese fröhlichen Feste und Familienfeiern, die wir uns ständig ansahen?

»Manche Menschen haben überhaupt niemanden«, pflegte Stella zu antworten. »Sei dankbar. Denk nicht immer nur an dich.«

Und jetzt dankte ich Gott, dass Graham und ich sie, solange sie lebte, jedes Mal zu Weihnachten eingeladen hatten.

Von meinem Vater Stan gab es drei Fotos. Auf dem Foto vor dem Standesamt konnte man sein Gesicht am besten erkennen, und zwei Fotos, wo er auf den Stufen eines Wohnwagens stand, schmutzige Jeans trug und ein T-Shirt und einen Fisch in der Hand hielt. Nicht mal einen Fisch, auf den man stolz sein konnte, sondern einen Winzling von Fisch, den jeder andere zurück ins Wasser geworfen hätte. Dieses Foto musste Stella selbst aufgenommen haben. Nicht gerade eine riesige Ausbeute an Bildmotiven – oder an übersprühender Lebensfreude. Stan hatte etwas Flüchtiges. Wie lange sie sich wohl gekannt hatten vor dieser entsetzlichen Tat? War ich wirklich das Kind dieses Mannes?

Kein Wunder, dass mein Leben aus lauter Verpflichtungen bestand, die ich mir nicht ausgesucht hatte. Wie sehr ich mir wünschte, ich hätte mit meiner Mutter über derlei reden können.

Es klopfte leise an meine Schlafzimmertür.

»Ja?«

»Unten ist jemand, der mit dir sprechen möchte«, sagte Graham.

Martha? Konnte sie es wirklich sein? War ein solches Wunder möglich?

»Hilary Wainwright.«

Nein, nein, nein. Mein Herz sackte wie ein Stein zu Boden. Hilary Wainwright von Haus Nummer sechs, eine kluge, gepflegte Frau. Gott. Ich kannte sie nicht besonders gut.

»Was will sie hier?«, flüsterte ich.

»*Psst. Sie hört dich.* Sie sagt, sie würde gerne mit dir reden.« Graham klang beinahe so verwirrt wie ich.

Ich schob Stellas Schachtel unter das Bett. Ich musste mir

das Gesicht waschen, irgendwie musste ich wieder in die Reihe kommen, bevor ich dieser fremden Person unter die Augen trat. Die Tagesdecke war zerwühlt, meine Haare waren fettig … zu spät, die Frau stand in der Tür.

»Jennie«, sagte sie schnell, bevor der Mut sie verließ. »Ich gehe sofort wieder, wenn dir das lieber ist. Ich wollte dir nur sagen, dass ich das, was heute passiert ist, ganz fürchterlich fand. Ich hätte etwas sagen müssen. Du fühlst dich bestimmt schrecklich, aber einige von uns können das nachvollziehen, weißt du …«, sie zögerte, um Luft zu holen. Mit einem schüchternen Lächeln fuhr sie fort: »Einige von uns haben das schon selbst durchgemacht. Ich wollte nur, dass du das weißt. Und nachdem ich es gesagt habe, geh ich.«

Wie konnte ich sie gehen lassen, wo sie doch so nett gewesen war? Ich nahm meine Bluse vom Schlafzimmerstuhl weg und strich das Kissen für sie glatt.

Ich wusste nicht, was ich sagen sollte.

Sie blickte auf ihre Hände, sie war genauso nervös wie ich. »Ich will damit nicht sagen, wir hätten Ähnliches durchgemacht, aber ich hatte vor zwei Jahren einen Zusammenbruch, daher weiß ich, wie sich Verzweiflung anfühlt …«

Das erstaunte mich. Sagte diese coole Frau in ihrem hellbeigen Hemdblusenkleid und Moschinogürtel um die Taille tatsächlich, sie wäre mal durchgeknallt? »Wirklich? Einen Nervenzusammenbruch? Niemand hat davon gewusst. Martha hat nie ein Wort erwähnt.«

»Sie wusste ja auch nichts davon.«

»Aber du bist doch mit Martha und Sam befreundet.« Ich war so eifersüchtig gewesen. »Sie sind ständig abends bei euch zum Abendessen.« Wie oft hatte ich sie heimlich beobachtet, wenn sie ankamen oder sich fröhlich wieder verabschiedeten, wenn sie vor Mitternacht wieder gingen.

»Niemand wusste, wie krank ich wirklich war«, erzählte

mir meine sonst so selbstbeherrschte Nachbarin. »Oder wie sehr ich gelegentlich versucht war, mir in der Öffentlichkeit die Kleider vom Leib zu reißen und laut loszubrüllen. Sollte es also irgendetwas geben, Jennie, was ich für dich tun kann, dann lass es mich wissen.«

Hilarys Freundlichkeit, die offensichtlich von Herzen kam, hatte ich einfach nicht verdient. Und nun schämte ich mich so sehr über die vielen Male, die ich mich über die Wainwrights lustig gemacht hatte, ihre Öljacken und ihre Timberlandboots, ihre zwei supergescheiten Söhne, die eine Privatschule besuchten, den spießigen Volvo. Selbst jetzt war Hilary angezogen, als ginge sie gleich zum Segeln. Auf ihrem Schal waren lauter kleine Yachten zu sehen.

Uns hatten sie nie zum Abendessen eingeladen.

Aber wir hatten sie genauso wenig eingeladen. Wir hatten nie jemanden eingeladen.

Erst seit dem Swimmingpoolprojekt ließen sich die Wainwrights dazu herab, unseren Garten zu besuchen. Wozu sie Shorts und makellose Deckschuhe trugen. Mal bei den unteren Schichten vorbeisehen, hatte ich zu Graham gesagt.

Ob Martha sie hereinkommen gesehen hatte?

Ich musste sie hier behalten, vielleicht brachte das Martha zum Nachdenken.

»Meine Angst wird immer schlimmer«, das war die Wahrheit, »ich habe immer weniger Kontrolle und der Druck um meinen Kopf ist so entsetzlich, ich habe das Gefühl, er explodiert jeden Augenblick.«

Hilarys Blick konnte ich entnehmen, sie wusste, wovon ich sprach. »Gibt es einen Grund dafür?«

Ich nickte. Ich fühlte mich so kaputt, wie ich aussah.

»Das ist ja zumindest schon ein Anfang«, erklärte sie auf ihre Lehrerinnenart. Sie unterrichtete an der Technischen Oberschule und ich fragte mich, welches Fach. Rhetorik?

Navigation? Ihr glattes Lächeln passte zu ihrer Aufmachung. »Ein Verhalten ist nicht irrational, solange sich eine Logik dahinter verbirgt.«

»Für mich fühlt sich das wie Wahnsinn an«, sagte ich. Nachdem das Eis gebrochen war, fiel es mir leichter zu reden. Ihre Unvoreingenommenheit und ihre kühle Kontrolliertheit taten mir wohl. Ich kämpfte gegen den ungeheuren Drang an, mich ihr zu Füßen zu werfen und ihr alles zu beichten, alles herauszukotzen, mich von meinem unerträglichen Leid zu befreien. »Und meine Ausbrüche machen den Kindern schwer zu schaffen.«

Aber würde sie auch verstehen, falls ich ihr erzählte, wie ich zuweilen, wenn ich erschöpft war und alles schief ging, einfach dastand und laut brüllte, wüste Beschimpfungen gegen mich selbst, gegen Gott, gegen das Schicksal und das rote Taschentuch, das meine ganze Waschmaschinenladung weißer Wäsche eingefärbt hatte, gegen alles und jedes, das sich gegen mich verschworen hatte, um mich in dieser Falle zu halten, aus der es kein Entrinnen zu geben schien? Wäre Martha durchgedreht und hätte hysterisch losgebrüllt, hätte niemand auch nur den Kopf gedreht. Sie ließ nun mal ihren Gefühlen freien Lauf, das war ihre Natur ... Ich hatte gesehen, wie sie Teller zu Boden schmiss und Bettwäsche zerriss, die Leute hoben nur die Augenbrauen und lachten. Und sie lachte mit. Das nahm ihr den Druck. Es ging ihr anschließend besser. Aber ich war nicht Martha, mein verzweifeltes Geschrei sah nach einem völligen Zusammenbruch aus und ich wusste, welchen Schrecken ich Poppy und Scarlet damit einjagte.

»Ja. Ich bekam an manchen Orten Panikattacken«, vertraute mir Hilary an, als ich auf der Kante meines zerwühlten Bettes saß und auf ihre glänzenden, beigen Haare hinuntersah. »Ich bekam keine Luft, kämpfte um mein Leben. Die Warteschlangen auf der Post waren endlos, die

Verkehrsampeln blieben rot, bis mir die Augen hervorquollen. Panikattacken«, sagte sie, »nichts Ungewöhnliches.«

Langsam dämmerte es mir. Hilary dachte, ich hätte dieselben Symptome. Sie war dabei, mir die aufbauende Geschichte zu erzählen, wie sie ihre Dämonen besiegt hatte. Doch mein Wahnsinn unterschied sich gewaltig von ihrem. Damals wurde mir klar, dass niemand an meiner geistigen Gesundheit gezweifelt hätte, wäre Gott der Gegenstand meiner Obsession gewesen und nicht Martha. Hätte ich den Schleier genommen und mich in ein Kloster zurückgezogen. Wäre ich eine wahre Braut Christi geworden. Oder wäre ich von einem Mann besessen gewesen. Man hätte mich bemitleidet, sicher, aber man hätte es verstanden. In der Geschichte wimmelt es nur so von Frauen, die Männern verfallen waren. Victorianische Frauen siechten neben ihren Topfpflanzen dahin, bis sie, hingestreckt auf ihren samtbezogenen Chaiselongues, an gebrochenem Herzen starben. Vielleicht war also der Fall bei mir ein anderer als bei Hilary und ich war gar nicht psychisch krank, sondern hatte mir nur das verkehrte Objekt für meine Begierde ausgesucht.

Doch auf einmal sah ich einen Ausweg. Wenn ich einräumte, Hilarys Krankheit zu haben, wenn ich in die Rolle der Verrückten schlüpfte statt in die Rolle der Bösen, konnte ich vielleicht der Todesstrafe entgehen und wurde in unserer Straße wieder akzeptiert. Falls das für Hilary nachvollziehbar war, dann auch für alle anderen. Ich klammerte mich an diese neue Argumentationsweise wie ein Ertrinkender an einen vorübertreibenden Baumstamm.

»Mir geht es ganz genauso«, erklärte ich ihr. »Eine Panikattacke, bekam keine Luft. Genau das passierte heute Nachmittag. Ich verlor die Kontrolle. Ich dachte, ich würde sterben. Aber was ist mir dir. *Wie hast du es geschafft?*«

»Beruhigungsmittel«, sagte sie. »Das Zeug ist unschlagbar. Therapie und Selbsthilfegruppen.«

»Und das funktionierte?«, fragte ich beunruhigt.

»Es brauchte seine Zeit, ich benötige viel Geduld, aber letztlich führte es zum Erfolg.«

Martha würde aufatmen, wenn ich die Hilfe suchte, zu der sie mir schon immer geraten hatte. Ich würde die ganze Unterstützung brauchen, die ich bekommen konnte. Und wie sähe es aus, wenn sie mir den Rücken zukehrte und sich weigerte, mir dabei zu helfen, wieder gesund zu werden?

Meine Tränen waren echt, Tränen der Erleichterung. Doch Hilary interpretierte sie, wie von mir beabsichtigt, als Tränen der Verzweiflung. »Ich weiß nicht, was ich wegen Martha tun soll«, schluchzte ich und Hilary legte eine kühle Hand auf meine. »Meine beste Freundin – ihr habt gehört, was ich gesagt habe – ihr habt alle gehört, wie ich sie anbrüllte ...«

»Ich bin sicher, Martha hat Verständnis dafür.«

»Nein«, entgegnete ich hastig, »das glaube ich nicht.« Auch wenn ich innerlich bebte, blieb meine Stimme leise. Ich flüsterte: »Sie wird es nicht verstehen. Ich habe Martha die ganze Zeit über missbraucht, sie musste meine Launen erdulden, meine Wutausbrüche, meine hysterischen Anfälle ... sie war so gutmütig, das kannst du dir gar nicht vorstellen. Aber diese letzte Geschichte war zu viel, das steckt niemand weg ...«

Hilary streichelte meine Hand. Ich hatte ihre ganze Aufmerksamkeit. Die Menschen fühlen sich geschmeichelt, wenn Leidensgenossen ihren Rat befolgen. »Möchtest du, dass ich mit Martha rede?«

»Oh, ich möchte dich da nicht hineinziehen ...«

»Echt, Jennie, das macht mir nichts aus. Wenn es dir hilft. Noch nie hattest du Freunde so nötig wie jetzt, wenn du dein Problem bewältigen willst.«

»Was willst du ihr sagen?« Ich wandte den Blick ab.

»Ich werde ihr halt sagen, wie Leid es dir tut und dass du

deswegen Hilfe suchst, um wieder gesund zu werden. Ich werde sagen, dass man dich wegen deiner Krankheit schlecht verantwortlich machen kann für deine Ausbrüche …«

»Aber Martha wird mich nicht mehr als Babysitterin für Scarlet und Lawrence wollen. Sie wird denken, ich sei nicht dazu in der Lage …«

»Vielleicht wäre es auch besser für dich, mal eine Pause einzulegen. Damit du mehr Zeit für dich selbst hast.«

Ich schüttelte den Kopf und verschränkte die Arme, als wolle ich mich schützen. Was musste ich tun, um meine liebenswürdige Nachbarin davon zu überzeugen, wie absolut notwendig das Babysitten für mich war? »Wenn Martha zu dem Schluss käme, dass sie mir ihre Kinder nicht mehr anvertrauen kann, würde das das Ende für mich bedeuten«, schniefte ich. »Ich bin mir sicher, darüber käme ich nicht hinweg.«

Hilary blieb ungerührt. »Ich kann nur abwarten, was sie antwortet, und dir Bescheid geben. Aber nimm dir Marthas Reaktion nicht zu sehr zu Herzen. Martha ist ein wunderbarer Mensch und hat dich sehr gern, das weiß ich. Und ich bin sicher, sie ist bei weitem nicht so entsetzt, wie du jetzt glaubst. Es ist sehr schade, dass du das Gefühl hast, nicht selbst mir ihr reden zu können.«

»Martha würde das überhaupt nicht schätzen.«

»Woher willst du das wissen?«

»Ich weiß es halt. Wir haben in letzter Zeit viel miteinander geredet und es hat uns nicht weitergebracht.«

Graham kam mit zwei Tassen Tee.

»Nein danke, ich werde nicht länger bleiben, wenn es euch nichts ausmacht«, sagte Hilary. »Den Tee könnt ihr beide trinken. Ich bin mir sicher, Jennie, wenn du dir alles durch den Kopf gehen lässt, was wir besprochen haben, wirst du erkennen, dass die Lösung allein in deinen Händen liegt.«

Ich lächelte sie traurig an. »Du hast Recht, Hilary. Ich werde deinem Rat folgen. Ich bin dir so dankbar dafür, dass du gekommen bist. Es hat mir so sehr geholfen. Ich werde mir gleich morgen einen Termin bei einem Therapeuten geben lassen.«

Sie nickte mir zufrieden zu, schenkte Graham ein strahlendes Lächeln und verabschiedete sich: »Ich geh schon, lass nur, und hör auf, dir Sorgen zu machen.«

»Geht's dir besser?« Graham setzte sich neben mich.

Ich nahm seine Hand. »Es tut mir so Leid ...«

»Du warst in letzter Zeit so unglücklich.«

Ich erzählte ihm, was ich vorhatte, worauf er mit Erleichterung reagierte. »Und Hilary redet mit Martha.«

Graham lächelte unsicher. *»Warum Martha?«*

»Es war so ein Albtraum.«

»Martha, Martha, Martha, immer wieder Martha. Ich höre nichts anderes von dir und allmählich komme ich zu der Überzeugung, dass deine Freundschaft mit Martha Teil des Problems ist.«

»Aber Graham, *ich brauche doch eine Freundin.*«

»Das ist mir klar, natürlich. Aber diese Freundschaft ist so intensiv. Entweder hast du sie verärgert oder sie hat dich verärgert und ich begreife einfach nicht, was du an so einer problematischen Beziehung findest.«

»Ich brauche Martha halt«, versuchte ich, entsetzt darüber, wie nahe er der Wahrheit gekommen war, das Thema zu beenden. Ich entzog ihm meine Hand, da ich mich ungerecht angegriffen fühlte.

Graham seufzte schwer. Ich wusste, er brauchte niemanden außer mir. Und mir war es genauso gegangen, bevor ich Martha kennen gelernt hatte. Wie hätte ich mich wohl gefühlt, wenn er einen anderen gefunden hätte, mit dem er seine ganze Zeit verbrachte und dessen Gesellschaft er der meinen vorzog? Und ich wusste, dass Graham nicht allzu versessen darauf war, jeden Urlaub mit den Frazers zu verbringen, vor allem bei den Stimmungsschwankungen, die ich dabei an den Tag zu legen pflegte.

»Die Kinder schlafen«, sagte er.

Ihm war nur wichtig, dass ich glücklich war.

Und ich konnte nur an eines denken, an Montag.

18

MARTHA

Und ich konnte nur an eines denken, an Montag.

»Keinesfalls wird diese Irre weiterhin unsere Kinder bekommen« – so bestimmt war Sam selten.

Endlich schlief Scarlet ein. Bis zuletzt hatte sie sich wegen Poppy nebenan gesorgt. Aber obwohl ich Sams Meinung in jeder Hinsicht teilte, fragte ich mich, inwieweit seine ganze zur Schau gestellte Aufregung darauf zielte, mich zur Aufgabe meines Jobs zu bewegen. Und das wäre so unfair gewesen. Mein Haushalt würde nie flutschen, so jemand war ich einfach nicht. Aber Sam fand immer etwas zum Essen auf dem Ofen, seine Hemden lagen sauber und gebügelt im Schrank und auch sein Lieblingssessel blieb frei von Katzen. Meistens jedenfalls.

Er hätte sich deshalb keine Gedanken zu machen brauchen. Mir käme es nur entgegen, wenn Jennie aus dem Verkehr gezogen war. Für Lawrence würde ich schon eine Tagesmutter auftreiben und Scarlet konnte zwei- oder dreimal ganztags in den Kindergarten. Endlich wäre ich frei. Sam würde wegen des Geldes jammern, aber ich würde genug verdienen, um für die Kosten aufzukommen. Also konnte er mir den Buckel runterrutschen.

Das Klopfen an der Tür riss Sam aus seinem Wortschwall über die ganzen Spinner, die er einsperren würde, wenn man ihn nur ließe ... Hilary Wainwright marschierte herein und besaß die Nerven, mir einen Vortrag darüber zu halten, wie ich mit Jennie Gordon umzugehen habe.

Sam hatte es die Sprache verschlagen, er saß mit offenem Mund da und hörte sich Hilarys wohlmeinende Ratschläge an. Sie legte uns nahe, Jennie zu unterstützen, kritisierte die Leute in unserer Straße für ihre Engstirnigkeit und behauptete, wir seien der entscheidende Motor für Jennies psychische Gesundung und Stabilität. Sie hatte nicht den blassesten Schimmer davon, was wirklich hinter Jennies Unglück steckte, ganz zu schweigen von den Albträumen, die wir ihretwillen bereits durchgemacht hatten.

Nachdem Sam und ich uns zehn Minuten oder länger diesen Mist geduldig angehört hatten, sagte ich: »Ich glaube, wir kennen Jenny wahrscheinlich besser als du, Hilary.«

»Nein«, widersprach sie, »ihr seid euch zu nahe. Ihr seht den Wald vor lauter Bäumen nicht.«

Ich vermutete keinerlei Hintergedanken bei Hilary, doch wurde ich das Gefühl nicht los, dass eine Intrige Jennies hinter ihrem Besuch steckte.

»Und du kannst doch nicht allen Ernstes vorhaben, der bedauernswerten Jennie vollends den Boden unter den Füßen wegzuziehen, indem du ihr nicht mehr deine Kinder anvertraust? Du musst doch genauso gut wie ich wissen, wie viel ihr deine Freundschaft bedeutet.« Sie bedachte mich mit einem anklagenden Blick. »Und du musst dir doch auch darüber im Klaren sein, dass du Jennie in dieser verletzlichen Phase mehr helfen kannst, als ihr jeder Arzt helfen kann. Sie braucht dich, Martha, sie vertraut dir.«

Ich wollte aber bei Jennies so genannter Therapie keine bedeutsame Rolle spielen.

Sie brauchte Hilfe, okay, aber nicht so, wie Hilary dachte.

Ich wollte keine Rolle in Jennies Leben übernehmen.

Ich lehnte es ab, dass man sich auf mich verließ. Ich war kein Fels in der Brandung, an dem man sich nach Lust und Laune festhalten konnte.

»Ich wünschte, die Ärmste hätte die Kraft gehabt, selbst

zu kommen um mit dir zu sprechen«, erklärte Hilary mit vorwurfsvollem Unterton.

»Sie wusste, dass wir sie nicht reingelassen hätten«, meinte Sam, dem Hilary auf die Nerven ging und der es bereute, sie hereingelassen zu haben. »Ehrlich gesagt, Hilary, uns reicht's allmählich mit dieser Wahnsinnigen.«

Hilary richtete sich auf und rauschte verstimmt zur Tür hinaus, entsetzt von unserer in ihren Augen mitleidlosen Haltung gegenüber unserer Nachbarin. »Ich habe Jennie versprochen, ihr zu sagen, was ihr dazu meintet«, rief sie uns noch über eine wattierte beige Schulter zu. »Ich kann mein Versprechen nicht brechen. Ich muss sie anrufen.«

»Viel Glück dabei«, schnaubte Sam, nachdem er die Tür hinter ihr zugeworfen hatte.

Es begann bereits zu dämmern, als Graham von der Notfallaufnahme anrief.

Das Telefon stand auf Sams Bettseite.

Ich war zu schlaftrunken, um zu verstehen, worum es ging, zu sehr damit beschäftigt, auf den Wecker zu blinzeln, um herauszufinden, wie spät es verdammt noch mal war.

Sam schaltete das Licht ein und setzte sich ruckartig auf.

»Richtig«, sagte er völlig unvermittelt.

»Sam? Wer ist dran?«

»Jennie Gordon liegt im Krankenhaus, Überdosis ...«

»Du lieber Gott!«

Wir schwiegen bestürzt, wenn auch nicht lange, obwohl keiner von uns auch nur eine Sekunde glaubte, es habe sich dabei um einen ernsthaften Selbstmordversuch gehandelt. Schließlich sagte Sam: »Jetzt hör mal zu, Martha, der Moment ist gekommen, uns da rauszuhalten, oder wir klettern wieder auf diesen Gefängniskarren und lassen uns weiter von dieser Frau, deren Intrigen keine Grenzen zu kennen scheinen, auf der Nase herumtanzen.«

»Wir können nicht so tun, als sei nichts geschehen, Sam!«

»Tu, was du nicht lassen kannst, Schatz.« Sam schlug wütend auf sein Kopfkissen ein, aber ich war zu geschockt, um Streit zu suchen. »Wenn du dieses Mal wieder aus Feigheit nachgibst, Martha, dann kannst du nicht mehr auf meine Unterstützung zählen. Sie hat dich vollkommen in der Hand, sie zieht an deinen Fäden, als wärst du eine Marionette.« Zwei tiefe Furchen bildeten sich über seiner Nase, als er fortfuhr: »Und was noch schlimmer ist, indem du Jennie alles durchgehen lässt, spornst du ihre Wahnvorstellungen noch an. Eines Tages bringt sie sich wirklich um und was dann? Wer hat dann Schuld?«

Er hatte Recht, und überhaupt hielt ich es nicht länger aus. Müde strich ich mir über die Augen, bevor ich mir die erste Zigarette des Tages anzündete. »Aber was hat Graham nun genau gesagt?«

»Den üblichen Mist. Er hatte nicht den Nerv, dich zu bitten, aber er erwartet offenbar, dass du sofort an ihr Krankenbett stürzt.«

Ich inhalierte tief. Wie tröstlich. »Vielleicht behalten sie sie gleich dort. Bringen sie dazu, zu einem Psychofritzen zu gehen.«

»Noch soeben hast du Hilary erklärt, sie hätte kein psychisches Problem dieser Art.«

Ich ignorierte ihn. Wütend stieß ich den Rauch aus. »Ich werde mich um ihre Kinder kümmern müssen.«

»Was ist dann mit deiner Arbeit?«

»Ist ja nur heute. Ich habe keine Wahl, bis mir eine andere Lösung einfällt.«

Außerdem konnte ich genauso gut aufstehen, denn so viel stand fest: Ich würde kein Auge mehr zutun, solange ich mich mit den Warums und Wozus herumschlug, ob ich Jennie sich selbst überlassen sollte.

Wir waren die Einzigen in der Straße, die Jennie nicht in der psychiatrischen Abteilung besuchten. Hilary hatte Scharen von Besuchern mobilisiert. Und als ich gegenüber Graham erwähnte, ich könne nicht bis in alle Ewigkeit die Kinder übernehmen, fühlte ich mich wie die niedrigste Lebensform auf dem Planeten.

»Aber sicher, Martha, natürlich … ich habe nicht von dir erwartet …«, stammelte er verlegen.

»Es ist wegen meines Jobs«, fügte ich aufgebracht darüber hinzu, dass ich mich deshalb entschuldigen musste. »Aber ich habe eine Tagesmutter für Lawrence gefunden und wenn du möchtest, könnte sie Josh auch nehmen. Und könnte Poppy nicht mit Scarlet in den Kindergarten gehen?«

Graham kratzte sich am Kopf und starrte mit leerem Blick vor sich hin. »Ich nehme an, wir haben keine andere Wahl. Zumindest bis Jennie wieder nach Hause kommt.«

»Wie lange wollen sie sie dort behalten?«

»Sie ist freiwillig dort, weißt du. *Sie kann heraus, wann immer sie will.*« Er überspielte seine Gereiztheit mit einem raschen, entschuldigenden Lächeln. »Sie sind sich noch nicht sicher.« Er wirkte so müde, so blass und bekümmert. Noch so ein armer Teufel, der des Trosts bedurfte. Jennies Aufgabe, doch diese blöde Kuh spielte statt dessen lieber ihre kranken Spielchen. »Es geht ihr im Augenblick nicht besonders gut.«

»Das tut mir Leid.«

»Du fehlst ihr, Martha«, sagte er kurz angebunden.

Ich nickte. »Ja, das kann ich mir vorstellen.«

Er versuchte zu lachen, aber er scheiterte kläglich. »Sie scheint zu glauben, du seist durch ihren aggressiven Gefühlsausbruch vor ein paar Tagen tödlich verwundet.«

Es war nicht so, dass mir Grahams Elend gleichgültig gewesen wäre. »Um ehrlich zu sein, Graham, vielleicht ist es für Jennie besser, wenn ich mich eine Weile von ihr fern halte. Ich möchte im Augenblick nicht mehr dazu sagen. Aber richte ihr Grüße aus. Sag ihr, ich denke an sie.«

»Eine Nachricht von dir, und sie wird so erleichtert sein«, meinte Graham und richtete sich auf. Ich fühlte mich, als hätte ich ihm einen Strauß weißer Rosen gereicht.

Das war der Anfang des Risses.

Von da an bildeten sich zum ersten Mal die Fronten: Die Wainwrights und die Fords meldeten sich in der Ecke der Gordons zu den Waffen und die Gallaghers und die Harcourts von Nummer sechs standen auf unserer Seite. Wie albern, es so weit kommen zu lassen.

Zudem war es überraschenderweise sehr verletzend. Diese vorwurfsvollen Blicke, wenn ich mich abmühte, die Kinder ins Auto zu packen. Poppy und Scarlet in den Kindergarten, Josh und Lawrence zweimal die Woche zu meiner neuen Tagesmutter. Und jeden Gedanken daran, an weiteren Tagen zu arbeiten, hatte ich aufgegeben, solange Jennie im Krankenhaus war.

Erkundigte ich mich bei Hilary nach Jennies Befinden, sagte sie: »Im Augenblick braucht sie jede Hilfe, die sie bekommen kann. Was für eine Schande, dass wir die ersten Alarmzeichen übersahen. Diese ersten Hilfeschreie.«

Und ich hatte das Bedürfnis, Hilary am Arm zu packen und sie wachzurütteln. *»Jennie Gordon hat eine Obsession, und ich bin das Opfer dieser Obsession, verflucht. Sie ist nicht mehr oder weniger verrückt als du oder ich, das ist nur eines ihrer verdammten Spiele, um mich dahin zu kriegen, wo sie mich hin haben will.«* Doch wie konnte ich ihnen daraus einen Vorwurf machen, sie kannten sie nicht gut, sie hatten nicht erlebt, wie sie ihre Umgebung manipulieren konnte.

Und Angie Ford glaubte, indoktriniert von Hilary, ich allein hätte Jennie in den Selbstmord getrieben. Warum hielt sie nicht einen Moment inne und dachte darüber nach, warum ich einer engen Freundin so etwas antun sollte? Es war ja nicht so, als ob Angie und ich uns nicht kannten, wir waren vor dieser Krise sogar ziemlich befreundet gewesen, wie konnte sie sich also so verletzend mir gegenüber verhalten? Welche Lügen hatte Hilary ihr erzählt – oder Jennie selbst?

Sam hatte Recht. »Es ist völlig egal, was diese Dummköpfe denken, wir sind die Einzigen, die die Wahrheit kennen, und wegen Graham müssen wir die Sache für uns behalten.«

»Tina weiß Bescheid«, erinnerte ich ihn, »und ich nehme an, Tina hat Sadie Harcourt davon erzählt. Deshalb sind die beiden auf unserer Seite.«

»Wir sind die Einzigen, die wissen, wozu diese Frau fähig ist«, beharrte Sam. »Und mein lieber Scholli, es ist auch nicht einfach zu glauben, dass eine Frau ihr Leben aufs Spiel setzt, um sich an einer Freundin zu rächen.«

»Bin ich überhaupt eine Freundin?« Das Wort klang falsch in meinen Ohren, aber welches andere Wort gab es, um meine Beziehung zu Jennie zu beschreiben? Ein Objekt der Verehrung? Ich hatte eher den Eindruck, ein Götzenbild zu sein.

Falls ich in Jennies Augen allmächtig war, warum konnte ich meinen Einfluss nicht positiver einsetzen? Warum fand ich keinen Ausweg aus dieser gefährlichen Leidenschaft?

Sam meinte, es sei an der Zeit, mit Graham zu reden und ihn aufzuklären. »Er muss ja nicht alles wissen, wir dürfen nicht ihre Ehe kaputtmachen. Aber wie soll den beiden irgendwer helfen können, wenn er keine Ahnung hat, worum es überhaupt geht? Ich wette, keiner ihrer Ärzte kennt die Wahrheit.«

»Vielleicht erfahren wir mehr, wenn sie nach Hause kommt. Vielleicht geben sie ihr Medikamente, die dieses wütende Feuer unterdrücken. Besser wär's. Lieber Gott, irgendetwas muss es doch dagegen geben.«

»Elektroschock? Lobotomie?«

»Du bist ekelhaft, Sam«, erwiderte ich. Mir wurde eiskalt.

Zum Teufel mit Jennie, ohne meinen Job wäre ich wohl durchgedreht. Durch ihn kam ich weg aus dieser, seit sie in zwei feindliche Lager gespalten war, so unheimlichen und von Argwohn erfüllten Welt unserer Straße.

Ich hatte ohnehin Schuldgefühle genug, weil ich Poppy bei Mrs. Tree und ihren Mädchen im Humpty-Dumpty-Kindergarten ließ. Trotzig blickte sie mich an, als ich ihr zum ersten Mal erklärte: »Du bleibst jetzt hier mit Scarlet und wenn du deinen Mittagsschlaf gemacht hast und deinen Kakao getrunken und deinen Keks gegessen hast, komme ich wieder und hole dich ab …«

Sie stampfte mit dem Fuß auf. »Ich will aber nicht hier sein. *Wo ist Mummy?*«

Scarlet hatte schon das Spielhaus erspäht mit den funkelnden Töpfen und Pfannen über dem Herd. Poppy zuliebe hielt sie sich jedoch zurück, wartete ab und hielt ihre Hand. Und um ihr Mut zu machen, sagte sie eigenartigerweise: »Komm schon, Poppy, ich pass auf dich auf.«

»*Wo ist Mummy?*«

»Poppy, du weißt doch, dass deine Mummy im Krankenhaus ist, weil es ihr nicht so gut geht. Aber sie kommt sicher bald nach Hause …«

Ich war schon spät dran. Ich warf Mrs. Tree einen Hilfe suchenden Blick zu.

»Gehen Sie nur, Martha«, flüsterte sie mir zu. »Poppy wird sich schon beruhigen, sobald sie uns kennen gelernt hat. Es ist nur etwas viel am Anfang, nicht wahr, Poppy?«

Poppy schnitt eine Grimasse und versuchte sich unter

meinem Rock zu verstecken. Wäre sie mein Kind gewesen, wäre ich einfach gegangen, auch wenn sie weinte, da ich überzeugt gewesen wäre, sie würde sich beruhigen, sobald ich weg wäre. Natürlich hatte ich über den Kindergarten Erkundigungen eingezogen. Er hatte einen hervorragenden Ruf. Ich hatte Glück gehabt, so kurzfristig zwei Plätze zu bekommen. Und das auch nur, weil ein Zwillingspaar wegen eines Umzugs herausgenommen worden war.

Ich ließ das unglückliche, leichenblasse Kind in der Bücherecke zurück. »Sieh mal, Poppy«, machte ich sie auf die Bücher aufmerksam, die sie von zu Hause her kannte. Ich legte ihr ein großes Kissen zurecht. »Mach es dir doch mit Scarlet hier gemütlich und seht euch die Bilderbücher an, bis ihr Lust habt, mit den anderen Kindern zu spielen.«

Poppy hätte sich wohl am liebsten verkrümelt und schluchzte herzzerreißend: *»Ich will mit dir nach Hause.«*

Ich bemühte mich, ja nicht ungeduldig zu klingen. »Poppy, es tut mir Leid, aber das geht nicht. Ich muss arbeiten.«

Lieber Gott – warum war sie bloß so verdammt unselbständig? Sofort plagte mich das schlechte Gewissen wegen meiner Gedanken. Sie war nur ein verschrecktes Kind und ich hatte kein Recht, auf sie wütend zu sein.

»Mir gefällt es hier nicht. Ich will zu meiner Mummy.«

Ich hatte die Mutter in den Selbstmord getrieben und jetzt war ich auch noch gemein zu der Tochter. Verdammte Scheiße, das war einfach nicht fair.

Sie hatte den flehenden Blick ihrer Mutter. »Und es geht mir nicht gut, Martha.«

Wie lange würde ich das noch aushalten? Gepriesen sei die vernünftige Mrs. Tree, dieser Ausbund an Liebenswürdigkeit und Klugheit. »Komm mit mir, Poppy, Schatz, und du auch, Scarlet. Ich glaube, euch gefällt die Überraschung, die ich für euch in der Küche habe.«

Sie klang wie eine Kindsverführerin, aber das war mir in

dem Moment egal. Erleichtert schlich ich mich auf wackligen Knien von dannen, sobald sie die Kinder wegführte. Ich sah den schmerzerfüllten Blick vor mir, mit dem Jennie mich bedacht hätte, hätte sie gesehen, was ich soeben getan hatte … die Schuldgefühle, die sie mir aufgehalst, die Vorwürfe, die sie mir an den Kopf geworfen hätte. Ich würde die Kinder »so hart« behandeln und müsse in der Zukunft mit dem Schlimmsten rechnen. Jennie gab Poppy in meine Hände im Vertrauen darauf, ich behandle sie so fürsorglich, wie sie dies täte – *aber wenn ihr ihre Tochter so verdammt wichtig war, hätte sie nicht tun dürfen, was sie getan hat …*

Die Sache ging mir den ganzen Tag nicht aus dem Kopf. Ich konnte mich auf nichts konzentrieren, ständig hatte ich Poppys Schluchzen im Ohr, sah sie allein, gehänselt und ausgeschlossen – ich projizierte auf dieses Kind die schrecklichsten Defizite seiner Mutter, die Defizite, die diese durch ihr eigenes Verhalten verschuldet hatte. Ich führte mir vor Augen, wie unsinnig dies von mir war. Scarlet würde niemals zulassen, dass man ihre beste Freundin so behandelte, und sie war ein durchsetzungsfähiges Mädchen, das sich zu helfen wusste. Sie würde sofort Mrs. Tree holen, falls ein Problem auftrat.

Selbstbewusst und stark lief mir Scarlet an der Tür entgegen, angeregt von den neuen Freunden und den neuen Erfahrungen. Sie hielt mir ein nasses Wasserfarbenbild vor die Nase. »Schau mal, Mummy, du läufst auf Stelzen.«

Aber wo war Poppy? Ich rannte in das Spielzimmer und fand sie bei Mrs. Tree, deren Hand sie nicht losgelassen zu haben schien. »Du liebe Güte«, platzte ich heraus, entsetzt, meine schlimmsten Befürchtungen bestätigt zu finden.

»Machen Sie sich keine unnötigen Sorgen, Martha. Poppy ging es wunderbar, das hier geschieht nur um ihretwillen.« Mrs. Tree blickte verständnisvoll lächelnd zu Poppy hinunter. »Ist es nicht so, Poppy, Schätzchen?« Dabei raunte sie mir zu: »Sie durchschauen einen zuweilen gnadenlos, selbst in diesem zarten Alter.«

Ha. Wie die Mutter, so die Tochter. Aber ich lächelte ebenso verständnisvoll wie Mrs. Tree, als ich ihr Poppy abnahm. Ich redete ihr zu, mir von dem Tag im Kindergarten zu erzählen. »Mir gefällt es da nicht«, fiel sie der munter drauflos plappernden Scarlet ins Wort, als wir im Auto saßen. *»Und ich gehe nicht mehr dort hin.«*

Ich sagte nichts darauf. Sollte sie erst mal darüber schlafen. Es gab schließlich Mittel und Wege, Kinder so zu manipulieren, dass sie tun, was man will. Genau das hatte Jennie mit mir vom ersten Tag an gemacht. Doch ich war kein Kind. Ich war die Stärkere, das konnte jeder sehen. Aber stimmte das?

In der Natur passen sich manche Tiere so an, dass sie von den Stärkeren leben. Über Generationen hinweg entwickeln sie diese Fähigkeiten durch Druck und Gegendruck, bis sie schließlich mitgeschleppt werden. Die kleinen Fische, die den Wal begleiten, die Fische, die die Zähne des Hais säubern, und die Vögel, die das Ungeziefer aus dem Fell des Bisons picken.

Ich war müde. Ich war beunruhigt und dachte viel an Jennie, wie sie einsam und unglücklich in ihrem Krankenhausbett lag. Und fast schon begann ich sie um ihren Zustand zu beneiden, der sie zur Tyrannin werden ließ.

Ich musste aufpassen, nicht von ihr verschlungen zu werden.

19

JENNIE

Ich musste aufpassen, nicht von ihr verschlungen zu werden.

Ich wusste genau, was sie dachte – dass ich die Überdosis nur genommen hatte, um ihre Aufmerksamkeit zurückzugewinnen. Aber sie irrte sich, diesen Verdacht weise ich vehement zurück. Woher kam nur diese feindselige Einstellung Marthas mir gegenüber?

Ich habe es getan, weil ich sterben wollte. Mein Leben schien mir vergebens, so einfach ist das.

Ich habe es nicht inszeniert, wie sie argwöhnte, ich wurde nur durch Zufall entdeckt, weil Josh um vier Uhr morgens aufwachte, was schon lange nicht mehr vorgekommen war, und Graham mich aufzuwecken versuchte, damit ich ihn stillen konnte. Es lief also ganz anders, als *man* glaubt. Und der Arzt sagte zu Graham, noch ein paar Stunden und ich wäre tot gewesen.

Nachdem ich mich zu dem Entschluss durchgerungen hatte, blieb ich bis spät nach Mitternacht auf und überlegte, welche Methode die geeignetste sei. Hilary Wainwright hatte früher am Abend angerufen und mir berichtet, sie habe mit Martha gesprochen. Sie versuchte es mir vorsichtig beizubringen, aber es war klar, man wollte nichts mehr mit mir zu tun haben.

Martha hatte sich geweigert, meine Therapie zu unterstützen.

Aber sie hing ja schon drin.

Bis zum Hals.

So lag ich also in der Küche auf dem Fußboden und schluchzte mir das Herz aus dem Leib. Ich war verzweifelt und wollte raus.

Was nutzte mir schon Hilarys gesunder Menschenverstand? Die Fürsorge einer Pfarrersfrau, aufmerksam und ernst gemeint, aber vollkommen verfehlt – Körbe voller Pflaumen und frisch gelegter Eier. Martha war die Einzige, die in der Lage wäre, sich in mich hineinzuversetzen. Meine Hand glitt über die nasse Rasierklinge, ich griff fester zu, ballte die Faust, bis die blaue Vene blutgefüllt hervortrat. Und jetzt musste ich sie aufschneiden, wie einen fetten Regenwurm. Ich biss die Zähne aufeinander und sah zur Seite. Mir war schlecht.

»Wie traurig, sie war noch keine dreißig, als sie starb.« Das würden die Leute sagen, wenn sie davon erfuhren.

Stella, meine Mutter, war weitergekommen. Ihre Geburt lag fünfzig Jahre zurück, so lange wie der Krieg. Im Himmel gäbe es Salutschüsse für Stella.

Das würde ich nicht schaffen, ich war zu feige, mich aufzuritzen. Obwohl mich dieses Stigma nicht im Geringsten störte. Ich war kein Mann, auch wenn ich mich nach einer Frau verzehrte, wie es wohl noch kein Mann getan hatte. Aber Marthas Freundschaft war weder bedingungslos, noch war sie, wie ich gehofft hatte, ewigwährend.

Ich hatte es überzogen. Nun wusste ich, wo die Grenze war.

Dass ich nicht mit ihr als Feindin leben konnte, daran zweifelte ich keine Sekunde.

Sie hasste mich.

Sie wollte mich verlassen.

Und nach dem, was Hilary gesagt hatte, wollte sie nicht einmal mit mir sprechen.

Es fällt mir schwer zu beschreiben, wie weh das tat.

Wenn ich an meine Kinder dachte, waren diese Gedanken wie Antilopen in der Steppe, stets auf der anderen Seite des Flusses, halb verborgen in einer Wolke aus Hitze und Staub, nichts, was mit mir zu tun hatte.

Ich musste sterben.

Ich hatte die Schmerzmittel nach Joshs Geburt behalten. Wegen des Milcheinschusses hatte ich sie verschrieben bekommen. Es waren riesige Monsterdinger, die man in Wasser auflösen musste. Ich hatte sie nie genommen und die Schwellung war von selbst verschwunden. Aber ich dachte, sie müssten stark genug sein, um mich damit umzubringen. Ich nahm die ganze Packung, insgesamt vierundzwanzig Stück, in zwei Gläsern Wasser, eine übel schmeckende, dickflüssige Brühe. Und dann kroch ich ins Bett.

Ich wachte im Krankenhaus auf.

»Wo ist Martha?«

Graham beugte sich vor und nahm meine Hand. »Martha ist nicht hier, Jennie.«

»Weiß sie es?«

Offensichtlich fühlte er sich nicht wohl in seiner Haut, so wie er auf der Bettkante hin- und herrutschte. Seine Tragetasche fiel zu Boden. »Ja, ich hab es ihr erzählt.«

»Was hat sie gesagt?«

Er war um größte Behutsamkeit bemüht, aber ich sah, wie sich seine Augen mit Tränen füllten, so sehr er dagegen ankämpfte. »Eigentlich habe ich mit Sam gesprochen. Es klang, als hätten sie beide die Nase voll von dir. Sie packen es nicht mehr. Es tut mir Leid, Jennie, es tut mir wirklich Leid.«

Und wortlos barg er seinen Kopf in meinem Schoß.

Ich war also nicht gestorben. Ich war nicht im Himmel. Ich würde nicht meiner Mutter gegenübertreten müssen. Alles war genauso geblieben wie zuvor, genauso unerträglich, dieselbe Hölle.

Ich wusste, wie sehr Graham litt, und ich hasste mich dafür. Natürlich hätte ich ihn, nachdem ich aufwachte, sofort nach den Kindern fragen und ihn umarmen sollen. Ihm dafür danken sollen, dass er so unerschütterlich an meiner Seite war, und vor Zerknirschung darüber weinen sollen, wie ich dem Menschen wehtat, der mich am meisten liebte.

Er wirkte so angespannt und geistesabwesend. Er holte Weintrauben aus seiner Einkaufstüte und richtete sie auf dem ekligen Nachtschränkchen an. Er schlug zwei meiner Lieblingszeitschriften auf – als ob ich hier wäre, um mir den Blinddarm entfernen zu lassen. »Die Wainwrights haben sich großartig verhalten«, erzählte er. »Hilary ist jetzt zu Hause und passt auf die Kinder auf, bis ich zurückkomme.«

Leer vor mich hinstarrend hörte ich ihm zu. Ich brachte es nicht über mich, seinem traurigen Blick zu begegnen. Ich wusste, dass ich mehr hätte sagen sollen, mein Verhalten hätte erläutern müssen. Meiner festen Überzeugung nach war Selbstmord die schrecklichste Rache, die man anderen antun konnte. Diese Auffassung hatte ich jedenfalls vertreten, bis ich es selbst getan hatte ... bei meinem Selbstmordversuch hatte ich keine Rachegefühle empfunden.

Es gab nicht den geringsten Grund für mich, mich an Graham zu rächen, der mich an dem Tag gerettet hatte, als wir uns kennen lernten. Er wartete auf eine Antwort auf seine unausgesprochene Frage, doch er hätte nicht verstanden, was ich ihm gesagt hätte. Ich wusste, warum ich hier war. Es gab keinen anderen Ort, an den ich hätte gehen können.

Jeder Tag war wie ein Sonntag. Die Station war bevölkert von langsam schlurfenden Frauen. Sie war nach Dame Maud Bell benannt, was sich in meinen Ohren eher nach einem Patent anhörte, und zwar nach etwas Gefährlichem. Aber es handelte sich um eine teigige weitsichtige Frau, die diese uralte Abteilung aufgebaut haben musste zu einer Zeit, als man Spinner noch an die Kette legte.

Seither war der alte viktorianische Flügel durch einen roten Ziegelbau ersetzt worden und empfahl sich vor allem dadurch, dass hier jeder nach Belieben verrückt sein konnte. Verglichen mit den meisten meiner Mitpatienten war ich so fit wie die Queen.

Sie wurden von der Straße hereingefegt für ein kurzes Zwischenspiel, die Schlurfer und Sabberer, die Selbstverstümmeler und die nickenden Grinser und dazwischen war ich und flehte leise: *»Lieber Gott, mach, dass sie mich liebt.«*

Als ich Mr. Singh, dem Therapeuten, erzählte, ich sei verliebt, zuckte er nur gelangweilt die Schultern.

»Und das bereits seit Jahren.«

Er klopfte mit seinem Kuli ruhig auf den Tisch und wartete.

»Aber die Person, in die ich verliebt bin, verabscheut mich.«

»Das muss sehr schmerzhaft sein für Sie«, meinte er.

»Meine Gefühle gehen ihr auf die Nerven. Sie hat ihre eigenen Probleme, ihr eigenes Leben, sie erträgt dieses Theater nicht mehr, sie braucht andere Leute um sich …«

»Und wie kommen Sie auf die Idee, dass sie Sie verabscheut? Hass ist ein sehr starkes Gefühl, ebenso kräfteraubend wie die Liebe. Durch Ihre Annahme, sie hasse Sie, legen Sie die Vermutung nahe, dass Sie in dem Denken dieser Person breiten Raum einnehmen.«

»Gott, und wie ich mir das wünschte.«

Mr. Singh war nicht sarkastisch, er konstatierte nur die Fakten. »Sie hasst Sie also nicht, stimmt's, Jennie? Vielleicht liegt der Grund für Ihr Unglück ja in der Gleichgültigkeit dieser Person begründet, die Sie so lieben?«

Gott, wie das wehtat. Er hatte Recht.

»Aber wenn ich Sie richtig verstanden habe, waren sie einmal eng befreundet?«

Mich schmerzten die Augen und der Kopf drohte mir zu zerspringen. »Es muss für Sie so lächerlich klingen, wenn es da draußen Leute gibt, deren Kinder sterben, Leute, die niemand liebt, Behinderte, Katastrophenopfer und ich hier wegen einer verrückten Liebe oder Obsession, oder wie immer Sie es nennen wollen, durchdrehe. Wir waren nie gleichwertig, das war das Problem. In meinen Augen war sie immer etwas Besonderes und ich verehrte sie.« Ich nickte, als säße mein Kopf auf einer Feder, als wäre ich einer dieser Dackel, wie sie im Rückfenster von Autos sitzen. Nervös biss mich mir auf die Lippe, zog an meinen Fingern, ganz die gestörte Patientin. »Und mir ist einfach nicht klar, wie das geschehen konnte oder wie ich dem ein Ende setzen kann. Ich habe Kinder, ich habe einen Mann, der mich liebt ...« Es war einfach zu viel. Heulend brach ich zusammen, und Mr. Singh lehnte sich zurück und beobachtete mich hinter seinem vernünftigen braunen Schreibtisch, über den goldenen Rand seiner Brille hinweg. *»Und mir ist das alles zu viel, ich bin müde«*, stieß ich leise hervor.

Nach einer wohl berechneten Pause, in der ich mich wieder fangen konnte, reichte mir der Therapeut ein Papiertaschentuch und fragte: »Müde genug, um zu sterben?«

»Ja, ja, das bin ich. Sagen Sie mir, gibt es einen Namen für diese Krankheit? Steht sie in einem Buch? Kann ich versuchen, sie zu verstehen? *Ist sie chronisch? Ist sie unheilbar?*« Aber ich hatte kein Vertrauen in ihn, da er nicht meiner Kultur angehörte. Und schon einem Einheimischen würde es schwer fallen, mein Problem zu kapieren, ganz zu schweigen einem Mann aus dem Fernen Osten mit solch unergründlichen Augen.

Ich fand einen ruhigen Ort in dem Tumult. Neben dem Heizkörper bei der Kaffeemaschine.

Zeit heilt alle Wunden, redete ich mir ein und trank eine Tasse eiskalten Tee, der rumstand.

Sie senkte ihre Stimme. »Wie geht es dir, Jennie?«

Eine schwer zu beantwortende Frage, wenn man seinen Besucher ablehnt und dieser »gut« hören will.

Wenn Hilary nur aufhören würde zu kommen. Wir hatten unseren Gesprächsstoff erschöpft und uns verband wirklich nichts.

Hilary Wainwright war »nett« und von dieser Sorte gibt es nicht viele Leute. Sie brachte einen Hauch Selbstsicherheit in diesen traurigen und hoffnungslosen Ort. Ihr Augenkontakt sollte Vertrauen herstellen. In gewisser Weise war sie durchaus inspirierend, sie gab einem das Gefühl, ihr Niveau erreichen zu können. Es war wichtig, ihre Anerkennung zu bekommen. Mich deprimierte das, denn ich war nicht nett. Ich war berechnend und falsch. Hilarys Augen strahlten Güte aus, sie wirkte beinahe mütterlich. Mein Mangel an Interesse und meine Einsilbigkeit schienen sie nicht zu stören.

Noch schlimmer jedoch war, dass sie anfing, Angie Ford mitzubringen, die zur Abwechslung rosa Jeans trug, Jacke, Bluse und selbst die Handtasche dazu passend. Die Haare waren blaulila gesträhnt.

Ich wollte über Martha sprechen.

Sie brachten manchmal kleine Häppchen mit für mich, das war besser als nichts.

»Martha fragte nach dir, sie sagte, Poppy habe sich gut im Kindergarten eingewöhnt. Dem kleinen Josh geht's natürlich auch gut, aber Graham wird dir das sicher alles erzählen.«

»Sagte Martha, dass sie mich besuchen kommt?«

Hilary wollte meiner Frage ausweichen, ich merkte es an

dem Blick ihrer ehrlichen braunen Augen. »Ich habe den Eindruck, dass Martha im Augenblick ganz schön viel um die Ohren hat. Sie muss sich um die Kinder kümmern, arbeitet zwei Tage die Woche und macht auch noch die ganze Hausarbeit. Sie hat keine Putzfrau, wie du weißt.«

»Sie hat sicher viel zu tun, ja.«

»Du siehst sie ja bald, wenn du nach Hause kommst. Und bis dahin ist sie vielleicht etwas besser auf dich zu sprechen.«

»Ist es das – sie muss erst besser auf mich zu sprechen sein?«

»Jennie«, Hilary beugte sich nach vorne. Nervös tat ich es ihr nach, wobei ich mit der Nase gegen Angies Freesien stieß. Ich musste unbedingt herausfinden, was Martha fühlte, um besser planen zu können. »Du musst verstehen, dass es für manche Menschen einfacher ist, die unangenehmen Tatsachen des Lebens zu verdrängen. Sie stecken lieber den Kopf in den Sand, als sich einer solchen Situation zu stellen. Und lass dir gesagt sein, ich fürchte, Martha gehört zu diesen Menschen. Zumindest habe ich inzwischen diesen Eindruck gewonnen. Du musst also aufhören, dir deshalb Gedanken zu machen und dir einzubilden, das sei gegen dich gerichtet. Martha hat nichts gegen dich, nur deine Krankheit macht ihr zu schaffen.«

Lieber Gott im Himmel.

In welch erniedrigender Lage ich mich befand.

Angewiesen auf die Gnade naiver Gutmenschen.

Aber irgendwann musste ich der Tatsache ins Auge sehen: Dass es mir nicht besser ging und Martha nicht kommen würde.

Als ich zu Hause ankam, war sie nicht da.

Das Haus nebenan war leer. Sie waren bei Marthas Mutter in Dorset.

Weil sie gewusst hatten, dass ich aus der Klinik entlassen würde?

Keine Nachricht.

Keine Anweisung, die Katzen zu füttern.

Kein Willkommensgruß – zumindest nicht von ihnen und die der anderen zählten nicht. Wir hatten meine Krankheit Ruth und Howard – Grahams Bungaloweltern – gegenüber verschwiegen.

Nichts. Das war wie ein Schlag ins Gesicht.

Graham brachte Josh zu seiner Tagesmutter und Poppy, die sich inzwischen mit ihrer neuen Situation arrangiert hatte, marschierte fröhlich in den Kindergarten.

Aber, wie Hilary zu predigen pflegte, man muss sein Leben Tag für Tag leben.

Nun war ich also mit meinen Tabletten in der Tasche allein zu Hause. Allerdings hatte ich nicht genug von den Tabletten und auch nicht die richtigen, um noch einmal einen Versuch starten zu können. Sie hätten genauso gut homöopathisch sein können. Lohnte kaum die Mühe, das Zeug zu schlucken. Doch ich war nicht mehr auf Tabletten angewiesen, ich wusste, wie ich vorzugehen hatte.

Sorgfältig darauf achtend, dass mich auch keiner sah, sperrte ich Marthas Haustür auf, mit dem Schlüssel, den ich immer benutzte. Ein Raunen schien durch das Haus zu gehen, als ich über die Schwelle trat, als sei sich das Haus meines heimlichen Eindringens bewusst. Ich ging von Zimmer zu Zimmer, störte nur die welken Blütenblätter der Blumen, die in ihren Vasen zurückgelassen worden waren. Ich musste lächeln über dieses Chaos – wenn Graham und ich wegfuhren, war alles tipptopp aufgeräumt. Als rechneten wir mit unserem plötzlichen Ableben und fürchteten, jemand könne sich dann über den Zustand unseres Zuhauses aufregen. Wir pflegten den Kühlschrank abzutauen, die Betten neu zu beziehen, die Schränke aufzuräumen, die Toiletten zu schrubben und als Letztes hängten wir, bevor wir das Haus verließen, ein nagelneues Spültuch über den Wasserhahn in der Spüle.

Meine letzte Erinnerung an mein Zuhause war der Duft nach frischer Limone oder Fichtennadel.

Doch jedes Mal, wenn wir aus dem Urlaub zurückkehrten, duftete es bei uns gemütlich und vertraut, während Marthas Haus nach Knoblauch und Kräutern, schmuddligem Bettzeug, Katzen und verstopften Abflüssen roch.

Was ich nun tat, fühlte sich weitaus richtiger an als alles, was ich je zuvor getan hatte.

Ich war ihre Dienerin und ihre Sklavin, ich war ihrer nicht wert. Ich würde alles tun, um ihrer wert zu sein. Vielleicht würde sie mich dann endlich lieben.

Meine Füße streiften über den katzenhaarübersäten Teppich, sie klapperten über den gebohnerten Holzboden. Ich blieb immer wieder stehen, berührte einzelne Gegenstände, es fühlte sich alles so wunderbar nach Martha an. Meine Finger strichen über die Handtücher im Bad, die noch nass waren, und Marthas Nähe jagte mir eine Gänsehaut über Arme und Beine.

Liebe mich!

Mein eigenes Gesicht wirkte gehetzt, als ich wie ein Geist an Marthas Spiegeln vorbeischwebte oder wie eine Katze alleine durch das Haus schlich. Ich lauschte und hörte ihre Uhren ticken, ihre Vorhänge Luft holen. Und auf seinem Weg in Marthas Haus streifte mich das Rauschen aus Marthas verwildertem Garten.

Niemand konnte mich sehen.

Liebe mich!

Der Wäschekorb war, wie sollte es anders sein, bis zum Rand voll. Ich machte den Deckel auf und hob einen Arm voll Wäsche heraus, barg mein Gesicht darin, als sei es so erfrischend wie Wasser und niemand konnte mich sehen.

Liebe mich!

Ich saß an Marthas Schminktisch, wie an einem Altar. Lidschatten, golden und violett, silbern, bernsteinfarben und jadegrün. Ich schraubte die Töpfchen und Fläschchen auf, roch an jedem einzelnen, bis ich wie berauscht war, hypnotisiert und betäubt von Marthas Düften. Und niemand konnte mich sehen.

Ich begann unterm Dach und arbeitete mich langsam nach unten durch. Jeden Morgen, nachdem Graham weggefahren war. Ich arbeitete ohne Unterlass und hörte erst auf, wenn die Kinder um halb vier vom Taxi nach Hause gebracht wurden. Es ging nur langsam voran, schließlich musste ich immer wieder eine Pause einlegen, wenn irgendetwas meine Aufmerksamkeit erregte. Es war wie ein Zwang. Ich musste jedes Detail ihres Lebens erforschen, sonst war ich unzufrieden. Nicht der kleinste Hinweis durfte mir entgehen, der mir Einblick gewähren könnte in Marthas Geheimnisse.

Martha war nur ein Mensch.

Ich musste nach den Fehlern suchen, die mich erlösen könnten.

Wie konnte ich den Rest meines Lebens damit verbringen, besessen zu sein von einem ganz gewöhnlichen Menschen.

Wie konnte ich den Rest meines Lebens damit verbringen, mich dem Mitleid meiner Nachbarn auszusetzen?

20

MARTHA

Wie konnte ich den Rest meines Lebens damit verbringen, mich dem Mitleid meiner Nachbarn auszusetzen?

»Die arme Jennie.«

Unglaublich, das kam von Sam. Hätte Jennie unser Haus während unserer Abwesenheit zerlegt, hätte ich das weniger gruselig gefunden.

Stattdessen blitzte und blinkte es wie die Toilette in einem Luxushotel. Fichtennadelduft vom Schlafzimmer der Kinder bis zum unteren Klo, vom Bade- bis zum Bügelzimmer. Jede Schublade war so pingelig aufgeräumt, als sei es eine Schaufensterauslage in der Boutique. Jedes einzelne Stück war gewaschen, gebügelt und ordentlich zusammengelegt.

Sogar die Glühbirnen hatte sie abgestaubt. Die Hundert-Watt-Birnen strahlten so hell, dass die Augen schmerzten, sogar die Sechzig-Watt-Birnen waren aufdringlich hell. Die vertrauten Fingerabdrücke um die Lichtschalter waren verschwunden, der Grauschleier auf den Bildern war weg, und selbst der Fressnapf für die Katzen glänzte blank.

Die Vorhänge waren gewaschen und aufgehängt. Die Holzböden frisch versiegelt und glänzend. Die Couchüberzüge sahen funkelnagelneu aus und rochen nach Weichspüler. Wo immer man hinblickte, alles war frisch gewaschen, poliert und porentief rein. Das war nicht mehr mein Haus.

Jennie hatte Buße getan – wieder dieses erstickende Pflichtgefühl, diese gute Taten, Kleinigkeiten, worin Jennie – mit ihrem so gut wie nicht vorhandenen Selbstwertgefühl – meisterhaft war. Und dort auf dem Herd stand eine köstlich duftende, selbst gemachte Spargelsuppe, die nur noch aufgewärmt zu werden brauchte.

»Sie haben ihr also nicht helfen können«, sagte ich irritiert, »es scheint keine Therapie dafür zu geben.«

Sam jedoch war beeindruckt. Die Vorstellung, unser Haus könne je dieses Maß an Perfektion erreichen, war ihm völlig fremd gewesen. Mir ebenso. »Ich finde, sie hat das Recht auf etwas Mitgefühl, die arme Nuss versucht, es wieder gutzumachen, und das ist die einzige Möglichkeit, die ihr einfällt.«

Mein Lachen hörte sich an wie Gebell. »Sam! *Was sagst du da?* In den letzten Wochen bist du nur über sie hergezogen ...«

»Denk doch an den Artikel, auf den Alice gestoßen ist. Wenn das stimmt, was darin steht, kann man Jennie für das, was sie tut, nicht zur Verantwortung ziehen. Es gibt sogar einen Namen dafür, der allerdings zu lang ist, dass ich ihn mir merken könnte.«

In Dorset hatte ich die Gelegenheit genutzt, mich meiner Mutter anzuvertrauen. Sie hatte genügend Abstand von diesem ganzen Wahnsinn, die Vorgänge in unserer Straße waren ihr fremd.

Alice erinnerte sich an einen Artikel, den sie im *Sunday Observer* gelesen hatte, eine grauenhafte Geschichte über eine Frau, die sich verzehrte wegen ihrer Obsession, deren Gegenstand der Leiter ihres Kunstabendkurses war. Sie verfolgte ihn, belästigte ihn, lauerte ihm auf. Er veranlasste schließlich eine einstweilige Verfügung, hieß es in dem Artikel. Und ich dachte, wie grausam von ihm, ganz egal, wie entsetzlich sie sich aufgeführt hatte. Und der Artikel berichtete weiter, wie ihr Leben daran kaputtging, wie sie von glücklich verheiratet mit Kindern abgeglitten war in Armut, verlassen von ihrer Familie, und in einer Fernfahrerkneipe als Geschirrspülerin arbeitete. Es sei auch ein Foto von ihr abgebildet gewesen, sagte Alice. Sie habe ausgesehen wie eine alte Hexe und sei augenscheinlich durch die Hölle gegangen.

Ich wollte mehr darüber wissen, als dass dieses Syndrom erst vor kurzem entdeckt worden war und schwer zu therapieren sei, aber Alice konnte sich nicht mehr an den Namen der Krankheit erinnern.

»Sie verhält sich nicht aus freien Stücken so«, erklärte Alice. »Sie ist eine Gefangene dieses Phänomens. Sie meinten, es sei eine Art Übertragung.« Mein mangelndes Einfühlungsvermögen schien ihr zu schaffen zu machen. Vor allem die herablassende Weise, wie ich mich über Jennies Selbstmordversuch ausließ, enttäuschte sie. »Du mit deiner Intelligenz, Martha, solltest über so etwas stehen können.«

»Du hast nicht damit leben müssen, Alice«, entgegnete Sam. »Du kannst dir nicht annähernd vorstellen, wie fertig Martha war.«

Vierzehn Tage in Dorset zu verbringen war erholsamer gewesen als ein Urlaub auf den Seychellen. Ich liebte es, nach Hause zu fahren, wieder in meinem alten Zimmer zu schlafen. Obwohl ich mich noch immer nicht daran gewöhnt hatte, unter den Kinderbildern und dem Schein meines unschuldigen I-Ah-Nachttischlämpchens Sex zu machen. Es roch noch immer nach Turnschuhen und gebügelter Baumwolle, und meine geliebten Stickeralben lagen ebenfalls noch rum. Der einzige Wermutstropfen war die Weigerung meiner Mutter, mich im Haus rauchen zu lassen.

Wie sehr sich meine Kindheit von der Jennies unterschieden hatte, und welche entscheidende Rolle die Umgebung doch für die Entwicklung spielte. Da war ich mir sicher. Man brauchte sich nur die Weitläufigkeit dieser Landschaft ansehen, dieses riesige Gebäude aus Wäldern und Wiesen und Bachläufen, deren Schönheit mir schon als Kind die Sprache verschlagen hatte. Hier herrschten Frieden und Harmonie. Hier waren sogar die Farnwedel von Sonne durchdrungen.

Sam verbrachte die Zeit damit, mit meinem Dad Segelboot zu fahren.

Ich hatte eine enge Beziehung zu meinen Eltern, die sich über unseren Besuch ungemein freuten, aber weit entfernt davon waren, zu klammern wie Stella. Das mochte sich eines Tages ändern, wenn einer von ihnen starb oder senil oder krank wurde. Aber warum sich deshalb Gedanken machen, dabei wurde einem nur kalt ums Herz und ängstlich zumute.

Diese Nostalgie war es gewesen, die Sam und mich ursprünglich so angezogen hatte an dem Cottage in Hertfordshire, für das wir uns interessiert hatten, bevor wir in die Mulberry Close zogen. Seither hatten wir unsere Meinung geändert. Das Landleben war nicht mehr so wie früher ... keine Arbeit, das Gemeindeleben kaputt. Was blieb, waren nette Schnäppchen, alte Kapellen und Schulen für die Reichen, die Pensionäre und die Zahnersatzträger, die sich wie eine Hundemeute in Bürgerinitiativen zusammenrotteten, um verbissen für die Konservierung des Pittoresken zu kämpfen. Etwas, das sie sich an ihre Wände hängen und anstarren konnten, während ringsum das Sterben weiterging.

»Vielleicht sollten wir wegziehen«, sagte ich zu Sam.

Er hielt mich für verrückt. »Und wohin?«

»Irgendwohin ... einfach so.«

»Aber warum?«

»Wegen Jennie natürlich.«

»Scheiße, ich lass mich von niemandem aus meinem Haus vertreiben.«

»Jetzt hör mal einen Augenblick zu. Wenn das stimmt, was Alice gelesen hat, und sich diese Fixierung nicht so einfach therapieren lässt, wie lange müssen wir uns dann noch damit rumschlagen?«

»Das ist Jennies Problem. Soll doch sie wegziehen.«

»Das würde sie nie tun.«

»Na gut, müssen wir eben tolerant sein.«

»Ha!« Und das aus seinem Mund. *»Hört nur, wer da spricht!«*

Aber ich verstand seine neue Einstellung. In Dorset, mit seinen Wäldern und Hecken, kamen uns unsere Probleme zu Hause unwirklich vor.

Damit hatte es ein Ende, als wir den Fuß über die Schwelle unseres blitzsauberen Hauses setzten. Und wir uns wieder auf gefährlichem Boden befanden.

»Alles ist wieder wie nagelneu«, rief Scarlet aufgeregt und fiel über ihr liebevoll eingeräumtes Spielzeugregal her, indem sie Dinge fand, von denen sie gar nicht mehr gewusst hatte, dass sie sie besaß. Mir allerdings war unerklärlicherweise gar nicht wohl zumute, als ich feststellte, dass selbst die Malkästen sauber gemacht worden waren. Keine Farbkleckse mehr.

Es war, als lebte hier niemand, keine chaotische Familie, wie wir sie waren.

»Was machen wir jetzt, Sam? Ich denke, wir brauchen eine neue Strategie.«

»Alles, was wir jetzt brauchen, ist ein Drink.« Doch einen Augenblick lang zögerte er, um über meine Frage nachzudenken. Die Verwandlung, die hier stattgefunden hatte, verblüffte ihn noch immer, er wanderte umher, öffnete die Türen der Küchenschränke, linste in den Kühlschrank, wo sogar das ewig kaputte Licht wieder funktionierte. »Wir haben die Wahl zwischen drei verschiedenen Möglichkeiten«, verkündete er. »Wir könnten versuchen, wieder ganz vorne anzufangen und so zu tun, als ob nie was gewesen wäre.«

»Sofern Jennie das zuließe.«

»Oder … wir könnten sie vollkommen ignorieren. Sie einfach schneiden, in die Wüste schicken.«

»Das kommt nicht in Frage. Dazu wohnt sie zu nahe. So könnte ich nicht leben. Außerdem, was wäre dann mit den Kindern?«

»Oder«, er wandte sich zu mir und lächelte breit, »wir könnten sie als Putze engagieren.«

»Und das«, entgegnete ich und versetzte ihm einen Klaps auf den Kopf, »käme ihren masochistischen Bedürfnissen sehr entgegen. Würde ihr geringes Selbstwertgefühl noch verstärken. Ohne mich.«

Aber ich war machtlos gegen dieses wachsende Unwohlsein. Selbst die Art und Weise, wie sie unser Bett gemacht hatte, störte mich. Es war kein Ort mehr für netten Sex, sondern eher geeignet für die letzte Ruhe.

Bevor wir das alles realisierten, war bereits die Normalität eingekehrt. Damit meine ich Normalität im weitesten Sinne. Doch wir schienen einen Weg gefunden zu haben, miteinander auszukommen.

Es gab keine andere Wahl – wir lebten Tür an Tür, und unsere Mädchen standen einander näher als Schwestern.

»Und wir werden nicht darüber reden, was passiert ist«, erklärte ich Jennie, als wiese ich ein Kind zurecht, das eine Dummheit begangen hatte.

»Aber ich kann nicht so tun, als hätte ich aufgehört, dich zu lieben …«

»Nein, das weiß ich. Doch ich will nichts mehr davon hören und keine Dramen mehr erleben.« Ungläubig schüttelte ich den Kopf, ich hörte mich an wie eine verkniffene alte Zicke von Lehrerin. »Um der Kinder willen musst du das einsehen, Jennie. Sie sind jetzt älter und bekommen alles mit. Sie spüren genau, wenn die Atmosphäre gespannt ist.

Einigen wir uns daher darauf: Ich bin mir über deine Gefühle im Klaren und versuche, es nicht schwerer für dich zu machen, im Gegenzug wirst du mich so wenig wie möglich damit belasten. Sobald du fürchtest, es nicht mehr auszuhalten, gehst du nach Hause, machst die Tür hinter dir zu, legst eine CD ein und brüllst los, tanzt, schreist, prügelst auf deine Kissen ein, was immer du für nötig hältst, bis das Bedürfnis sich legt.«

Jennie nickte gehorsam, und ich stellte mir vor, wie stolz meine Mutter darauf wäre, wie ich die Situation regelte.

Nachdem ich schon mal damit angefangen hatte, konnte ich die Sache auch zu Ende bringen. »Und noch etwas sollte klar sein, Scarlet geht ab nächstem Monat fünf Tage in der Woche in den Kindergarten, und Mrs. Cruikshank kümmert sich um Lawrence, damit ich Vollzeit arbeiten kann. Ich werde die Woche über nicht da sein, Jennie, und es gibt nichts, was du dagegen tun kannst, also versuch es nicht einmal ...«

»Nein, Martha, ich werde nichts tun.« Und sie blickte niedergeschlagen zu Boden.

»*Lass es!* Fang gar nicht mit diesem schleimscheißerischen Respektkram an. Hast du mir denn überhaupt nicht zugehört? *Spielchen!* Du bist so verdammt leicht durchschaubar, es ist traurig. Wenn wir wieder Freundinnen sein wollen, lass die Scheiße. Ich ertrag es nicht, Jennie, ich weiß nicht, wie ich damit umgehen soll.«

»Ich hab es nicht so gemeint. *Es tut mir Leid.*« Sie sah auf und lächelte mich an. Normal. »Ich schwöre, diesmal wird es anders.«

»Gut, ich bin froh, dass das geklärt ist.« Und dann versuchte ich meine Idee an den Mann zu bringen. »Warum gehst du nicht zurück auf die Schule, bildest dich weiter, suchst dir selbst eine sinnvolle Tätigkeit. Damit bekommst du mehr Selbstbewusstsein und hörst endlich auf, in deinem Selbstmitleid zu ertrinken.«

Ich erstarrte verblüfft, als sie ruhig antwortete: »Du hast Recht, das mach ich morgen.«

»Du erkundigst dich nach Kursen?«

»Ich verspreche es.« Sie sah zufrieden aus. Und diese merkwürdige Zufriedenheit kam daher, weil sie tun wollte, was ich ihr sagte. Ich befand mich noch immer auf dem Gipfel der Macht. Und so wandte ich mich um, denn ich war besiegt.

Doch Jennie hielt ihr Wort.

Und so unglaublich das klingen mag, es schien zu funktionieren. Wir verbrachten viel Zeit miteinander, beide Familien zusammen, ganze Wochenenden, und es war schön, wirklich schön. Wir hatten wieder eine gute Zeit. Wir lachten, und ich begann ihr allmählich wieder zu vertrauen, so wie ich es früher getan hatte. Sie konnte so nett sein, ausgesprochen liebenswürdig und umwerfend komisch. Graham war erleichtert zu sehen, dass es Jennie gut ging und wie begeistert sie war über ihren Stundenplan an der Technischen Oberschule. »Zurück in den Job« hieß der Kurs, er war speziell entwickelt worden für Frauen, die wegen einer längeren Kindererziehungsphase nun erst Selbstvertrauen wieder aufbauen mussten. Jennie zeigte mir das Programm, das in jeder Hinsicht perfekt schien.

»Du bist nicht allein«, erinnerte ich sie, »sieh nur, wie viele arme Teufel verzweifelt versuchen, dieser Falle zu entrinnen. Du wirst dich wie verwandelt fühlen. Jetzt kann dein Leben endlich anfangen.«

»Glaubst du das wirklich?«

Ich hatte nicht vor zuzulassen, dass ihre alte Trübseligkeit wieder die Oberhand gewann. »Ich weiß es, Jennie. Wenn du durchhältst, wirst du so weit kommen.«

»Aber nur mit deiner Hilfe«, meinte sie schüchtern.

Verdammtes Miststück. »So ist es«, antwortete ich.

Und sie bekam meine Hilfe.

Meine volle Unterstützung.

Wenn sie ihr Haus verließ, war es noch immer so steril wie ein Krankenhaus, während meines eher an eine Müllhalde erinnerte. Ihre Kinder gingen aus dem Haus, nachdem sie ordentlich gefrühstückt hatten, während meine mit einer schlabbrigen Scheibe Toastbrot in der Hand zur Tür hinausmarschierten. Jeden Morgen gaben wir die Kinder ab, zuerst die beiden Kleinen bei Mrs. Cruikshank, und dann fuhren wir weiter zum Kindergarten, auf den Poppy inzwischen ebenso wild war wie Scarlet. Dann ging's in die Stadt. Von der Technischen Oberschule waren es fünf Minuten zu Fuß zu den Büroräumen des *Express*.

Meistens aßen wir zusammen Mittag. Und wenn ich jemanden mitbrachte, benahm sich Jennie einwandfrei, normal, wenn auch etwas reserviert. Doch es war ihr immer schwer gefallen, auf fremde Leute zuzugehen.

»Falls ich bis um ein Uhr nicht im Pub bin, habe ich noch zu tun«, erklärte ich ihr. »Es ist daher zwecklos, beleidigt zu sein und dich zu beklagen, ich hätte dir nichts gesagt. Mein Handy ist nicht angeschaltet, ich kann dir also nicht Bescheid geben.«

Sie akzeptierte es, sie schien sich damit abzufinden.

Ich gab die Hoffnung nicht auf, sie könne mal eine ihrer Freundinnen mitbringen.

Hilary Wainwright besuchte Jennie noch immer regelmäßig und pflichtbewusst wie ein Gefängnisseelsorger. Und Angie, die Frau des Bauunternehmers, ebenfalls. Offenbar brachte Jennie auch keine fantastischen Geschichten oder Unwahrheiten mehr in Umlauf.

Die Welt draußen beanspruchte sie mehr als ihr altes Leben in der Mulberry Close, das musste ihr gut tun. Falls Hilary oder Angie noch immer die kalte Art und Weise kritisierten, in der ich auf Jennies Selbstmordversuch reagiert hatte, dann war ich zu beschäftigt, um das zu merken. Die Unterstützung, die sie nun von mir erhielt, nützte ihr weitaus mehr als Mitgefühl und Tee – beides so gefährlich wie Suff und Knabberzeug, dieses wehleidige Geseiere, durch das nur die trübe Schlangengrube aufgewühlt wurde, die das Leben nun mal war.

Natürlich blieb ich auf der Hut.

Ein Schritt nach dem anderen, sagte ich mir. Lernen wir erst mal zu gehen, bevor wir laufen.

21

JENNIE

Ein Schritt nach dem anderen, sagte ich mir. Lernen wir erst mal zu gehen, bevor wir laufen.

So wollte ich sein:

Ich ging zu Marthas Frisör, Snips, und sie schnitten mir meinen kindlichen schulterlangen Bob ab. Ich ließ mir die Haare in kräftigem Rot tönen und kurz schneiden. Danach sah ich aus wie ein Straßenbengel aus einem Dickensroman, so schmal, dass ich inzwischen magersüchtig wirkte. Ich wusste nicht, was ich mit den Haaren machen sollte.

»Lass sie einfach hochstehen«, lachte Martha, »so ist es gedacht.«

Insgeheim fand ich den neuen Look ungemein aufregend – solange ich mich nicht als Lämmchen oder zu sehr wie ein Clown kleidete. In jenem Winter kleidete ich mich so modisch, wie es zu meinem Studentenstatus passte, trug klobige Boots und knappe Tops, durch die ich dünner und, wie ich vermutete, interessanter wirkte. Ich zog mir nach Anweisung Marthas einen Lidstrich. Lidschatten brauchte ich keinen, meine Augen waren bereits umschattet.

Jeden Tag balancierte ich auf diesem Seil, wobei ich mir darüber im Klaren war, dass ein dummer Fehler genügte, um mich in einen Abgrund tiefster Verzweiflung zu stürzen, aus dem es kein Entrinnen mehr gab.

Wie ich auf die belanglosen Sorgen meiner schulmädchenhaften Banknachbarinnen herabblickte, meiner Mitstudentinnen, deren Computerunterricht wir reifen Frauen zum Teil besuchten. Dabei stachen wir schon durch unsere Größe aus der Klassengemeinschaft heraus. Ich hatte mir zuvor nie bewusst gemacht, wie lange es dauert, bis Teenager körperlich wirklich erwachsen sind. Da ich die Kleinste und Dünnste in meiner Gruppe war, fühlte ich mich dieser noch am ehesten zugehörig.

Es fiel mir schwer, mich an die Zeit zu erinnern, als ich so war wie die anderen Mütter mittleren Alters, eine Welt voller Topfpflanzen und Duftschalen bewohnt, mich gefragt hatte, ob auch alles wirklich sauber war, ob die Soße reichte und mit Mr. Muscle alles so fleckenlos rein wurde, wie es die Werbung versprach. Aber es bedurfte solcher Konzentration, sich in die Welt von Windows und Quark zu begeben, und ein von allen möglichen Leidenschaften und Ängsten geplagter Kopf war dabei mehr als hinderlich.

Es war so unglaublich langweilig.

Ich hatte keine Kapazität frei, um zu lernen, mein Hirn war total ausgelastet, es war sogar auf gefährliche Weise überlastet. Außerdem konnte Graham mir das alles zu Hause auf seinem grünen iMac beibringen. Meine kleinen Kinder beherrschten das Gerät bereits perfekt.

Ich gab mich meinen Tagträumen hin. In Zeiten, die eigentlich dafür gedacht waren, zu lesen, sich Notizen zu machen oder einem Lehrer zuzuhören, ging mein Blick ins Leere, und ich war wieder bei Martha. Überlegte, was ich während unseres nächsten wunderbaren Telefongesprächs oder der nächsten nervenraubenden Fahrt in die Stadt sagen und wie ich es sagen sollte.

Zu Hause war in vieler Hinsicht mehr los gewesen als hier.

Und warum in Teufels Namen war ich überhaupt hier: nur um zu lernen, mich wieder von anderen herumkommandieren zu lassen?

Sie müssen mich für ziemlich blöd gehalten haben. Ich verbrachte die meiste Zeit allein und zurückgezogen, mittags versuchte ich so schnell wie möglich ins Pub zu Martha zu kommen, und nach vier hing ich rum und wartete auf sie, um gemeinsam mit ihr nach Hause zu fahren.

»Hast du eine Affäre laufen?«, fragte mich eine Mitstudentin mittleren Alters, die offensichtlich zu viel fernsah. »Du hast diesen gewissen Blick drauf.«

Die anderen lächelten verlegen. Ich erstarrte und beruhigte mich – *es ist ein Witz, es ist ihre Art von Humor* –, bevor ich schuldbewusst und böse zurückschlug. »Woher weißt du das denn?«, witzelte ich. »Wenn ich nur nicht ständig die Qual der Wahl hätte.«

»Kannst mir ja einen abgeben«, scherzte die Studentin hinter ihrer dicken Brille. Ich setzte ein dämliches Grinsen auf.

Die Beschränktheit ihrer Welt machte mich fassungslos.

Es gab Zeiten, da war ich kurz davor, mir die Kleider vom Leib zu reißen, auf dem Schreibtisch zu tanzen und Obszönitäten zu brüllen, nur um etwas Leben in diese tödlich langweiligen Unterrichtsstunden zu bringen.

Ich rief mir ins Gedächtnis, dass ich Martha zuliebe hier war, und zumindest dem konnte ich Gutes abgewinnen. Ich tat alles für sie, und daher musste ich durchhalten, durfte keine einzige Unterrichtsstunde versäumen, musste meine Arbeiten rechtzeitig abgeben und Martha in dem Glauben wiegen, ich mache Fortschritte. Noch immer konnte ich mein Glück nicht fassen, wieder auf die Füße gefallen zu sein, nachdem ich die Geduld aller derart strapaziert hatte. Im Augenblick hatte ich meine Gefühle unter Kontrolle, und alles lief nach Plan.

Etwas an mir weckte das Misstrauen meiner Gruppe, und ich gewöhnte mich daran, mit überraschenden Angriffen zu leben. »Du lässt also deinen Kleinen allein bei so einer Tagesmutter, in seinem Alter. Der arme Kerl weiß ja nicht mal, wer du bist.«

Ich benutzte Marthas Argumente, mit denen sie auch meine alten Überzeugungen ausgehebelt hatte. »Besser eine zufriedene Mutter als eine hysterische Ziege.«

»Ich habe gewartet, bis meine Kinder in der Schule waren, bevor ich mich hier angemeldet habe«, entgegnete mein selbstgerechtes Gegenüber.

Sie konnten mich kritisieren, wie sie wollten, das berührte mich nicht weiter. Ich hielt ihnen die andere Wange hin wie Jesus und blieb hinten sitzen bis zur Mittagspause.

Eine Stunde noch, dann würde ich Martha wiedersehen.

Ich war sehr stolz darauf, wie Poppy sich im Humpty-Dumpty-Kindergarten eingewöhnt hatte. »Sie ist ein sehr beliebtes Mädchen und gehört mit Sicherheit zu meinen Klügsten«, erklärte mir Mrs. Tree. »Natürlich sind Scarlet und sie unzertrennlich. Von daher habe ich es eher mit Zwillingen zu tun, man weiß nie, was von wem kommt. Für meinen Geschmack stecken die beiden zu viel zusammen.« Wäre Scarlet nicht so dunkel gewesen und Poppy so hell, hätte man die beiden verwechseln können, denn sie hatten den gleichen Körperbau, die gleichen Klamotten und die gleiche Frisur. Sie telefonierten jeden Morgen miteinander, um sich abzustimmen. Dabei gab es stets langwierige Diskussionen darüber, welche Haarspange man nehmen sollte. Unglaublich lieb, die beiden. Bei den Latzhosen und den kurzen Radlerhosen machte ich mit, doch für Scarlets so sehr geliebte Miniröckchen und Glitzersandalen war ich nicht zu haben. Für Poppy gab's stattdessen Clark's Startrite mit Fußbett. Darauf bestand ich und weigerte mich, auf ihren wütenden Protest einzugehen. Kinderfüße wachsen, und darauf gilt es zu achten. Scarlet hatte nun mal diesen Hang zum Prolligen – dunkelblauer Nagellack und vulgäre Tattoos, in ihrem Alter, *lachhaft*. Eine positive Nachwirkung meines Krankenhausaufenthaltes war jedoch die neue Unabhängigkeit, die meine Tochter an den Tag legte.

Es sah aus, als blieben meinem schüchternen kleinen Mädchen meine alten Kindheitsprobleme erspart. Sie zeigte nicht dieses Bedürfnis, allen gefallen zu wollen. Im nächsten Jahr käme sie zusammen mit Scarlet in die Vorschule.

Und Josh war nun ein in sich ruhendes, glückliches Baby. Seine früheren Probleme führte ich auf Blähungen und das Zahnen zurück, die nun, Gott sei Dank, hinter ihm lagen. Mrs. Cruikshank war, Martha hatte Recht, ein Geschenk des Himmels, und selbst Graham akzeptierte die Tatsache, dass es Kindern durchaus nicht schadet, wenn mehr als zwei Menschen liebevoll für sie sorgen.

Howard und Ruth, Grahams Eltern, schränkten ihre Besuche ein, da ja niemand zu Hause war, um sie zu bedienen. Sie kamen nur noch an den Wochenenden. Außerdem stießen ihre kritischen Bemerkungen über meine neue Abhängigkeit von Fast Food und meine Nachlässigkeit, selbst Kuchen und Aufläufe zu backen, auf taube Ohren, schließlich war ich die ganze Woche beschäftigt und außer Haus.

»Hast du schon Brombeer- und Apfelmarmelade gemacht, Jennie?«

»Nein, Ruth, und es sieht fast so aus, als werde ich dieses Jahr auch nicht mehr dazu kommen.«

»Wie schade, meine Gefriertruhe ist schon voll mit den Pflaumen und Howards Stangenbohnen.«

Ich hatte ein dickes Fell, ihr Gemecker konnte mir nichts mehr anhaben.

Martha und ich lachten darüber. »Du hast dich bereits verändert und bist den ganzen alten Mist los.«

Für Martha blieb es ein Buch mit sieben Siegeln, warum so viele Frauen, die schwächer waren als sie, mit Hilfe solchen Kleinkrams eine Balance zu finden hofften. Denn wer ist schon so tapfer, sich mit dieser unerfüllten Leere im Kopf auseinander zu setzen? Und verschwände meine Obsession, deren Objekt Martha war, könnten weder Pflaumen noch Brombeeren oder Fensterputzen dieses leere Universum ausfüllen, das in mir zurückbliebe. *Wohin dann mit meiner Leidenschaft?*

An diesem Tag herrschte sie, stark und schön, über das Chaos, schnipselte Tomaten, suchte nach dem Kleber, ging ans Telefon, brüllte was von sauberen Socken. Ich konnte ihr unmöglich sagen, dass ich gestern Abend Sam im Jeep vor dem Chinarestaurant gesehen hatte, wie er kurz davor gewesen war, eine Frau mit Haut und Haaren zu verschlingen.

Als ich mit den Warmhaltebehältern voller Essen nach Hause kam, war mein Appetit verflogen. Ich konnte das Zeug nicht anrühren. Warum nur war ich selbst gefahren? Warum hatte ich nicht Graham geschickt?

Mitleid und Sorgen passten nicht zu Marthas Image – das war allein mein Terrain. Die Vorstellung einer in die Knie gezwungenen Martha fand ich unerträglich – also schwieg ich. Nicht nur aus selbstsüchtigen Motiven heraus, ich bewegte mich auf unsicherem Boden; ich machte mir keine Illusionen, Sams Betrug an Martha war nicht schlimmer als mein Betrug an Graham. Und nach früheren Erfahrungen zu urteilen, waren Sams Seitensprünge in der Regel von kurzer Dauer.

Dennoch vertraute ich mich bei meinem nächsten Besuch in der Klinik Dr. Singh an.

»Und verleiht Ihnen diese Entdeckung Macht? Offensichtlich haben Sie Ihr Leben besser im Griff als Ihr Idol Martha.«

Ich entgegnete: »Das sehe ich nicht so. Wenn Sam sie verließe, käme sie wahrscheinlich schnell darüber hinweg. Sie schmeißt den Haushalt allein, macht die Einkäufe, putzt und bezahlt die anfallenden Rechnungen. Sam rührt nicht mal den kleinen Finger. Sie beklagt sich ständig über ihn, lässt ihm aber alles durchgehen.« Es verwunderte mich, wie bedrohlich ich es fand, Martha könne in den Augen des

Arztes schwach wirken. »Sie würde einen anderen finden. Es macht Spaß, mit ihr zusammen zu sein. Sie ist reizend. Durch ihr Benehmen Sam gegenüber fordert sie es geradezu heraus, dass er alles für selbstverständlich hält. Ständig macht sie ein solches Aufhebens wegen ihm, kocht ihm seine Lieblingsgerichte, fährt ihn, wenn er was getrunken hat, und Sie sollten mal sehen, was sie für einen Aufwand treibt, genau das richtige Geschenk für ihn zu finden. Sie braucht Stunden dafür. Und er bedankt sich nie richtig.«

»Jennie, *sind Sie eifersüchtig auf Sam?*«

»Auf die Kinder, und selbst auf die Katzen«, platzte ich heraus, ohne groß nachzudenken. Und in der kurzen Pause, die Mr. Singh einlegte, begriff ich, wie dumm das klingen musste.

»Könnte das daran liegen, dass diese auf eine gewisse Art und Weise zu Martha gehören und Sam nicht?«

Woher sollte ich das wissen? Ich war verärgert. Ich hatte nur wieder einmal gezeigt, wie krank mein Gefühlsleben war, wie verdächtig und abnorm. Ich hasste es, mit einem im Grunde fremden Menschen über so intime Dinge zu sprechen. Über Martha zu reden war in Ordnung, ich redete gerne über Martha und hoffte, er könne mir helfen. Aber ich war nicht einmal sicher, ob ich die Katzen und die Kinder beneidete, und jetzt würde er ewig darauf herumreiten und meine Zeit verschwenden.

»Lassen Sie mich meine ursprüngliche Frage umformulieren. Wollen Sie sagen, Sie sind nicht eifersüchtig auf Sam, sondern auf die Katzen und die Kinder?«

Ich spürte, wie mein Auge zu zucken begann. Ich war machtlos dagegen. Dr. Singh würde das mit Sicherheit als eine Art tief aus meinem Unbewussten kommende Reaktion interpretieren.

Lass mich in Ruhe damit, reden wir über Martha.

Mir fiel ein, wie ich Marthas Katzen trat, wenn sie es

nicht sehen konnte. Aber das tat ich sicher nur, weil ich mich darüber ärgerte, wie sie mir auf die Schulter sprangen und sich mit ihren Krallen in den Stoff meiner Hose gruben. Katzen machten mir Angst, und das spürten sie. Ihre Katzen waren raffinierte Biester, das einzige Mal, dass Martha je Poppy einen Klaps gab – na ja, eher ein Tätscheln, aber immerhin –, war, als sie Honey quälte. Ich konnte Marthas blinde Hingabe an diese heimtückischen, flohverseuchten Kreaturen nicht teilen, und sie ging mir auf die Nerven. Kein großes Problem, mehr war da nicht.

Mr. Singh erklärte ich: »Ich liebe Marthas Kinder wie meine eigenen, manchmal sogar noch mehr, und das ist entsetzlich. Sie sind Martha so ähnlich, müssen Sie wissen, richtige kleine Abziehbilder.«

Das lag wohl daran, dass ihre Kinder meine Liebe erwiderten – anders als die Katzen, die sich mir gegenüber geradezu feindselig verhielten. Und natürlich waren Marthas und meine Kinder ein Band, das uns zusammenhielt.

Und ich fragte mich, was ich wohl empfände, wenn unsere Kinder je einen Keil zwischen uns trieben.

Mr. Singh warf einen Blick auf seine Armbanduhr, um mir den Anbruch der letzten fünf Minuten zu signalisieren. Vermutlich machte er das bei allen seinen Patienten, damit sie sich am Riemen rissen und vor dem Ende der Sitzung nicht zu tief abtauchten. Er benutzte diese Zeit zu einer kurzen Zusammenfassung, während der er einen Teil seines Mitgefühls zurückzog. Es verschwand wie ein Schatten unter seiner Tür. »Sie haben sich also dafür entschieden, Martha nichts über Sams kleine Affäre zu erzählen? Obwohl sie ihre Freundin ist? Obwohl sie vielleicht lieber über diesen jüngsten Seitensprung ihres Mannes Bescheid wüsste?«

»Ja, dafür habe ich mich entschieden. Wer immer ihr so etwas erzählte, den träfe ihr Zorn. Und so, wie ich Sam einschätze, ist die Sache bald vorüber.«

»Mummy!« Poppy hopste durch die Pfützen, das Wasser schwappte über ihre Stiefelchen. Sie klammerte sich an meine Hand, in der anderen hielt sie einen kleinen, völlig nutzlosen Schirm.

»Ja?« Sie sollte aufhören, so rumzuspinnen, der blöde Laden schloss um halb sechs.

Sie plapperte weiter. »Magst du Scarlet lieber als mich?«

»Wie zum Teufel kommst du auf die Idee?«

Sie hörte nicht auf herumzuspringen, an meinem Arm zu reißen, der Ärmel hing mir bereits über die Finger. Es schüttete aus vollen Kübeln, und die Busse spritzten an uns vorbei, während wir uns vorwärts kämpften und Poppys Regenschirm mir ständig gegen die Nase schlug. »Mummy?«

»Was ist?« Manchmal war ihr Geplapper einfach unerträglich. Ich musste nachdenken, ich hatte meine Liste vergessen, aber ich wusste, ich wollte etwas Wichtiges kaufen.

»Gefällt dir meine Frisur?«

»Natürlich, sie steht dir gut.«

»Wenn Josh größer wird, sieht er dann wie Lawrence aus?«

»Das weiß ich nicht, Poppy.«

»Mummy?« Meine Geduld war erschöpft. Ich machte mir nicht mehr die Mühe zu antworten. Der Regen lief mir den Nacken hinunter, und meine rechte Hand, an der Poppy hing, wurde allmählich taub. Ich wollte bei Martha vorbeischauen, wenn wir zu Hause waren, aber nur, wenn Sams Jeep nicht da war. Wenn wir uns nicht beeilten, würden wir es nicht schaffen.

»Scarlet sagt, wenn wir nächstes Jahr in die richtige Schule kommen, können wir nebeneinander sitzen.«

»Das ist doch nett, das wird dir sicher gefallen.«

Endlich waren wir aus dem Laden draußen und auf dem Heimweg. Ich machte zu große Schritte für Poppy, also trippelte sie an meiner Seite.

Verdammter Mist! *Der Jeep.*

Jetzt konnte ich nicht mehr zu Martha hinüber, Sam war unterwegs nach Hause. Ich gab Poppy die Schuld, weil sie so getrödelt hatte, mich so ewig lange an dem Regal festgehalten hatte, um ihre Süßigkeit auszuwählen, und jetzt war der Jeep da. Er blinkte und hielt an der Bushaltestelle.

Wir liefen weiter, doch ich beobachtete, wie eine Frau in einem Regenmantel ausstieg. Es dauerte, bis sich ihre Hände lösten, es dauerte, bis sie zu Ende gesprochen hatten – etwas Wichtiges –, sie lächelten, dann lachten sie los, sie knallte die Autotür zu und rannte unter ein Vordach.

Also war Sams Affäre noch am Kochen, und vor Schreck schnürte es mir die Kehle zu, als eine neue Bedrohung vor mir auftauchte – *eine Störung des Status quo*. Was war, wenn die Ehe der Frazers zerbrach? Wenn sie sich scheiden ließen und das Haus verkaufen mussten? Wenn Martha, die ehrgeizige und begabte Martha, in einen anderen Teil des Landes zog?

Und was würde aus meiner armen Poppy werden, wenn sie ohne Scarlet zurechtkommen müsste? Eine Trennung würde beiden das Herz brechen.

Sams Verhalten konnte sich als fatal erweisen, und Diskretion schien ihm kein Anliegen zu sein. Ich hatte ihn jetzt zweimal gesehen, es war also wahrscheinlich, dass ihn auch andere gesehen hatten. Eine Plaudertasche wie Tina Gallagher wäre möglicherweise die Nächste, die ihn auf frischer Tat ertappte und sofort damit zu Martha laufen würde.

Eine schreckliche Vorstellung. Ich konnte es nicht zulassen, dass diese Affäre weiterging, bis Martha davon erfuhr. Unzählige Male hatte sie geschworen, dass es kein Zurück mehr gab, sollte er sie noch einmal betrügen. »Und die Lage hat sich geändert«, hatte sie mir das letzte Mal erklärt, als wir darüber sprachen. »Ich bin jetzt in einer besseren Position, ich arbeite, die Kinder sind älter. Früher hätte ich es ohne ihn nicht ausgehalten, mit einem Baby ans Haus gefesselt. Aber jetzt. O nein. Niemals würde ich mir das noch einmal gefallen lassen.«

Hatte sie das ernst gemeint?

Ich zermarterte mir das Hirn, aber was konnte ich tun?

Zum Teufel mit Sam und seiner Geilheit.

Möglicherweise war Sam diesmal verliebt und bestand auf einer Scheidung. In diesem Fall würde eine Konfrontation eine Entscheidung herbeiführen. Wie auch immer, Sam würde es mir mit Sicherheit krumm nehmen, wenn ich mich in sein Leben einmischte.

Ich musste sachte vorgehen. Durfte ihn auf keinen Fall kritisieren. Ich würde mich auf eine freundliche Warnung beschränken.

Pflaumen und Brombeeren haben ihren Platz im Leben einer Frau nur dann, wenn alles halbwegs normal läuft.

22

MARTHA

Pflaumen und Brombeeren haben ihren Platz im Leben einer Frau nur dann, wenn alles halbwegs normal läuft.

Hätte ich in meinem Leben Platz gehabt für Pflaumen und Brombeeren, wäre ich einer dieser beneidenswerten Menschen gewesen, deren Leben ruhig verlaufen, die nicht von Stürmen verwirrt, von Wellen herumgeschleudert und von lauernden Eisbergen bedroht werden. Menschen wie meine Mum und mein Dad zum Beispiel, ihre Ehe war mustergültig, und als Kind träumte ich davon, eines Tages so zufrieden zu sein wie sie.

Ich hätte einen Mann heiraten sollen, der mich mehr liebt als ich ihn.

War dies nur eine weitere von Sams Affären, die nur etwas länger dauerte, oder war es diesmal ernst? Während die Zeit verstrich – Poppy und Scarlet waren bereits in der Schule und Josh und Lawrence in der Spielgruppe –, hielten mich mein Stolz und meine Angst davor zurück, ihn darauf anzusprechen. Ich hatte niemandem, bei dem ich mich ausheulen konnte, seit ich aufgehört hatte, mich Jennie anzuvertrauen. Obwohl sie sich in den letzten Jahren gebessert und einige Jobs als Aushilfe angenommen hatte, machte sie mich noch immer nervös – diese Fähigkeit, Unruhe zu stiften, die sie hatte und die sich, so viel war mir klar, ihrer Kontrolle entzog und nur Teil ihrer unheimlichen Fixierung war. Sie stritt es nicht ab, die Ärmste, sie konnte sich nicht einmal selbst trauen.

Angie Ford hatte ein Händchen dafür, aus einem Drama eine Katastrophe zu machen, und außerdem standen wir uns, seit sie sich wegen Jennies lahmem Selbstmordversuch auf die gegnerische Seite geschlagen hatte, nicht mehr so nah wie früher. Was Tina von nebenan anging, sie würde sich auf die grotesken Aspekte der Geschichte stürzen, und das könnte ich nicht ertragen – ich wollte unsere Ehe nicht mit ihrer eigenen problematischen Ehe mit Carl vergleichen, noch wollte ich einen jungen Betthasen abschleppen oder mir ihr fieses Lachen anhören.

Ich liebte Sam. Ich betete ihn an.

Es gab jede Menge Verdachtsmomente und ich war dank meiner früheren Erfahrungen darauf geeicht, sie zu erkennen. Keinesfalls wollte ich die Letzte sein, die davon erfuhr. Ich schien geradezu darauf programmiert zu sein, jeden Hinweis zu entdecken, in Hosentaschen nachzusehen und überall herumzuschnüffeln. Sam war ungewöhnlich rücksichtsvoll, über die Maßen heiß im Bett und fing an, mich anzurufen, wenn er nicht rechtzeitig nach Hause kommen konnte, statt mich einfach das Essen verkochen zu lassen.

Meine Reaktion war jämmerlich wie eh und je. Ich kochte ihm seine Lieblingsgerichte, backte ihm sein geliebtes Brot, wachste mir die Beine, zupfte mir die Augenbrauen und überprüfte regelmäßig die Luft in den Reifen sowie den Öl- und Wasserstand.

Über Jennies Anstrengungen, wieder zu arbeiten, war ich heilfroh. Diese Rechnung war aufgegangen, sie blieb in der Spur, und weitere Ausfälle blieben uns erspart. Noch so einen Auftritt von ihr hätte ich nicht mehr ausgehalten.

Natürlich meckerte sie weiter herum, das lag in ihrer Natur. »Ich, Sklavin so eines Fettsacks, den ganzen Tag hinter einen Schreibtisch gesperrt, so wird mein Leben aussehen. Aus dem Haus bin ich, okay, aber noch immer Dienerin des Mannes.«

»Das kannst du doch so nicht sehen. Immerhin ist es ein Anfang, du musst höher hinauswollen. Trag dich in Kurse ein, sieh zu, dass du einen Abschluss bekommst.«

»Ach ja? *Welche Qualifikation hab ich denn schon vorzuweisen?*«

»Du bist eine Späteinsteigerin. Sie nehmen dich garantiert nach einem Vorstellungsgespräch, wenn du dir etwas Mühe gibst, positiver zu sein.«

»Kämst du mit?«

»Selbstverständlich.«

Beim Schulsportfest fehlte er mir entsetzlich. Ich ging mit Graham und Jennie hin, weil Sam in der letzten Minute anrief, um mir mitzuteilen, er schaffe es nicht. Das würde Scarlet das Herz brechen, ich war so sauer auf diesen egoistischen Mistkerl. Ganz egal, wie wild er auch in fremde Kisten hüpfte, ich hatte gehofft, die Gefühle seiner Tochter bedeuteten ihm noch etwas. Dieser Wichser.

»Kopf hoch«, sagte Jennie, die wie üblich zu sehr mit sich selbst beschäftigt war, um meine Traurigkeit zu bemerken, »die meisten Frauen sind allein hier. Wenigstens hast du, anders als ein paar der Ärmsten hier, einen Mann zu Hause.«

Konkurrenzdenken hat mich nie interessiert, schon gar nicht, wenn es um Kinder geht. Sie haben keinen Spaß dabei, sich gegenseitig zu übertrumpfen. Siegerposen sind erlernte Verhaltensmuster, und ich kenne ihre Spiele gut genug, um zu wissen, dass sie lieber einander ermutigen und verlieren, als dass sie sich wegen eines Sieges in Pose werfen. Siegen ist ein einsames Geschäft.

Scarlet und Poppy legten beim Dreibeinerrennen einen wunderbaren ersten Platz hin, ich lachte mich halb tot, als sie durchs Ziel hoppelten. Als ich mich zu Jennie umwandte, stand sie da, klatschte wie wild und brachte nur ein verkrampftes Lächeln zustande.

Scarlet, die inzwischen sechs war, war ein Naturtalent, und wenn sie prahlte: »Schau mal, wie hoch ich springen kann, Mummy«, oder: »Guck, ich bin viel schneller«, spielte ich das wohl zu sehr herunter mit meinem ewigen: »Du hast Glück, dass deine kleinen Beine so schnell sind.« Vielleicht etwas zu herablassend. Möglicherweise hätte ich stärker auf ihre Begabungen eingehen sollen, doch sie platzte ohnehin schon vor Selbstbewusstsein.

Da saß ich also mit den anderen Müttern zwischen den Gänseblümchen und ratschte und dachte dabei an Sam, der mir an diesem wunderschönen Tag so sehr fehlte. Ich achtete kaum darauf, als Scarlet und Poppy sich zum Wettrennen anstellten, winkte ihnen nur kurz zu, bevor ich mich wieder meiner Klatschrunde widmete.

Doch was ging da mit Jennie vor?

Sie saß stocksteif da, wie eine Meerkatze, und ihre Knöchel waren so unheimlich weiß, als sei sie krank.

Die Leute redeten, doch sie nahm nichts davon wahr.

Man hätte meinen können, sie bete.

Ich folgte ihrem Blick, was konnte es sein, dass sie so fesselte? *Ein Unfall? Ein Streit?* Nein, soweit ich sah, war da nichts außer dem Rennen.

Ich stieß sie an. »Jennie, ist alles in Ordnung?«

Vielleicht bekam sie keine Luft.

Sie hörte mich nicht einmal.

Sie waren losgerannt. Jennie stand auf, sie war vollkommen angespannt, wie besessen, die Fäuste am Mund. Sie biss sich in die Knöchel. »Mach schon«, zischte sie zwischen ihren Zähnen hervor. *»Ach Poppy, komm schon!«*

Zu meiner Erleichterung war sie nicht die Einzige. Eine ganze Reihe von Müttern und die meisten Väter hatten sich erhoben, feuerten ihre Kinder an, als handle es sich um die Olympischen Spiele und nicht um einen unterhaltsamen Nachmittag für Sechsjährige.

Als das Rennen vorüber war, sank Jennie neben mir wie ein leerer Sack in sich zusammen, wirkte verzweifelt.

Ich fragte sie: »Wie haben unsere beiden abgeschnitten?« In dem ganzen Durcheinander hatte ich das eigentliche Rennen nicht mitbekommen

»Scarlet hat gewonnen«, berichtete mir Jennie mit einem steifen, wie festgezurrt wirkenden Lächeln. »Poppy, glaube ich, hat keinen der vorderen Plätze belegt. Sie kam mit dem großen Haufen durchs Ziel.«

Es fiel mir schwer, darauf zu antworten. Sollte ich mich für Scarlets Erfolg entschuldigen? Würde es Jennie dann besser gehen?

»Das Dreibeinerrennen haben sie ja gewonnen«, versuchte ich sie zu trösten, »also ist ihnen schon eine Schachtel Lakritze sicher.«

Nicht gerade der richtige Moment für Scarlet, zu mir herüberzulaufen und mit roten Wangen und atemlos zu rufen: *»Hast du mich gesehen, Mummy, ich war so weit vorne, und dann …«*

Ich senkte die Stimme. »Das hast du gut gemacht, prima! Und was ist mit dir, Poppy?« Eine harmlose Frage, bei der ich mir nichts Böses dachte.

Aber nein, die Ärmste fing gleich an zu heulen. »Poppy, was ist denn los? Hast du dir wehgetan?«

Sie war zu keiner Antwort zu bewegen – sie hatte wohl wieder ihre trotzigen fünf Minuten.

»Sie ist sauer, weil sie nicht die Erste war«, erklärte Scarlet, was keine große Hilfe war. Und ich konnte mich gerade noch zurückhalten, sonst hätte ich gesagt: »Du liebe Güte, ist doch total egal, wie schnell man laufen kann.« Zum Glück biss ich mir rechtzeitig auf die Zunge, denn Scarlet hörte zu, und ich wollte ihr nicht die Freude verderben.

»Vielleicht gewinnst du das nächste Mal«, lachte ich.

»Poppy ist sportlich nicht so begabt«, entgegnete Jennie

ernst. »Ich glaube, ihre Stärken liegen eher im kognitiven Bereich.«

»Aber sicher«, stimmte ich ihr hastig zu, »vielleicht gewinnt sie einen Preis beim Geschichtenerzählen.« Mein Gott, warum spielte es nur so eine verdammt große Rolle, ob man Erster wurde?

Während des ganzen Durcheinanders mussten wir auch noch Lawrence und Josh im Auge behalten, die wie junge Hunde übereinander herfielen, sobald sie sich sahen. Wie kommen Leute nur dazu, zu behaupten, Jungs seien einfacher? Das entsprach ganz und gar nicht meiner Erfahrung. Diese Jungs waren nicht in der Lage, ruhig zu spielen, sie malten nicht, sie schnitten nichts aus, ständig droschen sie auf Bälle ein, balgten sich oder kletterten an irgendetwas hoch …

So natürlich das sein mochte und so sehr ich lachen musste, wenn ich ihnen dabei zusah, beunruhigte mich die Freundschaft der beiden etwas. Ich hatte bereits mit Sam darüber gesprochen. »Lawrence zieht immer den Kürzeren.«

»Das ist logisch, er ist ja auch kleiner«, meinte Sam gleichgültig.

»Manchmal geht es richtig durch mit Josh …«

»Er ist noch ein kleines Kind«, entgegnete Sam, »er muss ausprobieren, wie stark er ist. Mach dir nicht so viele Gedanken deshalb. Wenn es nach dir ginge, würde aus Lawrence noch ein richtiges Weichei.«

Diese Gefahr bestand bestimmt nicht. Und hätte ich es gewollt, wäre ich daran gescheitert. Dieser Junge war ein richtiges Äffchen, ein Energiebündel. Wenn er hinfiel, schien er keinen Schmerz zu spüren. Er war kleiner als Josh, der seinen Babyspeck erst noch verlieren musste. Doch es waren nicht diese Balgereien, die mich beunruhigten, es war die Art und Weise, wie Josh Lawrence seinen

Lastwagen wegriss oder ihm fast absichtlich ein Bein stellte, ihm seine Smarties klaute oder seine Klötzchen umstieß.

Wie lachhaft, versuchte ich mich zu beruhigen, sich wegen des Verhaltens von Dreijährigen einen solchen Kopf zu machen.

Jennie hatte sie dazu überredet, beim Wettrennen für die kleinen Jungs mitzumachen.

Und dieses Mal sah ich zu. Ich machte mir etwas Sorgen wegen Lawrence, meinem kleinen Schatz. In dem Gedränge wusste er vielleicht nicht, in welche Richtung er laufen musste, er war ein so warmherziges Kerlchen, ohne jede Verbissenheit.

Seine nussbraunen Beinchen strampelten, der kleine Auftreiber führte das Rennen an, die Zunge zwischen den Zähnen, doch nichtsdestotrotz prustend vor Lachen, während sich hinter ihm der mopsige Josh abmühte, das Gesicht vor Ehrgeiz verzerrt. Durch eine glückliche Fügung, Gott weiß wie, schien Lawrence zu gewinnen, und ich fragte mich besorgt, wie Jennie das verkraften würde. Im allerletzten Moment blieb uns erspart, was sich zu einer größeren Krise hätte auswachsen können, weil Lawrence einen Blick über die Schulter warf und einen Lachanfall bekam. All die kleinen Rennläufer sausten an ihm vorbei, und der Dummkopf lachte noch immer, als ich ihn hochhob.

Josh hatte zwar nicht gewonnen, doch er war Vierter geworden und bekam eine Dose Smarties, was Jennie etwas versöhnte. Ihre Laune besserte sich. Sie war reizend, ein wahrer Sonnenschein.

Doch selbst nach diesen Nichtigkeiten, selbst als Lawrence offensichtlich lieber mit anderen Kindern spielte als mit Josh, machte ich mir keine Gedanken über die Freundschaft zwischen meinen Kindern und den kleinen Gordons. Für mich gehörten sie eher zur Familie, Scarlet und Lawrence wuchsen mit ihnen auf. Da war es doch natürlich, dass sie zusammen sein wollten.

Ich hatte gehofft, Jennie würde eine feste Stellung finden und sich dazu durchringen, ganztags arbeiten zu gehen. Ihre diversen Arbeitgeber schienen zufrieden mit ihr. Sie war ruhig und gewissenhaft, das wusste ich. Oder sie würde etwas von ihrer überflüssigen Energie in den Job investieren, was sicher eine gewisse Herausforderung darstellte und diese rasende Leidenschaft etwas dämpfte. Als sie davon sprach, ganz und gar aufhören zu wollen zu arbeiten, packte mich die nackte Angst. Verständlich unter diesen Umständen. Sie meinte nur: »Für dich passt das, Martha, dein Job macht dir Spaß.«

»Aber auch nur, weil ich will, dass er mir Spaß macht.« Ich war entsetzt. »Du kannst doch nicht zurück auf Start gehen, wieder zu Hause hocken, wenn die Kinder den ganzen Tag weg sind. Was willst du da machen? Am Schluss liegst du im Bett und schaust fern.«

»Im Gegensatz zu dir gibt es Frauen, die ihr Hausfrauendasein genießen, Martha. Nur will uns niemand glauben. Wir verzehren uns nicht danach, in Nadelstreifenanzügen herumzulaufen und den ganzen Tag auf Drehstühlen zu kleben.«

»Gut gebrüllt«, musste ich ihr zustimmen. Manchmal wünschte ich, ich würde das auch so sehen. Es war kein Zuckerschlecken, ganztags zu arbeiten und Kinder großzuziehen. »Ich habe nur das Gefühl, du vergeudest dein Talent.«

»*Welches Talent?* Lass bitte diese besserwisserische Tour.«

Die letzten Jahre waren viel ruhiger verlaufen, einfach weil Jennie beschäftigt und ausgelastet war. Und nun hatte ich Angst vor einem Rückfall, wenn ihre kleinen grauen Zellen nichts mehr zu tun hatten. Und wir würden uns so selten wie nie sehen, denn unsere Mittagspausen im Pub würden wegfallen, und wie würde sie das verkraften?

»Ich könnte dich noch immer mittags treffen«, setzte sie hinzu, was mich vollends verwirrte.

»Du bist also auch nicht scharf darauf, dich fortzubilden und einen ordentlichen Abschluss zu machen?«

»Das war deine Idee, nicht meine. Ich habe beschlossen zu warten, bis Josh in die Schule kommt.«

»Ach? Ich dachte …«

»Jetzt mach mal halblang, Martha, ich werde nicht gleich anfangen, durchzudrehen und dir nachzuspionieren. Ohnehin ist das inzwischen eine Straftat, und ich habe nicht vor, hinter Gitter zu wandern.«

»Daran hab ich keine Sekunde gedacht«, heuchelte ich.

»Lügnerin«, meinte sie nur.

Ich war mir sicher, sie machte einen Fehler. Ich war das beste Beispiel. Obwohl Sams Affäre im Hintergrund noch immer lief und an mir nagte, schaffte ich es durch die Arbeit, nicht ständig daran denken zu müssen. Leute mussten interviewt, Artikel geschrieben und Abgabetermine eingehalten werden. Es wäre so einfach, über meine Ängste nachzugrübeln und, ja, in meinem Elend zu baden, doch die Arbeit verhinderte, dass ich in eine Krise fiel.

Wenn Sams Geschichte eine Affäre war, dann war es mehr als eine kurze Bettgeschichte.

Zu ihren schlimmsten Zeiten pflegte Jennie sich endlos darüber auszulassen, wie ich die Tiefe ihrer unergründlichen Leidenschaft niemals verstehen könnte. Was Scheiße war. Bei Sam und mir hatte es genauso angefangen, zumindest was mich anbelangte. Ich hatte ihn auf einen Sockel gehoben und ihn angebetet, ihn geradezu vergöttert. Hätte er mich darum gebeten, hätte ich mein Leben für ihn gegeben. Ich war die typische liebeskranke Kuh, die schmachtende Frau in den Schundromanen vom Bahnhofskiosk, die Heldin der tragischen Liebesballaden. Ich war dem Wahnsinn so nahe, wie es nur möglich war. Und nachdem wir uns verlobt hatten und ich ihn mit diesem Flittchen aus dem Büro erwischte, hätte ich mir wohl das Leben genommen, wären nicht meine Mum und meine Freunde gewesen.

Als ich ihr das erzählte und ihr zu erklären versuchte, dass ich einmal genauso von Liebe besessen war wie sie, rümpfte Jennie verächtlich die Nase über das, was sie mein unterwürfiges Verhalten nannte. Ich sah das nicht so, für mich war es liebevoll und fürsorglich. Ich putzte gerne seine Schuhe, meine vernachlässigte ich getrost. Sam war der Herr des Hauses, was er sagte, wurde gemacht. Sicher hatten wir unsere Meinungsverschiedenheiten, aber ich ließ ihm gerne die Oberhand.

Jetzt setzte mir sogar Tina auseinander: »Wenn du dich nicht ganz so wie sein Fußabstreifer verhieltest, würde er dich vielleicht mehr respektieren.« Doch Carl war ein schlimmerer Frauenheld als Sam, daher war mir unklar, wie sie zu dieser Meinung kam. Beziehungsweise den Nerv hatte, mir einen guten Rat zu geben. Jennie nannte mich »die hingebungsvolle Gattin« und sagte, Sam könne mir nicht das Wasser reichen.

Im Lauf der Jahre hatte sich meine intensive, verrückte Leidenschaft etwas abgemildert. Doch noch immer schlummerte unter der Oberfläche diese Verzückung aus der Anfangszeit. Die Vorstellung, ohne ihn zu leben, jagte mir eine Riesenangst ein.

Sex war Teil der Magie.

Der Mistkerl dachte mit seinem Schwanz.

Im Bett trieb er die Frauen zur Ekstase, und deshalb, da bin ich sicher, klammerten sie sich so verzweifelt an ihn, sobald sie von ihm fallen gelassen wurden.

Er durchdrang sie vollends, erreichte jede Faser ihres Wesens.

Aber welches Miststück war es diesmal?

Wüsste ich, wer es war, würde ich dem Luder die Augen auskratzen.

Wahrscheinlich irgendeine Schlampe aus seiner Firma. Während der Weihnachtsfeier hielt ich die Augen offen, aber da gab es so viele attraktive Frauen, und Sam verriet sich durch nichts. Er war aufmerksamer und liebevoller denn je.

Ob er das Biest in einem Pub kennen gelernt hatte?

Daher konnte ich Jennies Sehnsucht nachvollziehen. Und ich glaubte, ihre Begierde würde sich, wie meine, im Laufe der Jahre etwas abkühlen und sich nicht mehr vollständig jeder Kontrolle entziehen. Und seien wir ehrlich, letztlich muss jeder sehen, wo er bleibt.

»Töpfern«, sagte Jennie.

»Ist das Singhs Idee? Das klingt nach Behindertenwerkstatt.«

»Töpfern war das einzige Fach, in dem ich in der Schule wirklich gut war. Und jetzt lerne ich es richtig.«

»Schwör mir, dass du nichts von diesen Herrlichkeiten zu Weihnachten verschenkst.«

»Mach du dich nur lustig«, sagte sie, »eines Tages wirst du froh sein, wenn du einen Jahreslohn zusammenkratzen darfst, um ein Werk von Jennie Gordon zu bekommen.«

»Ich hoffe, du behältst Recht«, antwortete ich, und ich meinte es so. Aber mir war beim besten Willen nicht klar, wie es ihr helfen sollte, mit ihrer chaotischen Gefühlswelt fertig zu werden, wenn sie einer rotierenden Scheibe zusah und mit nassem Lehm herumfuhrwerkte. Sollte das funktionieren, würde ich sofort einen Kurs besuchen.

Die Zeit verging wie im Flug. Manchmal schien es die reinste Zeitverschwendung zu sein, die Weihnachtsdekoration wegzuräumen.

23

JENNIE

Die Zeit verging wie im Flug. Manchmal schien es die reinste Zeitverschwendung zu sein, die Weihnachtsdekoration wegzuräumen.

Wir in der Mulberry Close widersetzten uns dem Lauf der Zeit. Die Straße verwandelte sich in eine Zeitblase, die ursprünglich eingezogenen sechs Familien wohnten nun schon so lange hier, ohne dass jemand weggezogen wäre. Die Schule hatte einen guten Ruf, die meisten hier verdienten sehr ordentlich und hatten ebenso ordentliche Hypotheken abzutragen. Doch der wichtigste Grund für unsere Sesshaftigkeit war der zunehmend schlechte Ruf der benachbarten Sozialsiedlung. Während die Preise vergleichbarer Häuser Schwindel erregende Höhen erreichten, stürzten die unserer Häuser in den Keller. Man hatte uns vor dieser Möglichkeit gewarnt, als wir das Haus gekauft hatten. Nun, umzuziehen hieße, Geld zu verlieren. Man versprach, geeignete Schritte zu ergreifen. Einigen unserer übelsten Nachbarn sollte gekündigt werden, man wollte für Aufsichtspersonal sorgen, die Infrastruktur verbessern, gegen die Kleinkriminalität und den Drogenhandel vorgehen – also setzten wir auf die Zeit, bis diese Maßnahmen griffen, und waren dankbar dafür, dass die Schule unserer Kinder nichts mit der Sozialsiedlung zu tun hatte.

Die Wainwrights hatten ihr Haus zum Verkauf angeboten. Mehrere Wochen stand ein riesiges Schild mit der Aufschrift SALE in ihrem Garten. Schließlich räumten sie es weg, als niemand Interesse zeigte. Ich hörte, eine größere Geldsumme, mit der sie gerechnet hatten, sei ausgeblieben. Hilary mit dem Heiligenschein war Anthonys dritte Frau, er musste noch zwei weitere Familien unterstützen, ihr Lebensstil war aufwendig, und ihre zwei Söhne besuchten Privatschulen. Merkwürdigerweise schienen die auf großem Fuß lebenden Wainwrights mehr Geldsorgen zu haben als wir anderen.

»Die Alimente bringen den Kerl um den letzten Pfennig«, erklärte Angie Ford, die sich auskannte. »Sie wollen vielleicht sogar ihr Boot verkaufen.«

»Geschieht ihm recht«, bemerkte Tina Gallagher mit einem Seitenblick auf den schlaksigen Carl, »Männer müssen zur Verantwortung gezogen werden.«

Ich hatte solches Glück.

Keine Geldsorgen.

Keinen Mann, der fremdging.

Töpfern? Warum nicht.

Ich hatte nicht vor, mich lächerlich zu machen und mich um einen Studienplatz an der Uni zu bewerben. Dabei würde ich nur eine Ablehnung kassieren. Martha schien überzeugt, dass man mich nehmen würde, aber ich wusste genau, dass das nicht geschehen würde. Ich würde durch jede Prüfung fallen, und wenn sie herausbekäme, wie dumm ich bin, würde sie mich verachten.

Beim Töpfern konnte ich nichts falsch machen.

Ich konnte vielleicht halbwegs intelligent über aktuelle Ereignisse plaudern, aber das war nur angelernt. Ich hatte mein spärliches Wissen aus den Zeitungen und dem Fernsehen. Anders als Martha und ihre Freunde war mir die Welt egal, in der ich lebte, ich scherte mich nicht um Regierungen, Despoten, Flüchtlinge oder Seuchen. Ich war nicht stolz auf meine Borniertheit, es war nur einfach so, dass in meinem Kopf nichts Platz hatte neben Martha und den Intrigen, die ich ständig schmiedete. In meinem Inneren loderte eine heiße Sehnsucht, die mich zu verbrennen drohte. Sie entzog sich meiner Kontrolle, und ich hatte es längst aufgegeben, zu versuchen, sie zu heilen. Für den Augenblick musste ich einfach damit leben.

Ich erfand kleine Aufgaben für mich, damit ich Martha vergessen konnte, damit sie für ein paar Augenblicke aus meinem Kopf schwand, ich Erleichterung fand – doch was immer ich versuchte, es war vergebens.

Sie war mein Leben, meine Inspiration.

Hilary, meine Mentorin und Retterin, war verletzt gewesen, als ich meine Freundschaft mit Martha erneuerte, obwohl diese mich in der Zeit der Not im Stich gelassen hatte. Ich nutzte jede Gelegenheit, in ihrer Nähe zu sein, und im Verlauf der vielen Sommer, die kamen und gingen, verbrachten wir mehr gemeinsame Urlaube, die Kinder waren mal bei ihr, mal bei mir, wir saßen stundenlang zusammen in einem unserer Gärten und tranken Wein, schwammen und lachten.

Der Swimmingpool war ein Riesenerfolg. Das Projekt hatte funktioniert. Falls sich manche Nachbarn auch im Umgang mit mir zurückhaltend verhielten, merkte ich nichts davon – zumindest damals nicht. Es gab einen Wochenturnus, nach dem sich alle in der Wartung abwechselten, es gab strikte Regeln über das Verhalten am Beckenrand, Hineinspringen und das Mitbringen von eigenen Handtüchern und Getränken. Und weil alle das Wasser liebten und drin sein wollten, hielten sich die sozialen Zwänge in Grenzen, mit denen ich sicher meine Schwierigkeiten gehabt hätte. Bei Wasserballspielen oder Wasserpolo mit Tischtennisschlägern war es schwer, eifersüchtig zu werden. Nach halb neun abends gehörte der Pool ausschließlich uns, und diese langen Sommerabende, wenn Martha noch blieb und wir uns stundenlang über nichts unterhielten, waren unvergessliche Stunden.

Doch Hilary Wainwright fühlte sich ausgesperrt. Mein Verbrechen war meine Undankbarkeit. Die mir anvertrauten Geheimnisse, die Herzensgüte, die sie mir entgegengebracht hatte, die Weintrauben und Krankenhausbesuche wollten mit mehr entgolten werden als einem gelegentlichen Lächeln und einem Tablett voll selbst gebackener Jammy Dodgers zum Kaffee. Offensichtlich war sie trotz ihres Charmes und ihres Stils und ihres Halbtagsjobs als Lehrerin einsam.

Ich war der festen Überzeugung, jeder beneide mich um meine besondere Beziehung zu Martha. Zeigte daher jemand Interesse für mich, beargwöhnte ich sofort ihre Motive – man versuchte offenbar, durch mich an Martha heranzukommen.

»In letzter Zeit ist diese Frau überhaupt nicht mehr zu Hause«, stöhnte Tina Gallagher. Ihr kurzes Hereinschauen auf einen Kaffee wurde zunehmend lästig, aber ich nahm ihre Besuche in Kauf, solange sie mir die Freude machte, über Martha zu plaudern. Auf ihre harte, auftrumpfende Art, stets perfekt gekleidet und geschminkt, arbeitete sie zu Hause am Computer, und ich fragte mich, warum sie einen solchen Aufwand mit ihrer Kleidung trieb. Sie hatte nicht vor, sich mit jemandem zu treffen. Und mir wurde klar, dass ihr Marthas Abwesenheit gleich nach mir am meisten zu schaffen machte. Sie sagte: »Ich frage mich, wie Sam damit klarkommt.«

»Damit klarkommt?« Das sah ich nicht so. »Für ihn macht es doch nicht den geringsten Unterschied, ob sie da ist oder nicht, solange es ihm an nichts fehlt.«

»Aber ich habe den Eindruck, als sei Sam nicht allzu glücklich.«

»Ach?« Ich musste diskret sein. »Mir ist nichts aufgefallen. Er ist launisch, aber das war er immer.«

»Du hast Martha wohl sehr gern?« Ihre Stimme war zu

neutral, doch ich vermutete, sie wusste Bescheid über meine krankhafte Obsession. Hatte Martha ihr davon erzählt, oder war sie selber dahinter gekommen? Oder war mein Verhalten so durchsichtig, dass man sich in der ganzen Straße den Mund darüber zerriss? »Die Frazers scheinen mir nicht die Sorte Leute zu sein, die ewig hier bleiben, vor allem Sam nicht. Er ist so ehrgeizig, der rastlose Typ, den es nirgendwo lange hält. Um ehrlich zu sein, es wundert mich, dass sie schon so lange hier sind.«

Für mich lagen die Gründe dafür auf der Hand, warum nicht für sie? Den Kindern gefiel die Schule, Josh und Lawrence, beide fünf Jahre alt, waren inzwischen in der Vorschule. Martha liebte ihren Job, und Sam ebenfalls. Und dann war da das Problem mit der Sozialsiedlung und den katastrophalen Hauspreisen. »Ein Umzug bringt immer alles durcheinander, wenn er nicht unbedingt nötig ist.«

»Wäre das ein Problem für Sam?«

»Es könnte für Martha ein Problem sein.«

»Glaubst du, sie bleiben zusammen?«

Ihre Frage kam vollkommen überraschend, obwohl ich sie mir selbst schon gestellt hatte.

»Wer kann das heutzutage schon sagen?«

»Was uns angeht, hab ich keine Ahnung«, gestand Tina. »Carl und seine ständigen Affären. Ich habe keine Ahnung, wie lange ich das noch ertrage. Diesem geilen Bock gehören die Eier abgeschnitten.«

»Aber im Augenblick läuft es einigermaßen?«

Sie zog eine Grimasse. »Ich weiß es nicht, Jennie, ehrlich.« Und diese trübseligen Gedanken schienen sie pathetisch werden zu lassen.

Ich stand auf, um noch mal Kaffee zu machen. Mein Blick wanderte aus dem Fenster, hinüber zu Marthas Haus. Ich warf einen Blick auf die Uhr. Noch fünf Stunden, bis sie nach Hause käme. Wie könnte ich die Zeit bis dahin nur ausfüllen? Ich fragte Tina: »Würdest du es wissen wollen, wenn Carl ein Verhältnis hätte?«

»Warum? Du hast doch nicht …?«

Ich wirbelte herum und beruhigte sie. »Nein, nein.« Sie warten zu lassen wäre zu grausam gewesen. Wie dumm von mir, ich hätte wissen müssen, wie sie eine solch seltsame Frage auffasste. »Ich hätte dich nicht gefragt, wenn ich etwas wüsste. Natürlich nicht. Aber ehrlich, wie würdest du darüber denken, wenn eine Freundin dir so etwas verschwiege?«

»Ich würde ausrasten«, erklärte sie mit fester Stimme.

»Du würdest es lieber wissen wollen?«

Sie kräuselte den Mund. »Eine solche Frage kann nur eine Frau stellen, die so was noch nie durchgemacht hat«, stieß sie hervor, während sie mit ihrem Kaffeelöffel herumfuhrwerkte und damit auf den Zuckerwürfel einhackte. »Ich würde es nicht gerne hören, aber ich würde es nicht dem Überbringer der Nachricht zum Vorwurf machen, falls du darauf hinauswillst. Wenn ich erführe, dass eine Freundin wusste, was los war, aber den Mund hielt, könnte ich ihr nie mehr vertrauen.«

»Und wenn sie sich nun irrte? Wenn es harmlos gewesen wäre?«

»So etwas ist nie harmlos«, begehrte Tina auf.

»Vielleicht wenn du Kinder hättest …?«

»Das ist nun aber nicht nett von dir.«

»Nein, ich hab es nicht so gemeint.«

»Es liegt an Carl«, sagte sie tonlos. »Deshalb bringt er seine Spermien so wahllos unter die Leute, er will beweisen, dass sich alle irren.« Achselzuckend rührte sie in ihrem frischen Kaffee. »Mir würden die Frazers fehlen, wenn sie wegzögen.«

»Mir auch«, antwortete ich.

Mit den Harcourts von Nummer sechs verkrachte ich mich wegen Opernarien.

Graham fand, sie wären peinliche Kunstsnobs. Sie hatten einen Antiquitätenladen in einer Fußgängerzone in der Innenstadt. Sie hatten sich auf antiquarische Bücher spezialisiert. Ich fand sie überheblich. Ihr Haus hatte ich nie von innen gesehen, Martha schon. Sie nannte es kultiviert. Sie kamen mit ihren zwei ernsthaften Töchtern im Teenageralter zum Schwimmen, trockneten sich ab und gingen wieder. Ich hatte immer das Gefühl, sie fühle sich nicht wohl in meiner Gegenwart, aber Martha meinte, ich sei neurotisch.

Manche Menschen sind lärmunempfindlich. Ich nicht. Und weil ich den ganzen Tag zu Haus war, litt ich am meisten darunter. Tina meinte, der Lärm störe sie nicht. Je näher man dran ist, so dachte ich, umso größer der Krach. Und das Haus der Harcourts war das letzte in unserer kreisförmigen Straße, neben unserem, das das erste war.

Die Harcourts, die mit den Gallaghers befreundet waren, benutzten den Swimmingpool am wenigsten und lebten sehr zurückgezogen, waren beinahe distanziert – allerdings nicht, was Martha betraf. Ich versuchte, vernünftig zu bleiben, ertrug es über Wochen hinweg, schloss meine Fenster und Türen vor dem unverständlichen italienischen Geträller und Geschmetter. Was bei dem heißen Wetter nicht gerade angenehm war. Es gab Zeiten, da räumte ich die Sonnenliegen weg und floh vom Pool nach drinnen.

»Auf keinen Fall möchte ich einen Aufstand machen«, erklärte ich Graham. »Ich will mich mit niemandem verkrachen, aber …«

»Sag etwas, Jennie, wenn es tatsächlich so schlimm ist. Du musst ja nicht ausfallend werden. Wenn sie hört, dass dich das stört, wird es ihr wahrscheinlich unangenehmer sein als dir. Auf mich macht sie einen umgänglichen Eindruck, auch wenn sie etwas zurückhaltend wirkt.«

»Wahrscheinlich ist sie sich dessen gar nicht bewusst«, sagte ich. »Und abends kommt die Familie nach Hause, also ist tagsüber die einzige Zeit, in der sie richtig Musik hören kann.« Das Problem war mir bekannt. Ich liebte es selbst, laut Musik zu hören, verrückte Musik, und mich darin zu verlieren ... ich suchte nach Entschuldigungen für sie, alles war mir lieber, als hinüberzugehen und mich zu beschweren. Ich bin eben ein Feigling.

Und Martha wäre nicht da, um mich zu unterstützen.

Was würde Martha an meiner Stelle tun?

Nun, sie würde brüllen und fluchen und anschließend, Zigarette im Mundwinkel, Handtuch über dem frisch gefärbten Haar, hinübermarschieren und losdonnern: *»Hör auf damit, um Himmels willen, du treibst mich in den Wahnsinn!«*

Und am Schluss würden beide ein Glas Irgendwas trinken.

Martha hatte den Dreh heraus, sich zu beschweren, sei es bei der Eisenbahn, der Post oder den Verkehrspolizisten. Sie machte es einfach und kam stets damit durch. Kein Bürokrat war bürokratisch genug, um ihr am Ende nicht aus der Hand zu fressen. *Aber ich ...?*

An diesem Nachmittag versuchte ich zu lesen. Das fiel mir bereits unter optimalen Bedingungen schwer, weil ich Probleme hatte, mich zu konzentrieren. Und war das Buch nicht außerordentlich spannend, drängten sich die Mantras in meinem Kopf in den Vordergrund. Sadies Musik war wie das Pochen der Schläfen vor einer Migräneattacke, der Druck, bevor der Donner losbrach, der Windstoß, der an den Kleidern zog, bevor der Zug heranbrauste. Ich konnte dagegen angehen, indem ich meine eigene Musik spielte, jedes Dezibel herausholte, aber mir war nach Frieden und Ruhe zumute, und warum sollte ich Lärm machen, um den ihren zu übertönen?

Das Wichtigste war, Ruhe zu bewahren.

Mit angehaltenem Atem marschierte ich rüber.

Ich läutete an ihrer Türe. Keine Reaktion, was mich nicht wunderte.

Ich ging ums Haus herum und sah sie durch das Fenster. In ein altes Nachthemd gekleidet, kniete sie auf dem Fußboden im Wohnzimmer, beide Arme zum Himmel erhoben. Und wiegte sich mit der Musik.

Ich war auf ein peinliches Geheimnis gestoßen.

Puterrot im Gesicht klopfte ich an die Scheibe.

Entweder hörte Sadie mich, oder sie sah mich durch das Fenster, denn sie sprang hoch wie eine Rakete und drehte die Musik aus.

Die anschließende Stille war ohrenbetäubend.

»Es tut mir wirklich Leid …«, hub ich an.

»Was zum Teufel machst du in meinem Garten?«, herrschte sie mich an. Ihr Gesicht war weiß, unscheinbar wie ihr Nachthemd.

»Ich versuchte es an der Tür, aber du hast es nicht gehört, weil …«

»Aber was machst du, ausgerechnet du, hier auf unserem Grundstück?«

»Es tut mir Leid, aber dieser Lärm …«

»Du spionierst mir nach.«

»Nein, das tu ich nicht.«

»Ach?«

Sie klang eher wie Poppy und nicht wie eine vernünftige verheiratete Frau. Ich musste mich erwachsen verhalten, natürlich, so wie Martha.

»Ich meine damit nicht, dass du diese Musik nicht hören sollst. Aber könntest du sie nicht etwas leiser drehen?« Höflicher hätte ich nicht sein können.

»Jennie, wenn du nicht sofort gehst, rufe ich die Polizei an.« Sie hatte Angst. Ihre Schultern bebten. Sie ließ die Tür nicht aus den Augen, als wolle sie jeden Augenblick darauf losstürzen. Ihre Augen waren dabei weit aufgerissen und starr vor Entsetzen.

Sie hatte Angst vor mir! *Sie war zu Tode erschrocken.* Was, glaubte sie denn, hatte ich vor? Dachte sie, es sei eine Gewohnheit von mir, mich heimlich in Gärten zu schleichen und an Fenster zu klopfen? *Was hatte sie gehört?* Was hatte ihr Tina erzählt? Worüber hatten die beiden getratscht, als ich in der Klinik war?

Ich schämte mich zu Tode, als ich langsam den Rückzug antrat. Dabei schüttelte ich beruhigend den Kopf und versuchte, meiner verschreckten Nachbarin zuzulächeln, sie brauche sich nicht vor mir zu fürchten. Ich hörte noch, wie sie etwas rief von »verrückten Irrenhäuslern, die herumschleichen«. Meine Augen brannten vor Scham, als ich in mein Haus trat. Es war widerwärtig, einfach entsetzlich. Hätte ich doch bloß den Lärm stillschweigend hingenommen.

Ich erzählte es Graham, als er nach Hause kam.

»Es war ihr peinlich, bei ihrem Tanz ertappt zu werden … wäre es dir nicht genauso gegangen?«, fragte er mich.

»Wohl schon.« War es das gewesen?

»Und du musst ihr einen ganz schönen Schrecken eingejagt haben. So etwas macht die Leute immer wütend.«

»Ich weiß nicht, was ich tun soll – vielleicht sollte ich zu ihr rübergehen …?«

»Tu nichts mehr«, meinte Graham, »es ist nicht wirklich wichtig, und wenn sie in Zukunft nicht mehr ganz so laut Musik hört, spielt es keine solche Rolle, dass du sie so aufgebracht hast.«

Aber ich wollte keine Feinde haben.

Es nagte an mir.

Irgendwie musste ich es wieder gutmachen, ich konnte es nicht auf sich beruhen lassen. Wovor hatte sich Sadie so gefürchtet?

Als die Kinder im Bett lagen, besuchte ich Hilary. »Bitte erkläre Sadie, dass ich sie nicht stören wollte. Mir war nur die Musik zu laut.«

Sie lud mich nicht auf einen Kaffee ein. Sie fragte nur: »Warum hast du nicht angerufen?«

Wie albern. »Ich habe die Nummer der Harcourts gar nicht, es ging schneller, einfach hinüberzulaufen.«

»Sadie kann manchmal komisch sein, man weiß nie genau, wie man mit ihr dran ist. Aber sie ist eine ehrliche Haut, sie ist nett, ich mag sie.«

»Aber warum war sie so beunruhigt, als sie mich sah?«

Hilary zögerte, bevor sie sagte: »Nimm es nicht persönlich. Du hast ihr einen Schreck eingejagt, das ist alles.«

»Sagst du ihr, dass es mir Leid tut?«

Hilary kühlte merklich ab. »Hör zu, Jennie, das ist keine große Sache. Nimm es nicht so wichtig …«

»Hilary«, bat ich mit mehr Nachdruck, *»diese Frau hält mich für gefährlich.«*

»Quatsch«, entgegnete Hilary, die zu einem Ende kommen wollte. Hinter ihr duftete es nach gebratenem Hühnchen. »Du kreist zu sehr um dich selbst, du bist zu sehr damit beschäftigt, alles persönlich zu nehmen, es wird wirklich Zeit, dass du versuchst, dich etwas zusammenzureißen.«

Hilary war mal meine Freundin gewesen. »Du wirst also nicht mit Sadie darüber reden?«

»Ich möchte mich da nicht einmischen. Du verursachst nur ständig Probleme. Jennie, bitte lass es einfach.«

Eine Unruhestifterin und eine Irrenhäuslerin? Aha, ich verstehe. So redeten sie also über mich. Alle waren gegen mich. Hätte ich Hilarys Freundschaft behalten wollen, hätte ich nicht zu Martha zurückkehren dürfen. Hilary war über ihren Nervenzusammenbruch hinweggekommen, und sie hielt es für an der Zeit, dass ich mich von meinem erholte.

Ich kam gerade aus dem Supermarkt und belud mein Auto. Es war der Freitag darauf, freitags war er bis neun Uhr geöffnet.

Hinter dem Parkplatz verläuft ein Weg, der durch einen Zaun abgetrennt ist. Hinter dem Supermarktparkplatz ist er mit Kartons und Tüten übersät, doch sobald er das Gelände hinter sich lässt, wird er recht hübsch, mit Bänken und Picknicktischen an den idyllischsten Stellen am Fluss.

Soeben hatte ich mein Auto voll geladen und mich gefragt, ob ich auch den Edamer gekauft hatte. Ich schaltete die Scheinwerfer ein, und der Strahl fiel geradewegs auf die beiden, Arm in Arm, Wange an Wange, Hüfte an Hüfte, in Nahaufnahme wie ein Liebespaar auf der Leinwand.

Ein kurzes Zwinkern, und ich hätte sie nicht gesehen, denn eine Sekunde später waren sie schon aus dem Scheinwerferkegel verschwunden. Dann hätte ich nie gewusst, um wen es sich handelte. Nur ein Liebespaar würde um diese späte Stunde unter einem solchen bleiernen, leblosen Himmel hier entlangbummeln.

Warum ich?

Warum musste ausgerechnet ich sie sehen?

Mir war, als wäre ich Zeugin einer Fahrerflucht geworden. Der Boden unter meinen Füßen bebte, ich war nicht fähig, mich zu bewegen.

Tina und Sam – warum nicht?

Wieso hatte ich nicht damals, vor so langer Zeit, ihr Gesicht erkannt, als ich sie in dem Regen an der Bushaltestelle gesehen hatte, wie sie aus Sams Jeep stieg? Ihr Gesicht war wohl unter ihrer Kapuze verborgen gewesen. Und ich war zu verblüfft und zu durchnässt gewesen, um genauer hinzusehen. Und Tina hatte mich dazu benutzt, Marthas Tagesablauf auszukundschaften. Ich war besser als jeder Stundenplan, kein Wunder, dass sie so häufig auf einen Kaffee vorbeikam.

Die Frage ging mir nicht aus dem Kopf. Sollte ich die Sache auf sich beruhen lassen oder alles nur schlimmer machen?

24

MARTHA

Die Frage ging mir nicht aus dem Kopf. Sollte ich die Sache auf sich beruhen lassen oder alles nur schlimmer machen?

Meine ständigen Kindersorgen – dass Poppy sich so sehr auf Scarlet verließ und Josh Lawrence tyrannisierte – würden warten müssen. Darum wollte ich mich später kümmern. Im Augenblick hatte ich verdammt einiges mehr am Hals.

Diese widerliche kleine Affäre lief inzwischen definitiv zu lange, um mich kalt zu lassen – falls ich seinen früheren Beteuerungen Glauben schenken durfte. Nach jeder Affäre hatte er behauptet, sie habe nur ein paar Monate gedauert. Das hier ging nun schon Jahre so. Es war einfach zermürbend. Und warum sollte er damals stets gelogen haben, wenn die Sache vorbei war und er wieder mal meine Vergebung hatte? Vielleicht wäre es besser gewesen, ihn direkt darauf anzusprechen – aber ich hatte nichts in der Hand, nur dieses Gefühl, jedoch keine Beweise, die ich auf den Tisch knallen konnte. Er war müde, arbeitete zu viel, und die alte Vertrautheit zwischen uns war verschwunden, aber konnte ich ihm daraus einen Strick drehen? Wenn ich mich nicht irrte, dann trieb er es mit einer anderen, und dieses Mal ganz besonders heftig. Allmählich sah es so aus, als würden wir wie diese traurigen Paare enden, die ein getrenntes Leben führen und nur noch der Kinder wegen zusammenbleiben.

Ich hoffte inständig, dass ich mich irrte. Was würde geschehen, wenn ich ihn darauf ansprach und er es zugäbe? Was wäre dann meine nächste Frage?

Wir wohnten schon zu lange hier. Es war Zeit für einen Wechsel. Es hatte wieder Ärger in der Straße gegeben, und ich wurde das Gefühl nicht los, unser Leben wäre etwas normaler verlaufen, wenn wir die Sache mit dem Umzug nicht so sehr hätten schleifen lassen. Nicht dass da etwas gewesen wäre, mit dem wir nicht fertig geworden wären, doch es lag an der Natur der Beteiligten, dass die Ergebnisse unerfreulich und nur schwer kalkulierbar waren.

Das Hauptproblem war, wie sollte es anders sein, Jennie, die weiteren Gegenspieler waren Angie Ford und meine erschreckend erwachsen gewordene achtjährige Tochter Scarlet.

Während ich arbeitete, kümmerte sich Jennie um alles. Sie hatte die Schlüssel für unser Haus, sie sprang ein, wenn Not am Mann war. Sie sperrte auf für den Klempner und den Elektriker, nahm die Päckchen entgegen und schaltete das Licht ein, wenn es im Winter früh dunkel wurde. Und sie kam herüber, um die Heizung einzuschalten, falls es überraschend kalt wurde. Das machte sie nun schon seit Jahren, ohne sich zu beklagen, seit jener fürchterlichen Krise, als sie in der Psychiatrie landete.

Waren die Kinder krank, war es Jennie, die sie von der Schule abholte, zum Arzt brachte, sie ins Bett schickte, ihnen eine Wärmflasche machte und ihnen ihre Medizin gab, bis ich um sechs Uhr von der Arbeit nach Hause kam.

Scarlets Sturz war ihre eigene Schuld. Es war an der Zeit, dass dieses Kind etwas ruhiger wurde. Sie hielt sich an keine Regel. Sie hätte gar nicht in die Nähe des Heizraums kommen, geschweige denn auf das Dach des Hausmeisterhäuschens klettern dürfen. Als sie von dort herunterfiel und über den Kokshaufen kullerte, brach sie sich ein Bein. Was ihr eine Lehre hätte sein sollen.

Die Schule hatte Jennies Namen und Telefonnummer, ich hatte sie als Kontakt für Notfälle angegeben. Warum hatten sie also Angie Ford angerufen?

Nichts schien dieses Unrecht in Jennies Augen wieder gutmachen zu können. Und was noch schlimmer war, Jennie wurde nicht einmal benachrichtigt, nachdem Scarlet in Ken Fords altem Bauarbeitervan nach Hause gebracht worden war. Scarlet benutzte ihren eigenen Schlüssel, um ins Haus zu gelangen.

Keine Erklärung der Welt konnte Jennie beruhigen, sie fühlte sich persönlich angegriffen. »Diese Frau« hatte absichtlich versucht, ihr eins auszuwischen. Und ich musste zugeben, ich war überrascht, dass die Schule gegen meine ausdrücklichen Anweisungen gehandelt hatte. Warum füllte man den ganzen Wust an Formularen aus, wenn sich kein Mensch danach richtete? Aber in Jennies Augen war das ein Teil einer gegen sie geführten Kampagne.

Die bedauernswerte Angie andererseits war gezwungen, einen ganzen Tag auf der Notfallaufnahme zu vergeuden und stundenlang mit einer dramatisch stöhnenden Scarlet an der Seite auf einem Gang anzustehen, der mit den Betten Sterbender voll gestellt war. Die Schule hatte Glück gehabt, sie überhaupt zu Hause zu erreichen. Denn meist arbeitete sie bei Ken in der Firma, sie hatte also zu allem anderen Übel auch noch einen Arbeitstag verloren. Ich konnte mich nicht genug bei ihr entschuldigen.

Aber wie war es überhaupt dazu gekommen?

»Weiß Gott«, erklärte Angie, »ich wär fast aus den Latschen gekippt, als diese Spinnerin hier mit hochgekrempelten Ärmeln aufkreuzte und mir vorwarf, ich hätte mich in ihre Belange eingemischt …«

Angie hatte keine Wahl gehabt, sie hatte nur getan, worum man sie bat. Sie hatte Scarlet abgeholt und das Kind von einer Abteilung im Krankenhaus zur anderen geschleppt, vom Röntgen zum Verbinden, vom Krankenhauskiosk zur Kantine, wo sie sich den Magen mit Marsriegeln und Cola voll schlug.

»In meinem ganzen Leben bin ich noch nicht so angebrüllt worden«, sagte Angie. »Und das aus heiterem Himmel. Lass dir eins gesagt sein, diese beknackte Kuh sollte zusehen, dass sie ins Irrenhaus kommt, wo sie hingehört.«

»Sie ist nicht verkehrt, aber manchmal reagiert sie eben sehr emotional ...«

»Du untertreibst, du hast nicht gehört, was sie alles vom Stapel gelassen hat. Sie kann ihren Scheißpool behalten und ihren abscheulich angelegten Garten. Sie kann den ganzen Kram behalten und ihn sich in den Arsch schieben.«

Ich musste herausfinden, was schief gelaufen war. Warum hatte die Schule bei Angie und nicht bei Jennie angerufen? »Haben sie es dir erklärt, Scarlet? Hast du ihnen nicht gesagt, sie sollen Jennie anrufen?«

Scarlet schüttelte schuldbewusst den Kopf.

O nein, war dieses Kind dumm? »Du hast ihnen gesagt, sie sollen Angie anrufen? War es so? Warum? *Wie kommst du darauf?*«

»Weil ich es hasse, zu Jennie zu gehen«, gestand Scarlet flüsternd. »Und weil ich nicht wollte, dass sie den ganzen Tag um mich herumhüpft und sich ständig so aufregt und aufspielt. Außerdem hätte sie dann Poppy aus der Schule mitgenommen, und ich wollte mich nicht die ganze Zeit mit Poppy über Comichefte streiten und mir anhören müssen, dass sie aufs Klo muss. Angie war viel cooler. Sie bekommt alles geregelt, so wie du. Sie ist vernünftig.«

Damit war die Kacke am Dampfen.

»Ich kann nichts dafür, Mum, du kannst nicht mir die Schuld dafür geben. Woher hätte ich denn wissen sollen, dass Jennie so reagiert. Und überhaupt, wieso ist sie eigentlich immer so drauf? Ständig brüllt sie herum oder heult.

Sie sollte doch froh sein, dass es ihr erspart geblieben ist, sich den ganzen Tag im Krankenhaus herumzuärgern.«

»Ich weiß, Scarlet, ich versteh dich ja. Es ist nicht einfach für dich, und es ist nicht deine Schuld.«

Das ganze Durcheinander war also durch Scarlet zustande gekommen.

Aber wie sollte ich das Jennie erklären?

»Scarlet hatte das Gefühl, dir damit zu viel aufzuhalsen«, sagte ich beim Anblick von Jennies Trauermiene.

Sie starrte mich offenen Mundes an. »*Mir zu viel aufzuhalsen?* Was zum Teufel meint sie damit? Sie weiß doch, dass sie keine Last für mich ist.«

»Ach Jennie«, versuchte ich zu beschwichtigen, »du weißt doch, wie Kinder sein können. Sie bilden sich alles Mögliche ein.«

Sie blickte mich an, stürzte auf mich los, als hätte sie mich bei einem grauenvollen Verbrechen ertappt. »Du warst es, Martha, stimmt's? Du hast das Formular geändert. Du hast es geändert, weil du mir nicht traust ... du hast dich von dem Getratsche hier anstecken lassen ...«

»Jennie, du redest dummes Zeug.«

»Irgendjemand muss der Schule ja gesagt haben, sie solle Angie anrufen. Ihr Name kann schließlich nicht vom Himmel gefallen sein.«

»Jetzt hör mir doch mal zu«, lachte ich leicht nervös. »Worüber zum Teufel kriegen wir uns hier in die Haare? Wegen solcher Banalitäten. Scarlet geht's gut, also ist die ganze Sache doch wirklich nicht wichtig.«

»Das mag für dich nicht wichtig sein«, erklärte mir Jennie wütend. »Aber für mich ist es wichtig, und das müsstest du eigentlich wissen.«

Sie hatte ein solch unglaubliches Talent, sich Feinde zu machen. Nach der Geschichte mit der zu lauten Musik verabscheute Sadie sie. Sie hatte ihr an dem Tag einen tödlichen Schreck eingejagt, und Sadie wusste, dass sie überreagiert hatte, aber, wie sie mir später erzählte: »Man weiß nicht, wozu diese Person fähig ist. Und ich habe ziemlich merkwürdige Dinge über sie gehört.« Selbst Hilary Wainwright, die sich mit ihr angefreundet und sie verteidigt hatte, war nicht mehr gut auf sie zu sprechen, sondern hielt sie für eine Unruhestifterin, für egoistisch und schlecht.

Mein Gott, war ich froh, den ganzen Tag weg zu sein und von diesem kleinlichen Gezänk nichts mitzubekommen. Männer scheinen bei solchen Grabenkämpfen immer außen vor zu bleiben, diesem gehässigen, gefühlsbeladenen Stuss, den man am besten gleich wieder vergisst.

Doch Jennie ließ nicht locker. Sie hörte nicht auf mit Sadies Opernarien, wie laut und nervtötend sie gewesen seien, wie gedankenlos und selbstsüchtig Sadie war. Aber Jennie war sich ihres endlosen Geseire nicht bewusst, das zumindest für meine Ohren unerträglicher war als jede laute Musik.

Und mit der Geschichte, wie Scarlet abgeholt wurde. Immer wieder fing sie damit an: »Sie wussten, dass ich dafür verantwortlich bin. Sie wussten, dass ich euren Schlüssel habe, sie wussten, dass ich deine Büronummer habe …«

»Jennie, bitte hör doch auf«, flehte ich sie an. »Es ging alles so schnell, sie hatten gar nicht die Zeit, groß zu überlegen. Und als Scarlet Angies Telefonnummer nannte …«

Doch der Schaden war bereits eingetreten. Jennie, tödlich getroffen und in einer besonders leicht entflammbaren Stimmung, war bereits hinübergestürmt zu Angies Haus und warf ihr vor, ihre Position untergraben und sie öffentlich durch den Schmutz ziehen zu wollen. Und statt ihr einfach zu erklären, sie solle sich verpissen, holte Angie, die den rauen Umgangston der Bauarbeiter gewohnt war, zum Gegenangriff aus. Sie schleuderte Jennie eine Reihe schlimmster Schimpfwörter an den Kopf und erklärte, sie solle zurück in die Irrenanstalt gehen.

»Ehrlich gesagt, konnte ich sie noch nie leiden«, gab Angie zu. »Sie hat etwas an sich, das ich nicht ausstehen kann … etwas Dunkles …«

Ohne jede Aussicht auf Erfolg versuchte ich sie zu verteidigen. »Sie ist unsicher, hat kein Selbstwertgefühl …«

»Quatsch. Du hättest sie sehen sollen, als sie hier aufkreuzte, aufgeplustert, wenn du mich fragst. Kurz vorm Platzen. Martha, mit solchen Leuten kann man nicht vernünftig reden.«

»Sie neigt eben dazu, die Dinge zu dramatisieren …«

»Dazu hat sie aber kein Recht. Herumzulaufen und die Leute zu beschimpfen. Vielleicht lässt du ihr das durchgehen, ich nicht. Niemals. Und wenn ich mich recht erinnere, gab es mal Gerüchte, zwischen ihr und Sam sei was gewesen.«

»Das war ein Missverständnis.«

»Und dann hat sie dich in aller Öffentlichkeit zur Schnecke gemacht.«

»Ich hab schon gesagt, sie kann schwierig sein.«

»Und dann hat sie versucht, sich umzubringen.«

»Damals war sie entsetzlich unglücklich.«

Angie war nicht überzeugt. »Ich bleibe dabei. Sie sollte zusehen, dass sie eine ordentliche Therapie kriegt, und aufhören, sich so aufzuspielen. Niemand hier kann sie ausstehen.«

Womit sie traurigerweise Recht hatte. Abgesehen von Tina Gallagher, die beiden steckten in letzter Zeit häufig zusammen. Aber es hatte etwas Tragisches, dass Jennie es geschafft hatte, alle anderen in der Straße gegen sich aufzubringen, wo sie sich doch so sehr nach Anerkennung sehnte und so am Boden zerstört war, wenn sie diese nicht bekam. Und das passierte nun ausgerechnet ihr, die extra einen Swimmingpool in ihrem Garten gebaut hatte, um nicht nur mich, sondern überhaupt »Freunde« anzuziehen. In letzter Zeit wurde der Pool kaum noch genutzt, teils des verregneten Sommers wegen und teils, weil niemand in Jennies ordentlichem Garten sitzen und ihre Launen ertragen wollte.

»Drück eine Kippe im Aschenbecher aus, und sie behandelt dich wie einen Verbrecher«, erklärte mir Sadie einmal. »Wehe, du passt nicht auf und lässt die Zigarette ins Gras fallen. Und sie haben einen solchen Sauberkeitstick, ständig dieses verdammte Füßewaschen. Ein Fitzelchen Öl, und du musst unter die Dusche. Man fragt sich, ob man überhaupt schwimmen soll, wenn man seine Tage hat. Außerdem hab ich ständig Angst, irgendein armer Wurm könnte ins Schwimmbad pinkeln und dabei ertappt werden. In diesen Pool zu pinkeln hieße, gevierteilt zu werden.«

Das war alles so furchtbar für Jennie. Umso mehr Grund für sie, unter die Leute zu kommen. Einmal die Woche ging sie zu ihrem Töpferkurs, aber damit war sie nun wahrlich nicht ausgelastet. Und sie bestand darauf, mich immer zum Lunch zu treffen, wenn ich es einrichten konnte.

Was sie mit ihrer übrigen Zeit anstellte, war mir ein Rätsel. Fragte ich sie danach, wimmelte sie mich ab mit: »Ich mach es schon, wenn ich so weit bin; lass mir Zeit, nöl nicht ständig an mir rum.« Ich vermutete, sie hatte Angst davor, etwas Ambitionierteres in Angriff zu nehmen, weil sie keinen Misserfolg erleiden wollte. Immer wenn Schuldgefühle an mir nagten, weil ich sie zu wenig ermutigte, sagte ich mir: Wie konnte man das von mir erwarten, wo doch mein eigenes Leben so schrecklich verfahren war? Wie konnte ich mir noch mehr aufbürden? Warum sollte ich mir Ärger einhandeln?

Ich hielt es einfach nicht aus, nicht Bescheid zu wissen. Ständig musste ich, wenn ich alleine war und Zeit hatte, darüber nachgrübeln, ob ich Sam direkt darauf ansprechen, das Schweigen brechen sollte, das allmählich unerträglich wurde. Manchmal ging ich sogar so weit, den Mund zu öffnen und die Worte zu formen, nur um ihn wieder zu schließen und ein dummes Gesicht zu machen. Stritte Sam es ab, würde ich ihm nicht glauben, aber wenn er es zugab – was dann?

Nach all den Vorsätzen, die ich gefasst hatte.

Mir eingeredet hatte, ich befände mich in einer stärkeren Position.

Bräuchte ihn nicht mehr.

Und könnte doch gewiss darauf verzichten, ständig in dieser demütigenden Unsicherheit zu leben.

Es war wie Folter, tagaus, tagein.

Ich war am Ende meiner Kräfte.

Wie lange konnte ich so weitermachen und tun, als wäre alles wie immer?

25

JENNIE

Wie lange konnte ich so weitermachen und tun, als wäre alles wie immer?

Wieder kam Weihnachten und ging vorüber. Bei der Weihnachtsaufführung der Schule spielte Scarlet die Maria, und Poppy musste sich mit der Rolle eines Hirten zufrieden geben. Sie musste die ganze Zeit hinter der Krippe verbringen und hatte keinen Text. Sie brachte dem Jesuskind keine Geschenke, sondern schien sich um die Lämmchen kümmern zu müssen. Bei der traditionellen Weihnachtsparty der Frazers unterhielt Graham die ganze Party, während ich von drei Frauen aus unserer Straße mehr oder weniger geschnitten wurde.

Graham meinte, ich solle mich davon nicht herunterziehen lassen: »Sie wissen es nicht besser, ignorier sie einfach.«

Ich tat so, als störe mich das nicht im Geringsten, dabei hätte ich am liebsten losgeheult. Es war so ungerecht – warum fielen alle immer über mich her? Ich hatte mich so bemüht, auf sie zuzugehen, auf Hilary, Sadie und Angie Ford, aber sie begegneten mir so schrecklich distanziert, dass ich mir dachte – fahrt zur Hölle.

Martha und ich waren wieder eng befreundet, warum sollte ich mir also Gedanken machen wegen dieser drei Trullas, die nur neidisch auf unsere Freundschaft waren? Wir hatten das beinahe Unmögliche geschafft, mehrere Jahre ohne größeren Zwischenfall, wovon ich die meiste Zeit in einem Gefühlshoch verbrachte und dachte, das würde für immer so bleiben. Doch alle bemerkten, wie Martha sich verändert hatte, wie spitz ihr Gesicht geworden war. Natürlich vermutete ich, dass Sam dahinter steckte. Ich wartete darauf, dass sie sich mir anvertraute, und war enttäuscht, dass sie es nicht tat. Ich ahnte, warum, ich verstand ihre Gründe dafür. Nach all den Schwierigkeiten, die ich ihr bereitet hatte, würde es dauern, bis sie mir wieder vertrauen konnte. Das tat weh, aber wie hätte ich ihr das vorwerfen können? Ich war mir ja nicht einmal sicher, ob ich mir selbst trauen konnte.

Ich hatte Sam und Tina mit eigenen Augen miteinander rummachen gesehen. Ich hatte den Beweis, ohne danach gesucht zu haben. Warum kamen dann nicht auch andere darauf? Tina hatte immer unregelmäßige Arbeitszeiten gehabt, war also nie zu festen Zeiten zu Hause gewesen. Das lag an ihrer Arbeit am Tourist Board, für die sie mit Negativen und Zeitungsausschnitten herumflitzte. Doch in letzter Zeit stand ihr Citroën nur selten in ihrer Einfahrt.

Hatte der Frauenheld Carl einen blassen Schimmer davon, was da zwischen Sam und seiner Frau lief?

Verhielt er sich aus Selbstschutz so ruhig?

Tina kam regelmäßig bei mir vorbei. Auf einen Kaffee, oder um kurz zu plaudern. Sie kam, um sich über Marthas Tagesablauf zu informieren. Wofür ich, wie sie wusste, wegen Marthas Kindern die ideale Anlaufstelle war. Ich holte die beiden von der Schule ab und passte auf sie auf, bis Martha zurückkam. Und wenn eines der beiden zu krank war, um in die Schule zu gehen, hob sie mir den Wurm, noch im Pyjama, über den Zaun.

O ja, Tina war raffiniert. Und was das anging, war ich Expertin.

Langsam war es an der Zeit, dass ich etwas sagte, aber ich befürchtete, alles nur noch schlimmer zu machen. Würde es reichen, Sam damit zu drohen, die Sache auffliegen zu lassen? Würde ihn das dazu bewegen, diese beunruhigende Affäre zu beenden? Bei der letzten Weihnachtsparty hatte ich die beiden beobachtet, wie sie schmusten und miteinander flüsterten ... ein Trick, um misstrauische Zeitgenossen von der Harmlosigkeit ihres Herumgealbers zu überzeugen. Nur Jux und Dollerei. Ich kochte innerlich vor Wut. Wie cool die beiden waren.

An diesem Abend war Martha ungewöhnlich ruhig, müde. Sie sagte, sie müsse im Moment zu viel arbeiten. Und obwohl sie es bei Partys mit ihrem Make-up und den Klamotten oft übertrieb, hatte sie sich diesmal selbst übertroffen. Sie war so farbenprächtig wie die Festbeleuchtung, glitzerte und funkelte wie der Weihnachtsbaum. Ich fürchtete, es könne jede Minute zu einem Kurzschluss kommen, sie könne in Tränen aufgelöst aus dem Haus stürzen ... das wäre eher typisch für mich, nicht für sie.

Ich hörte Sam lachen. Ich sah sein Lausbubengrinsen. Es juckte mich in den Fingern, ihm eine Ohrfeige zu geben, wie er mir mal eine verabreicht hatte. Wie konnte er Martha bloß so quälen?

Jedes Mal, wenn Tina auf einen Kaffee vorbeikam und ich es wieder nicht schaffte, sie auf ihre Affäre anzusprechen, kam ich mir vor wie eine Versagerin, ärgerte mich über meine Feigheit und nahm mir fest vor, das nächste Mal mit der Sprache herauszurücken. Dummerweise hatte ich schon zu lange geschwiegen in der Hoffnung, diese dunkle Wolke würde sich in Luft auflösen oder vorüberziehen oder eines der unwahrscheinlichen Wunder, die ich so verzweifelt herbeisehnte, würde sich ereignen.

Das nächste Mal, wenn Tina vorbeikam, würde ich die Gelegenheit nutzen.

»Du sagst, du kannst Carl nicht trauen, und ich frage mich, ob du ihm selbst je untreu warst, Tina?«

Ihre Mundwinkel zuckten leicht, als sie antwortete: »Nein, das würde ich nie tun. *Allein der Schmerz, der dadurch verursacht wird.*«

Ich widerstand der Versuchung, es dabei zu belassen. Und das wäre mir weiß Gott viel lieber gewesen. Doch um Marthas willen durfte ich nicht klein beigeben. Meine Hände waren schweißnass, und mein Mund war trocken, am liebsten hätte ich mich irgendwo verkrochen. »Tina, es ist mir ziemlich unangenehm, aber ich weiß, dass du dich mit Sam Frazer triffst. Und zwar schon seit einiger Zeit.«

Sie sah mir kurz ins Gesicht und wandte den Blick wieder ab. »Das ist nicht wahr.«

Ich machte mich am Herd zu schaffen, am Schrank und am Abfalleimer, bevor ich wieder zum Tisch kam, versuchte desinteressiert zu wirken und dabei das Abendessen vorzubereiten, den Eintopf umzurühren. Die eine Hälfte davon war für uns, die andere für die Frazers. Vielleicht blieb noch etwas übrig zum Einfrieren.

Sie saß wie üblich am Kopfende des Tisches, selbstzufrieden und wie ein Eishockeyspieler mit riesigen Schulterpolstern. Ihr Outfit hatte ich noch nie gemocht. Dass ihre Kleidung knallrot war, fand ich irgendwie passend. Und die Turnschuhe schimmerten heute pink. Ich ertrug ihren Anblick nicht, ich musste in Bewegung bleiben.

»Aber ich habe euch zusammen gesehen«, widersprach ich verlegen und sah in mein Lorbeerblattglas. »Sogar dreimal.«

Plötzlich waren wir Feindinnen. »Dir entgeht auch nichts, Jennie, oder? Linst ständig durch deine verdammten Gardinen hinaus?« Und ich war überrascht, sie mit so fester Stimme sprechen zu hören.

»Du gibst es also zu?«

»*Zugeben?* Was soll das denn heißen? Als was verstehst du dich, Jennie? Als Richterin über die Moral der anderen?«

»Ich sehe mich in erster Linie als Marthas Freundin«, entgegnete ich trotzig.

Sie musterte mich aus zusammengekniffenen Augen. »*Freundin?* Das ist ja interessant, nicht ganz das Wort, das ich dafür gewählt hätte.«

Das war schrecklich, nein, schlimmer als das. Ich hatte mich vor dieser Auseinandersetzung so gefürchtet, und nun war ich diejenige, die einstecken musste. Darauf war ich nicht vorbereitet.

»Ich würde mir niemals anmaßen, moralisch über dich zu urteilen, über dich nicht und über niemand anderen, doch es kommt mir recht grausam vor.«

»Grausam?«, sagte sie und lächelte unangenehm. »Was ist denn mit dir los? Bist du nur grausam oder total daneben?«

Mir fehlten die Worte. Schließlich stammelte ich: *»Wir reden nicht über mich …«*

»Ach? Das passt dir in den Kram, stimmt's? Du führst diese Ermittlung also von einer neutralen Position aus durch, ja? Du hattest auch nie eine Affäre mit jemand Verheiratetem?«

Die Vorstellung entsetzte mich, dass diese Frau womöglich über meine Gefühle für Martha Bescheid wusste. Sie musste es wissen, *sie wusste es …* »Sam muss es dir erzählt haben.«

»Nein, Jennie, Martha erzählte es mir. Ich spazierte in ihr Haus, kurz nachdem du sie beinahe vergewaltigt hattest. Und sie schüttete mir ihr Herz als meine Freundin aus, so wie du es gerade tust. Im Gegensatz zu dir achte ich darauf, dass meine Leidenschaft erwidert wird.« Die Boshaftigkeit, die in der letzten Bemerkung steckte, traf mich wie ein rostiger Dolch.

Leise fragte ich sie: *»Wer weiß es sonst noch?«*

»Wer es nicht weiß, wäre leichter zu beantworten. Ich bezweifle, dass Martha sich um Diskretion scherte, so angewidert, wie sie von der Sache war.«

Die Welt um mich mochte in Trümmer sinken, doch ich wollte mir meine Niederlage nicht eingestehen. »Das ist ewig her. Was du tust, geschieht jetzt …«

»Was soll ich denn deiner Meinung nach tun, Jennie? Nach nebenan gehen und alles der teuren Martha erzählen? Sie würde es dir nicht danken, du Miststück.«

Mir drehte sich der Kopf, als hätte ich getrunken. »Das wäre eine Möglichkeit, ja.«

Als sie ihre Arme vor der Brust verschränkte, quollen ihre Schulterpolster heraus. Mir war gar nicht bewusst gewesen, wie kalt und stur sie war und wie tief diese harte Schale reichte. »Und was glaubst du, würde dann geschehen? Was zum Teufel hättest du davon?«

»Sam wäre gezwungen, sich zu entscheiden.«

»Und er könnte sich für mich entscheiden.«

Ich brachte ein verächtliches Lächeln zustande. »Niemals. Nicht in einer Million Jahren. Zu deiner Information, das ist nicht Sams erste Affäre, er ist bekannt für seine Schwäche, sich mit den Frauen einzulassen, die sich ihm vor die Füße werfen. Noch jedes Mal kehrte er zu Martha zurück. Er ist einfach der Typ dafür, du solltest das wissen, du hast Carl.«

»Und du gehörst auch zu diesen Frauen, nach dem, was Angie erzählt. Du hast Sam jedenfalls nicht abblitzen lassen, als er dich damals betrunken ins Schlafzimmer trug.«

Ich bekam weiche Knie. »Das ist nicht wahr.«

Tina lachte, ein unangenehmes Lachen. »Das ist das Problem mit dir, nicht wahr, Jennie, niemand weiß, ob du gerade lügst, die Aufmerksamkeit auf dich lenken willst oder einfach nur durchgeknallt bist. Deshalb frage ich mich, ob Martha dir wirklich glauben würde, wenn du ihr von Sam und mir erzählst, vor allem, wenn wir beide es rundweg abstreiten. Wem sie wohl eher glauben würde. Ihr könnte der Gedanke kommen, dass du wieder eine deiner Nummern abziehst. Dass es dir vielleicht nur darum geht, Sam loszuwerden, um seinen Platz in ihrem Bett einzunehmen.«

»Du bist widerlich.«

»Wie du meinst.«

»Das ist überhaupt nicht so …«

Tina lehnte sich zurück und ich nahm in dem Stuhl ihr gegenüber Platz, noch immer die Käsereibe in der Hand. Ich fühlte mich so zerrieben wie der Käse, der in verdrehten, bröseligen Spiralen aus den Metalllöchern hing. Ich musste aschfahl geworden sein, während Tina rot glühte. An ihrem Hals, dort, wo das Make-up endete, verlief eine Linie.

Make-up aus der Tube. Erbärmlich.

»Komm schon, Jennie, sei ehrlich«, sagte sie, »was hast du von mir erwartet? Dachtest du, ich würde dir versprechen, auf Sam zu verzichten? Aus Angst, du könntest Martha alles erzählen? Bist du wirklich so naiv? Ich kann es nicht glauben, niemand ist so naiv. Sam weiß alles über dich und Martha. Nach diesem peinlichen Brief, den du ihr geschrieben hast, hat sie ihm alles erzählt, und das weißt du. Was zum Teufel hast du dir also davon erhofft, mich unter Druck zu setzen?«

»Ich möchte, dass es Martha gut geht«, stammelte ich, während sie mich voller Verachtung musterte. »Ich werde ihr trotzdem alles erzählen. Und ich denke, wenn Sam davon erfährt, lässt er dich fallen wie eine heiße Kartoffel.«

»Aber du bist dir nicht sicher.«

»Ich bin mir ziemlich sicher.«

»Auf Grund früherer Erfahrungen?«

»Stimmt.«

»Dann vergiss dabei nicht, dass die Sache zwischen Sam und mir inzwischen bereits seit über vier Jahren läuft. Jetzt würde ich gerne wissen, ob es irgendeine andere Frau in Sams Leben gab, die so lange durchhielt?«

Meine Kehle war wie zugeschnürt. *»So lange?«*

»Du gibst also zu, dass es etwas anderes als seine anderen Geschichten ist?«

»Ja, anscheinend.«

»Und dass ich Sam mehr bedeute als nur eine flüchtige Affäre?«

Ich zupfte an den Käsefäden herum und brachte ein tonloses »Ja« heraus.

»Betrachten wir es mal so«, dröhnte Tina triumphierend. »Seien wir fair. Solltest du Martha von Sam und mir erzählen, müsste auch Graham von dieser sehr delikaten Geschichte erfahren, die sich in Marthas Bett zutrug. Das wäre eine unangenehme Nebenwirkung – aber warte, da wären noch weitere. Sam würde Martha verlassen, und Martha könnte unmöglich das Haus behalten, ganz egal, wie viel sie arbeitete. Und dann müsste Martha aus unserer Straße wegziehen«, beendete Tina ihren Monolog mit süßlicher Stimme.

»Aber warum dieses falsche Spiel, du willst Sam doch gar nicht haben«, explodierte ich. »Sonst könntet ihr doch einen klaren Strich ziehen, euch trennen, scheiden. Warum ziehst du nicht mit Sam zusammen?«

»Weil uns dieses Arrangement so prima gefällt. So einfach ist das«, sagte Tina.

»Und was geschieht, wenn Martha von selbst darauf kommt?«

»Damit werden wir uns auseinander setzen, wenn es so weit ist«, entgegnete sie mit boshafter Geduld. »Aber sei gewarnt, Jennie, sollte Martha durch irgendeinen Zufall davon erfahren, werde ich genau nachforschen und herausfinden, ob du nicht dahinter steckst mit deinen schleimerischen, widerlichen Geschichten. Es ist also in deinem eigenen Interesse, wenn du den Mund hältst und dafür sorgst, dass Marthas glückseliger Zustand der Unwissenheit erhalten bleibt.«

»Du bist ekelhaft.«

Sie war distanziert, selbstbeherrscht. Warum war es mir unmöglich, so zu argumentieren?

»Auch für dich hätte ich passende Worte, Jennie«, entgegnete sie, »die ich persönlich jedoch nur ungern in den Mund nehme.«

Ein Leben ohne Martha wäre für mich gleichbedeutend damit, taub, blind und lahm zu sein.

Und daher war ich dankbar, dass sie mir so wenig vertraute. Hätte sie mir ihre Befürchtungen anvertraut, hätte ich dieses Geheimnis unmöglich für mich behalten können, nicht einmal aus Selbstschutz. So aber war ich Teil einer Verschwörung und verriet ausgerechnet den Menschen, den ich am meisten liebte.

Vielleicht war es besser so? Vielleicht wollte Martha es gar nicht wissen. Und ich versuchte, mich mit diesen Überlegungen zu trösten, während ich schweigend zusah, wie sie litt. Mir blieb nur die Hoffnung, die Affäre würde von selbst im Sande verlaufen.

Aber natürlich erzählte Tina Sam von unserem feindseligen Gespräch, und er verhielt sich mir gegenüber zunehmend aggressiv. In Sams Gegenwart spürte ich stets, wie er mich ablehnte. Ich fragte mich, ob Martha auffiel, dass seine frühere Gleichgültigkeit mir gegenüber in etwas anderes umgeschlagen war.

»Manchmal frage ich mich, Jennie«, sagte Sam eines Abends zu mir, als er heimkam, »ob du eigentlich ein eigenes Zuhause hast.«

Ich sprang auf. »Ich geh ja schon.«

»Setz dich! Kümmere dich nicht um Sam«, lachte Martha. »Du kennst ihn doch inzwischen gut genug, um seine Frechheiten gar nicht mehr zu beachten.« Dabei warf sie ihrem Mann einen strengen, verärgerten Blick zu.

Aber er ließ sich nicht abbringen. »Fühlt sich der alte Graham nicht manchmal einsam?«

Unangenehmes Schweigen machte sich breit, bis Martha ihm mit ihrer Fröhlichkeit ein Ende bereitete. »Graham ist doch noch gar nicht zu Hause. Hol dir was zu trinken, und hör auf, dich einzumischen. Jennie und ich würden auch nicht Nein zu einem Drink sagen. Die Kinder spielen draußen, und es besteht nicht die geringste Notwendigkeit, sie jetzt schon zu stören.«

»Ich wollte sowieso gerade gehen«, sagte ich. »Ich hab noch einiges zu erledigen …«

»Immer was los, Jennie, hm?«, sagte Sam mit verkniffenem Mund. »Ein wild bewegtes Leben und all dieser Kram.«

Weil ich um eine Reaktion verlegen war, gab ich vor, es nicht gehört zu haben. Ich sammelte die Kinder ein und floh.

Er machte sich nicht nur lustig über mich.

Er bedrohte mich.

Gott, was fand Martha nur an diesem Kerl? Warum brauchte sie ihn so sehr? War es nur der Sex – sie hatte doch sicherlich keine Probleme, dafür einen anderen zu finden. Aber sie würde mit diesem anderen zusammenziehen … nein, nein … das wäre unerträglich. *Sie muss hier bleiben, bei Sam.*

Ich saß auf der Bettkante in meinem Schlafzimmer und verbarg den Kopf in meinen Händen. Die ganze Welt hatte sich gegen mich verschworen. Ich hatte nur noch Martha, andererseits brauchte ich auch nur Martha …

»Aber Sie haben doch Ihre Kinder«, erklärte mir Mr. Singh, als ob ich daran erinnert werden müsste. »Und Ihren Ehemann. Das ist die Wirklichkeit, während ihre Fantasie-Martha Täuschung ist, eine berauschende Vision, von der Sie nicht lassen wollen.«

Er hatte Recht. Wenn es hart auf hart kam, wäre es Graham, der für mich da war. Doch nicht, wenn ich mich danebenbenahm. Wenn ich nicht aufhörte, mich danebenzubenehmen.

»Warum versuchen Sie es nicht einfach«, riet mir Singh. Ein seltenes Ereignis, denn meist zog er es vor, die Augen zu schließen und sich zurückzulehnen.

Ich war verblüfft. »Was? *Ich soll riskieren, Graham zu erzählen, was ich Ihnen erzählt habe?*«

»Denken Sie, er ist nicht stark genug, es zu verkraften?«

Ich schnäuzte mich heftig. »Das denke ich nicht, das weiß ich. Graham ist normal, Mr. Singh.« Ich war gereizt, weil ich gezwungen war, ihm das zu erklären. Lag es denn nicht auf der Hand? Mittlerweile sollte der Arzt das wissen. »Ein ganz gewöhnlicher Mann, der Fachwerkhäuser mag, Biografien liest, Kricket liebt, Golf spielt, konservativ wählt, sich die Ground Force ansieht, die Gartenbausendung, und exzentrisches Verhalten nicht nur für unnötig, sondern für ausgesprochen lächerlich hält. Würde er sich einen Hund zulegen, wäre es ein Spaniel, Tina Turner findet er nur peinlich.«

»Aha«, seufzte Mr. Singh. »Sie kennen ihn besser als ich, und es ist selbstverständlich Ihre Entscheidung. Aber letztlich werden Sie im Augenblick erpresst, Ihr Leben wäre so viel einfacher, wenn Sie ...«

Ich stöhnte deutlich hörbar. »Mich Graham anzuvertrauen kommt überhaupt nicht in Frage, also ist es eine Zeitverschwendung, darüber zu reden.« Ich war ungeduldig, wollte weg. Mr. Singh und die Stunden, die ich bei ihm verbrachte, Stunden, die teuer waren und die ich bezahlen musste, hatten überhaupt nichts gebracht. Ich wollte getröstet werden wie ein kleines Kind, das Unfug angestellt hatte, doch Mr. Singh weigerte sich, mich zu trösten.

Jetzt hieß es vorsichtig sein, wollte ich nicht verletzt werden.

26

MARTHA

Jetzt hieß es vorsichtig sein, wollte ich nicht verletzt werden.

Die entscheidende Frage lautete – wie lange? Sie quälte mich Tag und Nacht, wie lange konnten Sam und ich die Spielchen noch spielen, die Art von Spielchen, die Jennie damals, in unseren schrecklichsten Zeiten, in diesen traumatischen Jahren so liebte. In letzter Zeit verließ ich mich immer mehr auf sie, dennoch wünschte ich mir, ich könnte ihr genauso hingebungsvoll vertrauen wie sie mir.

Nun denn, es war wieder so weit. Jennie stand kurz vor einem ihrer grässlichen Geständnisse.

Ich konnte es geradezu riechen.

»Aber sag nichts, was dir hinterher Leid tun könnte«, ermahnte ich sie zum zehnten Mal. »Ich weiß, du hast diesen Drang, diesen Beichtzwang, dem du nachkommen musst, aber sei dir der möglichen Folgen bewusst.«

Sogleich schlug ihre Stimmung um. »Es interessiert dich nicht. Du findest mich langweilig.«

Jennie erzählte ständig sich widersprechende Geschichten, je nachdem, wen sie gerade zu beeindrucken suchte. Ich hatte längst aufgehört, ihr richtig zuzuhören, wenn sie wieder die Lust überkam draufloszufantasieren. Und ihre Märchen handelten von allen möglichen Themen, von ihrer Kindheit bis hin zu ihrem Hochzeitstag, von ihrem »großen Haus mit viel Grund« bis zu ihrem ersten Zusammentreffen mit Graham. Dieses Mal, warnte sie mich, würde sie mir die Wahrheit erzählen, und zwar die Wahrheit darüber, wie Graham und sie einander gefunden hätten.

»Jennie, ich finde dich nicht langweilig, ganz egal, welche Version du erzählst. Ob ihr beide euch in der Toilette der Keksfabrik kennen gelernt habt oder am Bankschalter. Und dann gibt es noch die Picknickversion. Mir ist es egal, wo du ihn zum ersten Mal gesehen hast, ich bin nur froh, dass du ihn getroffen hast. Du sollst nicht das Gefühl haben, mir gegenüber alles rechtfertigen zu müssen, was du sagst, selbst deine Lügen.«

»Ich mach mir nur Sorgen, ich könnte Graham betrügen.«

»Kein Problem, dann wechseln wir einfach das Thema.«

Draußen war es eiskalt, und ich saß am Steuer. Im Auto war es so heiß, dass die Zunge am Gaumen zu kleben begann. In einem fort beugte sich Jennie nach vorne und wischte die Scheibe mit ihrem Handschuh. Wir waren auf dem Heimweg vom Supermarkt, versuchten, die wertvolle kinderfreie Stunde so gut wie möglich zu nutzen. Wir hatten die wunderbare Phase erreicht, in der wir sie alleine in der Straße spielen lassen konnten, solange es ein Haus gab, in das sie gehen konnten. Und Angie hatte versprochen, ein Auge auf sie zu haben. Es war Samstagvormittag, sie konnten fernsehen oder mit den anderen Kindern draußen auf dem Anger spielen. Sie waren sicher. Höchstwahrscheinlich saßen sie, da alles kalt war, alle zusammen in unserem Haus, aßen Kartoffelchips und sahen sich Zeichentrickfilme an.

Poppy und Scarlet waren neun, die Jungs erst sechs Jahre alt, eigentlich noch nicht alt genug, um sie allein zu lassen. Aber die Mulberry Close war sicher, es gab jede Menge verantwortungsvoller Erwachsener, die den Kindern vertraut waren. Obwohl unsere Straße, eine eher gehobene

Wohngegend, von Sozialwohnungsblocks umgeben war, hatte es diesbezüglich nie Probleme gegeben. Wir hatten nicht vor, länger als eine Stunde wegzubleiben. Graham spielte Golf, und Gott weiß, was Sam trieb. Ich hatte aufgehört, ihn danach zu fragen.

Jennie fuhr fort, sie klang feierlich. »Das habe ich noch nie zuvor jemandem erzählt.«

Ich stöhnte. »Bist du dir sicher, dass du mich da einweihen willst?« Jennies Vergangenheit interessierte mich nicht im Geringsten. Auch nicht die Vergangenheit anderer Leute, was das betrifft. Für mich zählte nur die Gegenwart.

»Ich muss es dir erzählen. *Es ist wichtig für mich, dass du es weißt.*«

»Aber vielleicht will ich es lieber nicht hören.«

Ich war damit beschäftigt, mich auf die Straße zu konzentrieren. Sie hatten vor überfrierender Nässe gewarnt, worunter ich mir nie etwas hatte vorstellen können. Auf der ganzen Strecke bestand die Gefahr überfrierender Nässe, soviel ich wusste. Ich wünschte mir, sie hielte den Mund oder spuckte es endlich aus. Ich konnte es nicht erwarten, nach Hause zu kommen, wo es schön warm war, und mir eine riesige Tasse heiße Schokolade zu machen, mit Cadburyflocken obendrauf. Oder zwei. Oder drei.

»Graham und ich lernten uns in einem Auto kennen.«

»Das ist eine neue Version«, erwiderte ich etwas distanziert.

Ich musterte sie kurz aus den Augenwinkeln. Der Fahrer hinter mir wurde halb wahnsinnig, weil ich so langsam dahinkroch, und ich fürchtete, er könnte uns jeden Augenblick von hinten rammen. Sollte ich schneller fahren und auf die Vorsicht pfeifen? Der Mistkerl hinten war offensichtlich dieser Meinung. Vielleicht kannte er diese Straße besser als ich. Jennie sagte, es hätte Zeiten gegeben, grauenvolle Zeiten, die sie nie vergessen könnte, als sie zu halsbrecherischen Geschwindigkeiten gezwungen war, nur um das Schwein hinter ihr zufrieden zu stellen.

So was gibt's. Ich hatte es selbst schon getan.

Doch Graham würde, setzte man ihn unter Druck, langsamer fahren, während Sam sich mit obszönen Gesten wehren würde. Wie viel wohl die Reaktion auf Stress beim Autofahren über einen Menschen verrät?

»Er war auf dem Straßenstrich unterwegs«, sagte Jennie.

Ich war überrascht. Dann lachte ich. »Dass er diese Angewohnheit hat, hast du bisher noch mit keinem Wort erwähnt.«

Es dauerte, bis ich begriff, dass sie keinen Witz gemacht hatte. Meine Wollhandschuhe juckten mich an den Fingern. Ich steckte einen Finger in den Mund und versuchte das verdammte Ding mit den Zähnen herunterzuziehen. Es kribbelte mich am ganzen Körper. Jennie hatte eine wilde Fantasie. Was zum Teufel kam als Nächstes?

»Zünde mir eine Zigarette an, ja, Jennie? Vorne in meiner Handtasche.«

»Ich weiß, wo deine Zigaretten sind«, fauchte sie verärgert über die Unterbrechung.

Wusste sie, was Straßenstrich bedeutete? Vielleicht nicht? Vielleicht hatte sie den Ausdruck falsch verstanden? Solche sprachlichen Ausrutscher hatte sie schon oft gebracht. »Was meinst du mit Straßenstrich?«

Sie reichte mir den Zigarettenanzünder. »Lass es, Martha.«

»Du meinst damit, er suchte sich eine Nutte?«

»Ja, das meine ich«, antwortete sie mit fester Stimme.

Graham? Das war lachhaft. Dieser ruhige, sanfte, gewissenhafte Mann, der als Manager bei den Wasserwerken arbeitete und dessen Sandalen und braune Socken die ersten Vorboten des Sommers waren? Dessen Strickschal den Winter erst zum Winter machte?

»Jennie, halt die Klappe. Du redest Stuss.«

»Er sprach mich an«, sagte sie. »So haben wir uns kennen gelernt.«

»Und ich bin Cherie Blair.« Ich hatte nicht vor, ihr diese Lügengeschichte durchgehen zu lassen.

Sie zischte gereizt. Es sah aus, als könne es jeden Augenblick schneien. Die schwarzen Drähte der Überlandleitung hoben sich vor dem grauen Himmel ab. Ich schloss das Fenster, das ich trotz der schneidenden Kälte ein Stück weit geöffnet hatte, um meinen Rauch hinauszupusten.

»Er sprach mich an, und ich war froh, noch einen Freier abzukriegen.«

»Okay, Jennie, okay ... wenn es das ist, was du mir aus nur dir verständlichen Gründen weismachen willst ...«

»Ich war einsam. Er auch.« Ohne sie anzusehen, wusste ich, dass ihre Augen geschlossen waren, wie sie es immer waren, wenn sie sich in etwas hineinsteigerte. Sie vermisste sicher die Holzmaserung meines Küchentisches. Sie liebte es, sie in solch gefühlsbeladenen Gesprächen mit dem Finger nachzufahren.

Verdammt noch mal. Was für eine Reaktion erwartete sie eigentlich von mir? Die einzige natürliche wäre, darüber zu lachen. Aber in ihrer ganz besonderen abgrundtiefen Depression würde sie das sicher nicht zu schätzen wissen. Nahm ich es zu sehr auf die leichte Schulter, würde ich sie nur verletzen. Eins jedoch würde ich nie verstehen – wie manche Menschen ihre Geheimnisse hüteten, sie heimlich pflegten und sorgsam wegsperrten –, ich hätte das nie gekonnt. Sam konnte mich meinetwegen eine Primadonna nennen, es stimmte, wenn ich litt, hing ich das sofort an die große Glocke. So wurde es nicht so ungeheuer wichtig oder endete als Leiche im Keller.

Warum erzählte ich dann kein Wort über Sam?

»Ich stieg in seinen alten blauen Kombi, und wir fuhren

auf den Parkplatz neben der Bäckerei, wo ich normalerweise mit meinen Freiern hinfuhr.«

Konzentriert hielt ich die Augen auf die Straße geheftet. Erzählte mir Jennie da, sie sei eine Nutte gewesen? Und glaubte sie wirklich, ich nähme ihr das ab? »*Normalerweise?* Das war also keine einmalige Sache?«

»Ich arbeitete seit sechs Wochen auf der Formby Road.«

Sie hörte sich an, als meine sie es ernst – aber sie war eine Expertin, was Lügen anging. Das wusste ich nur zu gut. Ich wollte mich auf das Spiel einlassen, um es ihr nicht zu vergällen. »Du liebe Güte, *wie gefährlich.* Du hättest umgebracht werden können.«

»Damals wär mir das egal gewesen.«

War das vielleicht doch die Wahrheit? War vielleicht der ganze Quatsch, sie sei noch Jungfrau gewesen, als sie Graham geheiratet hatte, gelogen? Dieser ganze selbstherrliche, moralinsaure Blödsinn ... ich war so vor den Kopf gestoßen von dem, was sie sagte, sie hätte mich nicht mehr schockieren können, hätte sie mir gestanden, eine Serienmörderin zu sein. Das war zu fantastisch, das sah Jennie nicht ähnlich, es war zu extrem.

»Siehst du diese Häuser«, fuhr Jennie ruhig fort, während wir an einer Reihe roter Backsteinhäuser aus den Dreißigerjahren mit breiter Veranda und Erker vorbeikamen. Der Lichtschein, der aus den Fenstern fiel, bildete Muster in der ansonsten eintönigen Szenerie. »Sieh nur, wie warm und einladend sie aussehen ... das ganze Glück der Welt hinter diesen sicheren, verschlossenen Türen.«

»Wie sehr du dich irren würdest«, widersprach ich.

»Vor allem, wenn es hier draußen kalt ist. Aber damals empfand ich das so, die anderen waren glücklich, ich nicht. Wenn ich Händchen haltende Pärchen sah, manche mit einem Baby im Kinderwagen, und auch in den Läden, wenn Frauen hastig ihre Einkaufswagen voll luden, um schnell in ihr gemütliches Zuhause zurückzukommen, während ich nur für Stella und mich einkaufte, Leber, Kraut, Reispudding aus der Dose. Ich wusste, meinem Einkaufswagen fehlte etwas, etwas, das ich mir so sehr wünschte.«

»Ich weiß, was du meinst. Dieses Gefühl kennt jeder von uns …«

»Nein, Martha! Du hast dich nie so gefühlt. Nicht so wie ich!«

Es hätte keinen Sinn gehabt, sie zu unterbrechen, nicht einmal, um ihr weiterzuhelfen. Jennie war entschlossen, ihren Platz auf der Bühne zu behaupten, und sie stotterte und stolperte dort herum. Ihre Stimme wirkte so gequält, es musste ihr schier das Herz zerreißen. Um ihretwillen wünschte ich, sie würde aufhören damit, was immer nun die Wahrheit war.

»Ich war einundzwanzig«, erzählte sie, »und hatte nie einen Freund gehabt. War ich mit der Arbeit fertig, kaufte ich etwas für das Abendessen, ging nach Hause und kochte es. Wenn dann Stella ihre Seifenopern im Fernsehen ansah, erklärte ich ihr, ich wolle noch etwas allein spazieren gehen. Was ihr nicht gefiel. Aber wenn ich allein durch die Straßen lief, manchmal ging ich auch in ein Pub, fühlte ich mich nur noch einsamer und abgeschnitten von der Welt. Die einzigen Menschen, die mich ansprachen, waren schmuddelige Lustgreise oder irgendwelche Typen, die mir blöde Bemerkungen hinterherriefen.«

Ich hielt es kaum aus, mir das anzuhören. Dass sie einsam war, glaubte ich ihr sofort. »Warum bist du denn nicht mit einem Kollegen ins Kino gegangen?«

»Mit den Mädchen von der Bank verstand ich mich nicht. Das war so eine Cliquenwirtschaft. Sie hatten alle ihre Freunde und waren ständig unterwegs, das wusste ich, weil sie über nichts anderes redeten. Sie waren freundlich, aber wir hatten nichts gemein.«

»So wie in dem Zurück-in-den-Job-Kurs?«

»Ich scheine mit Frauen nicht zurechtzukommen.«

»Das ist doch nicht tragisch …«

»Jetzt hör auf mit deinem begütigenden Getue!«

»Mach ich doch gar nicht, ich bin doch nur deiner Meinung.«

»Also nahm ich meinen ersten Freier eher aus Versehen mit. Ich wusste nicht, dass er auf Sex aus war. Er hielt den Wagen an, war richtig nett und gesprächig. Er sah auch nicht übel aus bis auf eine leichte Akne. Er kaufte mir etwas zu trinken, und eine halbe Stunde lang konnte ich so tun, als hätte auch ich einen Freund. Ob ich ein Stück mit ihm mitfahren wolle? Gott, ich war so naiv! Im Rückblick unglaublich, aber ich fuhr tatsächlich mit aus Angst, ihn vor den Kopf zu stoßen. Vielleicht wollte er sich ja mit mir verabreden?«

»Der Mistkerl.«

»Nein, er war nett, er war geduldig. Erst als er mich zurückfuhr und mir einen Zwanzig-Pfund-Schein zusteckte, wurde mir klar, um was es gegangen war. Ich merkte, dass ich einen neuen Namen hatte. Und dass er nicht mit mir ausgehen würde, niemals.«

»Aber du warst ja noch Jungfrau und so etepetete, das muss für dich doch entsetzlich gewesen sein, nach nur einer Stunde so was zu machen … wo du doch ohnehin alles schrecklich findest, was körperlich ist …«

»Es war übel. Ich hatte noch nie einen Männerschwanz gesehen, nur die kleiner Jungs am Strand. Mir quollen die Augen über, als ich sah, wie groß das Ding war und welche Farbe es hatte, all diese Adern und Falten. Ich war so froh, dass ich nicht mit so was rumlaufen musste. Ich schloss die Augen und dachte – wenn es das ist, was ich tun muss, um mich nicht mehr so einsam zu fühlen, dann werde ich es tun. Es ist mir egal.«

Das war einfach zu fantastisch, aber irgendetwas an der Art, wie sie es erzählte, klang echt. Ich wusste nicht, ob es nicht wieder eins ihrer Spielchen war, ein Versuch, sich Mitgefühl zu erschwindeln oder Aufmerksamkeit zu bekommen. »Kein Wunder, dass du von Sex nichts mehr wissen willst, wenn du deinen Körper verkauft hast, du Ärmste. Und Graham erst.«

Sie hörte mich nicht einmal. Jennies Verletzungen saßen tief, viel tiefer, als mir klar gewesen war. Sie durchlebte noch immer das ganze schreckliche Chaos, während ich im Schneckentempo um Kreisverkehre kurvte, die Scheibenwischer einschaltete, um den Matsch von der Windschutzscheibe zu wischen, mich fragte, ob ich die Scheinwerfer einschalten sollte, und die Menschen draußen sich frierend die Hände rieben und den Mantelkragen hochstellten. Wenn wir nur endlich zu Hause wären. Wenn wir dieses seltsame Gespräch nur vor einem Kaminfeuer und mit einer Flasche Wein weiterführen könnten. Ich konnte nicht so reagieren, wie sie es bräuchte, wenn ich mich auf so vieles zugleich konzentrieren musste.

»Wir waren wie Computerteile«, sagte Jennie, »beide in steriler Umgebung erzeugt. Er hatte ein ziemlich ähnliches Leben geführt, sich gemeinsam mit Howard und Ruth Coronation Street angesehen, an ihren Ausflügen und Einladungen teilgenommen, den Fahrten in die Gartenzentren, die Supermärkte, die Kirchenfeste und die Brunches. Ein erwachsener Mann, und das war sein Leben. Howard konnte nicht fahren, also kaufte Graham den Kombi. Er chauffierte seinen Vater sogar in die Arbeit, statt ihn mit dem Bus fahren zu lassen.«

»Kein Wunder, dass er so schüchtern ist«, sagte ich.

»Wir waren beide schüchtern. Das war ja das Problem. Wir wussten nicht, wie man Freundschaften schließt, wir haben es nie gelernt.«

Ich warf ihr voller Zuneigung einen kurzen Seitenblick zu. »Ach Jennie, ihr habt euch inzwischen so verändert!«

Sie zuckte die Achseln und seufzte. »Das liegt daran, dass wir zusammen sind. Dass wir uns gefunden haben, war ein Wunder. Wir brauchten einander so sehr. Aber in einer Sache stimmten wir überein – bis zu unserer Hochzeit keinen Sex zu haben. Ich hasste es, und er schämte sich, dass er seine ersten Erfahrungen gegen Bezahlung gesammelt hatte. Und ich wollte nicht, dass er mich als Schlampe sieht, die es für Geld macht.«

»Sicher nicht.« Scheiße. Warum lief bei Jennie nichts so glatt wie bei den meisten anderen Menschen? Ständig wurde sie betrogen oder enttäuscht oder missverstanden.

»Sex auf den Freitag aufzusparen schien also eine vernünftige Idee.«

»Es wurde nie leichter?«

»Das gehört zu den Dingen, über die wir nicht reden. Wir wollen Gras wachsen lassen über diese alten Sachen.« Sie machte eine Pause, ihre Augen waren noch immer fest geschlossen. Der Graupel fiel immer dichter, Gott sei Dank waren wir bald zu Hause. Ein Königreich für einen Brandy. Jennie hatte es schließlich geschafft, mich zu überzeugen, und ich kannte keinen größeren Zyniker als mich. »Wenn Graham wüsste, dass ich dir gerade davon erzähle, würde er mich umbringen.«

»Mach dir deshalb keine Sorgen.«

»Aber du hast Tina Gallagher erzählt, was damals zwischen uns vorgefallen ist.«

Diese unvermittelte Feststellung war ein Schlag ins Gesicht. Damit hatte ich nun nicht gerechnet. Peinliches Schweigen machte sich breit. »Woher weißt du davon?«

»Ich weiß es nicht sicher, ich vermutete es nur.«

Was machte es schon, woher Jennie es wusste. Ich hatte sie verraten, und ich musste es wieder gutmachen. »Tina war einfach im falschen Moment da«, sagte ich mit so viel Wärme wie möglich in der Stimme. »Und es tut mir wahnsinnig Leid, dass ich es ihr erzählt habe. Normalerweise laufe ich nicht herum und erzähle solch komplizierte Geschichten herum, aber das war eine extreme Situation. Du kannst mir vertrauen, was Graham angeht. Ich bin froh, dass du mit mir darüber sprechen kannst. Allerdings denke ich, hättest du es Mr. Singh erzählen sollen.«

Sie war so wütend, als hätte ich ihr etwas, das sie mir gerade schenken wollte, vor die Füße geworfen oder ihr geraten, es jemand anderem zu geben. »Warum hätte ich es Mr. Singh erzählen sollen? Was hätte das schon gebracht?«

»Es könnte sein, dass diese schrecklichen Erlebnisse etwas mit deiner Obsession zu tun haben.«

»Würde ich mich Mr. Singh anvertrauen, könnte ich dann vielleicht meine Obsession überwinden?«

»Ich denke schon, dass das möglich wäre. Deine Kindheit, diese ganzen Rückschläge, das sind doch wirklich Erlebnisse, auf die du zurückblicken und lachen kannst, oder?«

Endlich bogen wir in die Auffahrt ein. Erleichtert sank ich auf das Lenkrad. Meine Nackenmuskeln waren steinhart vor Anspannung.

»Du hasst mich, nicht wahr?«, schluchzte Jennie.

Nein, nicht schon wieder diese alte Kiste. Ich lehnte mich zurück auf dem Fahrersitz, körperlich und geistig am Boden. »Ich werde diese Frage nicht beantworten ...«

»Du bist angewidert. Sag es mir. Um Himmels willen, sei ehrlich.«

»Jennie!«, brüllte ich, »wenn du mir so wenig Vertrauen entgegenbringst, fällt es mir schwer, mir vorzustellen, was ich in deinen Augen bin. Ich bin kein unsensibles Monster, verdammt noch mal.«

»Es tut mir Leid«, entschuldigte sie sich hastig. »Ich habe nur so viel Angst, du könntest mich verabscheuen.«

Ich sah sie wütend an. »Wenn wir jetzt nicht sofort in dieses Scheißhaus gehen, diese Einkaufstüten hineintragen und diese Stiefel ausziehen, werde ich nie wieder ein Wort mit dir wechseln«, kreischte ich. »Also gehen wir. Tun wir's einfach. Und Jennie, es ist mir so was von egal, was irgendjemand war oder vielleicht sein wird. Für mich bist du so, wie du jetzt bist, meine Freundin. Ich brauche dich, also lass es dabei, und hör auf, *dich wegen mir in etwas hineinzusteigern.*«

Dieser Winter war so kalt, dass das Feuer im Kamin mich nicht zu wärmen vermochte.

27

JENNIE

Dieser Winter war so kalt, dass das Feuer im Kamin mich nicht zu wärmen vermochte.

»Es war nicht so«, sagte Graham.

Wir saßen im Speisesaal des Hotels, von dem aus man auf das graue, trostlose Meer hinausblicken konnte, das die gleiche Farbe hatte wie der Frühstücksporridge, den zu essen Poppy sich weigerte.

»Jennie, es kann nicht so gewesen sein, sonst hätte ich nie und nimmer …«

»Es muss mehr oder weniger so gewesen sein«, unterbrach ich ihn gereizt und versuchte, die Aufmerksamkeit unserer mürrischen Bedienung zu erhaschen. »Sie werden den ganzen Kasten wohl kaum seit den Siebzigern neu erbaut haben.«

»Es sieht genauso aus, es riecht genauso, aber damals wimmelte es nicht von Zahnprothesenträgern.«

Wohin man im Speisesaal blickte, Spazierstöcke, elektrische Rollstühle und Tweed, Schuhe mit Fußbett und Schnurrbärte, bei Männlein wie Weiblein. Eine Art schaurige Agatha-Christie-Veranstaltung, Windsorsuppe, Würstchen und Kohl inklusive.

Ich versuchte, nicht nachtragend zu sein. Graham hatte es gut gemeint, wie immer. Vielleicht war heute ja Sea World offen. »Es muss an der Jahreszeit liegen, normale Menschen fahren im März nicht nach Llandudno.«

Aber dieser März erinnerte eher an einen Januar. Arktische Winde schnitten in die Wellen, trugen ihre Spitzen davon über die Straßen der Stadt und hinauf in die Hügel von Wales, welche verborgen und verdeckt waren hinter Regenschleiern. Mit ein paar stürmischen Spaziergängen hatte ich gerechnet und die Fleecepullis, die Wanderschuhe und Anoraks eingepackt, doch diesem Wetter war nichts gewachsen. Es war Graham gewesen, der vorschlug, allein in Urlaub zu fahren. Unser erster Urlaub ohne die Frazers. Er hatte glückliche Kindheitserinnerungen an diesen Ort. »Sogar mit Howard und Ruth war es schön hier. Man konnte vorauslaufen und so tun, als gehöre man nicht zu ihnen.«

Die Frazers waren für zehn Tage nach Tirol in Österreich gefahren. Zusammen mit Emma und Mark, wie gewöhnlich, doch dieses Mal waren auch die Harcourts dabei. Sadie mit den Arien und Crispin, ihr Antiquitätengatte, sowie ihre zwei ernsthaften Teenagertöchter. Sam und Crispin spielten zusammen Squash und fuhren beide hervorragend Ski. Das war das erste Mal, dass Graham und ich nicht eingeladen worden waren mitzukommen.

Man hatte es mir mit freundlichen Worten beigebracht.

»Ich möchte mit dir darüber reden, Jennie, weil ich weiß, wie du dich dabei fühlst. Ich verstehe das vollkommen, was immer du jetzt sagst. Aber wir können nicht immer gemeinsam in Urlaub fahren, nur weil das inzwischen ein Ritual geworden ist ...«

»Das weiß ich doch«, stieß ich verzweifelt hervor.

»Du und Graham, ihr fahrt beide nicht Ski. Aber Sam hat es als Kind gelernt, und ich fuhr jedes Jahr mit der Schule in die Berge. Fulpnes hat ein paar Idiotenhänge, aber uns interessieren die schwierigeren Abfahrten. Sam und Emma waren schon mal dort und sagen, es sei perfekt für uns. Wir gehen davon aus, dass wir alle gleich gut sind, und es ist Zeit, dass Scarlet und Lawrence damit anfangen.«

Wie konnte Martha mir das antun? Es war so offensichtlich, dass sie uns nicht dabeihaben wollten. Ihr Entschluss stand fest, wahrscheinlich durch Sams Zutun, ich war machtlos. Sie hatten die Reise gebucht, bevor sie mir davon erzählte. »Ich wollte immer, dass meine Kinder Ski fahren lernen«, entgegnete ich tonlos.

Es gab noch weitere Entschuldigungen, nacheinander stürzten sie über mich herein. »Scarlet und Lawrence bleiben in der Skischule, die Harcourtmädchen kümmern sich um sie. Jetzt hör mal, Jennie, Poppy und Josh würden es hassen, den ganzen Tag unter Fremden zu verbringen, du weißt das genauso gut wie ich …«

»Du erklärst mir also, meine Kinder kämen damit nicht klar …«

»Verdammt, das meine ich nicht. Mach doch kein Drama daraus. Deine Kinder sind anders als meine, nicht besser oder schlechter, das ist alles. *Und das ist gut so* … nichts, worüber man sich den Kopf zerbrechen müsste. Aber ich bin mir nun mal ziemlich sicher, dass es ihnen keinen Spaß machen würde, Ski zu fahren.«

»Diese Entscheidung hättest du ruhig uns überlassen können.«

»Und du und Graham, ihr würdet es ebenfalls hassen. Après-Ski ist mit einer Menge aktivem Nachtleben verbunden.«

»Wie kannst du das so einfach behaupten, obwohl wir das noch nie gemacht haben?«

Aber Martha war entschlossen. Nichts würde sie davon abbringen. »Ich kann das behaupten, weil ich bereits so häufig in Wintersportorten war und weil ich euch beide so verdammt gut kenne. Euch würde das Skifahren nicht gefallen, und ihr würdet es hassen, dass man ständig als Gruppe unterwegs ist. Nicht nur Gruppen, Jennie, *sondern ausgelassene, laute, betrunkene Gruppen!* Stell dir nur Après-Ski vor, wie alle um einen riesigen Tisch sitzen. Man isst auch gemeinsam. Gib es schon zu, sei vernünftig, das ist dein schlimmster Albtraum.«

Und sie hatte sogar den Nerv zu lachen.

»Wir könnten selbst buchen und trotzdem mitkommen.«

»Natürlich könntet ihr das. Aber es wäre die reinste Geldverschwendung, und ich wäre nicht bereit, auf meinen Urlaub zu verzichten, nur um dir jeden Wunsch von den Augen abzulesen.«

»Das war Sams Idee«, hakte ich nach, *»stimmt's?«*

»Du wirst langsam paranoid. Warum sollte Sam sich so verhalten?«

Ich kannte die Antwort darauf. »Weil er mich nicht ausstehen kann, deshalb.«

»Ach, Blödsinn«, entgegnete Martha gereizt.

Wenigstens war Sam anständig genug, nicht die Gallaghers einzuladen. Ich fragte mich, wie Tina sich wohl fühlte, wenn sie gezwungen war, zehn Tage ohne ihn auszuhalten. Ich konnte nicht aufgeben. Ich bohrte weiter, ich musste einfach. »Dass Emma und Mark mitfahren, kann ich wegstecken. Aber warum habt ihr die Harcourts gefragt? Du weißt, wie Sadie über mich denkt. Dann kannst du dir sicher auch vorstellen, wie es mir dabei geht?«

»Das war nicht meine Idee. Crispin und Sam saßen über einem Glas Bier zusammen, als ihr Blick auf den Prospekt fiel. Die Harcourts machen jedes Jahr einen Skiurlaub, daher lag es nahe, sich zusammenzutun. Und ich gestehe, dass der Urlaub durch Jasmine und Clara für mich einfacher wird. Perfekte Babysitter, Scarlet bewundert sie.«

»Aber Sadie?« Darüber kam ich nicht hinweg.

»Sie ist in Ordnung«, meinte Martha kühl.

»Sie ist zynisch, affektiert, und sie ist ein Snob«, entgegnete ich.

»Das ist Crispins Problem, nicht unseres.«

»Und sie hasst mich«, fügte ich hinzu. »Sie lügt.«

»Jetzt wirst du kindisch.«

»Aber du wirst mir so fehlen.«

Alles vergebens. »Was hält euch davon ab, nicht selbst wegzufahren? Vielleicht ist es genau das, was ihr braucht – Zeit für euch. Ich habe viel über das nachgedacht, was du mir erzählt hast.«

»Ich wünschte, ich hätte nichts gesagt.«

Aber Martha schenkte meinem Schmollen keine Beachtung und meinte: »Ihr wart noch nie alleine als Familie weg, warum probiert ihr es nicht einfach? Wer weiß, vielleicht hilft es.«

Und so beschlossen wir, am Tag, bevor die Frazers abreisten, nach Wales zu fahren.

Hätte ich mich nur nicht Martha anvertraut. Ich hatte Graham auf unverzeihbare Weise betrogen, obwohl ich wusste, dass er mir dies nicht einmal unter Folter angetan hätte.

Nachts wälzte ich mich im Bett, ärgerte mich über meine eigene Dummheit, betete zu Gott, sie möge ihr Versprechen halten und unser Geheimnis nicht ausplaudern – *aber was war, wenn Martha es Sam erzählte?* Sie hatte schon früher nichts für sich behalten können und Tina anvertraut, was zwischen uns in Marthas Bett geschehen war. Nie könnte ich vollkommen sicher sein, dass sie unser tiefstes Geheimnis nicht preisgab.

Aus welch krankhaftem Zwang heraus hatte ich ihr davon erzählt?

Als ob ich mich bedingungslos in Marthas Hände geben wollte.

Wenn ich es nur ungeschehen machen könnte.

Graham wäre am Boden zerstört, falls irgendjemand erführe, was ich über ihn gesagt hatte. Ich hatte ihm so viel zu verdanken, und nun dieser gemeine Verrat. Und ich schuldete ihm einen gemeinsamen Urlaub, ohne die Frazers, an einem Ort seiner Wahl.

Wegen meines schlechten Gewissens willigte ich ein, nach Llandudno zu fahren, weil er so glückliche Erinnerungen daran hatte.

Ich war nicht die Einzige, die unter der Kaltherzigkeit der Frazers litt. Als wir Poppy von Llandudno erzählten, zog sie ihr mürrisches, verschlossenes Gesicht. »Ich will da nicht hin, es klingt ätzend. Wenn ich nicht mit Scarlet fahren kann, will ich nirgendwohin.« Und ich sah, wie sie Graham damit verletzte.

Mit Josh war es das Gleiche. »Wir werden keinen Spaß haben, haben wir nie.«

Wütend fuhr ich sie an. »Hört auf, so ein dummes Zeug daherzureden. Wenn ihr nur wüsstet, wie ihr klingt. Wie zwei verwöhnte Fratze. Natürlich haben wir Spaß als Familie …«

»Wann denn?«, fragte Poppy trotzig. *»Sag schon, wann wir als Familie Spaß haben?«*

»Ich habe keine Lust, darauf zu antworten, Poppy. Wenn wir uns nicht gemeinsam amüsieren können, sind wir ziemlich arm dran, findest du nicht?«

»Es ist aber so«, schmollte sie, »und du weißt es.«

Was Poppy sagte, sollte sich als richtig erweisen. Wir amüsierten uns nicht, es war die Hölle. Wir waren zehn Jahre verheiratet und noch nie alleine weg gewesen. Was damals außergewöhnlich schien, mir war nicht klar gewesen, was das bedeutete. Uns fehlte die Urlaubsroutine. Wir hatten niemanden, der uns inspirierte oder für Gelächter sorgte. Wenn wir weg waren, schlossen wir uns den anderen an, und die Kinder waren froh, losziehen und miteinander spielen zu können und uns Erwachsene uns selbst zu überlassen. Dieses Mal traten sie uns ständig auf die Zehen, maulten den ganzen Tag und stellten unmögliche Fragen wie: »Wann hört es endlich auf zu regnen?« und »Was machen die Leute eigentlich hier?« Und: »Warum sind alle hier so alt und hässlich?«

Vielleicht hatten wir das falsche Hotel gewählt.

Ich hoffte, Scarlet und Lawrence würden Sam und Martha das Leben in Österreich ebenso schwer machen, aber ich bezweifelte es. Es schien eher unwahrscheinlich. Es war ein unfairer Vergleich, weil sie damit beschäftigt wären, die Anfängerpisten hinunterzugleiten. Sie wären nicht gelangweilt so wie meine. Doch widerstrebend gestand ich mir ein, dass Marthas Kinder, fänden sie sich an diesem drögen, toten Ort wieder, es irgendwie schaffen würden, sich zu unterhalten. Sie würden Freunde finden, auf Skateboards die Piere hinuntersausen. Sie waren eben anders.

Die Mahlzeiten im Hotel dauerten ewig. Verpflegung der Zahnlosen, die nichts Besseres zu tun hatten, als zu essen, und glücklich waren, wenn es zwei Stunden dauerte. Ich verfluchte unsere Entscheidung, Vollpension gebucht zu haben.

Abend für Abend landeten wir schweigend vor uns hin starrend in dem fensterlosen Fernsehraum. Das Gefühl, versagt zu haben, war überwältigend, und aus der Art, wie Graham mich ansah, schloss ich, dass er es genauso empfand.

Häufig lagen wir schon um neun Uhr im Bett.

Wir probierten, ins Kino zu gehen.

Wir liefen allein den vom Wind gepeitschten Strand entlang.

In unserer Verzweiflung bestellten wir sogar Karten für einen nostalgischen Abend im Konzerthaus. »Lass dein Gemaule, Poppy, es ist eine neue Erfahrung.« Die Darsteller waren ausnahmslos Senioren und hatten ihre grauen Haare blau getönt. Die Lieder waren unter der Gürtellinie, wie sie in den billigen Clubs im Norden ankommen, die Kostüme schäbig, der Moderator peinlich, und die einzige Nummer, die uns hätte gefallen können, der Bauchredner, litt darunter, dass die Witze abgedroschen waren und der Interpret sturzbesoffen war.

Der totale Reinfall.

»Was Lawrence jetzt wohl macht«, sagte Josh. Und vor meinem geistigen Auge tauchte das Bild eines ausgelassenen Kindes in einem roten Skianzug und mit einer blauen Bommelmütze auf, das einen sonnenbeschienenen Hang hinunterglitt.

Wir gaben ein Vermögen für Spielsachen aus, damit Josh und Poppy auf ihren Zimmern spielen konnten, während Graham und ich nebenan stundenlang im Bett lagen und lasen. Um ehrlich zu sein, ich versuchte zu lesen, doch in Wahrheit war ich krank vor Eifersucht auf alle, die mit Martha ihre Zeit verbringen durften.

Spazieren gehen konnte man vergessen.

Wir ließen die Kinder Postkarten schreiben, aber sie weigerten sich, zu lügen und zu behaupten, es sei herrlich hier.

Wir verbrachten Stunden damit, im Auto in der Gegend herumzufahren, in Cafés einzukehren, obwohl wir keine Lust darauf hatten, in Buchläden herumzulaufen und die Kinder durch Museen und Landhäuser zu schleifen – die wenigen, die der Öffentlichkeit zugänglich waren. Vor Ostern war hier tote Hose.

Die Kinder stritten ständig.

»Wenn mich doch nur jemand adoptieren würde«, rutschte es Poppy in ihrer Verzweiflung heraus, nachdem wir auf der Suche nach einer Toilette eine halbe Stunde durch eine trostlose Stadt gelaufen waren.

»Das ist unfair«, sagte ich. »Das meinst du sicher nicht so.«

»Und ob«, entgegnete Poppy. »Sobald wir zu Hause sind, frage ich Sam und Martha, ob sie mich haben wollen.«

Nach den Gesichtern der anderen zu urteilen, amüsierte sich hier niemand. Was würde Martha tun, säße sie hier im Regen fest? Das Einzige, was mir dazu einfiel, war Martha, die sich umblickt und sagt: »Wisst ihr, was das ist? Ein Friedhof – ab nach Hause!« Aber ich konnte nicht früher abreisen, allen gegenübertreten und eingestehen, welch ein Albtraum unser Urlaub war.

Als ich vorschlug, einfach weiterzufahren und zu sehen, ob wir nicht etwas Netteres fänden, zum Beispiel in Alton Towers, meinte Graham: »Das können wir nicht machen, wir haben hier schon bezahlt, und überhaupt – vielleicht gefällt es dort ja den Kindern, aber was ist mit uns?«

»Na ja, dann vielleicht London«, wagte ich mich vor.

»Nach London können wir immer fahren.«

»Tun wir aber nicht, das ist es ja.«

Vielleicht würden zehn Tage in London uns nur langweilen. Vielleicht hätten wir es satt und für immer den Stempel einer des Lebens überdrüssigen Familie weg.

»Wann fahren wir endlich heim?«, fragte mich Josh schließlich, als er um zehn Uhr morgens von der Putzkolonne aus dem Fernsehzimmer geworfen wurde.

»Es war wunderbar«, antwortete ich auf die Frage, wie der Urlaub gewesen sei, »es war wunderbar, aber etwas zu früh. Ein späterer Monat wäre besser gewesen. Auf das Wetter im März kann man sich nicht verlassen.« Ich wollte nichts hören über den Skiurlaub der Frazers, obwohl die Kinder darauf bestanden, mir alles zu erzählen, und ich mir die Fotos anschauen und Begeisterung heucheln musste. Sie schilderten alles – genau so, wie ich es mir vorgestellt hatte – lachende Gesichter, Nadelbäume, Berghütten, Glühwein und Pferdekutschen.

Unser Urlaub schien Poppy in mehrfacher Hinsicht zu schaffen zu machen. Als wir nach Hause kamen, war sie mürrisch und hatte keine Lust auf die Schule – was ganz und gar nicht zu einem Kind passte, das nichts mehr hasste, als einen Schultag zu versäumen, und es nicht erwarten konnte, morgens aus dem Haus zu gehen. Die Ohrenschmerzen, unter denen sie als kleines Kind so häufig gelitten hatte, waren wieder da, in alter Intensität.

Der Arzt untersuchte sie, meinte jedoch, er könne keine Ursache entdecken. »Könnte es sein, dass sie sich über etwas Bestimmtes Sorgen macht?«, fragte er, bevor er das Rezept für die Tropfen ausstellte.

Worüber sollte sich Poppy in ihrem Alter Sorgen machen? Sie würde es mir doch bestimmt erzählen, wenn sie etwas bedrückte. Wahrscheinlich fiel es ihr nur einfach schwer, morgens aus ihrem warmen Bett zu krabbeln, wenn es draußen so ungemütlich kalt war.

Ostern kam und ging, nach diesem Sommer würden Scarlet und Poppy die Schule wechseln.

Nachmittags nach der Schule kümmerte ich mich immer noch um Marthas Kinder, so wie früher. Allerdings war es gedankenlos von ihr, Scarlet zu erlauben, Freunde mit nach Hause zu bringen, und dann von mir zu erwarten, sie zu verköstigen. Harriet Birch, ein unangenehmes Kind, das gerne Streit anfing, hatte entsetzliche Manieren und etwas »Verschlagenes«. So hätte Stella es bezeichnet, und für Harriet Birch schien dieser Ausdruck absolut zutreffend. Sie war der Typ, der sämtliche Spielsachen aus den Regalen holte, aber nicht daran dachte, sie auch wieder wegzuräumen. Sie konnte stundenlang Playstation spielen und sogar essen, während sie auf die Knöpfe drückte. Was zum Teufel fand Scarlet an ihr?

Man erzählte mir, Harriet mache nach der traumatischen

Scheidung ihrer Eltern gerade eine schwierige Phase durch. Wahrscheinlich war sie deshalb so durchtrieben, ich gab mir Mühe, darauf Rücksicht zu nehmen.

Poppy mochte sie nicht besonders.

»Warum verbietest du ihr nicht einfach zu kommen?«, fragte Poppy mich.

»Das kann ich nicht«, erklärte ich ihr. »Martha arbeitet, und es dauert vermutlich keine Stunde mehr, bis sie kommt. Dann können die beiden rübergehen. Wenn du nicht mitwillst, kannst du hier bleiben.«

Aber sie wollte mit den beiden mit. Sie legte sogar besonderen Wert darauf, so lange bei Martha drüben zu bleiben, bis Harriet ging. Und ich war mir nicht sicher, ob es richtig war, sie mit hinüberzuschicken, schließlich war Harriet Scarlets Gast und Poppy der uneingeladene Eindringling. Aber Scarlet beschwerte sich nicht, also ließ ich sie mitgehen.

»Warum bringst du nicht zur Abwechslung mal Freunde mit nach Hause?«, fragte ich meine Tochter.

Doch Poppy warf mir nur einen wütenden Blick zu, und ich bedauerte, etwas gesagt zu haben.

»Du machst dir zu viele Sorgen«, meinte Graham, wenn ich ihm von meinen Befürchtungen erzählte. »Scarlet und Poppy sind noch immer Busenfreundinnen und werden es wahrscheinlich für immer bleiben. Aber Scarlet ist so ein extrovertiertes Mädchen, sie braucht einfach auch andere Menschen um sich. Sieh dir doch nur ihre Mutter an.«

Was für ein Glück, dass ich Graham hatte, den in sich ruhenden, zuverlässigen und vernünftigen Graham. Während Martha so litt wegen Sam.

Nein, diese Affäre hatte sich nicht totgelaufen, wie ich gehofft hatte.

Verdammter Mistkerl. Nachdem, wie so oft, Tinas Auto

nicht in der Auffahrt stand, war Sams Affäre mit dieser Person noch genauso heiß wie am Anfang.

Vielleicht waren wir gar kein so trauriger Fall.

28

MARTHA

Vielleicht waren wir gar kein so trauriger Fall.

Sams Veränderung ging schleichend vor sich, sie fiel zunächst niemandem auf. Einmal hielt er sich den ganzen Abend mit einem Roboter auf, den Lawrence von meiner Mutter letztes Jahr zu Weihnachten bekommen hatte und den wir bisher noch nicht zusammengebaut hatten. Als die beiden zusammen auf dem Teppich lagen, erfüllte mich ihre Ähnlichkeit mit Stolz. Beide waren sehr drahtig, hatten dieselben krausen, dunklen Locken, dasselbe verschmitzte Grinsen.

Um nicht vollkommen den Verstand zu verlieren, hatte ich wieder angefangen zu malen. Jeder verrückte Pinselstrich und Klecks, ganz zu schweigen von der dick aufgetragenen Ölfarbe, konnte zumindest für kurze Zeit meine schlimmsten Ängste mildern. Während ich mich auf der Leinwand austobte, malträtierte Jennie ihre Tonklumpen. Sie hatte den Töpferkurs nicht aufgegeben. An sich ein Wunder für eine so labile Person wie Jennie, was aber noch weitaus bemerkenswerter war, war ihre natürliche Begabung für Form und Gestaltung. Sie hatte sich sogar an kleinen Bronzestatuen versucht, die sie bei Ausstellungen in der Gegend an Bewunderer verschenkte. Auch erhielt sie den Auftrag, eine Delfinstatue für den neuen Sainsburysupermarkt in Stamford Way zu machen. Nach diesem Riesenschub für ihr Selbstvertrauen fing sie an, ihre Sachen zu verkaufen. Zuerst auf einem Stand bei der Countyausstellung und dann in seriösen Kunstgewerbeläden. Ihre Arbeiten waren ansprechend, sie gingen weg wie warme Semmeln, man verglich Jennie mit Barbara Hepworth. Und als sie mit Henry's Place, einer todschicken Kunstgalerie in London, einen Vertrag unterzeichnete, war sie selbst am überraschtesten.

»Wer hätte gedacht, dass sie das kann«, bemerkte Sam spitz. Seine Geduld mit Jennie hatte nicht lange vorgehalten. Er ertrug ihre Anwesenheit nicht. Mit Österreich hatte sie Recht gehabt, Sam hatte ihr Mitkommen verhindert. Ich hatte mich für sie eingesetzt, jedoch vergebens. Noch ein Urlaub mit den Gordons, schwor Sam, und er bekäme einen Nervenzusammenbruch.

»Dieses Mal werde ich nicht nachgeben, da kannst du Gift drauf nehmen. Erinnere dich mal … sie sind absolute Lahmärsche. Du kannst unmöglich dieses Gejammer vergessen haben. In den letzten neun Jahren hat uns diese Familie auf die eine oder andere Weise jeden einzelnen unserer Urlaube verdorben. Das steht mir bis hier. Ich lass mich keinesfalls wieder breitschlagen. Vergiss es.«

Doch es war keine Lüge, als ich Jennie erklärte, sie würden es hassen. Ein Skiurlaub war einfach nicht ihr Fall. Erstens würde sie die Kälte stören, und zweitens hätte uns das dämliche Getue der Gordons alle beeinträchtigt, da es sich dabei um einen Gruppenurlaub handelte. Als ich versuchte, die Lage aus Poppys und Joshs Sicht zu schildern, flippte Sam aus.

Mir war es so wichtig, ihn nicht zu sehr zu reizen, dass ich feigerweise klein beigab. Insgeheim hoffte ich, dieser Urlaub bringe uns zwei wieder näher zusammen. Und ohne Jennie im Schlepptau und die tausend Probleme, die ihre Kinder verursachten, ließen sich meine Pläne leichter verwirklichen. Schließlich musste ich an mich denken, mein Wohlbefinden stand auf dem Spiel.

Ich glaube, der Urlaub half. Sam war wieder ganz der Alte, als wir vor Lachen brüllten, bis wir nicht mehr konnten, ein paar anspruchsvolle Pisten bewältigten und jeden Abend, wenn uns jeder Muskel wehtat, laut Lieder grölten, bevor wir uns im Bett zärtlich liebten.

Die Annäherung an seine Kinder war langsam und brauchte Zeit – Sam hatte so lange zurückgezogen und geistesabwesend neben uns hergelebt –, und hätte ich an Gott geglaubt, ich hätte mich auf den Boden geworfen, um ihm zu danken. Dieses Mal hatte Sams Affäre ewig gedauert, ich hatte schon geglaubt, ihn verloren zu haben. Nun war es am besten für uns alle, die Sache zu vergessen und uns anzustrengen. Ich wollte keine Geständnisse hören, keine Gefühlsausbrüche erleben. Ich wollte gar nichts davon wissen.

Als ich Sam von Jennies letzter Geschichte erzählte, rümpfte er die Nase. »Du hast den Mist doch nicht geglaubt?«

»Nein, anfangs natürlich nicht. Wir kennen sie ja, sie schreckt vor nichts zurück. Aber das war anders, sie beschrieb so viele Details. Und mir war nicht klar, was sie davon hatte, mich in die Geschichte einzuweihen.«

»Mitgefühl? Aufmerksamkeit? Sie mag inzwischen aus ihren hintertriebenen Motiven heraus ihr Verhalten verändert haben, aber sie würde sich den Fuß abhacken für ein Quäntchen Mitgefühl.«

»Ich erkenne dich ja gar nicht wieder«, erinnerte ich ihn. »Als Stella starb und selbst als Jennie aus der Klinik kam, da hattest du nur Vergeben und Vergessen im Sinn.«

»Die Zeiten ändern sich eben«, sagte Sam. »Jennie Gordon ist ernsthaft gestört, und du solltest nie für bare Münze nehmen, was sie dir erzählt.«

»Aber sie hätte doch nicht Graham in eine ihrer Lügengeschichten hineingezogen. So tief ist sie noch nie zuvor gesunken. Stell dir nur vor, wenn es je herauskäme. Wenn

Graham erführe, was sie über ihn gesagt hat – ein kranker Kerl, der auf Nutten angewiesen ist –, das wäre das Ende ihrer Ehe, aber sicher.«

»Du bist so dumm, Martha. Wann wirst du es je kapieren? Sie würde ihre eigenen Kinder verkaufen, um sich vor dir wichtig zu machen.«

»Sie ist jetzt ein anderer Mensch. Sie hat sich positiv verändert. Manchmal ist es richtig nett mit ihr.«

»Jeder hat das Recht auf seine eigene Meinung.«

Und mir war die angespannte Atmosphäre nicht entgangen, die sich breit machte, sobald Jennie bei uns war. Manchmal grenzte es schon an Feindseligkeit. »Inzwischen ist sie nicht mehr so auf mich fixiert, sie hat so viel um die Ohren mit ihren Erfolgen und der Anerkennung als Künstlerin.«

»Das ist doch alles nur Tarnung«, meinte er nicht ohne Überzeugungskraft, »und du bist so naiv und durchschaust es nicht. Warum glaubst du ihr überhaupt noch etwas, diese Frau hat dich verhext, Martha. Stell dir doch nur vor, Graham, der mit Nutten rumbumst. Ich bitte dich.«

»Wenn ich an Jennie denke, fühle ich mich immer schuldig.«

»Du kannst diese Schuldgefühle doch nicht immer mit dir rumschleppen.«

Wie leicht Sam es sich machte.

»Du bist die Einzige hier, die sich noch Zeit nimmt für diese Kuh«, fuhr er fort, fest entschlossen, mich zu überzeugen. »Die Fords, die Gallaghers, die Wainwrights und die Harcourts haben sie alle durchschaut – nur du nicht. Sie ist gefährlich, Martha, vergiss das nicht.«

Gefährlich? Etwas übertrieben ausgedrückt für die bedauernswerte beknackte kleine Jennie, doch mit allem anderen lag Sam richtig. Hilary Wainwright nannte sie illoyal,

Angie Ford konnte sie nicht ausstehen, für Tina war sie eine theatralische Zicke, und Sadie schwor, dass sie es nur darauf anlegte, Unruhe zu stiften. So viel Aggression, die sich auf eine kleine, schmächtige Person mit einem schmalen Koboldgesicht und kurzen, strähnigen Haaren richtete. Wenn Jennie nur über ihre Verliebtheit hinwegkäme und die Gordons wegzögen. Das wäre besser für sie. Mit der Sozialsiedlung nebenan ging es jedenfalls aufwärts. Die Hauspreise stiegen wieder.

Ich verteidigte Jennie noch immer, wo ich nur konnte.

Doch selbst Scarlet war plötzlich gegen Poppy eingenommen. Diese allgemeine Abneigung schien ansteckend zu sein wie die Grippe. Und Lawrence hatte schon vor langem klar gemacht, dass ihm jedes Kind lieber war als Josh, der noch immer nicht seinen Babyspeck verloren hatte. Josh war ein dickes Kind und litt darunter wie die meisten dicken Kinder. In Joshs Fall waren es nicht nur die Gene. Man sah ihn nie ohne seine Chipstüte, und er aß wie ein Scheunendrescher. Machte der Pommeswagen seine Runde, war er meist ganz vorne in der Schlange zu finden.

Scarlet stöhnte: »Immer hängt Poppy bei uns rum, Mummy, und manchmal wollen Harriet und ich einfach allein sein, ohne sie. Das ist nicht in Ordnung. Sie hat sogar Sachen von sich in meinem Zimmer. Und warum machen wir nie etwas ohne sie … in den Tierpark gehen, ins Kino oder auf eine Pizza? Warum müssen Poppy und Josh immer dabei sein?«

»Sag nicht so was, Scarlet. Nur weil du eine neue Freundin hast, bedeutet das nicht, dass du die alte einfach fallen lassen kannst. Ich hoffe, du bist nicht gemein zu der armen Poppy.«

»Das bin ich nicht, aber sie zwingt mich dazu, in der Schule neben ihr zu sitzen. Sie schreibt von mir ab. Sonst brächte sie gar nichts zustande.«

Das klang so gar nicht nach Scarlet. Aber wie üblich war ich zu beschäftigt, um mich auf Scarlets komplizierte Beziehungen einzulassen. Tausend Dinge mussten erledigt werden, bevor ich sie in die Schule schicken konnte, da war das verdammte Pausenbrot, das noch gepackt werden musste, Sam brauchte ein sauberes Hemd, und wo zum Teufel hatte ich bloß meine Schuhe hingestellt? Scarlet würde das selbst in Ordnung bringen müssen. Eine nützliche Erfahrung fürs Leben.

Vielleicht sollte ich mit Jennie darüber reden, wenn ich sie das nächste Mal sah.

Wir redeten darüber.

Was nichts brachte.

Jennie schob die ganze Schuld auf meine Kinder. Ich wusste nicht, wie ich damit umgehen sollte – *hatte sie womöglich Recht, und die beiden waren ekelhaft*? Doch bevor ich etwas unternehmen konnte, war Jennie schon in der Schule und quatschte auf Mrs. Forest ein, Scarlet und Harriet hätten sich gegen Poppy verbündet.

Das war das erste Mal, dass wir uns wegen der Kinder stritten. Und es war keine Bagatelle. Ich hatte es verhindern wollen, aber irgendetwas reizte mich bis aufs Blut … Ich konnte einiges wegstecken, das hatte ich zur Genüge bewiesen, aber wenn sie meine Kinder da hineinzog …

Jennie hatte hinter meinem Rücken gehandelt. Sie hatte sich unnötigerweise eingemischt, und für mein Gefühl war das ein wichtiges Problem, das die Kinder selbst klären sollten.

Außerdem hatte sie mit ihrem Verhalten alles nur schlimmer gemacht.

Jennie hatte keinen Grund, um sechs vorbeizukommen. Scarlet und Lawrence kamen inzwischen mit dem Bus nach

Hause, sie hatten Haustürschlüssel, machten sich etwas zu trinken, aßen einen Keks und begannen mit ihren Hausaufgaben, bis ich nach Hause kam. Sie bestanden darauf, sagten, das wäre ihnen lieber, als bei Jennie auf mich zu warten.

Jennie kam deshalb herüber, damit ihre Kinder mit meinen spielen konnten. Und, was mich verrückt machte, sie ließ sie allein hier und ging wieder hinüber, um das Abendessen vorzubereiten.

Darüber wollte ich mit ihr reden. Ich hatte beschlossen, die Kinder an einen Tisch zu bekommen und ein ehrliches Erwachsenengespräch mit ihnen darüber zu führen, was hier eigentlich vorging. Jeder sollte sagen, wie er sich dabei fühlte. Ich hatte nicht vor, mir von Poppy einen Bären aufbinden zu lassen. Es brauchte ein reinigendes Gewitter, bevor alles außer Kontrolle geriet. Jeder musste zu Wort kommen und das Gefühl haben, Gehör und Verständnis zu finden.

Ich hatte uns gerade erst ein Glas Wein eingeschenkt und mir eine Entspannungszigarette angezündet, als Sam hereinplatzte und Jennie mit Blicken durchbohrte. Wie konnte er sich nur so grässlich danebenbenehmen? Ihr konnte dieser Blick unmöglich entgangen sein ... ich fühlte mich entsetzlich. *Was zum Teufel war in ihn gefahren?*

»Ich wollte gerade gehen, Sam«, sagte sie unterwürfig.

»Gute Idee«, antwortete Sam, »ich kann es kaum erwarten.«

War das witzig gemeint? Es musste ein Scherz gewesen sein! Aber stopp – ich hatte mit Jennie reden wollen. Es war absolut notwendig, diese Angelegenheit zu klären. Als Sam sich geräuschvoll einschenkte und Jennie mit Bedacht ignorierte, sah ich mich gezwungen zu erklären: »Er hat einen harten Tag hinter sich.«

»Ehrlich gesagt habe ich keinen harten Tag hinter mir,

Martha, und du brauchst mich wirklich nicht zu verteidigen.«

»Ich versuche doch nur, dein schlechtes Betragen zu entschuldigen, Sam«, erwiderte ich. Später wollte ich ein ernstes Wörtchen mit ihm darüber reden. Er blieb nicht, um sein Glas auszutrinken, sondern donnerte es auf den Tisch und stand auf, um sich zu duschen, nachdem er sich zuvor noch erkundigt hatte, wann es Abendessen gäbe.

»Wenn ich dazu komme«, gab ich zurück.

»Ich für meine Wenigkeit hab einen Bärenhunger.« Was für eine grässliche Antwort.

Ich fühlte mit Jennie. Achselzuckend versuchte ich abzuschwächen: »Was zum Teufel ist nur in ihn gefahren?« Sie schwieg, wirkte jedoch blass und beunruhigt.

Unvermittelt explodierte sie. *»Warum lässt du dir das gefallen?«*, rief sie entrüstet.

Das war ganz und gar nicht untypisch für sie. »Du kennst doch Sam …«

»Ich weiß nicht, was du an diesem Mistkerl findest. Das war mir schon immer ein Rätsel.« Sie fuhr die Spur der Holzmaserung nach, gewöhnlich ein Zeichen, dass sie noch mehr sagen wollte.

»Er kann wunderbar sein«, erklärte ich ihr. »Zumindest manchmal.«

»Aber er benutzt dich, Martha, er macht sich über dich lustig.«

»Das hat er früher getan, richtig, aber jetzt renkt sich alles ein …«

»Nichts ist anders«, entgegnete Jennie leise.

»Wie bitte?«

»Nein, und das ist der Grund, warum er sich so widerlich aufführt. Weil ich weiß, was los ist.«

Mir drohte die Brust zu zerspringen, so hämmerte mein Herz. Ich hatte ein Gefühl, als hätte ich in etwas Verdorbenes gebissen und wollte es ausspucken, bevor ich es hinunterschluckte. Doch ich musste ihr die Frage stellen: »*Was weißt du?*«

»Ich weiß, was das Schwein die ganze Zeit treibt. Und er versucht, dich gegen mich aufzuhetzen, Martha. Das ist mir klar und dir ebenfalls. Er geht nicht gerade subtil vor.«

Was wusste Jennie?

Mein Gott – *stimmte das?* Oder war das Jennies Methode, Sam anzuschwärzen, damit ich für sie Partei ergriffe? Aber ganz egal, welche leidenschaftlichen Gefühle Jennie für mich hegte, wie verzweifelt sie meine Freundschaft begehrte, sie würde doch nicht so weit gehen, meine Ehe zu zerstören? Ich wollte sie zum Schweigen bringen, *ich konnte es nicht.* War ihr nicht klar, was immer sie mir erzählte, ob sie die Wahrheit sagte oder log, das Ergebnis wäre dasselbe? *Ich würde sie hassen.* Hatte sie denn keine Ahnung von meiner Liebe zu Sam?

»Er betrügt dich seit Jahren«, sagte sie und fuhr erneut die Maserung mit ihrem Finger nach. »Ich weiß es bereits seit einiger Zeit, wollte dir aber nichts davon sagen, weil ich hoffte, es liefe sich irgendwann tot.«

»Was liefe sich tot, Jennie?« Doch ich wusste es! *Ich wusste Bescheid!* Warum glaubte sie, es mir sagen zu müssen?

Sie änderte die Taktik, hob die Augen, die bisher gesenkt waren, und warf mir nervöse Blicke zu. »Hast du es vermutet? Du hast nie etwas gesagt. Dein Vertrauen zu mir war nie allzu groß, stimmt's?«

Wie konnte sie den Fehler begehen zu glauben, dass sie, Jennie, mir sogar jetzt, in dieser schrecklichen Situation, Leid täte, weil ich, Martha, ihr nicht vertraut hatte? Ihr ständiges Kreisen um sich selbst war so widerlich. Und der einzige Grund für dieses Geständnis war, dass sie sich an Sam rächen und bei mir einschleimen wollte.

»Möglicherweise habe ich es die ganze Zeit gewusst und wollte es einfach nicht wahrhaben.« Ich klammerte mich an den letzten Rest meiner Selbstbeherrschung. »Eine menschliche Reaktion, habe ich mir sagen lassen.«

»Aber Martha, während du dir etwas vormachst, macht er immer weiter …«

»Wer war es, Jennie?« Wie sie danach lechzte, es mir zu sagen!

»Tina Gallagher«, erklärte sie.

Das passte. Tina, kurvig und mit einem riesigen Kussmund ausgestattet, war eindeutig Sams Typ. Aber ich konnte den Blick nicht von Jennie wenden, diese Anspannung war kaum zu ertragen.

»Warum siehst du mich so an? Das Letzte, was ich wollte, war, dir wehzutun.«

Ich war so allein in diesem tosenden Chaos. Ich stand auf, fegte die Gläser vom Tisch. Sie zersplitterten auf dem Boden. Wie eine Wilde brüllte ich, so laut ich konnte: »VERSCHWINDE AUS MEINEM HAUS …«

»Warte, Martha …«

Ich ertrug es kaum, mit ihr zu sprechen. »Ich sagte, verschwinde hier … Herr im Himmel, ich hab mich so geirrt, du fieses, böses Weib, du Ausgeburt der Hölle. Alle hatten sie Recht, alle bis auf mich – ich bin so bescheuert, so blind …«

Sie war leichenblass, wie betäubt, gebückt, als habe sie ein Schlag getroffen, sie bewegte sich rückwärts auf die Tür zu wie eine schwarze, hässliche Spinne. *»Martha, Martha, bitte …«*, schluchzte sie.

Wenn sie nicht auf der Stelle verschwand, würde ich sie töten, würde so lange auf sie einprügeln, bis sie aufhörte zu reden. Ich würde ihr die Haare ausreißen, die Augen ausdrücken, diesen greinenden, sabbernden Mund für immer zum Schweigen bringen. Ich fuhr mit einer Klaue durch die

Luft vor meinem Gesicht. »DU WIRST MICH NICHT ZU DIR HINUNTERZIEHEN, HÖRST DU, WAS ICH SAGE. DU VERDAMMTE LÜGNERIN.« Und ich hörte nicht auf zu schreien, als sie schon längst mit dem Rücken zur Tür stand. »Du würdest vor nichts zurückschrecken, für deine kranken Wünsche würdest du deine Kinder hergeben, es wäre dir lieber, sie wären tot ...«

»Lieber Gott! Martha!« Sam stürzte herein, sah mich auf dem Fußboden und Jennie zusammengesunken an der Tür lehnen. »Was zum Teufel geht hier vor?« Er war nackt bis auf ein Handtuch, das er sich um die Hüfte geschlungen hatte.

»Jennie ist gerade dabei, zu gehen«, stieß ich hervor. »Nicht wahr, Schatz? Und du kommst nie, nie wieder zurück. Ich will dein Gesicht nie wieder sehen ...« Ihren widerlichen Namen auf der Zunge zu spüren reichte, und mir war zum Speien zumute.

»Aber ...«

»Halt die Klappe, Sam!« Ich bebte vor Wut. »Ich werde allein damit fertig. Dieses fiese kleine Miststück wird nie mehr ...«

»Sie ist weg, Martha, beruhige dich. Beruhige dich. Sie ist weg, *schau, Jennie ist weg.*«

Ich zitterte noch immer wie Espenlaub und sank in seine Arme. Ich gestattete es mir, getröstet zu werden. Stammelnd erzählte ich ihm, was geschehen war. »Sie sagte ... sie sagte ... sie versuchte mir einzureden, dass du und Tina ... du und Tina ...«

»Diese Dreckschleuder«, knurrte Sam. »Diese widerliche Intrigantin.«

»Du hattest Recht«, sagte ich, während ich mir die Augen wischte, »du hattest die ganze Zeit über Recht. Ich hatte Schuldgefühle, sie tat mir Leid, und auf eine merkwürdige Weise fühlte ich mich verantwortlich für sie ...«

»Du konntest nie etwas für Jennies Krankheit«, tröstete mich Sam, als ich zitternd in seinen Armen lag. »Es dauerte einfach, bis wir erkannten, wie daneben sie ist. Und du standest ihr zu nahe, um das sehen zu können. Und was diese üble Geschichte mit ihr und Graham betrifft …«

Ich schniefte und schnäuzte mich mit einem Papiertaschentuch, das Sam auf dem Tisch fand. »Der arme Graham«, begann ich, »und diese armen, armen Kinder …«

»Diese Kinder, die dir so Leid tun, machen das Leben für unsere Kinder zur Hölle. Seit Jahren hängen sie wie die Zecken an ihnen und saugen sie aus, und du wolltest es nicht sehen.«

»Ich weiß, das ist mir jetzt klar.« Meine Stimme hörte sich an wie die eines Kindes. »Ich habe es dir noch nicht erzählt, aber Mrs. Forest hat Jennie angerufen, um ihr zu sagen, Scarlet sei gemein zu ihr.«

»Psst, Martha, psst, es ist vorbei.«

Mit einem Mal fühlte ich mich unglaublich erleichtert. Ich beeilte mich, ihm zu erzählen: »Ich musste hinfahren und Scarlet abholen und mit ihr darüber sprechen. Aber es waren gar nicht Scarlet und Harriet, es war Poppy, die versucht hatte, sie in Schwierigkeiten zu bringen. Kein Wunder, dass sie die ganze Zeit über so beunruhigt waren und von ihrer Freundschaft nichts wissen wollten.«

Sam hatte ein hochrotes Gesicht. »Nur gut, dass ich nichts davon wusste.«

»Scarlet hatte versucht, mir davon zu erzählen, aber es war immer zu viel los, und ich hörte nie richtig zu, und dann ging Jennie hinter meinem Rücken …«

»Was denn sonst? Ist doch typisch. Aber jetzt kennst du die Wahrheit und kannst anders damit umgehen.«

Sam streichelte mir über das Gesicht, um mich zu beruhigen. »Aber wie konnte sie das nur tun, Sam? *Wie konnte sie mir nur über dich und Tina solche Lügen auftischen?*«

»Für Jennie gibt es keine Grenzen, was dich angeht«, antwortete Sam. Er küsste mich sanft, zündete sich eine Zigarette an und meinte: »Jetzt ist es vorbei, Martha, lass nur, es ist alles vorbei, und ich liebe dich.«

Und ich war mir absolut sicher, er meinte es genau so.

Ich wollte nur noch schlafen, in seinen Armen schlafen.

Mir war klar, mehr Stress dieser Art konnte ich nicht ertragen. Ich war ein Wrack.

29

JENNIE

Mir war klar, mehr Stress dieser Art konnte ich nicht ertragen. Ich war ein Wrack.

Meine Arbeit rettete mich.

Dafür brauchte ich nicht innerlich ruhig sein – je aufgewühlter, desto besser die Ergebnisse, je mehr es mir das Herz zerriss, desto schneller arbeitete ich, die Ideen stürzten nur so auf mich ein, während ich aus dem Chaos eine Art Ruhe in die zerklüftete Landschaft meiner gequälten Seele schlug und formte.

Die Kurse lagen hinter mir, seit mir Josie erklärt hatte, sie könne mir nichts mehr beibringen. Ja, das war wirklich ein toller Moment gewesen. »Ab jetzt bist du auf dich gestellt, Jennie, und du wirst es schaffen«, hatte sie gesagt und eine von rotem Lehm verkrustete Hand ausgestreckt. »Ich beneide dich um dein Talent, wirklich.«

Doch zurzeit gab es nichts, was mich trösten konnte.

Trübsinnig sah ich zu, wie Graham die Garage für meinen neuen Brennofen ausräumte, sein Geburtstagsgeschenk für mich. Er hatte ihn aufgestellt, Regale gebaut und den Boden gefliest.

»Braucht ihr dafür denn keine Baugenehmigung?«, rief Sadie im Vorbeilaufen. Graham ignorierte sie.

Die Stimmung in der Straße war ziemlich gereizt, und ich schien, wie so oft, der Stein des Anstoßes zu sein.

Und natürlich tauchte die Planungskommission auf, nachdem eine von sämtlichen Anwohnern unterzeichnete Petition eingegangen war, mein Atelier sei ein öffentliches Ärgernis – nur einer der vielen kleinlichen Angriffe, denen wir ausgesetzt waren. Der Vorsitzende der Kommission, Mr. T. Jackson, konnte keinen Verstoß gegen bestehende Richtlinien entdecken, zumal wir die Fassade nicht veränderten und auch keine neuen Fenster eingebaut hatten. »Aber eine Nutzungsänderung?«, überlegte er. »Das könnte problematisch werden.«

Kein Fenster, keine Sicht nach draußen.

Jede freie Minute arbeitete ich unter greller Neonbeleuchtung. Ich formte, bog meine Drahtgestelle zurecht, ich schnitt, modellierte und brannte, und das alles mit einem Scherbenhaufen im Kopf und einem Gedankenwirrwarr, der sich mit der Töpferscheibe im Kreis drehte. Natürlich musste ich Graham eine Erklärung für dieses verzweifelte Treiben geben. Und so erzählte ich ihm wahrheitsgemäß von Tina und Sam und Marthas wütender Weigerung, sich der Wahrheit zu stellen.

»Martha glaubte also ihnen, nicht mir. Sie redete sich allen Ernstes ein, ich hätte mir das Ganze ausgedacht.«

»Aber warum hast du es ihr erzählt, Jennie? Herr im Himmel, du hast es mir gegenüber verschwiegen, *warum nicht ihr gegenüber?*«

Warum? Wie konnte ich ihm das nur sagen? Wie das erklären? »Weil ich es nicht länger ertrug, mit anzusehen, wie sie verarscht wurde.«

»Immer noch besser als Folter.« Grahams psychologisches Verständnis überraschte mich. Er trommelte mit seinen langen Fingern auf den Tisch, ihm ging es nur darum, mir zu ersparen, zur Persona non grata zur werden. »Doch diese Feindseligkeit wird nicht ewig dauern, sie kostet letztlich zu viel Zeit. Andere zu drangsalieren ist anstrengend. Die einzige Antwort darauf ist, die anderen nicht zu beachten und so normal wie möglich weiterzuleben.«

An unserem Leben war nichts »normal«.

So einfach würde es auch nicht werden.

»Zeigt ihnen nicht, wie sehr euch das trifft«, erklärte ich Poppy und Josh, und es brach mir das Herz. »Die Freude dürft ihr ihnen nicht machen.« Es tat so weh, zuzusehen, wie sie ohne eigene Schuld geächtet wurden, geschnitten wurden von den Kindern, die auf Skateboards und Rädern an ihnen vorbeisausten. Poppy wurde nicht mehr zur Schule abgeholt und kam allein nach Hause. Wenn sich der Anger am Abend in einen Spielplatz verwandelte, leerte er sich, sobald Poppy oder Josh auftauchten. Überall verschwörerisches Gewisper und Getuschel, und alle verschwanden ins nächstgelegene feindselige Haus.

Was hatte ich meinen Kindern nur angetan.

Lieber Gott, wie sollte ich ihre unschuldigen Fragen beantworten? Wie konnten sich ihre Freunde bloß so gegen sie wenden? Einer von ihnen musste gelauscht haben, wie es Kinder tun, als man sich in der Straße das Maul über mich zerriss. Sie mussten die allgemeine Stimmung mitbekommen haben. Wir wurden mit Schimpf und Schande überhäuft, galten als eine Familie von Störenfrieden, für die die Regeln des Anstandes außer Kraft gesetzt werden durften. Intelligent und mit ihrer natürlichen Begabung für Manipulation war Scarlet die geborene Anführerin.

Die Erkenntnis, wie wenig man mich in unserer Straße mochte, traf mich wie ein Schlag. Mir war zuvor nicht klar gewesen, wie sehr ich unter Marthas Schutz gestanden hatte. Nun waren sie losgelassen, diese Frauen, die so manch alten Groll hegten, verbitterte alte Aasgeier, die auf jeden Krümel einhackten, nur darauf aus, sich auf alles zu stürzen, es zu zerreißen und zu vernichten.

Ich versuchte, einzeln mit ihnen zu reden, aber als Feind Nummer eins erreichte ich nicht allzu viel. Hilary Wainwright drehte sich um und marschierte davon, als wäre ich

Luft. Angie Ford verhielt sich genauso, und mir fehlte der Mut, Sadie anzusprechen, da ich zu ihr noch nie einen Draht gehabt hatte.

Ich ging mit einer gut vorbereiteten Rede hinüber zu Marthas Haus. Die Tür blieb verschlossen für mich.

Ich versuchte sie anzurufen.

Sie legte den Hörer auf.

Ich schickte ihr Briefe, versuchte, meinen Kindern zuliebe, die Martha immer gemocht hatte, an ihre Vernunft zu appellieren. Ich konnte einfach nicht akzeptieren, dass sie tatenlos zusah, wie so grausam mit ihnen umgesprungen wurde.

Die Männer blieben höflich, wenn auch distanziert. Obwohl sie sich an der Hetze gegen mich nicht beteiligten, entging ihnen nicht, was sich hier abspielte. Sie mussten es stillschweigend akzeptiert haben. Als Graham versuchte, die Sache ins Lot zu bringen, in einem Gespräch von Mann zu Mann mit Anthony Wainwright, erklärte man ihm, er wisse nur die Hälfte, ich sei eine rachesüchtige Person, die nur ihre verdiente Lektion erhalte.

Man sagte ihm, die Kinder würden das schon verkraften. »Es wäre einfacher für alle Beteiligten«, riet ihm Anthony, »wenn du mit deiner Familie von hier wegziehen würdest.«

Nachdem wir das sechs Wochen über uns hatten ergehen lassen, kamen wir beide zu dem Schluss, dass uns keine andere Wahl blieb. So konnten wir unmöglich weiterleben. Die Kinder mussten weg von hier, bevor bei ihnen ein bleibender Schaden entstand.

Swimmingpool, brandneues Atelier, sichere und gehobene Wohngegend – alles aufgeben wegen einer Dummheit. Wir hatten so große Hoffnungen, als wir hierher zogen, und nun waren wir tief gefallen. Das Schild »For Sale« wurde aufgestellt, und wir begannen uns nach Häusern in Stadtnähe umzusehen. Neue Schulen für die Kinder schienen vernünftig – kommenden September wäre Poppy in die Gesamtschule gekommen, sie wäre in die C-Klasse eingestuft worden, im Gegensatz zu Scarlet, die in die zwei Stufen höhere A-Klasse gekommen wäre. Die Typen, mit denen Poppy dort zusammenkäme, wären von der raueren Sorte, die sich nicht wirklich fürs Lernen interessierten. Eine Privatschule wäre die Lösung, und mit Josh erging es mir genauso. Der arme Kerl vermisste Lawrence bereits so sehr, dass er jeden Abend heulte und sich weigerte, ihm seinen Buzz Lightyear zurückzugeben.

Die Kinder aus der Straße hatten, angeheizt von der allgemeinen Stimmung gegen uns, angefangen, die Grenzen auszureizen und auszuprobieren, wie weit sie gehen konnten. Die kleine Bande, die von Scarlet und Lawrence angeführt wurde, bestand aus Harriet und anderen Schulfreunden, den beiden Wainwrightjungen und Angie Fords Neffen. Sie waren alle stinksauer wegen des Poolverbots, dabei hatten wir das nicht ausgesprochen, sondern ihre Eltern. Als daher die ersten Leute zur Hausbesichtigung eintrafen, spielten diese Quälgeister auf dem Anger Fußball, wobei sie darauf achteten, das Ding ständig in unseren Garten zu schießen, das Auto und unsere Fenster unter Beschuss zu nehmen und den Ball schließlich in unserer Dachrinne landen zu lassen.

»Diese Anlage mit den offenen Gärten«, meinte ein Mr. Gregson mit Seitenblick auf seine Frau, »ist vielleicht doch nicht ganz das Richtige für uns.« Seine adrette kleine Frau war da schon direkter. »Wie halten sie dieses unmögliche Benehmen nur aus? Diese Rotznasen sind ja außer Rand und Band! Die müssen von dieser Sozialsiedlung drüben kommen, die sich entgegen aller Beteuerung offensichtlich keineswegs gebessert hat.«

Also verlegten wir die Besichtigungstermine auf vormittags und den frühen Nachmittag und vermieden die Sommerabende, an denen diese Kinder sich am liebsten draußen aufhielten. Doch dann kam einer dieser Rabauken auf eine neue Idee. Sie schütteten rote Farbe in den Swimmingpool.

»Jetzt reicht's«, meinte Graham, »Zeit, die Polizei zu holen.«

Was vollkommen zwecklos war, was konnten sie schon machen. Sie erklärten uns: »Da haben Sie Glück, wenn das das erste Mal ist. Wenigstens sind Sie versichert. Es gibt Leute, die machen jeden Tag weitaus Schlimmeres mit.«

Graham ließ nicht locker. »Aber das ist ein gegen uns gerichteter Rachefeldzug. Jeden Tag ist etwas anderes los.« Er klang so erschöpft, so stocksauer.

In ihren Augen litten wir unter Verfolgungswahn, verdienten wahrscheinlich die ganze Kacke, denn warum sonst sollten sich sämtliche Nachbarn gegen uns verbünden? »Um etwas zu unternehmen, bräuchten wir Beweismaterial, und das ist nur schwer zu bekommen.« Ich bot den zwei Bullen keinen Tee an. »Ohne Beweise sind uns die Hände gebunden. So können wir diese Typen nicht vor Gericht bringen.«

Sie waren unterbesetzt, unter Druck, die Polizei war mit Sicherheit nicht mehr das, was sie früher einmal war. Diese zwei würden sich nichts aufhalsen, wenn es sich irgendwie vermeiden ließe.

An wen konnten wir uns wenden?

Wir fühlten uns so im Stich gelassen.

Wir waren Gefangene in unserem eigenen Haus. Wenn Poppy und Josh heimkamen, schlichen sie in ihre Zimmer und machten die Tür hinter sich zu.

»Bald ist das Schuljahr zu Ende«, sagte ich, »dann könnten wir vielleicht wegfahren.«

»In der Schule ist es nicht so schlimm wie hier«, entgegnete Josh. »In der Schule lassen sie mich in Frieden.« Und ich stellte mir vor, wie er auf dem Pausenhof alleine herumstand.

»Poppy? Was ist mit dir?«

Meine Tochter weinte leise vor sich hin. Wütend schluchzte sie: »Frag mich nicht, es ist die Hölle, schick mich nicht mehr dorthin ...«

»Es sind ja nur noch zwei Wochen ...«

»Ein Tag ist schon zu viel«, weinte sie. Wie gut ich ihre Verzweiflung nachfühlen konnte. »Mrs. Forest lässt mich im Sekretariat bleiben, manchmal helfe ich Mrs. Gould beim Tippen. Umschläge und so was, klebe die Briefmarken auf.« Sie konnte nicht weitererzählen, legte den Kopf auf die Arme. Gott, hatte ich eine Wut im Bauch. *Was war das für eine Schule?* Was brachte es, sie dorthin zu schicken, ihr das anzutun? Doch sie wegzunehmen hieße, die Niederlage einzugestehen. Ich hoffte nur, sie würde nicht wieder anfangen zu schwänzen und in der Fußgängerzone enden, wo ihr alles Mögliche zustoßen konnte.

»Das ist alles meine Schuld«, erzählte ich Graham. »Du weißt ja nicht ...«

»Erzähl mir nichts, Jennie. Nichts, was du getan haben könntest, rechtfertigt das.« Wieder war er mein starker Beschützer, der mich verteidigte und tröstete, so wie in der Zeit, bevor ich Martha liebte. »Und das ist eine ganz gemeine Boshaftigkeit, wie man sie von hirnlosen Asozialen erwarten würde. Diese Arschlöcher sollten es besser wissen.« Er war kreidebleich und so wütend, als platze er gleich. Ich legte ihm die Hand aufs Knie, und wir saßen schweigend nebeneinander, jeder allein mit seinen Gedanken.

Und wenn er es doch wusste? *Wenn sie es ihm gesagt hatten?* Sie hatten so viel gegen mich in der Hand, falls sie mich vernichten wollten – dieser ganze Verrat, unser Sexleben, die Geschichte über unser erstes Treffen, mein Gefummel mit Martha. Herr im Himmel, meine Vergötterung Marthas, mein Selbstmordversuch.

Und dann die schrecklichen Geheimnisse, von denen niemand wusste. Ich hatte absichtlich mein Kind verletzt, um mir Marthas Mitgefühl zu erschleichen, ich hatte eine drohende Fehlgeburt simuliert und den mir anvertrauten Kindern durch mein Gebrüll und meine Tobsuchtsanfälle eine Heidenangst eingejagt. Ich hatte mich sogar über den Tod meiner eigenen Mutter gefreut.

An den Wochenenden fuhren wir mit den Kindern für einen Tag weg, um ihnen etwas Gutes zu tun. Alles war besser, als zu Hause herumzusitzen und sich dieser Feindseligkeit auszusetzen, die uns wie eine schwarze Wolke umgab, als zum Fenster hinaus auf die Freifläche vor unserem Haus zu sehen, wo sich unsere Feinde versammelten. Wir strengten uns an, betont fröhlich zu sein, was natürlich nicht klappte. Wir waren nun mal nicht so unbeschwert, selbst in unseren besten Zeiten nicht.

Krampfhaft versuchten wir, ihre nächsten Angriffe vorauszusehen, wogegen sie sich richten könnten. Wer steckte hinter dieser teuflischen Rachsucht? Wer heckte das alles aus? Es gelang uns nicht, diese Frage zu beantworten. Doch eines wussten wir, wenn wir vor die Tür traten, hieß es, sich nichts anmerken zu lassen.

Hinter den Anrufen, bei denen der Hörer, ohne ein Wort zu sagen, aufgelegt wurde, steckten sicher die Kinder. Ich konnte sie hinter vorgehaltener Hand lachen hören. Wie viel Vandalismus wurde von unseren Nachbarn verursacht und wie viel davon von den Kids aus der Sozialsiedlung, die, zum Schrecken der Hausbesitzer, seit letztem Jahr verstärkt dazu neigten, auf dem Heimweg vom Pub zu randalieren?

Meine Wäscheleine war voll gepackt mit Wäsche, als sie durchgeschnitten wurde.

Unsere Blumenbeete wurden zertrampelt.

Die Blüten unserer Rosen wurden abgerissen.

Die Reifen von Grahams Auto wurden aufgeschlitzt.

Aus meinem Atelier verschwand Werkzeug.

Eines Tages lag ein schmutziger alter Regenmantel vor unserer Haustür. Was Graham irritierte. Doch mir war klar, was das zu bedeuten hatte – und dass Sam hier seine Hand im Spiel hatte. Und das war der ultimative Dolchstoß. Martha musste Sam die Geschichte erzählt haben, wie Graham und ich uns das erste Mal trafen. Sam würde keine Sekunde zögern, das jedem zu erzählen, der es hören wollte. Doch das berührte mich nicht länger, mein Leben war bereits zu einem Albtraum geworden.

Freude empfand ich nur in den paar Bruchteilen einer Sekunde, wenn ich von dieser Qual erlöst war … diesem kurzen Moment vor dem Aufwachen am Morgen.

Ich verdiente diesen Rachefeldzug, hatte mir das selbst zuzuschreiben, so entsetzlich wie ich mich die Jahre hinweg benommen hatte. Aber meine Familie war unschuldig. Vielleicht sollte ich eine Weile woanders wohnen, bis das Haus verkauft war. Ich spielte mit dieser Idee, die Vorstellung davonzulaufen war verlockend. Etwas zu tun versprach wenigstens etwas Linderung.

Wir fanden ein Graffiti auf unserer Garagentür, Graham übermalte sie, bereits am nächsten Tag war es wieder da.

Und die ganze Zeit über fragte ich mich – wie konnte Martha bei so etwas mitmachen?

Wusste sie wirklich, was vorging?

Doch sie wollte sich nicht mit mir treffen, sie weigerte sich, selbst wenn ich sie auf der Arbeit anrief.

»Martha kann gerade nicht sprechen«, war die Botschaft, die nach längerer Wartezeit schließlich bei der Dame an der Rezeption ankam. Was war ihre Rolle bei dem Ganzen – cool, amüsiert, feindselig, oder zog sie die Fäden, war sie der Motor dieses Horrorfilms?

Ich wandte mich sogar an Gott, den strengen Gott meiner Mutter. »Verzeih mir, verzeih mir meinen Egoismus, lieber Gott, bitte sag mir, was ich tun soll.«

Es war zwecklos, laut zu weinen.

Niemand wollte mich hören.

Während der Woche war ich alleine zu Hause. Dann hatte ich nichts zu tun, außer nachzudenken oder zu arbeiten. Ich wiegte mich in meinen Armen, ich stöhnte, die Vorstellung, meine Kinder würden wie ich zu hilflosen Opfern, war unerträglich. Ich steckte mir die Finger in den Mund und biss zu, um mich von meinem seelischen Schmerz abzulenken.

Dann zwang ich mich zu arbeiten. Ich schuftete ab dem Augenblick, in dem meine Familie das Haus verließ, und hörte erst auf, wenn sie zurückkehrte. Und nachts, wenn alle schliefen, zog ich mir oft etwas über und schaltete das Licht in meinem Atelier ein, arbeitete, bis der Morgen graute. Experimentierte mit neuen Formen, neuen Glasierungen, während ich mich durch die grauenvollen Korridore meiner Albträume schleppte.

Die Garage war nicht durch die Alarmanlage des Hauses gesichert, und ich hatte eine Todesangst, ein Kind könne sich in mein Atelier stehlen und mein Werk zerstören. Allmählich begann es mir immer mehr zu bedeuten. Ich übertrieb es mit Riegeln und Vorhängeschlössern.

»Mir ist egal, was zu Bruch geht, solange wir sicher sind«, sagte Graham.

»Sie würden uns doch nicht wirklich etwas antun?« Ich war erstaunt, dass er überhaupt auf die Idee kam. Sie waren hinter mir her, mich verabscheuten sie. Was könnten sie schon groß tun – mir die Haare abschneiden, mich teeren und federn, mir die Kniescheiben zerschmettern? Das war absurd.

»Ich weiß gar nichts mehr«, gestand Graham tonlos. »Wie sollte ich etwas wissen, wie sollte irgendjemand etwas wissen. Das hier übersteigt meinen Verstand.« Er hatte einen Schürhaken neben dem Bett liegen.

»Ich hab das schon früher mal durchgemacht«, erinnerte ich ihn. »Das meiste davon. Es war genauso entsetzlich. In der Schule wurde ich drangsaliert, und niemand kümmerte sich darum. Wenigstens sind wir jetzt zu zweit. Stell dir nur vor, wir wären allein und hätten uns nicht.«

Wir waren so an diese anonymen Anrufe gewohnt, dass abends nur noch Graham ans Telefon ging. Das Schrillen hatte inzwischen etwas derart Bedrohliches, dieses kurze Zucken, das durch das Telefon zu gehen scheint, bevor es anfängt zu läuten. Wir hüpften alle auf, wenn das Telefon losging, unterbrachen, was wir gerade machten, und starrten uns mit weit aufgerissenen Augen an.

Falscher Alarm! Wir atmeten auf. Es war ein Kunsthändler namens Hamish Lisle, über den Graham und ich uns insgeheim lustig machten. Weshalb er mir kurz zuzwinkerte.

»Die Sache ist die, Schätzchen, da ist jemand bei mir, der sich nichts sehnlicher wünscht, als dich kennen zu lernen. Wann käme es dir denn gelegen?«

Hamish mit seinen knalligen Seidenwesten führte zusammen mit seinem engen Freund Tomikins eine Galerie in London.

Sofort ergriff mich Panik – abends kam überhaupt nicht in Frage, und in letzter Zeit waren auch Wochenendtermine unmöglich geworden. Sollte irgendetwas Unangenehmes vorfallen, wäre es mir zuwider, unsere Lage einem völlig Fremden erläutern zu müssen. »Es ist im Augenblick etwas kompliziert, mir geht es nicht so gut …«

»Meine Süße, ich würde dich damit ja nicht belästigen, aber es ist ziemlich aufregend bei uns hier. Demetrius Hogg? Sagt dir der Name etwas? Ganz groß drüben in den USA, will dich kennen lernen mit der Absicht, etwas für einen wichtigen Kunden in Baltimore zu kaufen. Verstehst du, worauf ich hinauswill? So jemandem gibt man keinen Korb …«

»Wer, hast du gesagt?«

»Demetrius Hogg.«

»Ich hab von ihm gehört.«

»Denkst du, du hast etwas, das du ihm zeigen kannst?«

»Da steht eine ganze Menge Zeug rum, ich hab in letzter Zeit ziemlich viel gearbeitet …«

»Fantastisch. Halten wir einfach Mittwoch fest. Ich fahr den Kerl raus zu dir, und wir essen eine Kleinigkeit zu Mittag, wenn er einen Blick auf deine Sachen geworfen hat. Was meinst du?«

»Mittwoch klingt gut.« Was hätte ich sonst sagen sollen angesichts einer solchen Chance?

»Wunderbar, meine Süße. Ich muss jetzt weg, chin chin.«

Ich legte langsam den Hörer auf. Das war eine Stimme aus einer anderen Welt gewesen, und zuweilen fiel mir die Vorstellung schwer, dass so ein Ort existierte. Der Terror in unserer Straße durchdrang alles, wenn man sie so gut wie nie verließ. So wie ich. Selbst bei den Kindern hatte ich es zugelassen, dass Mulberry Close und die Menschen, die dort wohnten, einen irrsinnigen Stellenwert in ihrem Leben einnahmen. Wir saßen hier in der Falle, wie die Fliegen in einem Spinnennetz.

Niemals war ich überzeugter als in diesem Augenblick, dass wir fort mussten von hier.

Wenn ich nur ohne Martha leben könnte.

Ich verabscheute mich, fand mich grauenvoll und widerlich, auch nur so zu denken.

Ich musste diese Frau loswerden.

30

MARTHA

Ich musste diese Frau loswerden.

Aber war das der richtige Weg? War es fair, ihr derart die kalte Schulter zu zeigen? Sam meinte, ich solle mich raushalten, ich hätte mit meiner Einschätzung, was diese Intrigantin anging, so lange völlig danebengelegen, dass es Zeit sei, dass ich den Mund hielt und mich ebenso wie die anderen ins Zeug legte. Durch den Gruppendruck wären die Gordons gezwungen wegzuziehen, und das war das einhellige Ziel.

»*Aber die Kinder?* Die kann man doch nicht mit hineinziehen.« Ehrlich gesagt hatte ich in dieser Phase keine Ahnung, welches Ausmaß diese Grausamkeiten gegen die Gordons angenommen hatten. Diese Schikanen hätte ich niemals toleriert.

»Die Kinder kommen schon drüber hinweg, die sind zäh«, versicherte mir Angie Ford, die, da sie kinderlos war, keine Ahnung hatte. »Sieh den Tatsachen ins Gesicht, Martha, wenn die Gordonkinder hier bleiben, würden sie nur noch mehr leiden. Niemand kann sie wirklich ausstehen, diese verwöhnten Fratze.«

»*Aber ich mag sie.* Sie sind mir ans Herz gewachsen.«

»Auf lange Sicht würden sie es dir nicht danken, dieses falsche Spiel aufrechtzuerhalten. Sollen sie sich doch zur Abwechslung mal ihre eigenen Freunde suchen, eine eigene Identität entwickeln, statt Abziehbilder deiner Kinder zu sein.«

Es war also töricht von mir, mir deshalb so den Kopf zu zerbrechen. Nichtsdestotrotz tat mir Poppy entsetzlich Leid. Obwohl ich nicht vergessen würde, wie sie sich in der Schule aufgeführt hatte, als sie Scarlet derart wegen etwas anschwärzte, das sie gar nicht getan hatte. Mir gefiel einfach nicht, wie meine Kinder benutzt worden waren. Na ja, Jennies Kindern würde nichts geschehen, sie blieben außen vor, meine Nachbarn waren nicht diese Art Menschen.

Wir hatten zunächst versucht, an Grahams Vernunft zu appellieren. Anthony Wainwright hatte mit Graham gesprochen und ihm nahe gelegt, es wäre für sie das Beste, von hier wegzuziehen. Doch Graham war anscheinend nicht einsichtig gewesen. Jeder in unserer Straße hatte seine eigenen Gründe, sich den Auszug der Gordons zu wünschen, abgesehen von der allgemeinen Meinung, Jennie Gordon sei eine Klatschbase, labil, unzuverlässig und hinterhältig. Sie hatte es sich mit jedem verdorben und für jede Menge Unfrieden gesorgt. Sie hatte vor Jahren fälschlicherweise herumerzählt, Sam habe sie ins Bett gezerrt, und jetzt war sie darauf aus, auch noch einen Keil zwischen die Gallaghers zu treiben, nicht nur zwischen mich und Sam. Und wie es aussah, war Jennies Vernarrtheit in mich ein offenes Geheimnis. Dahinter steckte zweifelsohne Tina, die den Mund nicht hatte halten können.

Zu Scarlets Schande muss ich gestehen, sie kam recht gut zurecht ohne Poppy. Andererseits hatte sie schon lange genug versucht, sich von ihr zu distanzieren, sodass sie ihre Freiheit nun als Erleichterung empfand. Lawrence natürlich scherte sich den Teufel darum. »Aber ich will nicht, dass ihr in irgendeiner Form gemein zu ihnen seid«, betonte ich. »Die Gordons auf Abstand zu halten heißt nicht, sie zu ärgern oder zu piesacken.« Scarlet würde das ohnehin niemals tun, da war ich mir sicher. Dazu war sie zu sensibel.

»Manche Leute *sind* furchtbar«, meinte Lawrence.

»Du hast keine Ahnung, wovon du sprichst«, schnitt ihm Scarlet schnell das Wort ab.

»Ich hoffe, das stimmt nicht. Scarlet? *Oder doch?*«

»Lawrence will dir nur einen Bären aufbinden. Das geht den meisten am Arsch vorbei.«

»Wenn es nämlich richtig gemein wird, würde mich das ziemlich traurig machen.«

»Aber du bist doch selbst gemein«, warf mir meine Tochter vor. »Du sprichst nicht mit Jennie.«

»Das ist etwas anderes, du weißt, warum ich nicht mit Jennie spreche. Weil sie einem manchmal das Wort im Mund umdreht und das zu so vielen Missverständnissen führt.« Ich hatte Scarlet das bereits erklärt. Ich hatte ihr erzählt, die Erwachsenen würden sich um die Sache kümmern, die Kinder sollten sich da raushalten. »Aber ich wäre nie absichtlich grausam, und ich weiß, du bist das ebenso wenig.«

Sam nahm kein Blatt vor den Mund. Mir bereitete seine Einstellung Sorgen. Kinder nehmen alles, was sie hören, für bare Münze, und er versuchte erst gar nicht, mit seiner Wut hinterm Berg zu halten. »Sie verbreiten die gemeinsten Lügen. Seit dem Augenblick, da wir diese Familie kennen lernten, hängen sie wie die Kletten an uns, saugen uns aus, rauben uns die Kraft, und ihre verdammten Kinder sind nicht die Spur besser ...«

»Graham ist okay«, warf Lawrence sanftmütig ein.

»Graham ist so übel wie der Rest von ihnen. Es ist an der Zeit, dass dieser Wichser mal auf den Tisch haut und erkennt, wen er da geheiratet hat. Das sind allesamt Loser, sie verdienen es nicht anders.«

Scarlets Augen glänzten fasziniert. Die beiden hatten weder Sam noch mich je so gehässig vom Leder ziehen hören. Das öffnete beiden die Augen, und, um ehrlich zu sein, mir auch.

Es war merkwürdig, wie diese unglückselige Kampagne allmählich unser Leben vereinnahmte. Bald war unser Hauptgesprächsthema, was sich bei den Gordons tat. Wie rotnasige Fischweiber klatschten wir über den Zaun hinweg, zogen am Telefon über sie her und kramten alte Gerüchte hervor. Wir zerrissen uns den Mund über sie und ließen kein gutes Haar an ihnen.

Es grenzte an Sensationslüsternheit.

Wir hatten Feinde in unserer Mitte.

Kollektiver Hass lässt sich so leicht schüren.

Ich hatte Angst, die Kinder könnten davon angesteckt werden.

Im Büro freute ich mich gelegentlich auf sechs Uhr. Da kam ich nach Hause und erfuhr den neuesten Tratsch. Es war aufregender als die Eastenders im Fernsehen, und als das For-Sale-Schild aufgestellt und das Haus zum Verkauf angeboten wurde, empfanden wir das eher als Niederlage denn als Triumph.

Wir hatten unser Ziel so problemlos erreicht.

Was war mit Jennies unbeugsamer Liebe … hieß das, sie hatte sich in Luft aufgelöst? War über Nacht ein Wunder geschehen? Sie musste sich damit abgefunden haben, ohne mich zu leben.

»In einer Million Jahre können sie das Haus nicht verkaufen«, bemerkte Hilary Wainwright schadenfroh. »Nicht zu diesem Zeitpunkt, wo die Zinsen steigen, und bei dieser Art Häuser ist auch noch die Stempelgebühr besonders hoch.«

Die Erleichterung darüber war ungemein, es war entsetzlich, ein Widerstreben, von der Beute zu lassen.

Sadie fasste die allgemeine Einstellung zusammen. »Das ganze affektierte Getue – was sind sie schon? Ein alter Hurenbock und eine dreckige Schlampe.«

Nein, das war mir deutlich zu heftig. Ich war nicht bereit, dieses Ausmaß an Gehässigkeit zu dulden. »Das liegt alles ewig lange zurück und wurde mir unter dem Siegel der Verschwiegenheit anvertraut.«

»Martha – sie log!«, stieß Sam hervor. »Nichts als ein weiterer Versuch, deine Aufmerksamkeit zu erheischen. Welch schmutzige Fantasie diese Frau hat. Man fragt sich, ob sie je die Wahrheit gesagt hat? Sie ging sogar so weit, rote Farbe in ihren Swimmingpool zu kippen, um uns eins auszuwischen, hat mir der neue Bulle erzählt. Lieber Gott, Martha – kapier's doch endlich. Sie schwärzt uns überall an, während wir hier reden. Sie müssen verschwinden, bevor sie ernsthaften Schaden anrichten.«

An ihren Blicken konnte ich ablesen, dass sie mich für eine Spielverderberin hielten. Ein gutes Wort für Jennie wirkte wie ein Bremsklotz. In den Augen meiner Nachbarn war ich das Opfer eines hinterhältigen und gemeinen Angriffes.

Eine herrliche Gemeinschaftspsychose war geboren, wir begannen alle zu glauben, Jennie besäße in ihrem Wahnsinn besondere Fähigkeiten, könne durch die Wände hindurchsehen und hören und hexen. Wir liebten es, darüber zu spekulieren, was wohl ihre nächste Gemeinheit wäre, wem von uns ihr nächster Fluch gälte? Mir war klar, was das für ein Blödsinn war, aber so erging es uns nun mal. Es war gespenstisch.

»Was sie sich nur einbildet, aus dieser Garage ein Atelier zu machen«, rümpfte Tina die Nase. »Und was sie darin macht, ist doch alles Müll. Ich meine, hat es jemand von euch gesehen? Es ist so gruselig. Gott weiß, was das für kranke Gemüter sind, die sich das Zeug kaufen, wenn man den Gerüchten Glauben schenken darf. Nein, in Wirklichkeit benutzt Jennie diese Garage, um uns auszuspionieren. Es wird nicht lange dauern, und sie wird sich über die Kinder beschweren. Uns vorhalten, was sie alles angestellt haben. Diese Frau ist so leicht zu durchschauen, sie könnte einem Leid tun.«

»Sie kann nicht rausschauen, die Garage hat kein Fenster«, warf ich ein.

»Für die Hexe sind Mauern kein Hindernis.«

Was als leichter Anstoß für die Gordons gedacht war und ihnen klar machen sollte, dass sie hier nicht willkommen waren, brachte eine Lawine ins Rollen und entwickelte sich zu einer wahren Hexenjagd, die Art Hass, die Tragödien auslöst, sobald jede Hemmschwelle fällt und die Gefühle überkochen. Ich hatte irrsinnige Angst, dass am Ende jemand Graham erzählte, wie sehr Jennie sich zu mir hingezogen fühlte. Dann käme es zu der Explosion – die wir vermutlich genießen würden. Und da ihre leidenschaftlichen Gefühle für mich letztlich der Grund für dieses Chaos waren und alle außer Graham davon zu wissen schienen, war es offensichtlich, dass dieses Geheimnis keines mehr war.

»Sie ist eine Lesbe, so einfach ist das«, verkündete Sam.

Was Männer immer als Bedrohung empfinden.

Hätte Jennie nur ihr Geheimnis für sich behalten.

»Niemand in der Schule kann Poppy ausstehen«, sagte Scarlet, wobei sie mit einem Seitenblick auf mich Betroffenheit heuchelte. »Sie ist blöd. Im Mathetest war sie die Letzte. Die Schlechteste von 32.«

»Das ist nicht deine Schuld, Scarlet«, entgegnete ich, was genau die Antwort war, die sie hören wollte. Meine Tochter schnurrte wie eine Katze. So wie ich es darstellte, klang es vollkommen vernünftig. »Poppys Lehrer müssen wissen, wo sie steht. Schon um ihretwillen. Niemand kann sich wünschen, dass sie im September in die Gesamtschule kommt und damit einen Riesenfehler macht. Solche Fälle gibt es immer wieder, Kinder, die durch die Löcher des Systems schlüpfen und am Ende ihrer Schullaufbahn weder lesen und schreiben noch rechnen können.«

»Sie erzählt überall herum, dass sie auf die Privatschule kommt.«

Ich lächelte traurig. »Vielleicht ist das ihre Art, sich zu wehren. Womöglich die beste Lösung für sie. Dort könnte sie die Hilfe bekommen, die sie braucht.«

»Ist Poppy Sonderschülerin, Mummy?«

»Natürlich nicht, sei nicht albern.«

Als Lawrence mit einer blutigen Beule am Hinterkopf von der Schule kam, war das beinahe ein Anlass zum Jubeln, denn es war Josh gewesen, der den Stein geschmissen hatte und damit unsere Position rechtfertigte. Dieser Vorfall kam sofort auf die Liste der Übergriffe, über die wir gemeinsam herfallen konnten.

»Josh hat etwas Aggressives an sich, er konnte noch nie richtig spielen«, sagte Sam, Triumph in der Stimme. Das waren meine eigenen, vor Jahren geäußerten Worte, die nun als Waffe verwandt wurden. Mein Verrat an Jennie war vollkommen. »Ständig wild entschlossen, um jeden Preis der Beste und der Stärkste zu sein«, fuhr Sam fort. »Wenn er nicht der Erste war, bekam er doch immer einen Tobsuchtsanfall.« Sam hätte das nie bemerkt, hätte ich ihn nicht darauf aufmerksam gemacht.

»Was hast du getan, dass er so darauf reagierte?« Ich konnte nicht anders, ich musste meinem verletzten Sohn diese Frage stellen.

»Wir haben alle Steine geschmissen«, sagte er naiv.

»Wurde Josh getroffen?«, fragte ich ihn. Ich wusste, er würde die Wahrheit sagen.

»Nein, Josh steckte hinter der Tür zum Heizungsraum.«

»Gott sei's gepriesen und gepfiffen«, schniefte Tina, »sonst stünde bereits die Polizei im Zimmer.«

Ja, es war so einfach, dass es einem Angst machen konnte – so einfach, sich abzuwenden und einen Menschen zu zerstören, den wir so lange kannten, vor allem wenn all das unter dem Deckmantel geschah, die eigene Rechtschaffenheit zu schützen.

Ich hatte mir immer gerne vorgestellt, wie ich allein gegen so etwas Widerwärtiges ankämpfte wie die Bedrängnis oder das Herauspicken eines Einzelnen durch eine Gruppe, ob er nun schuldig war oder nicht. Aber Jennies unverhohlene Frechheit, mir an meinem eigenen Küchentisch, wo ich sie so oft bewirtet hatte, Lügen über Sam und Tina zu erzählen, hatte in mir etwas verändert. Es hatte diese destruktiven Gefühle herausgebracht und mich in eine Person verwandelt, die mir fremd war. Mir war nicht klar gewesen, dass so viel Hass in mir schlummerte.

Sie hatte es darauf angelegt, meine Ehe zu zerstören.

Nicht nur dass, auch ihre Hinterfotzigkeit, Mrs. Forest für sich einzunehmen und Scarlet hinter meinem Rücken anzuschwärzen, als hätte sie vergessen, was mir ihre Kinder bedeuteten, verletzte mich tief und stieß mich ab.

In meinen Augen war das unverzeihlich.

Und das nach allem, was wir zusammen durchgemacht hatten, nach all diesen Szenen und diesen traumatischen Gesprächen, den vielen Erklärungen und dem Vergeben, nach all der Leidenschaft, den Wahrheiten und den Lügen, nach all dem Gelächter und den Tränen ... *wer hätte gedacht, dass wir an diesen Punkt kommen würden?*

Es war nicht meine Schuld, es war allein Jennies Schuld. Hätte sie nur auf mich gehört und studiert, um einen Job zu finden, der ihr wirklich Spaß machte, hätte sie sich retten können. Sie war einfach zu schwach oder zu stur.

Doch trotz alledem war unser momentaner Zustand, die Verschwörung der ganzen Mulberry Close gegen sie, ein Ergebnis dieser spezifischen Mischung von unterschiedlichen Charakteren.

Sam zum Beispiel kam einfach nicht klar mit einem zurückgezogenen Menschen wie Jennie. Sadie war eine Egomanin, gelangweilt und unglücklich interessierte sie sich für nichts außer ihr Geschäft und ihre Oper, und Tinas Lebenselixier war der Klatsch. Abgesehen von ihren paar Ausflügen saß sie den ganzen Tag zu Hause an ihrem PC und hatte zu viel Zeit, um sich ihren Vorlieben zu widmen.

Hilary Wainwright mit ihrer Teilzeitarbeit war weitaus mehr daran interessiert, die gute Fee zu spielen. Und wie so viele Menschen mit Flügelchen auf dem Rücken verlieh ihr das Unglück ihrer Mitmenschen eine Menge Auftrieb. Vielleicht war ich ungerecht, aber ihre ausgeprägte Abneigung gegenüber Jennie hatte angefangen, als sie samt ihrem Verständnis eine Abfuhr von Jennie erlitten hatte.

Angies Abscheu war nachvollziehbarer. Nach dem Vorfall mit Scarlets Bein benahm sich Jennie ihr gegenüber unverzeihlich, und es war Jennie, die die Sache – in ihrer schlimmsten selbstherrlichen Art – am Kochen hielt.

Und ich?

Nun, mich quälten meine Schuldgefühle.

So versessen darauf, Sam alles recht zu machen.

Ihm zu zeigen, auf welcher Seite ich stand, und ihm demonstrativ zu beweisen, wie unerschütterlich ich an ihn glaubte und wie wütend ich auf Jennie war.

»Sie dachte, ich würde dich gegen sie aufbringen«, sagte Sam, »deshalb diese unglaubliche Lüge.«

Mir fiel es noch immer schwer, das zu verstehen. *»Aber sie muss doch gewusst haben, dass ich ihr niemals glauben würde.«*

»Warum?«, fragte Sam nachsichtig. »Du hast ihr doch vorher auch geglaubt, sie hat schon frechere Lügen verbreitet.«

»Das stimmt.«

»Du gibst es also endlich zu«, legte er nach. »Diese Verrückte hat dich an der Nase herumgeführt. Du warst über zehn Jahre lang ihre Marionette, und die Ironie daran war, dass du dachtest, sie klammere und brauche dich.«

Es stellte sich heraus, dass ich es war, die schwach war,

nicht Jennie, und ich war überwältigt von dieser Erkenntnis – eine weltfremde, törichte, leichtgläubige Närrin. Es war angenehm, wieder als »Kind« bezeichnet zu werden, es nahm mir so viel von meiner Verantwortung von den Schultern. Ich genoss es, verwöhnt zu werden, diese leichte Verwunderung und diesen sanften Tadel. Ich war nicht mehr die abgebrühte alte Schlampe. Niemand konnte von mir behaupten, »der könne man kein X für ein U vormachen«.

Sam sagte: »Tina ist nicht mein Typ, das musst du mir abnehmen. Ein Mädchen aus Essex, so gewöhnlich wie ein Paar alte Schuhe. Außerdem ist sie so sehr damit beschäftigt, auf den guten alten Carl aufzupassen, dass sie wohl kaum Zeit fände, mit jemand anders in die Kiste zu hüpfen.«

Wie gern hätte ich ihn gefragt: *»Wer war es dann, Sam?«* Ich war mir ganz sicher, dass da wer gewesen war. Ich war nicht ganz so blind, wie er vielleicht dachte. Aber ich dachte, ich brauchte nichts zu tun als zu warten, irgendwann käme die Beichte. Schließlich beichtete er immer. Mir sein Innerstes auszuschütten war Teil des Spiels.

Ich war es, die den Fang der Woche nach Hause brachte.

Aufgeregt wedelte ich mit der Zeitung wie mit einer Fahne. »Das glaubst du nie.« Und ich las einem verblüfften Sam laut vor: *»Töpferin im Glück! Eine unbekannte Töpferin aus unserer Stadt, die sich eine Werkstatt in ihrer Garage einrichtete, zog diese Woche das große Los, als sie einen wichtigen Auftrag von dem amerikanischen Kunstkenner und -händler, Demetrius Hogg, annahm. Das bedeutet einen wahren Goldregen für die Hausfrau und Mutter aus der Mulberry Close Nr. 1, Jennie Gordon …«*

Ich las hastig weiter, stolperte über die Wörter, während mich der verblüffte Ausdruck amüsierte, der sich auf Sams Gesicht breit machte. *»›Natürlich konnte ich es anfangs* *nicht glauben‹, erklärte Mrs. Gordon, 34, und zweifache Mutter. Doch ihre Lehrerin, Mrs. Josie Maggee, bei der Mrs. Gordon zwei Jahre Unterricht nahm, meint: ›Ich wusste, wenn Jennie weitermacht, würde sie es weit bringen. Sie ist ein einzigartiges Talent. Sie hat den Midastouch. Sie steht erst am Anfang ihrer Karriere.‹*

Mr. Hogg, der mit den angesehensten Auktionshäusern der Welt zusammenarbeitet und zu dessen Kunden wohlhabende Sammler, Galerien und Läden zählen, erklärte dem Express: ›Ich freue mich, auf diese bemerkenswerten Arbeiten gestoßen zu sein. Jennies wunderschön gearbeitete Skulpturen sind ein wichtiger Beitrag zu der alten Kunst, aus Lehm Schönes zu schaffen, und verdienen es, ausgestellt zu werden. Nur dann werden sie von den Experten, die ein solch einzigartiges Talent zu würdigen imstande sind, angemessen bewundert werden können.‹«

Es wurde bekannt, Mr. Hogg habe mehrere von Mrs. Gordons Skulpturen gekauft, darunter Werke wie: ›Der Himmel durch die Augen Gottes betrachtet‹, ›Die Flügel des Windes‹ und ›Geheul der Jagdhunde‹. Auf die Frage, was sie inspiriere, antwortete Mrs. Gordon: ›Mein Schmerz.‹

Am Ende dieses Monats wird eine Ausstellung mit den Werken Jennie Gordons im Harrods stattfinden.«

»Lies das noch mal«, sagte Sam, und das tat ich.

»Es hat keinen Zweck, das übersteigt meinen Verstand.«

Mir ging es nicht anders. Wenn das die Nachbarn erfuhren. Offensichtlich hatte Jennie doch noch etwas gefunden, worin sie ihre Leidenschaft austoben konnte.

Warum war ich dann so traurig?

31

JENNIE

Warum war ich dann so traurig?

Neuerdings fanden sich in meinem Notizkalender ganz andere Termine, nicht mehr nur der Zahnarzt oder die Krebsvorsorge beim Gynäkologen.

Ich war so traurig, weil dieses beinahe unerträgliche Elend notwendig gewesen war, um die Kunst für mich zu entdecken, auf dieses magische Talent zu stoßen, das bislang in mir geschlummert hatte. Um es zu entdecken, hatte ich erst ganz tief sinken müssen. Die Leidenschaft, die mich jeden Morgen an die Werkbank trieb, rührte aus diesem völligen Zusammenbruch, dieser geistigen Leere. Den Anklang, den meine Arbeit fand, nahm ich gar nicht richtig wahr. Graham war stolzer auf mich als ich selbst und achtete darauf, dass ich die Artikel und Berichte zur Kenntnis nahm, die mich über Nacht berühmt machten. Meine aus meiner Qual geborenen Skulpturen verhalfen mir zum Durchbruch, nicht meine bescheidenen alltäglichen Krüge und Schüsseln.

Ich betete um den Gleichmut, der es mir ermöglicht hätte, wieder zu meinen Krügen und Schüsseln zurückzukehren.

Wie die penible Stella es ausgedrückt hätte: »Wie kannst du dich nur so bloßstellen? Was haben denn diese hässlichen Dinger zu bedeuten?« Und ihre Lippen hätten sich über ihren Zähnen gekräuselt wie der Teigrand über diesen Kuchen aus Cornwall.

Doch am meisten profitierten wir durch meinen phönixgleichen Aufstieg aus der Asche. Die Ablenkung, die er für mich und meine Familie mit sich brachte, konnten wir weiß Gott brauchen. Und ich muss gestehen, nicht zuletzt schmurgelte in dem Eintopf meines Gefühlslebens ein gutes Stück rachelüsterner Genugtuung – ich hatte entgegen aller Anfeindungen überlebt. Wir hatten der bösartigen Kampagne, die auf unsere Vernichtung zielte, getrotzt, und solange ich meinem neuen Gewerbe nachgehen konnte, würden wir mehr als überleben, viel mehr.

Es sah aus, als könnten wir ein Vermögen mit der Kunst machen.

Zu schön, um wahr zu sein.

Martha spöttelte immer über die bescheideneren Lottogewinner, wenn sie dämlich in die Kameras grinsten und beteuerten, ihr Leben würde sich nicht ändern. »Warum spielen diese Knallchargen denn dann überhaupt Lotto?«, hatte sie gefragt. »Warum geben sie ihr Geld nicht mir, ich wüsste wenigstens, wofür ich es ausgeben würde.« Und Martha liebte solche Tagträume, malte sich aus, was wohl gewesen wäre, wenn sie auf die Schauspielschule gegangen wäre, wovon sie immer geträumt hatte, oder weiter Tennis gespielt hätte oder wenn sie diesen tuntigen Abgeordneten geheiratet hätte, der ihr einmal auf einer alkoholgeschwängerten Party einen Antrag gemacht hatte, den sie aber ablehnte, weil ihr der Typ zu alt war.

Zweifelsohne genoss sie es, Häme über mich zu gießen. »Was Geschmack angeht, bist du ein blindes Huhn. Damit will ich sagen, dass dieses Kleid dir überhaupt nicht steht, es ist völlig daneben, altmodisch, passt überhaupt nicht zu dir.« Und im Laufe der Jahre hat sie meine Einkäufe beeinflusst, ob es sich dabei nun um Teppichspray oder Grahams Anzüge handelte.

Wenn sie loszog, um Klamotten für ihre Kinder zu kaufen, ging ich mit ihr und kaufte dasselbe wie sie.

»Und bitte hör auf, alles süß zu nennen, Jennie, was hat das Zeug mit Pudding gemein?«

War es möglich – und dieser Gedanke jagte mir einen Schauer über den Rücken –, dass sich Marthas Einfluss in meinen Skulpturen zeigte, dass sie nicht im Geringsten mit mir zu tun hatten und dass jetzt, wo der Kontakt abgebrochen war, mein Talent versiegen würde? Hatte ich genug von ihr aufgesaugt, würde es reichen? Es fiel mir so schwer, zu glauben, dass meine Arbeiten, die so viele Bewunderer fanden, der langweiligen, schwermütigen Jennie Gordon entsprungen waren. Zweifelsohne war Martha meine Inspirationsquelle gewesen.

Hatte sie von meinem Erfolg gehört?

»Sie weiß alles drüber«, versicherte mir Graham. »Alle wissen sie es. Sie müssten Einsiedler sein, um nichts davon gehört zu haben. Dein Gesicht ist in jeder Zeitung der Gegend, und dann war letzte Woche dieses Interview im *Guardian*.«

»Was sie wohl darüber denken? Wie mögen sie sich fühlen?« Ich genoss es, mir das auszumalen. Vor allem, wie es Sadie Harcourt ging mit ihrem Abschluss in Kunst und ihren selbst gemachten Ohrringen.

»Verschwende keinen Gedanken an sie«, meinte Graham wegwerfend, »so wie ich sie kenne, sind sie grün vor Neid. Eifersüchtig ohne Ende.«

»Eifersüchtig? Auf mich?« Der Gedanke war absurd.

»Du musst sie dir aus dem Kopf schlagen.«

War Graham eifersüchtig? Wie hätte ich mich wohl gefühlt, wenn er es gewesen wäre, über den das *Sunday Times Magazine* schrieb, er sei ein außergewöhnliches Talent? Würde sich dadurch meine Einstellung zu ihm ändern, würde ich ihn als ganz neuen Menschen sehen, als Fremden, als stärker, als sei ihm ein neues Körperteil gewachsen, etwa ein zusätzliches Bein, das nichts mit mir zu tun habe – *nicht zu mir gehörte*? Vielleicht hätte ich diesen fremden Menschen als bedrohlich erlebt und mich gesorgt, er könne jemand anders finden, der seiner eher wert sei. Doch insgeheim wünschte ich, es wäre Graham gewesen. Er verdiente diesen Triumph so viel mehr als ich.

Ob es nun an meinen fünfzehn Minuten Ruhm lag oder ob meine Nachbarn sich zu langweilen begannen oder ihnen die Ideen ausgingen, was immer es war, ich weiß es nicht – doch die Übergriffe gingen merklich zurück, an ihre Stelle trat ein eisiges Schweigen. Blicke und Geflüster. Ihre Beute hatte ein Loch in der Hecke gezeigt bekommen, das groß genug für alle vier war. Und als sich die Situation so beruhigt hatte, gelang es uns auch, das Haus zu verkaufen. Wir hielten bis zum Schluss die Luft an, ob auch alles glatt laufen würde. Man hörte so viele haarsträubende Geschichten in letzter Zeit.

Ich hatte gehofft, Martha könne sich so weit überwinden, mir zu gratulieren. Nur ein Brief oder eine Postkarte den alten Zeiten zuliebe. Aber nein.

Nichts.

Voll neuer, verblüffender Energie machten wir uns auf nach London, zu Harrods, wo ich in die große Welt eingeführt werden sollte. Die Vorbereitungen waren im vollen Gange. Weiße Teppiche, Wände und Fenster. Hogg, Hamish Lisle und Tomikins hasteten hin und her und versuchten, für Perfektion zu sorgen. Es war dumm von mir, aber in dieser exklusiven Umgebung fühlte ich mich irgendwie fehl am Platze, obwohl ich nicht leugnen konnte, dass Stolz in mir hochstieg, wenn ich meine Stücke aus der Garage hier ausgestellt sah. Durch die Art der Beleuchtung wirkten sie kühner und eindrucksvoller. Sie waren groß und wurden immer größer, je mehr meine Wut und Leidenschaft wuchs, die Köpfe der zwei schwarzen Krähen verstörten sogar mich.

»Mein Gott, es ist so dunkel, ist es nicht zu düster?«, fragte ich Hogg, als ich ihm auf den Fersen durch die Räume folgte, während er die Arbeiter anwies, wie sie das nächste Stück positionieren sollten. »Wenn das die Leute sehen, halten sie mich glatt für ein Monster.«

»Nein, sie werden die Sachen lieben, so wie ich«, antwortete er. Und ich erkannte, wie wichtig der richtige Winkel war und was für einen enormen Unterschied der Bruchteil eines Zentimeters machte. Mein Mentor war ein kleiner feister Texaner, so glatzköpfig wie der amerikanische Weißkopfadler, mit einer runden Goldrandbrille auf den fleischigen Ohren.

Sie verlangten unglaubliche Preise für die Stücke, vor allem wenn ich daran dachte, dass die meisten davon in nur einer Woche oder nur ein paar entstanden waren. Ich schien irrsinniges Glück zu haben und lebte ständig mit der finsteren Vorahnung, jeden Augenblick müsse etwas Schreckliches passieren, sie würden merken, ich sei eine Schaumschlägerin, und die Kritiker würden mich in der Luft zerreißen.

»Warum machst du nie was Nettes?«, fragte Poppy, überwältigt wie ich.

»Etwas Nettes?«, donnerte Hogg los, der zugehört hatte. »Was für ein grässliches Wort, Kunst sollte nie nett sein.«

»Na ja, dann eben was Hübsches«, ließ Poppy nicht locker und strich ehrfurchtsvoll über den Arm eines meiner Lieblingsstücke und vielleicht eines der düstersten Werke – Schlachten im Schatten –, und ich bemerkte, wie entsetzlich abgekaut ihre Fingernägel waren. »Wie kann man so etwas nennen?«

»Furcht erregend«, antwortete Hogg einfühlsam, »wundervoll exzentrisch und bedrohlich.«

Ich hätte gerne Martha gefragt, was ich anziehen soll.

Ich sah nicht gerade wie eine Künstlerin aus.

Diese Londoner schienen die Worte schwallweise auszuspucken wie Brunnen – himmlisch, wunderbar, großartig, umwerfend –, schienen ständig darum zu kämpfen, mich auf neue Weise mit Lob zu überschütten. Es fiel mir schwer, sie ernst zu nehmen. Hätte ich nur ein Wort von dem geglaubt, was sie sagten, wäre ich ziemlich schnell vor Einbildung geplatzt und hätte die Bodenhaftung verloren. Obwohl mir das sehr wohl klar war, konnte ich nicht anders. Ich freute mich über ihre zuckersüßen Lobeshymnen, badete darin und genoss jede Sekunde davon. Das waren Menschen aus der Welt des Glamours, die nichts mit der meinen gemein hatte. So etwas würde ich vielleicht nie mehr erleben.

Wie Martha und ich darin geschwelgt hätten.

Wie wir darüber gelacht, uns angestoßen und gekichert hätten.

Wie ich es vermisste, sie nicht an meiner Seite zu haben.

Wir speisten luxuriös zu Abend, es gab noch mehr Lob und Anlass zu prickelnder Erregung, was mir allmählich zu Kopf stieg. Ich war wie aufgedreht und fürchtete mich davor, in die Mulberry Close zurückzukehren und auf dieses Gefühl verzichten zu müssen, am Leben zu sein und dieses Leben in vollen Zügen zu genießen. Selbst Poppy wirkte glücklicher. Sie hatte einen Katalog bekommen, den sie in die Schule mitnehmen wollte. Sie hatte meinen Namen auf dem Titelblatt unterstrichen. »Jetzt werden sie alle mit mir befreundet sein wollen.«

Wenn Hogg mit seiner Einschätzung des Erlöses aus dieser einen Ausstellung auch nur annähernd Recht hatte, würden wir uns die besten Privatschulen in unserer Gegend leisten können, Schulen, von denen ich für meine Kinder immer geträumt hatte.

Ich hatte Poppy genau das angetan, was ich mir geschworen hatte, ihr niemals anzutun. Sie war wegen mir durch die Hölle gegangen, es war geradezu meine Pflicht, dazu beizutragen, all das wieder gutzumachen.

Poppy war vielleicht nicht die Klassenbeste, doch selbst Mrs. Forest gab zu, dass meine Tochter weit davon entfernt war, dumm zu sein. »Sie werden sehen«, erklärte sie mir, als wir über Poppys Zukunft sprachen, »selbst wenn ihr das im Augenblick wie ein Albtraum erscheint, aus der Mitte ihrer Freunde und Klassenkameraden herausgerissen zu werden, so wird Poppy auf lange Sicht sicher davon profitieren. Sie wird dadurch lernen, wieder ihren eigenen Verstand zu gebrauchen, und herausfinden, wer sie wirklich ist.«

Das war für sie nur schwer zu akzeptieren. Sie war wirklich todunglücklich, als sich das Schuljahr dem Ende näherte, und ihr Hass auf Scarlet kannte keine Grenzen. »Ich würde ihr nicht helfen, und wenn sie sterben müsste. Und wenn wir reich sind, bekomme ich ein Pony, und dann wird es ihr so Leid tun, du wirst sehen.«

»Das ist nicht die richtige Einstellung …«

»Ist es doch, und es ist meine Einstellung«, entgegnete sie und entzog sich meiner Umarmung, um sich alleine vor den ausgeschalteten Fernsehapparat zu setzen. »Warum sind sie so gemein? Warum sprechen sie nicht mehr mit dir? Warum dreht sich diese Kuh Hilary Wainwright weg, wenn sie dich kommen sieht?«

Was sollte ich schon darauf erwidern? Nichts hätte auch nur einigermaßen überzeugend geklungen. Wie sollte Poppy es mit ihren zehn Jahren verstehen, wenn ich es selbst kaum verstand? Aber ich bemühte mich, es ging nicht anders. »Manchmal wollen die Menschen die Wahrheit nicht hören.«

»Welche Wahrheit? Hast du etwas Furchtbares zu Martha gesagt?«

»Ja, Poppy, das habe ich getan.«

»Was war es denn?«

»Das geht nur Martha und mich etwas an.«

Unvermittelt stürzte sie sich auf mich. Ihre Stimmung änderte sich so schnell und so extrem wie meine. *»Nein, es geht nicht nur euch etwas an. Du hast Schuld, dass es so kam. Wir waren glücklich hier, bis du alles kaputtgemacht hast. Du hast mein Leben für immer zerstört, und ich hasse dich, ich hasse dich …«*

»Das ist nicht fair, du hattest schon Probleme in der Schule, lange bevor ich mit Martha zerstritten war.« Ich versuchte, Poppy in die Arme zu nehmen, aber schon bevor sie sich wehrte, spürte ich, wie flatternd ihr Atem ging. In diesem unglücklichen Kind steckte so viel von mir. Dieselben Unsicherheiten und Selbstzweifel, die ich an sie weitergegeben hatte wie ein gespenstisches Vermächtnis. Ich hatte versagt, hatte mein Versprechen nicht wahr gemacht, ihr eine glückliche Kindheit zu bereiten. Sie tat mir unendlich Leid. Ich wusste, was sie litt, und mit zehn Jahren war sie zu jung für diese Qualen. Ich wünschte, sie würde mir nicht so viel bedeuten. Wie konnte ich Martha je verzeihen, dass meine Kinder so verletzt wurden?

»Du wolltest immer, dass ich und Josh genauso sind wie Scarlet und Lawrence, und das konnten wir nicht«, schluchzte Poppy. »Und du wolltest wie Martha sein, weil sie stark war und du dich bei ihr wohl fühltest. Bei ihr kamst du dir wichtig vor. Mir ging es mit Scarlet auch so, und jetzt weiß ich nicht, was ich am Morgen anziehen soll, und ich hasse dich mehr als alles auf der Welt.«

Ihre Worte trafen mich wie ein elektrischer Schlag. Ich war entsetzt, ich schämte mich zu Tode. War mein Verhalten so durchsichtig gewesen, dass selbst meine Kinder mich durchschaut und sich über mich lustig gemacht hatten? »Vielleicht habe ich Fehler gemacht«, gestand ich.

Sie litt so sehr, dass sie mich anflehte. »Bitte geh hinüber und versöhn dich mit ihr. *Versöhn dich mit Martha, mach, dass Scarlet mich mag …*«

Lieber Gott, wenn ich das könnte. »Ich fürchte, es ist nicht so einfach.« Und ich dachte daran, wie ich diesem Kind eine Dosis Benylin-Hustensirup verabreichte und seinen Kopf mit Sandpapier schmirgelte, um vorzugeben, es sei aus seinem Hochstuhl gefallen. Und alles nur, um Marthas Aufmerksamkeit zu bekommen.

Dieses Verhalten war nicht zu rechtfertigen.

Poppy hörte nicht auf. »Und Scarlet sagt, ich sei nicht gut genug. Sie sagt, du bist eine Hexe, das sagen alle Kinder. Und jetzt laufen wir weg und leben woanders, weil uns niemand mag. Sogar Daddy …« Ihre Worte wurden von einem Weinkrampf erstickt, so verletzlich hatte Poppy noch nie ausgesehen.

Nicht nur, dass ich meinem eigenen Kind wehtat, mein Gott, nein, dann hatte ich auch noch versucht, mir das Leben zu nehmen. Ohne an Graham, Poppy oder Josh zu denken. Wie konnte ich mich da eine Mutter nennen?

Mein Mitleid für Poppy machte mich wütend. »Diese Geschichten, die du dir über Scarlet und Harriet ausgedacht hast, waren auch nicht gerade sehr nett, nicht wahr? Es war nicht mein Fehler, verstehst du …« Ich versuchte, die Schuld zu verteilen.

Aber Poppy durchschaute mich. »Versuch jetzt nicht, das mir in die Schuhe zu schieben. Du warst es. *Du.* Du hast dich mordsmäßig wegen Sadies Musik aufgeregt, Hilary versuchte, deine Freundin zu sein, aber du hast zu ihr gesagt, sie solle bleiben, wo der Pfeffer wächst. Und dann fragst du dich, warum uns alle hassen. Du hast Martha dumme Geschichten erzählt – ja – *ja, das wissen wir alle.* Du hast ihr erzählt, du wärst mit Sam im Bett gewesen, das war gelogen, das ist nie passiert. *Oder? Oder ist es passiert?* Du hast Scarlet gegen mich aufgebracht und alle anderen gegen Dad und Josh.«

Ich wandte mich ab, sah zum Fenster hinaus. Ich konnte nur Marthas Haus sehen, ein blinder Fleck in meiner Erinnerung. Eine ungeheure Welle der Verzweiflung trug mich hinweg, die sich bog und eine Schaumkrone bildete, aber sich weigerte zu brechen.

»Ich will nie wieder hören, dass du so mit Mummy sprichst.« Graham tauchte gerade rechtzeitig auf, um mich zu retten. Wie immer.

Schnee überzuckerte den Maulbeerbaum.

Als Einzige waren wir nicht zur Party der Frazers eingeladen worden.

Wir blieben zu Hause und spielten Scrabble vor dem Kamin, wobei wir versuchten, nicht darauf zu achten, wie draußen die Autos vorfuhren und wieder wegfuhren. Wir zogen die Vorhänge zu, um vom Schauspiel der Scheinwerfer nichts mitzubekommen.

Der arme Josh, er war viel introvertierter als Poppy, und Jungs neigen zu solchen tiefen Freundschaften. Josh konnte sich gut verteidigen, falls es zu Raufereien kam, aber er war übergewichtig. Was an mir lag, ich hatte Schuld an all seinen Problemen. Hatte ich ihm zu viel zu essen gegeben, um irgendetwas zu kompensieren? Aus der Unfähigkeit heraus, ihn genug zu lieben? Versuchte ich es gutzumachen, dass mein Kind nicht wie Lawrence sein konnte, so sehr es sich auch bemühte?

Falls es uns gelang, das neue Haus zu kaufen, falls unser Geld dafür reichte, wollte ich Tag und Nacht in dem Atelier in der Scheune arbeiten, um dafür zu sorgen, dass auch er die beste Ausbildung bekam. Die zweitbeste Chance, die ich ihm bieten konnte. Und ich würde alles in meinen Kräften Stehende unternehmen, ihm dabei zu helfen, die drei Kilo zu verlieren, die er zu viel hatte.

Ich schuldete ihnen allen so viel.

Vor allem Graham, der mir nie einen Vorwurf machte, der sich um meinetwillen empörte und einfach nicht verstand, warum sich plötzlich alle wie fanatische Eiferer gegen uns gewandt hatten.

»Es wird nicht mehr lange dauern, dann wird Martha herausfinden, dass du ihr die Wahrheit gesagt hast – bist du dir sicher, dass es stimmt, *Sam und Tina, bist du dir sicher?*«

»Ich hab sie zusammen gesehen, ich habe beide ganz deutlich erkannt. Und Tina gab es mir gegenüber zu. Aber es ist durchaus möglich, dass Martha es nie herausfindet.«

»Ich hoffe für dich, dass sie es herausfindet.«

»Für mich?« Meine Stimme versagte.

»Ich weiß doch, wie viel dir ihre Freundschaft bedeutet …«

»Nicht halb so viel wie deine.«

»Die wirst du nie verlieren«, sagte Graham. »Es sei denn, du beschließt, mich zu verlassen. Dafür wird sich jetzt jede Menge Gelegenheit bieten, da du jetzt Karriere machst. Die ganze Welt wird dir zu Füßen liegen.«

Aber warum sollte ich die Welt wollen? Vor der Welt würde ich eher die Flucht ergreifen. »Ich brauche dich mehr als die ganze Welt«, erklärte ich ihm. Und das war die Wahrheit. Ich log nicht. Es war nur, dass Martha …

Ich wandte mich um und zog ihn zärtlich in meine Arme.

32

MARTHA

Ich wandte mich um und zog ihn zärtlich in meine Arme.

Es war das erste Mal, dass ich Sam weinen sah, richtig weinen. Er brauchte Trost, so viel ich ihm geben konnte. Er brauchte mich, und zwar jetzt.

Nach so viel Aufbauarbeit war UK Marketing Ltd. ins Schlingern geraten, elf Leute waren entlassen worden, und die Bank weigerte sich, Sam einen Aufschub zu genehmigen. Die Werbung war bekanntermaßen ein riskantes Geschäft. Sam hatte nie auch nur ein Wort über die Schwierigkeiten verloren, mit denen er sich in den letzten sechs Monaten hatte herumschlagen müssen – wenigstens war es schnell gegangen. Er hatte geglaubt, er könne das Unmögliche schaffen. Doch säumige Zahler und zwei große Kunden, die Pleite gegangen waren, hatten dem Unternehmen den Rest gegeben.

Eine Woche, nachdem ich davon erfahren hatte, ging UK Marketing Ltd., Sams ganzer Stolz, in die Hände eines Insolvenzverwalters über.

Möglicherweise wäre der Schock nicht ganz so groß gewesen, hätte es so etwas wie eine Vorwarnung gegeben. Wir wären viel früher auf die Bremse getreten oder hätten eine Versicherung gekündigt oder wären in ein kleineres Haus umgezogen. Keine Ahnung. Doch so, wie es gelaufen war, saßen wir hier mit einer Hypothek, die die Hälfte von Sams Jahreseinkommen verschlang – mein Lohn fiel kaum ins Gewicht –, und bis dahin hatten wir gut gelebt, man könnte sagen, ein privilegiertes Leben geführt.

Die Gordons hatten eine Weile gebraucht, bis sie ihr Haus verkauft hatten, wie schnell würden wir unseres loswerden? »Ihre Käufer haben den Vertrag noch nicht unterzeichnet, wir könnten versuchen, ihnen für ein paar Tausender weniger unseres anzudrehen«, schlug Sam vor.

Das konnte er wohl nicht ernst meinen. »Lass das, Sam. Selbst wenn uns die Scheiße bis zum Hals steht, bedeutet das nicht, dass wir uns auf ein so tiefes Niveau begeben.«

Es war kein Witz. Ich konnte es nicht fassen, als er zu unseren Nachbarn hinüberschlich, kaum dass die anvisierten Käufer aus ihrem Auto ausgestiegen waren, ihren Architekten im Schlepptau.

Jennie musste sie gesehen haben, wie sie verschwörerisch auf der Straße plauderten. Mir wurde beinahe schlecht, als Sam mit eingezogenem Schwanz den Rücktritt antrat und berichtete, der Typ sei scharf auf einen Pool. »Ich erzählte ihm, der drüben sei undicht«, sagte Sam, »aber ich fürchte, sie glaubten mir nicht. Sie waren offensichtlich stinksauer, als ich mit meinem Alternativangebot rausrückte.«

»*Überrascht dich das?* Herr im Himmel, wie konntest du nur? Ich glaub es einfach nicht, dass du dir dafür nicht zu schade bist. Was wäre gewesen, wenn sie darauf eingegangen wären und die Gordons nicht hätten verkaufen können?«

»Scheiß auf die Gordons«, zischte Sam.

Wir wussten plötzlich weder ein noch aus, was war nur los mit uns?

Unsere Straße war wie ein Tümpel voll abgestandenem Wasser, der Hass verursachte diesen Fäulnisgeruch, diesen grünen Schleim der Scham, der an jeder unserer Unternehmungen zu hängen schien. Zum ersten Mal war unsere Weihnachtsparty kein Erfolg, ehrlich gesagt war sie ein völliger Flop. Wir hatten es mit der Tradition übertrieben, und man wurde das Gefühl nicht los, was früher mal so viel Spaß gemacht hatte, sei nur noch ein bedeutungsloses Ritual. Es tat mir weh, die Lichter drüben im Haus der Gordons zu sehen. Unwillkürlich musste ich an die zwei Kinder denken, sah ihre verwirrten Gesichter vor mir und fand es so gemein von uns, sie so auszuschließen, ihnen so wehzutun, und das auch noch an Weihnachten.

Ich war überrascht, als die Einladung zu Jennies Ausstellung in London kam. Ich stellte sie auf das Kaminsims, wo alle Einladungen landeten, doch Sam warf sie gleich ins Feuer. Ich beobachtete ihn dabei, und ein kalter Schauder lief mir über den Rücken. »Das wäre nicht nötig gewesen. Wir hätten absagen können. Das hätte gereicht.«

Dieser gemeinsame Hass war zerstörerisch wie Rost, hatte uns mit unverhältnismäßiger Härte alle erfasst. Noch immer kreisten unsere Gespräche darum, was die Gordons taten. Ob sie sich schon für ein neues Haus entschieden hatten. Welche Privatschulen wohl in Betracht kämen, und welche bescheuert genug wäre, die bekloppte Poppy aufzunehmen. Wir sorgten uns ausgiebig um ihre neuen Nachbarn, hofften, sie seien stark genug, nicht auf Jennies Intrigen hereinzufallen – als ob uns das tatsächlich gestört hätte. Herr im Himmel, wenn sie weg waren, waren sie weg, aber über wen sollten wir dann herziehen?

Ich fand es furchtbar, wie sich unsere unverhohlene Abneigung auf unsere Kinder übertragen hatte, und war negativ überrascht über Scarlets anscheinend natürliche Rachsucht. Obwohl ich mich von Sam überzeugen ließ, sie habe von allen am längsten unter Poppy gelitten. Für mich persönlich wäre es eine Erleichterung gewesen, wenn die Gordons Verkaufsvertrag wie Kaufvertrag unterschrieben hätten, wenn der Umzugswagen alles eingeladen und weggefahren wäre.

Die Leere würde merkwürdig sein.

Sie müsste irgendwie gefüllt werden.

Sie hatten für so viele Monate für Unterhaltung gesorgt.

Tina Gallagher hatte keine solchen Bedenken. »Jetzt schmilz bloß nicht dahin. Du hast wohl vergessen, wie schlimm es mit ihnen war.«

»Aber Tina, wenn du dir mal vor Augen hältst, was alles passiert ist, was wir alles getan haben ...«

»Denk lieber dran, was dieses Weib uns angetan hat«, gab Tina zurück, »und du solltest es am besten wissen.«

Ich versuchte noch immer, sie zu überzeugen. »Aber es gibt eine Grenze. Menschenskind, findest du nicht, es wäre allmählich an der Zeit, etwas nachzugeben und ihnen ›Viel Glück‹ zu wünschen. Sie waren immerhin über zehn Jahre unsere Nachbarn und ...«

»*Damit sie sich ändern?* Eher unwahrscheinlich«, meinte Tina abfällig, und ich bekam das Gefühl, alle beobachteten mich für den Fall, ich würde sie betrügen und Jennie ein Lächeln schenken oder die Kinder einladen zum Spielen. O ja, Jennies Lüge über Tina und Sam war eine bodenlose Gemeinheit gewesen, aber sie hatte keinen Schaden angerichtet, und man konnte es ihr letztlich nicht ankreiden. Sie war krank, für ihre Krankheit gab es einen Namen, den ich vergessen hatte, meine Nachbarin brauchte keine Vergeltung, sondern eine Therapie.

Es gab keine Entschuldigung für unser Verhalten.

Und diese gute Samariterin, Hilary Wainwright, mit ihrem Essen auf Rädern und ihrem christlichen Getue, war interessanterweise am fiesesten von allen.

Man denke nur an den Krieg, dieses Zusammengehörigkeitsgefühl, vereint gegen einen gemeinsamen Feind, und dann wir, diese kleine Vendetta war so ungesund. Sie raubte uns die Kraft und machte Idioten aus uns. Mir taten die Gordons Leid, wenn sie hoch erhobenen Kopfes, den Blick geradeaus gerichtet, in ihr Auto stiegen. Und es tat mir so

Leid, wenn ich sah, dass die Kinder sich erst trauten, sich umzusehen, wenn sie unsere Straße verlassen hatten.

Herr im Himmel, was hatten wir bloß getan?

Ich konnte nicht dabei mitmachen, wie alle Häme ausgegossen wurde über Jennies Arbeit, die sie noch nie gesehen hatten. Vor allem Sadie Harcourt, eine selbst ernannte Künstlerin mit entsprechendem Abschluss und geschmacklosen Ohrringen, die sie Freitagvormittag auf dem Markt anbot.

»Etwas Talent muss sie haben. Sie kann schließlich nicht alle für dumm verkaufen.«

»Sie hat hier jahrelang alle für dumm verkauft«, schnappte Sadie zurück, »vor allem dich.«

»Du irrst dich, Sadie«, ich musste das klarstellen, »Jennie hat mich nicht für dumm verkauft. Sie hat mir von Anfang an über ihre Gefühle Bescheid gesagt. Ich hätte davon vielleicht lieber nichts wissen wollen, aber das war ihr egal.«

»Aber Martha, was sie alles tat, um dich zu beeindrucken? Wie sie uns alle links liegen ließ, sich das Maul zerriss, so viel Unruhe stiftete …«

»Um ganz ehrlich zu sein, Sadie«, sagte ich, »deine Musik kann einem aber auch auf die Nerven gehen.«

»Du hättest auch mal ein Wort fallen lassen können, Martha.«

»Was? *Wie Jennie?* Um mich hinterher von dir zur Schnecke machen zu lassen?«

»Das ist nicht fair«, entgegnete Sadie.

O Gott, es war alles so kleinkariert. Und inzwischen ein so alter Hut. Man sagt, die Zeit heilt alle Wunden, aber nicht hier in unserer Straße.

Wenn wir hier wegen Sams geschäftlichen Problemen wegziehen mussten, würde mich das einen Dreck scheren.

Mir ging es nicht so sehr um das Geld, obwohl unsere finanzielle Situation schlimm genug war. Was mir Sorge bereitete, waren die Auswirkungen dieses geschäftlichen Misserfolgs auf Sams Image. Er war der Ernährer der Familie, der Team-Leader, der begabte Designer und Unternehmer. Und wenn mein eigener Job das Gegenmittel gegen den Wahnsinn und mangelndes Selbstbewusstsein war, war das nichts im Vergleich zu Sam. Er war in viel größerem Maße auf seine Arbeit angewiesen. Was würde er tun? Wie würde er mit den Absagen umgehen, die zweifelsohne auf ihn niederhageln würden bei vierhundert Mitbewerbern in einer Branche, in der Leute über dreißig bereits zum alten Eisen gehören? Mit den Ablehnungen und Demütigungen durch Leute, die seiner Meinung nach nicht die geringste Ahnung hatten?

Unsere Zukunftsaussichten waren alles andere als rosig.

Früher war Sam immer so vernichtend über Arbeitslose hergezogen. Die unteren Schichten der Bevölkerung sollten seiner Meinung nach endlich den Arsch hochkriegen. Ich hatte mir nie die Mühe gemacht, ihm zu widersprechen, dazu schien er mir zu verbohrt. Er konnte einem Leid tun mit seinen grässlichen rechtsaußen angesiedelten Ansichten, aber wichtiger war mir, dass er das Bad putzte, wenn ich in die Arbeit ging, kochte, einkaufte und den Garten in Ordnung brachte. *Was er jedoch nicht tat.*

Mit Sam zu leben war die Hölle.

Mir war klar, ich würde gehen, sobald mich der Chefredakteur dazu aufforderte. »Jennie Gordon ist doch deine Nachbarin, oder? Also mach es auf die menschliche Masche, Mann, Kinder, Reaktionen auf Mums Erfolg, die Tour. Haben sie ihr Talent geerbt?«

Ich kam mir vor, als spioniere ich mein Land aus. Wenn Sam oder einer meiner Nachbarn herausbekam, dass ich Jennies Ausstellung besuchte, würden sie mich standrechtlich erschießen. Ohne Verhandlung, einfach so. Mit Sicherheit würde ich nicht darauf bestehen, dass dieser Artikel mit meinem Namen unterzeichnet war.

Ich wusste nicht, was mich erwartete. Als ich das letzte Mal mit Jennie gesprochen hatte, hatte ich ihr für immer verboten, mein Haus zu betreten. Doch vermutlich war dieses ekelhafte Band, das uns über die Jahre hinweg verbunden hatte, nicht über Nacht einfach so zerrissen. Sie würde mich nicht aus der Galerie weisen, wie ich sie aus meinem Leben verwiesen hatte. Und ich hoffte, es böte sich vielleicht dadurch uns beiden eine Chance, diesen lächerlichen Streit zu beenden.

Es war ein Schock – ich erkannte sie kaum –, sie war weg gewesen und hatte sich ein passendes Stück von Ghost gekauft. Sie sah unwirklich aus in diesem gazeartigen Grau und dieser Kette silberner Perlen. Die Haare trug sie wie früher, gerade und lose auf die Schulter fallend. Sie strahlte eine anmutige Eleganz aus, wirkte selbstbewusst und zugleich zurückhaltend und schien sich mit dem Glas Champagner in ihrer Hand in dieser High Society wohl zu fühlen. Sie plauderte völlig ungezwungen, als habe sie nie ihr Leben damit verbracht, zu schrubben und zu putzen und versteckt hinter den Gardinen hinaus in die Welt zu schielen.

Die Publicity-Typen. Ein Girlie mit lila Haaren brachte mir etwas zu trinken.

Ich erkannte einen Kollegen von der schreibenden Zunft, und wir unterhielten uns darüber, wie unglaublich es war, dass jemand wie Jennie aus dem Nichts auftauchte und die Kunstwelt im Sturm eroberte.

»Wie ist sie eigentlich, diese Nymphe?«, wollte er von mir wissen, als ich ihm erzählte, dass ich sie kenne. »Das fragen sich alle. Sie wirkt so verschlossen, so rätselhaft, als habe sie keine Vergangenheit. Oder zumindest keine, über die sie gerne reden würde.«

»Wie sie ist?« Ich überlegte. »Das ist schwer zu sagen. Niemand hätte sich träumen lassen, dass ein derartiges Talent in ihr schlummert.«

Ich lächelte Graham zu. Er warf mir einen finsteren Blick zurück und unternahm keine Anstalten, zu mir herüberzukommen und zu reden. Warum auch. Poppy und Josh hatten mich beide entdeckt, sie flüsterten miteinander, und dann zog Poppy los. Wie ich ganz richtig vermutete, suchte sie Jennie.

Sie lächelte angespannt, als sie mich begrüßte. »Hallo, Martha.«

»All das ist von dir.« Ich umschrieb mit einer Handbewegung die imposante Ausstellung, die verwirrend, wunderbar, beeindruckend und verstörend zugleich war.

»Überrascht dich das?« Sie war ruhig und sehr blass.

Ich war ehrlich. »Was dich betrifft, gibt es für mich keine Überraschungen mehr.« Diese steife Unterhaltung war unangenehm. »Wie geht es dir, Jennie?«

Sie antwortete, ohne eine Miene zu verziehen. »Du hast Nerven, mich das zu fragen.«

»Es tut mir Leid, dass du so von mir denkst.«

Ihre Augen wurden kalt. »Nein, das tut dir überhaupt nicht Leid. Warum kommst du also hierher und tust so, als ob?«

Die Worte schienen mir im Halse stecken zu bleiben. »Ich hoffte, wir könnten …«

»Wir könnten was, Martha? Wieder Freunde sein?«

»Ich nehme an …«

»Du und ich, wir waren nie Freundinnen.«

»Das klingt, als sei das meine Schuld.«

»Schuld? *Schuld woran?*«

Ich war verwirrt und dadurch verletzlich. Fühlte mich nicht wohl. Man sah zu uns her. Sie hatte sich offensichtlich noch immer nicht beruhigt, war noch immer ungehalten. Ich hätte nicht herkommen sollen. Und vor allem hätte ich ihr nicht so bereitwillig die Freundschaft anbieten sollen. »Schuld an den Lügen …«

»Verschwinde, Martha. Ich bin es so leid. Geh zurück in die Mulberry Close, wo du hingehörst. Geh zurück zu Sam und den anderen.«

Sam wedelte wild mit dem *Observer*, bevor er ihn auf den Tisch knallte. Er hatte ihn wegen der Stellenanzeigen gekauft und sah sich unerwartet einem Foto seiner verhassten Nachbarin gegenüber. Jemand hatte Erfolg, während er Misserfolg hatte. »Ich frage mich, ob jemand Geld dafür rausrücken würde, um die Wahrheit über Jennie Gordon zu erfahren?«

»Welche Wahrheit? *Was meinst du damit?*« Ich warf ihm einen misstrauischen Blick zu und rückte von ihm ab. Er war auf Geld aus, okay, aber die eigene Nachbarin in die Schlagzeilen der Boulevardpresse zu bringen, damit ginge er zu weit.

»Jennie und Graham – wie sie sich kennen lernten. Ich seh die Schlagzeilen schon vor mir.«

»*Du hast doch selbst gesagt, dass du die Story nicht glaubst*«, warf ich ihm fassungslos vor. »Du hast gesagt, das sei eine ihrer Fantasiegeschichten und ich sei verrückt, das zu glauben.«

»Das habe ich damals gesagt, du hast Recht. Aber inzwischen bin ich mir nicht mehr so sicher.«

»Spar dir die Mühe, Sam, das ist widerlich. Ich habe Jennie versprochen, niemandem davon zu erzählen, und ich gäbe was dafür, wenn ich dir nichts davon gesagt hätte.«

»Aber du hast es mir gesagt, und jeder weiß es. Irgendjemand wird diese Gelegenheit nutzen, und warum sollte dieser Jemand nicht ich sein. Warum soll ich nicht etwas Geld rausschlagen, schließlich hat diese Schlampe mit meiner Frau geschlafen.«

Ich erstarrte … das war es also. Er war nie über diesen Affront gegen seine Männlichkeit hinweggekommen. »Wie kannst du einen solchen Verrat auch nur in Betracht ziehen, geschweige denn ihn aussprechen? Verflucht noch mal, vielleicht steht uns im Moment ja das Wasser bis zum Hals, aber deshalb müssen wir uns noch lange nicht so abscheulich benehmen. Und überhaupt, wenn Jennie nicht log, als sie erzählte, wie sie Graham kennen lernte, was ist dann an der Geschichte mit dir und Tina dran? *Vielleicht doch mehr, als du mir bisher weisgemacht hast.*«

Die Worte waren mir einfach herausgerutscht. Jennies ganzes Benehmen, der aufrichtige Schmerz, den ich in ihren Augen gesehen hatte, an dem Tag in der Galerie, als sie die ungekrönte Königin war und kein Platz für infantile Spielchen, hatten mich nachdenklich gemacht. Und jetzt Sam mit diesem grotesken Einfall, nur um etwas Kohle zu machen … Ich hätte alles gegeben, wenn er nur scherzte, und ich hätte alles gegeben, wenn Jennie gelogen hätte.

Wäre das Leben doch nur ein Traum, dann hätte ich eine Chance aufzuwachen.

33

JENNIE

Wäre das Leben doch nur ein Traum, dann hätte ich eine Chance aufzuwachen.

Wir zogen um.

Es fällt mir noch immer schwer, darüber zu sprechen.

Es gibt eine Krankheit – der Name tut nichts zur Sache –, bei der das Bedürfnis zur Obsession wird, sich auf ein höheres Wesen zu fixieren, durch das für infantilisierte Erwachsene die Welt definiert wird, wie sie es für kleine Kinder durch die Eltern wird.

Infantilisiert? War ich das wirklich?

Und war Martha mein höheres Wesen?

Und jetzt, als das Leben eine Kehrtwende vollzog und uns plötzlich alle neue Möglichkeiten eröffnete, neue Hoffnungen, fand ich mich selbst in meinem Atelier wieder, wie ich ausgebrannt an die Wand starrte. Ohne jede Inspiration. Das konnte nur mir passieren.

Von innen heraus tot.

Die Prinzessin, die nie das Stroh zu Gold gesponnen hatte. Das war das kleine Männchen mit den Zauberkräften gewesen.

»So was kommt vor«, erklärte mir Graham. »Du setzt dich zu sehr unter Druck, nicht nur Hogg tut das, sondern auch du selbst. Das geht vorüber, nimm's gelassen, das ist eine Blockade, wart's ab. Und wenn du ein ganzes Jahr nichts tätest, wär es egal. Die Schulgebühren sind bezahlt, und das neue Haus gehört uns.«

Wie konnte er sich bloß mit dieser Katastrophe einfach so abfinden? »Aber darum geht es nicht. *Ich habe keine Kreativität mehr.* War das nur ein vorübergehender Glücksfall, ein einmaliger Inspirationsschub, den ich nun aufgebraucht habe?«

»Hör auf, dir das einzureden. Setz dich hin, und lies ein paar Artikel über dich. Die Experten wissen, wovon sie reden. Nein, das ist kein Strohfeuer gewesen. Was du soeben durchmachst, ist eine ganz natürliche Phase. Völlig normal. Und ein Umzug, heißt es, stehe auf der Liste traumatischer Ereignisse an dritter Stelle …«

»Unsinn.«

Nichts von dem, was Graham sagte, konnte mir helfen.

Er war noch immer ganz aufgebracht über Marthas Unverschämtheit, auf meiner Ausstellung aufzukreuzen. »Aufgeblasen, wie eine Primadonna von Covent Garden.« Er nannte sie eine neugierige, neidische alte Schlampe, »die sich jetzt bei dir einzuschleimen versucht, weil du berühmt bist«. Doch ich wusste genau, Martha war nicht so. Poppy und Josh waren dafür, sie rauszuwerfen oder der Presse von der Kampagne zu erzählen, uns aus Mulberry Close zu vertreiben. »Das würde die Journalisten interessieren, stimmt's, Mum? Wie wir von ihr behandelt wurden? Komm schon, Mum, erzähl es ihnen.«

Aber Graham warnte Poppy. »Wenn wir wirklich neu anfangen wollen, bringt es doch nichts, diesen Ballast an Vergangenheit mit uns rumzuschleppen oder unsere schmutzige Wäsche in der Öffentlichkeit zu waschen. Du musst lernen, darüber zu stehen. Im nächsten Schuljahr spielt das ohnehin keine Rolle mehr.«

Uns war ganz komisch zumute, als wir Poppy zu dem Vorstellungsgespräch in Birkdale House brachten. Wohin man blickte, Holzvertäfelung und schwarzweiße Fliesen.

Ich hatte Angst, meine Tochter würde die Aufnahmeprüfung nicht bestehen. Während sie über ihre Prüfungsunterlagen gebeugt in einem einschüchternden Raum voller fremder Menschen saß, wurden wir zusammen mit anderen Eltern durch das Haus geführt. Manche der Eltern waren in Designerjeans und Sweatshirts gekommen, wogegen Graham und ich uns vorsichtigerweise für Anzug beziehungsweise Kostüm entschieden hatten.

Ich flehte zu Gott, in Stresszeiten war ich in ständigem Kontakt zu ihm, er möge Poppy diese zweite Chance geben. Dafür wollte ich alles tun. Bitte lass sie nicht aufgeben, nur weil sie glaubt, sie habe ohnehin keine Chance – so wie ich es täte. Bitte mach, dass meine Tochter wenigstens dieses eine Mal ihren Pessimismus überwindet. Falls es mir möglich war, zu triumphieren, wenn auch nur für kurze Zeit, dann war es auch Poppy möglich. Und abgesehen von dem gewaltigen Schub für ihr Selbstbewusstsein hieße das Bestehen dieser Prüfung kleinere Klassen, größere Lernerfolge und eine riesige Auswahl an außerschulischen Angeboten. Verglichen mit Birkdale House konnte man die Gesamtschule vergessen.

Abgesehen davon würde ihr die Schuluniform großartig stehen.

Außerdem wollte ich beweisen, dass sich die Frazers und Mrs. Forest geirrt hatten.

Sie kam blass und niedergeschlagen aus dem Saal. »Das war's, ich hab's verbockt. Ich konnte keine einzige Frage beantworten. Außerdem finde ich es hier furchtbar, und dann diese bescheuerten Regeln …« Poppy stürmte davon, als wäre alles unsere Schuld, als hätten wir sie aus einem unergründlichen, teuflischen Grund gezwungen, diese Tortur auf sich zu nehmen.

Die Spatzen pfiffen es von den Dächern, Sam war Pleite gegangen. Worüber ich mich ehrlich gesagt klammheimlich freute. Wenn das stimmte, was wir gehört hatten, würden die Frazers aus der Mulberry Close wegziehen müssen. Für die Erleichterung, die ich darüber empfand, fand ich keine Worte. Ich würde nicht voller Sehnsucht zurückblicken, sobald wir weg waren. Ich würde mir nicht wünschen, hier zu wohnen, wo alles wunderbar war. Denn es wäre nicht wunderbar. Die Frazers würden wegziehen? Bald gab es hier nichts mehr, das mich interessierte.

Und sie würden kein tolles Haus kaufen wie wir.

Wir hatten einen Altbau, ein Stadthaus im georgianischen Stil, mit Geländern und Treppen vor der Haustür, ein hohes, schmales Haus mit einem zauberhaften Garten, der in eine Wiese überging. Eingerahmt von üppigem Blauregen. Der alte Schuppen nebenan war ein fertiges Atelier. Der vorherige Besitzer hatte gemalt.

Durch mein zusätzliches Einkommen waren wir in die Lage versetzt worden, ein Haus zu kaufen, das wir uns normalerweise niemals hätten leisten können. Martha hätte es bestimmt geliebt. Es entsprach vielleicht sogar eher ihrem Geschmack als meinem. Ihre Möbel hätten besser hierher gepasst als unsere paar modernen Teile, die wir besaßen, seit wir geheiratet hatten. Meine Obsession hatte mich blind gemacht für solche Banalitäten wie meine unmittelbare Umgebung.

Zum ersten Mal in meinem Leben hatte ich Martha Kontra geboten, und die Erinnerung daran jagte mir noch immer einen Schauer über den Rücken. Ich war auf einer Wolke geschwebt, überwältigt von meinem Erfolg und dem Anblick meines Werks, das in diesem Rahmen so eindrucksvoll, ja großartig gewirkt hatte. Sie hier in der Galerie zu sehen, hatte mich verblüfft, damit hatte ich keinen Augenblick gerechnet. Hätte ich von ihrem Kommen gewusst, hätte ich wahrscheinlich die ganze Zeit damit verbracht, mir zu überlegen, was ich sagen soll. Die Panik davor hätte mir den ganzen Tag und das wunderbare Erlebnis verdorben.

Zum Teufel mit ihr.

Warum musste sie auch einfach so hier auftauchen – es war schwer genug gewesen, ohne sie zu leben.

Ich wollte die alten Wunden nicht wieder aufreißen.

Meine einzige Möglichkeit, darüber hinwegzukommen, war, mich noch stärker auf meine Arbeit zu konzentrieren – aber ich konnte nicht arbeiten, mein Kopf war leer, die ganze Leidenschaft verflogen. Verwirrt und geistesabwesend saß ich in meinem Atelier, und von den Wänden glotzte mir Schwärze entgegen. Ausgelöscht – *wo war ich?* Die düsteren Gefühle, aus denen ich meine Kreativität gespeist hatte, waren ungesund und schrecklich gewesen, sie hatten jedes normale Empfinden abgetötet, meine ständige Aufmerksamkeit verlangt – doch ich brauchte sie wieder, wenn ich überleben wollte.

Ich war weitaus erbärmlicher als Poppy. Wie konnte ich um einen kleinen Triumph für meine Tochter bitten, wenn ich selbst mich nicht der Herausforderung stellte?

»Du hast es bestanden! Du bist aufgenommen! *Poppy, du hast es geschafft!*«

Ich dachte daran, ein schnelles Dankgebet zu sagen, als ich, den wertvollen Brief in der Hand, die Treppe hinaufrannte, halb blind vor Tränen.

Ihr verschlafenes Gesicht zu sehen machte mich glücklich.

»Mach dich nicht über mich lustig.«

»Das tue ich nicht. Mit so etwas würde ich nie scherzen.« Ich nahm sie in die Arme, küsste und drückte sie. Ich hörte, wie ihr Herz raste, während mir tausenderlei Gedanken durch den Kopf schwirrten, allesamt positiv.

»Ich glaube es einfach nicht.« Sie las den Brief. Sie las ihn immer wieder. *»Aber wie kann ich die Prüfung bestanden haben?«*

»Problemlos, wie es scheint. Sie schreiben, du hättest ausgezeichnete Ergebnisse erzielt. Hier steht es, schwarz auf weiß, wenn du auf dich gestellt bist, kannst du es.«

»Krieg ich jetzt das Pony?« Doch das war im Augenblick nicht wirklich wichtig, so viel wusste ich, es reichte, so erfolgreich zu sein.

Ich wischte mir die Augen. »Schauen wir mal.«

Ich hätte den Artikel nicht gesehen, hätte Demetrius Hogg nicht den *Mirror* mitgenommen, weil ihm zu Ohren gekommen war, darin finde sich eine bodenlose Frechheit.

Er rief mich nicht an, er wartete, bis wir zu dem Abendessen kamen, das seine Frau Fenella in ihrer riesigen Wohnung am Cadogan Square arrangiert hatte.

»Schaut euch das an – *sensationell!*«, dröhnte er. Er schlug die Zeitung auf.

Entsetzt wich ich zurück. Eine Verleumdung.

Eine gemeine, bösartige Verleumdung.

Am schlimmsten jedoch war, dass es sich dabei um eine Lüge handelte, die ich selbst verbreitet hatte.

Am liebsten hätte ich losgeheult. Angewidert starrte ich auf die Zeitung, genauso gut hätten Maden darauf herumkrabbeln können.

»Was haben sie geschrieben?«, fragte Graham und blickte über meine Schulter.

»Schau nicht hin«, bat ich ihn und versuchte, den Artikel mit den Händen zu verdecken. »Es ist zu primitiv.«

»Sei nicht albern, zeig es ihm«, befahl Hogg erregt. »Je mehr Leute das lesen, umso besser. Du darfst nicht so kleinkariert sein, jetzt, wo du ein Star bist.«

»Die Kinder!«, rief ich. Seine Haltung fand ich abstoßend. Wie konnte ein Mann seines Niveaus eine solch verdrehte Sicht auf die Welt haben? »Wie sollen sie das verarbeiten – *ihre eigene Mutter war eine Hure?*«

»Das ist unmöglich«, Graham riss mir die Zeitung aus der Hand. »Um Himmels willen, lass mich sehen, was sie schreiben.«

»Graham«, rief ich. Das war schlimmer als jeder Albtraum. »*Was wird aus deinem Job?* Du könntest deshalb deine Arbeit verlieren.«

»Unsinn.« Woher nahm Hogg diese Ruhe?

Graham blickte entgeistert auf. *»Wie ist so etwas möglich?«*, wollte er wissen. Er war aschfahl. »Wie können sie solch infame Lügen drucken? Sie müssen doch wissen, dass wir sie anzeigen werden. Ich meine, hier steht, Jennie sei auf den Strich gegangen, hier steht, ich sei auf dem Straßenstrich in der Formby Road unterwegs gewesen. Da wird einem ganz schwindelig. Hört mal: *Hier steht, so hätten wir uns kennen gelernt.*« Seine Augen waren tief eingesunken. Ein gehetzter, ein gequälter Blick. »Wir werden sofort Anzeige erstatten ...«

»Beruhig dich, mein Freund«, redete Hogg mit seinem lang gezogenen texanischen Akzent auf Graham ein und klopfte ihm auf die Schulter. »Wenn du einen Kampf willst, werden wir kämpfen, und wir werden gewinnen. Darauf wette ich. Aber ich hatte bereits zwei Anrufe vom Fernsehen, Anfragen wegen eines Interviews. Und man sollte nicht vergessen, dass sich diese angeblichen Ereignisse lange, bevor ihr beiden zusammenkamt, zugetragen haben sollen – zu lange, um irgendeine Bedeutung zu haben. Diese ganze Publicity bedeutet, dass Jennie nun nicht mehr nur für den kleinen Zirkel von Kunstliebhabern interessant ist, sondern auch für den Mann auf der Straße ...«

Ich fuhr ihn an: »Ich brauche diese niederträchtigen Verleumdungen nicht, Herrgott noch mal! Es überrascht mich, dass du anders darüber denkst. Deine Einstellung ist für mich unfassbar. Ich kann es nicht zulassen, dass jemand unwidersprochen solche infamen Verunglimpfungen drucken kann.«

Wie hätte ich sonst darauf reagieren sollen? Falls Graham herausfand, dass ich mich mit dieser Lüge in Marthas Augen interessanter machen wollte, als ich Angst hatte, unsere Freundschaft kühle ab …

Doch Hogg, die Ruhe in Person, wollte sich nicht überzeugen lassen, und seine welterfahrene Frau mit den funkelnden schwarzen Augen pflichtete ihm aus ganzem Herzen bei. »Heutzutage ist es gut für einen Promi, eine bewegte Vergangenheit zu haben. Man braucht sich nur ansehen, wie sich plötzlich alle darauf stürzen, eine schwere Kindheit gehabt zu haben. Oder einen kriminellen Hintergrund – natürlich nichts zu Schlimmes. So wünscht sich Lieschen Müller ihre Helden.«

»Herrgott, das mag ja sein, aber es ist ein Unterschied zwischen einer schweren Kindheit und auf Pfennigabsätzen und in einem Rock, der den Blick auf die Arschbacken freigibt, auf der Straße auf und ab zu stöckeln und seinen Körper jedem zu verkaufen, der ihn haben will.«

»Aber das hast du nicht getan – *das behauptest du.* Damit bleibt die Sache offen. Wer kann sagen, was stimmt und was nicht? Du musst zugeben, Jennie, das ist weitaus romantischer, als Ehefrau und Mutter zu sein.«

»Vielleicht findest du Prostitution ja romantisch«, fuhr ich Fenella an. »Ich finde sie traurig und erbärmlich.«

»So haben sie es hier aber nicht dargestellt. Du wirkst wie eine richtige Überlebenskünstlerin, die mit allen Schwierigkeiten des Lebens klarkommt.«

Zum Teufel mit den beiden. *Träumte ich?*

»Von wem könnten sie diese infame Lügengeschichte bloß haben?« Graham war noch immer perplex. »Wer ist denn so krank im Kopf und geht mit einem solchen

Schwachsinn an die Presse? Und warum sollten sie es drucken, ohne es zu recherchieren?«

Es fehlte gerade noch, dass Hogg sich die Hände rieb. Für ihn war der Artikel offensichtlich der Hauptgewinn. »Die Fehde, die ihr erwähnt habt, die Fehde in eurer Straße. Wer sagt schon, dass nicht einer dieser Typen mit diesem Mist zur Zeitung gegangen ist, um sich ein paar Kröten zu verdienen?«

»Das ist gut möglich«, stöhnte Graham. Sein gewöhnlich ordentlich frisiertes Haar stand verzweifelt in alle Richtungen weg. »Ihr behauptet also allen Ernstes, jeder, der etwas gegen uns hat, kann losgehen und erzählen, was er will, und das wird dann auch noch gedruckt? Ohne dass was passiert? Hört mal! Denkt doch mal nach! Sie müssen doch recherchieren, es muss doch ein Fitzelchen Wahrheit dran sein. In diesem Fall handelt es sich um ein reines Lügengespinst.«

»Nichts abstreiten. Nichts zugeben. Nur ab und zu ein viel sagendes Lächeln«, riet Hogg. »Schätzchen, du bist Künstlerin. Bei dir setzt man voraus, dass du einiges durchgemacht hast. Diese popeligen Typen haben dir einen Riesengefallen getan. Sei klug. Sei erwachsen. Nutze es zu deinem Vorteil.«

»Es liegt ja auch schon ziemlich lange zurück«, probierte ich.

Graham explodierte. »*Jennie?* Was zum Teufel sagst du da? Das kannst du doch nicht ernst meinen.«

»Graham! Was bleibt uns anderes übrig? Wenn wir deshalb vor Gericht gehen, gibt es nur noch mehr Publicity. So was kann sich über Monate hinziehen. Es gäbe noch mehr ekelhafte Lügen, die Kinder könnten hineingezogen werden …«

»Verdammt noch mal, wir können diese Leute doch nicht einfach …«

»Entspann dich, Süßer«, flötete Fenella und gewann Graham mit ihrem Lächeln. Sie legte ihm ihre juwelenbedeckte Hand auf den Arm. »Deine Ehefrau ist dabei, ganz groß rauszukommen. Entspann dich, und freu dich drüber.«

Eine solche Reaktion kam für Graham nicht in Frage. Er stammelte: »*Mich darüber freuen?* Schon der Gedanke ...«

»Graham«, schmeichelte Fenella mit einem Augenaufschlag, der ihre langen schwarzen Wimpern perfekt zur Geltung brachte, »ich weiß, wie du dich fühlst. Schließlich ist Jennie deine Frau, und der Gedanke kann für dich nicht schön sein, dass jeder deine Frau haben konnte für den Preis eines Big Macs.«

»Nein, nein. Du hast mich falsch verstanden«, versuchte er zu erklären, und ich hörte ihm glühend vor Scham zu. »Es wäre mir egal, wenn Jennie eine Hure gewesen wäre. Darum geht es nicht. Es ist die Tatsache, dass diese Mistkerle mit diesen Lügen durchkommen, das ärgert mich. Was wäre denn, wenn man diesen Kübel an Verleumdungen über euch, über dich und Demetrius, gießen würde? Wie würdet ihr euch dabei fühlen?«

»Wenn es Jennie nicht weiter stört, wozu die Aufregung?«

Eine Frau mit einer Schürze erschien in der Tür. »Wie dem auch sei, es ist Zeit zum Essen«, sagte Fenella. Und Hogg hakte sich zuversichtlich bei mir ein.

Ich versuchte, mich zu beruhigen, aber in meinem Inneren herrschte das blanke Chaos. *Wie konnte Martha mir das bloß antun?* War das die Strafe für mein Verhalten bei der Ausstellung? Oder steckte Sam hinter diesem Verrat? Hatte sie ihm auch dieses Geheimnis weitererzählt, wie sie es bei so vielen anderen getan hatte? Ich schmeckte den rostigen Geschmack von tödlichem Hass auf der Zunge. Hatte Martha mich immer betrogen, selbst als ich mich sicher wähnte? Soweit ich wusste, hielt mich die ganze Straße für eine Hure und Graham für einen Freier, und der einzige Mensch, dem ich dafür die Schuld geben konnte, war ich selbst.

Das Abendessen, das sie auftischten, war fantastisch. Wie aus einem Film.

Der Wein floss in Strömen, und ich zitterte.

Obwohl er so klein geraten war, war Hogg eine imposante Erscheinung. Seine tiefe Stimme mit dem lang gezogenen texanischen Akzent war markant, und ich beobachtete, wie seine schwere goldene Armbanduhr auf seinem behaarten Handgelenk glänzte. Der Kronleuchter funkelte in allen Farben des Prismas auf diesen glatzköpfigen Connaisseur herunter und ließ ihn leuchten. Er hypnotisierte uns mit seinen Geschichten von den Orten, wo er schon gewesen war, und den Menschen, die er kennen gelernt hatte. Die Augen hinter den Brillengläsern waren grün wie das Meer. Und dann wandte er sich mir zu. »Man sieht in einem Kunstwerk selten eine so klare Darstellung derart subtilen Verlangens. Einige deiner Skulpturen sind außerordentlich, sie ziehen einen mit ihrer primitiven Wahrheit in ihren Bann. Viele Menschen auf der Ausstellung waren ergriffen. Ich empfinde es als Privileg, dich entdeckt zu haben.«

Und so ging es weiter …

Und weiter …

Und weiter …

Bereits beschwipst, hörte ich nicht auf, den schweren Rotwein zu trinken und Überlegungen anzustellen, wie es wäre, das Idol zu wechseln. Wäre es möglich, sich ein anderes Objekt der Begierde zu suchen? Bilder entstanden und lösten sich auf wie am Rande des Schlafs und langsam spürte ich, wie das Leben zurückkehrte, in die Taubheit meiner Blockade eindrang, während ich dasaß, alles in mich aufnahm und diesem Mann zuhörte. Das verstörte mich und ermöglichte mir zugleich, wieder Freude zu empfinden, eine neue Freude. Falls ich mich wieder der Liebe hingeben könnte, diesem grausamen Schmerz, diesem Verlangen, den Tagträumen, wenn ich mich aus diesem Gefängnis befreien und in das bedrohliche Licht hinaustreten könnte …

Aber Hogg?

War das Objekt denn überhaupt wichtig?

Dieser Aufruhr in mir fühlte sich an wie ein Erdbeben.

Konnte ich mir mein »höheres Wesen« tatsächlich aussuchen?

War es wirklich so einfach?

Ich gab mein Äußerstes, um wieder einzutauchen – um meiner Kunst, meiner Seele willen … ich bewunderte diesen unglaublichen Mann, der mit Königen gesprochen und unter Rittern gelebt hatte. Meine Fingerknöchel hoben sich weiß von der Tischdecke ab, als ich mich bemühte, meine Leidenschaft zu übertragen, damit ich zurückkehren konnte in mein Atelier, wo die Arbeit auf mich wartete.

Martha war aus meinem Leben verschwunden, sie würde nicht zurückkommen.

Vielleicht konnte ich für die Anerkennung dieses Mannes arbeiten. Vielleicht könnte er mich lieben, wenn er wüsste, wie ich mich fühle …

So fand ich zurück zu meiner Kraft. Ich hatte es früher getan. Ich konnte es wieder tun.

34

MARTHA

So fand ich zurück zu meiner Kraft. Ich hatte es früher getan. Ich konnte es wieder tun.

Wenn Sam mich nur in Ruhe ließe.

Als er mir von seinem unerhörten Plan erzählte, war mir klar, dass er vollkommen durchgeknallt war. »Was? *Hab ich dich richtig verstanden?* Die Gordons um Geld anhauen, nach allem, was du getan hast? Nachdem du dich hinter meinem Rücken an die Presse gewandt und diese Familie in den Augen der Öffentlichkeit vernichtet hast, ganz abgesehen von der Tatsache, dass wir und die anderen die Gordons aus unserer Straße vertrieben haben. Ich erkenne dich nicht mehr, Sam. Du verwandelst dich in etwas Widernatürliches, über Menschen wie dich kann man in der Bibel nachlesen.«

Er schenkte sich noch einen Scotch ein, seinen dritten. Mein Ekel berührte ihn nicht. »Ein Darlehen, um mehr bitte ich nicht. Gerade genug fürs Nötigste …«

»Bis wann? Wann werden wir in der Lage sein, ein Darlehen zurückzuzahlen? Und warum zum Teufel sollten die Gordons es überhaupt in Betracht ziehen, uns eins zu geben? Ausgerechnet uns?«

»Weil Jennie absolut von dir besessen ist, weil sie geschworen hat, deine Sklavin zu sein bis zu dem Tag, an dem sie stirbt.« Er klang so verbittert. »Und wegen all dem Mist.«

Ich hatte Sam nicht erzählt, dass ich Jennies Ausstellung

besucht hatte. Ich hatte auch niemandem erzählt, wie sie mich hatte abblitzen lassen. Was die Gordons anging, verhielt er sich irrational. Eine vernünftige Reaktion war nicht zu erwarten. Sam schienen sie stärker zu fehlen als uns anderen, so wie ein Jäger es verfluchte, wenn ihm seine Beute entkommen war. Dieser Aspekt seiner Persönlichkeit machte mir Angst. Sie waren weg. Es war an der Zeit, nach vorne zu blicken. Missmutig sah er zu, wie die Neuen einzogen, ein Ehepaar namens Watson mit drei kleinen Jungen.

Als ich von der Arbeit heimkam, fragte ich ihn: »Hast du schon mit unseren neuen Nachbarn gesprochen?« Ich hatte kaum Zeit, die Jacke auszuziehen, bevor ich mich an den Berg Hausarbeit machte. Der Abwasch musste erledigt, das Gemüse geputzt und die Buntwäsche für die Waschmaschine sortiert werden.

»Dieses Mal bleiben wir auf Distanz. Ein so enges Verhältnis bringt nichts.«

Ich hatte ja nur gefragt.

»Hast du Glück gehabt, heute?« Eine ganz normale Frage.

Er zog die Stirn in Falten und starrte mich an. »Was zum Teufel denkst du eigentlich? Natürlich hatte ich kein Glück, und es besteht nicht die geringste Notwendigkeit, mir das mit dieser Schadenfreude unter die Nase zu reiben, kaum dass du durch die Tür bist.«

»Sam, es tut mir Leid.«

»Im Augenblick komme ich ganz gut ohne deinen saudummen Optimismus aus«, wetterte er.

»Wir können ja nicht beide deprimiert durch die Gegend laufen, das wird schon wieder …«

»Halt die Klappe, Martha, *um Gottes willen, halt die Klappe*. Es wäre klüger gewesen, du hättest dich um die bezaubernde Jennie Gordon bemüht, als du noch die Gelegenheit dazu hattest. Sie hätte verdammt noch mal dafür gesorgt, dass es dir an nichts fehlt, so wie du es gewohnt bist. Wie dir das jetzt Leid tun muss.«

Ich gab keine Antwort. Und ich fuhr stattdessen fort, die Küche aufzuräumen. Ich hatte Sam bisher noch nie eifersüchtig erlebt. In unserer Beziehung war das mein Vorrecht. Dass er nun eifersüchtig auf eine andere Frau war, obwohl er genau Bescheid wusste, war so gemein wie gefühllos.

»Vielleicht hätten wir das an die Zeitungen verkaufen sollen.«

Wenn er nur wüsste, wie er sich anhörte. Das war nicht der Sam, in den ich mich verliebt hatte und dem ich all die Jahre treu gewesen war. Ich versuchte, ihm Mitgefühl entgegenzubringen statt Hass. »Na ja, dein erster Versuch, Jennie mit deinen miesen Mitteln zu vernichten, ging schief. Seit deinem kleinen Beitrag hat das öffentliche Interesse an ihr schwindelnde Höhen erreicht. Sie war klug genug, diesen ganzen Schmutz links liegen zu lassen. Daher würde wohl jeder Hinweis auf eine lesbische Verbindung ihrem Image einen noch geheimnisvolleren Nimbus verleihen. Tu, was du willst, Sam. Es ist mir egal.«

»Lesbe«, lallte Sam. »Dieser Vamp hat versucht, meine Ehe zu ruinieren.«

Und so tobte er und bohrte in alten Wunden, die ihn immer noch juckten und reizten. Was nur schlimmer wurde, je mehr er sich darüber den Kopf zerbrach und daran herumkratzte. »Ja«, sagte ich, »das versuchte sie. Aber es gelang ihr nicht. Wir sind noch immer zusammen, trotz Jennie. Warum zum Teufel also lässt du die Sache nicht auf sich beruhen?«

Am vorangegangenen Abend hatten wir unsere frühere Nachbarin in einer Talkshow mit dem Kunstmäzen Melvyn Bragg gesehen. Wahrscheinlich hatten alle unsere Nachbarn die Sendung gesehen. Ich fragte mich, ob es ihnen dabei wohl genauso wie mir erging und sie die Last einer schrecklichen Schuld auf den Schultern spürten? Fürchteten sie wie ich, Jennie könne eine Geschichte erzählen, die uns alle vernichten würde? Den Zorn Gottes auf uns niederbringen? Sam sah zu, er saß vornübergebeugt vor dem Fernsehschirm und sog jedes Wort auf. Immer, wenn Jennie etwas sagte, murmelte er: »Blöde Kuh«, während ich mich nur über ihre neue Selbstsicherheit wunderte. Wie sie sich da inmitten dieser erfahrenen Medienleute behauptete, fiel es mir schwer, zu glauben, dass das dieselbe Jennie sein sollte, die ich gekannt hatte.

Sie sah so gut aus, war so erstaunlich gelassen.

Sie kam weitaus besser mit der Situation zurecht, als ich das je könnte.

»Miststück – sie hört sich auch noch so an wie du«, sagte Sam.

In dieser rachelüsternen Stimmung hatte er darauf bestanden, dass wir an ihrem Haus vorbeifuhren, um zu sehen, wie es war. Natürlich sträubte ich mich, vor allem, da die Kinder dabei waren. Woher diese Sensationslust? Doch vielleicht gelang es Sam endlich, von dieser Faszination zu lassen, wenn er sah, wo die Gordons lebten.

»Allmächtiger«, sagte Sam, als wir vorbeifuhren. »Die hat einen Lauf.«

Ich betete zu Gott, dass uns niemand sah. Das hier war übelstes neidisches Schnüffeln, wie entsetzlich, wenn Jennie uns dabei erwischen würde. »Vermutlich nicht nur ihr Geld«, sagte ich, hauptsächlich, um ihn zu beruhigen. »Hat Graham nicht einen Managerposten?«

Zu spät – es war mir schon herausgerutscht. Ein direkter Vergleich zwischen Grahams Erfolg und dem kläglichen Versagen meines Mannes.

Den ganzen Weg nach Hause war Sam eingeschnappt, und Scarlet hörte nicht auf mit der Wiese hinter dem Haus.

»Und da sind Ställe«, berichtete sie. »Jemand aus ihrer Schule hat es Daisy Masters erzählt. Ich wette, sie bekommt ein Pony. Poppy bekommt immer, was sie sich wünscht.«

»Das wär doch nett für sie, oder?«

»Sie ist zu zimperlich, um zu reiten.«

»Warum können wir nicht hineingehen und sie besuchen?«, fragte Lawrence verwirrt. »Ich wette, Josh hat ein paar fiese Computerspiele.«

»Halt die Klappe, Lawrence, wir mögen die Gordons nicht. Hast du das noch immer nicht kapiert, du Dummkopf?«, fuhr Scarlet ihn an.

»Warum sind wir denn dann überhaupt hergefahren?«, fragte Lawrence, der die Gordons auf seine stille Art im selben Maß zu vermissen schien wie Sam.

Es war nicht möglich, die Gordons zu vergessen.

Auf der Arbeit war es ebenso schlimm, schließlich hatten wir nun eine Einheimische, die ganz berühmt geworden war. Presseunterlagen und Berichte kamen massenweise in die Agentur: Jennie in Amerika, Jennie in Deutschland, Jennie im Gettymuseum oder im Hepworthgarten in Cornwall. Stets war sie in Begleitung dieses seltsamen glatzköpfigen Amerikaners namens Hogg. Vielleicht unterstützte er sie bei ihren öffentlichen Auftritten, beriet sie wegen ihres Images und gab ihr rhetorische Tipps. Wer weiß, womöglich suchte er ihr aus, was sie anziehen sollte. Wie hätte sie das sonst alles schaffen sollen?

Und ich fragte mich, wie der arme Graham zurechtkam, so allein zu Hause.

Die Versicherung kam für unsere Hypothek auf, allerdings nur sechs Monate lang. Sam bekam Arbeitslosengeld. Wir verkauften den Jeep und meine alte Kiste, die wir gebraucht erstanden hatten. Mark und Emma luden uns wieder nach Betws-y-Coed ein, aber Sam meinte, er ertrüge es nicht, wenn er ständig unsere Verhältnisse mit ihrem privilegierten Lebensstil vergleichen müsste – schnelle Autos und Hummer. Ich weiß, dass sie unsere Absage verletzte.

Ein Urlaub im Ausland kam nicht in Frage.

Wir hatten uns von unseren Nachbarn zurückgezogen, sobald die Gordons weggezogen waren. Es war so gekommen, wie ich vermutet hatte. Plötzlich war unser wichtigstes Bindeglied zerbrochen, und jeder war mit seiner Scham allein, als der letzte Umzugswagen die Straße verließ. Wir hatten uns alle zusammen grässlich schlecht benommen, nun waren wir verlegen, wenn wir zusammenkamen. Ein Gefühl, als ginge eine Ära zu Ende.

Unser FOR-SALE-Schild schien in unserem Vorgarten so fest verwurzelt wie die landläufigen Rosen und die wuchernden Hortensien zu sein. Da Sam die Interessenten durchs Haus führte, wunderte es mich nicht, dass niemand zusagte. Er war griesgrämig und gereizt und machte daraus kein Hehl. Für die Tatsache, dass wir verkaufen mussten, schob er Jennie Gordon die Schuld in die Schuhe.

Er übertrieb die Geschichte maßlos, um seine Gefühle, ein Versager zu sein, nicht wahrhaben zu müssen.

Als er daher vorschlug, die Gordons um ein Darlehen zu bitten, erweckte er den Anschein, als schuldeten sie ihm seiner Meinung nach etwas.

»Wenn du es nicht kannst, dann mach ich es«, erklärte er mir freiheraus. »Vielleicht muss diese Kuh mal an ein paar Schweinereien erinnert werden, die sie möglicherweise verdrängt hat.«

Ich zündete mir eine Zigarette an. Meine Hände zitterten. »Erpressung, oder?« Ich musste es aussprechen.

»Nein, nicht ganz Erpressung.«

»Kommt dem aber ziemlich nahe. Geld gegen Schweigen. Sam, was du da sagst, ist total abscheulich.«

Diese Feindseligkeit, die hinter seinen Worten steckte, ließ mir das Blut in den Adern gefrieren. Wenn er in dieser Stimmung war, war es zwecklos, ihn aufheitern zu wollen. »Graham verdient es, zu erfahren, was lief. Wir hätten damals offen mit ihm sein müssen.«

»Ach? Warum das? Graham ist ein lieber, etwas langweiliger Kerl, aber er vergöttert Jennie, und wenn er davon erführe, täte ihm das nur entsetzlich weh.«

»Er muss es nicht erfahren, wenn Jennie die Kohle rausrückt.«

Ich stand auf und tat, als suche ich nach einem Aschenbecher, versuchte jedoch nur Zeit zu gewinnen, um über Sams Vorhaben nachzudenken. »Meinst du damit, ich solle sie zu Hause besuchen und sie bedrohen, wie ein Mafioso?«

»Warum nicht? Ich denke nicht, dass du sie bedrohen müsstest. Sie würde ihr Leben dafür geben, dass du sie darum bitten würdest. Du müsstest nur freundlich lächeln.«

»Du bist so krank.«

»Ich hätte sie anzeigen können, weißt du, wegen übler Nachrede. Schließlich hat sie mich und Tina verleumdet. Wir hätten sie damals richtig fertig machen können.«

»Das bezweifle ich.«

»Martha, du irrst dich.«

»Du hättest beweisen müssen, dass dir dadurch finanzielle Nachteile entstanden …«

»Fuck you.« Als Sam rasch aufstand, schwankte er. Seine Stimme war heiser vom Alkohol – oder war es die Wut? Er schwenkte einen dämlichen Zeigefinger in meine Richtung, wobei ich jedoch das Gefühl hatte, er hätte mich lieber mit der Faust bearbeitet. »Auf wessen Seite stehst du eigentlich? Fang bloß nicht an, mir Vorträge zu halten, nur weil niemand bereit ist, mir ein Gehalt zu zahlen, während du …«

»Hör auf!«, rief ich. *»Hör bloß auf!«* Ich ging auf ihn zu, nahm ihn in die Arme und spürte, wie er bebte, wo er hätte schluchzen müssen. »Jetzt bilde dir bloß nicht ein, ich sei gegen dich wegen eines blöden Jobs. Es kann nur besser werden. Wir finden woanders eine Bleibe, und bevor du es merkst, geht's wieder aufwärts. Es hängt nicht immer nur auf einer Seite.«

»Nein, Martha. Das funktioniert dieses Mal nicht.« Er klang schläfrig, als sei er all dessen so müde. »So läuft das nicht, nicht heutzutage. Gute Ausbildung, harte Arbeit, alles Scheiße.« Sein Atem roch nach Alkohol, als er warm mein Ohr streichelte und wütend flüsterte: »So ist das heute nicht mehr. Wenn du nicht untergehen willst, musst du jede Chance ergreifen und so fest zudrücken, bis du hast, was du willst.«

»Nein, Sam.« Ich half ihm zurück zum Stuhl, er fühlte sich so schwer an.

»Geld«, stöhnte er hoffnungslos. »*Das scheißverdammte Geld.* Man ist darauf angewiesen … man muss es sich beschaffen … wie auch immer, man muss es sich …«

Sam wusste nicht, dass ich mich wegen unserer verzweifelten Lage an meinen Vater um Hilfe gewandt hatte. Was mir zuwider war. Meine Eltern hatten nie Schulden gehabt und würden dafür kein Verständnis aufbringen. Ihrer Meinung nach brauchte man nur seinen Lebensstil nach seinen Mitteln auszurichten. So einfach war das. Meine Mutter hatte bei ein paar wenigen angesehenen Läden ein Konto eingerichtet, das jeden Monat beglichen wurde. Mehr nicht.

»Ein paar tausend Pfund, Schatz, mehr haben wir nicht flüssig.«

Ich versuchte verzweifelt, Dad unsere Situation darzustellen.

»Unser Geld ist in langfristigen sicheren Anlagen festgelegt, Marthakind«, sagte er.

»Könntest du nicht mir zuliebe ein paar davon verkaufen?«

Ich hätte ihn ebenso gut darum bitten können, jemanden zu töten.

»Das kommt nicht in Frage, Martha. Wir verlören zu viel. Langfristige Planung, das ist wichtig.« Und durch diese gesetzte Bemerkung wurde mir nahe gelegt, wir hätten umsichtiger handeln und nicht mehr ausgeben sollen, als wir verdienten.

»Und eine kleine Hypothek?«, flehte ich ihn an. »Könntet ihr, du und Mum, nicht Geld aufnehmen?« Letztes Jahr hatten sie eine Safari mitgemacht, dieses Jahr hatten sie bereits eine Alaskareise gebucht. Ihr Haus war von oben bis unten mit sündteuren Antiquitäten voll gestopft. Gut, sie waren vielleicht nicht hundertprozentig von Sam überzeugt – ein Luftikus, schnoddrig und zu arrogant, hatten sie mich vor Jahren gewarnt –, aber das mussten sie doch nicht an mir auslassen. »Nur um uns über diese Durststrecke zu helfen?«, bat ich.

Mein Vater war keineswegs herzlos, in seinen besten Zeiten hatte er mich mehr als verwöhnt, aber nun hieß es: »Nein, mein Schatz, ihr müsst selbst zusehen, wie ihr damit fertig werdet, und dieses teure Haus verkaufen und all diese Autos. Esst vernünftige Sachen statt diesem ganzen Zeug, das du immerzu kaufst. Und vielleicht tut es den Kindern gut, wenn sie lernen, dass das Geld nicht vom Himmel fällt.«

Ach ja, wir waren verschwenderisch, sie hatten es schon immer gewusst. Zerrissene Socken warfen wir weg, statt sie zu stopfen; abgespaltene Seifenstücke wurden bei uns nicht zusammengeklebt; wir aßen auch nicht jeden letzten Rest im Kühlschrank, und wenn er noch so ausgetrocknet oder eklig war; wir hatten uns dieses Jahr eine neue Waschmaschine gekauft, während Mum die ihre seit ihrer Hochzeit hatte …

Ach ja, wir waren leichtsinnig – wir kauften Computer

und neue Mountainbikes als Geschenke; wir gingen in Supermärkte statt in Billigdiscounter und kauften in Zitrone und Knoblauch marinierte Hühnchen, Kaktusfeigen und Avocados mit Dressingh, wir kauften sogar fertig geputzte Karotten und Salate, und das zu horrenden Preisen.

»Warum diese ganzen exotischen Soßen?«, pflegte Dad zu fragen. »Ist denn unsere gute alte Bratensoße nicht gut genug?«

Schwere Stunden.

Finstere Zeiten.

Sam würde eher sterben, als seinen eigenen Vater um Geld zu bitten. Sie hatten immer miteinander konkurriert, schon als Sam noch ein kleiner Junge war. Und er hatte es geliebt. Doch jetzt, da uns diese Katastrophe getroffen hatte, hatte er seinem Vater nicht einmal erzählt, dass seine Firma den Bach hinunter war.

Also behauptete ich, ich würde versuchen, das Darlehen zu bekommen – um Sam zu beschwichtigen. »Aber ich werde sie keinesfalls irgendwie bedrohen. Ich werde Jennie bitten, sich mit mir zum Lunch zu treffen, und es dann irgendwie einflechten. Doch mach dir nicht allzu große Hoffnung, Sam, ja? Zwischen uns wird es nicht mehr so sein wie früher, das ist unmöglich, nach allem, was vorgefallen ist.«

Sams Lächeln war alles andere als freundlich. Doch er bügelte mein Versprechen nicht mit sarkastischen Bemerkungen oder verächtlichem Schnauben nieder. Ich hatte seiner verrückten Forderung endlich nachgegeben, und damit musste er sich zufrieden geben. Vielleicht konnte ich mich so an Jennie wenden, dass es nicht wie Betteln rüberkam – so tun, als ginge es mir nur um einen Lunch und eine Versöhnung. Aber nach unserem letzten Treffen war die Wahrscheinlichkeit gering, dass sie mir glauben würde. Ob sie ein übergeordnetes Motiv dahinter vermutete?

Ich musste es versuchen, um Sams willen.

Sollte Jennie sich jedoch weigern, mich zu treffen, wäre die Geschichte ohnehin erledigt.

Schon bei dem Gedanken daran wurde mir übel.

35

JENNIE

Schon bei dem Gedanken daran wurde mir übel.

Ein Treffen mit Martha.

Sollte ich?

Nach alldem …?

Liebe war es nicht, sonst wäre ich nicht hingegangen. Liebe verlangt Respekt, und wie sollte ich eine Frau respektieren, die, indem sie ein so intimes Geheimnis verriet, mit ihrem Ehemann kollaborierte, um mich und meine Familie zu vernichten? Dass es sich dabei um eine Lüge meinerseits handelte, war irrelevant. Ich vermutete, Sam war derjenige, der dem *Mirror* zu dieser Schlagzeile verholfen hatte. Und Martha war noch immer bei ihm, zweifelsohne noch immer seine unkritische und ihn vergötternde Leibeigene.

Liebe war es nicht, und es war auch nicht übertragbar. Ich hatte schwer darum gekämpft, mein »höheres Wesen« durch Hogg zu ersetzen, vergebens. Von den äußeren Voraussetzungen her war Hogg der weitaus bessere Kandidat – er war überaus männlich, amüsant, weltgewandt und – nicht zuletzt – erfolgreich, während Martha sich noch immer für ein paar Almosen beim *Express* abrackerte. Nichtsdestotrotz war es nach ihrem überraschenden Telefonanruf vorbei mit meinem Unabhängigkeitskampf. Sie interessierte sich wieder für mich, sie wollte mich treffen, das Motiv dahinter war mir egal. Und zu meinem Schrecken stellte ich fest, dass meine Blockade auf Grund nur eines befangenen Telefongesprächs verschwunden war.

Unser Treffen bei Harrods durfte ich nicht zählen. Das war unpersönlich gewesen, sie war nur in ihrer Rolle als Journalistin gekommen, auf meine private Einladung hatte sie nicht reagiert. Und das war vor dieser grässlichen Entdeckung gewesen, der ich mich nun stellte – ohne sie und den Schmerz, den sie mir bereitete, war ich leer. Ich konnte einfach nicht arbeiten. Marthas Telefonanruf war merkwürdig … sie gab mir keinen Anhaltspunkt, warum sie mich treffen wolle. Was mir für viele Stunden Stoff für alle möglichen Spekulationen gab.

Konnte es sein, dass sie mich doch vermisste?

Konnte es sein, dass sie endlich die Wahrheit über Sam und Tina herausgefunden hatte und nun darauf brannte, sich zu entschuldigen und ihre Rachekampagne, die mit Sicherheit sie angestoßen hatte, wieder gutzumachen? Niemand sonst in der Straße wäre einflussreich genug gewesen, alle anderen so gegen mich aufzubringen.

Jetzt führte ich ein erfülltes Leben, ich reiste, ging zum Essen aus, bewegte mich in der Gesellschaft – das machte mich *interessant*. Vielleicht war es das, und Martha wollte mit von der Partie sein – wie wir uns amüsieren würden, wenn wir gemeinsam reisten. Sie könnte meine Klamotten aussuchen, wir würden gemeinsam einkaufen gehen. Ich könnte Fenella loswerden mit ihren strikten Ansichten zu allem und jedem und ihrem affektierten Getue, und wieder in Marthas Gesellschaft schwelgen.

»Ich fürchtete schon, du wolltest mich nicht mehr sehen, nach dem …«

»Dem Riesenartikel im *Mirror* oder der Verschwörung in der Mulberry Close?«

Martha senkte den Kopf, sie schloss die Augen, als wolle sie diese Anschuldigungen abwehren. Sie hatte sich nicht verändert, *war es das gewesen, wovor ich Angst gehabt hatte?* Sie war schlampig angezogen, so füllig wie früher und wunderschön. Ihr trägerloses Seidenkleid hatte sie selbst entworfen, niemand außer ihr würde solche Farben kombinieren. Wir saßen am Fenster des besten Restaurants in der Stadt, Willies. Das war Marthas Idee. Sie wusste, dass dieser Treffpunkt bequem für mich war. Ich konnte von meinem Haus zu Fuß herlaufen.

Wo war ihr Auto?

Sie kam mit dem Taxi.

Die Statusänderung sprang ins Auge. Früher war ich diejenige gewesen, die um jede Aufmerksamkeit bettelte, und Martha die großzügige Spenderin. Die plötzliche Rollenumkehr irritierte mich. Ich starrte sie an, während sie die Speisekarte studierte und der Lichtschein des Kaminfeuers über ihr Gesicht spielte. Mir schoss durch den Kopf, wie ich mich hatte umbringen wollen, wie sehr ich mich danach gesehnt hatte, an ihrer Stelle zu sein, wie ich sogar mein eigenes Kind verletzt hatte aus meinem Wahnsinn heraus, die Aufmerksamkeit dieser Frau auf mich zu lenken … aber statt Reue fühlte ich nur ein perverses Glücksgefühl darüber, dass meine Leidenschaft für sie noch immer da war – nichts wäre schlimmer für mich als das Ende der Obsession, als die Desillusion, die vergötterte Person als irdisch, als geradezu abstoßend zu empfinden, sobald die Leidenschaft erloschen ist. So viel wusste ich, und jeder weiß das.

Ich betete sie an.

»Ich weiß nicht, was ich über die Vorgänge in der Mulberry Close sagen soll«, antwortete Martha. »Ich war damals nicht glücklich darüber, und jetzt kann ich kaum fassen, dass all das tatsächlich geschah.«

Mir gefiel dieser unterwürfige Tonfall nicht, ich wollte sie nicht geschwächt sehen.

»Was bringt es jetzt noch, darüber zu reden? Es ist halt

passiert. Wir sind weggezogen. Das Leben damals, das war eine andere Welt.«

Sie schüttelte den Kopf und schloss wieder die Augen. Wie zuwider mir diese neue devote Haltung war. Martha spielte mit dem Stiel ihres Glases, als könne sie mir nicht in die Augen blicken. »Aus dieser Situation entwickelte sich urplötzlich eine Lawine, die uns alle mitriss«, fuhr sie trotz meines deutlich bekundeten Desinteresses fort. »Bei dem Gedanken daran wird mir immer noch übel. Ich kann es nicht erklären, und es gibt keine Entschuldigung dafür.«

Ich war nach wie vor wütend, kochte innerlich, doch ich sagte nur: »Die Kinder machten Schlimmes durch. Das saß tief.«

Sie wühlte in ihrer unhandlichen Tasche, kramte nach ihren Zigaretten, bot mir eine an, um sofort zu sagen: »Tut mir Leid, hab ich ganz vergessen … macht es dir was aus, wenn ich rauche?«

Was? Was war das? Jetzt war es an mir, ihrem Blick auszuweichen. Diese jämmerliche Selbstaufgabe, diese gespielte Selbstunterwerfung war unerträglich.

»Ich habe von Sam gehört, von seinem Bankrott. Das ist sicher entsetzlich, du musst am Boden zerstört sein.« Früher hätte sie daraufhin einen dramatischen Zusammenbruch hingelegt, sich erregt über die Gläubigertreffen, die Gerichtsvollzieher, die erzielten Einigungen, die Treuhänder und die Liquidation ausgelassen. Sie musste in den letzten Wochen Furchtbares mitgemacht haben, ganz abgesehen von der Sorge, ihr Zuhause aufgeben zu müssen … Doch sie sagte nur: »Wir stecken ganz schön in der Klemme, Jennie, es war ein ziemlicher Schock.« Und dann sah sie mir zum ersten Mal in die Augen.

Eigentlich hatte ich mir vorgenommen, es nicht zur Sprache zu bringen, doch ihre Zurückhaltung reizte mich derart, dass ich sie aufbrechen wollte, indem ich sie fragte: »Und

Sam, wie kommt er damit klar? Und hat er dir schon die Wahrheit gesagt?«

»Gibt es nicht genug Scheiße zwischen uns? Musst du jetzt auch noch davon anfangen? Können wir zwei die Vergangenheit nicht einfach begraben?«

»Ha!« Noch immer bewunderte ich die Nerven, die diese Frau hatte. Und ihre Weigerung, sich der Realität zu stellen. Es gab keine Zukunft für uns, weder für sie noch für mich, falls sie noch immer dachte, ich könne ihre Ehe mit einer derart unerhörten Lüge zerstören. Andererseits – konnte ich es ihr angesichts der Lügengeschichte ankreiden, die ich über Sam und mein Intermezzo im Bett bei unserer ersten Weihnachtsparty erzählt hatte? Was war das für ein Dämon in mir, der mich immer wieder zwang, solche Lügen zu erfinden? War er noch immer da, intrigant wie eh und je, und wartete nur auf einen günstigen Augenblick ...?

Mit der folgenden Gegenfrage hatte ich nicht gerechnet. *»War das wahr, Jennie, mit Sam und Tina?«*

Falls ich behauptete, ich hätte gelogen, würde sie mir vergeben, und ich sähe wieder diesen liebevollen Ausdruck in ihren Augen. Beharrte ich jedoch darauf, die Wahrheit gesagt zu haben, stand sie womöglich auf und marschierte zur Tür hinaus. Ich versuchte der Entscheidung aus dem Weg zu gehen. »Ist das denn noch wichtig?«

»Für mich schon.« Erst jetzt bemerkte ich, wie erschöpft und mitgenommen sie unter diesem raffinierten Make-up aussah.

»Ja, es war die Wahrheit. Er traf sich mit Tina, ich habe die beiden zusammen gesehen. Zweimal. Ganz abgesehen von der Tatsache, dass Tina es mir gegenüber selbst zugab. Aber ich habe keine Ahnung, ob es vorbei ist oder noch immer läuft. Vielleicht ließen sie es sein, nachdem ich dir davon erzählte. Sie wären ein ziemliches Risiko eingegangen, wenn sie munter weitergemacht hätten. Du musst es wissen, wäre dein Sam so bescheuert?« War die Botschaft rübergekommen, oder bestand sie weiterhin darauf, ihre Augen vor der Wirklichkeit zu verschließen? Würde sie mir eine Antwort geben oder sich einfach umdrehen und gehen? Ich hielt den Atem an und wartete.

»Nein«, sagte Martha, »ich denke nicht, dass er das täte.«

»Du betest ihn immer noch an, stimmt's? Dir ist es egal, was er treibt.«

Sie ließ sich Zeit mit ihrer Antwort. Das war gar nicht Marthas Art. »Es ist nicht mehr so wie früher, Jennie. Seit einiger Zeit schon nicht mehr. Die meisten Gemeinheiten dir gegenüber kamen von Sam. Und ich dachte, er sei so wütend, weil du ihn so verleumdet hast. Aber jetzt frage ich mich, ob es nicht Schuldgefühle waren … und blinde Wut, die ihn dazu trieben.«

»Es ist nicht schwer, das zu beantworten.«

Martha spielte mit einer marinierten Riesengarnele – wieder ganz untypisch. Früher war sie immer total gierig gewesen. »Aber das ist nicht das Schlimmste. Nicht die Klemme, von der ich gesprochen habe.« Sie hielt ihre Gabel an die Lippen und starrte mich an. Ich hatte keine Ahnung, was als Nächstes käme. *»Es ist Geld«*, gestand Martha leise. »Oder besser: das nicht vorhandene Geld. Das bringt Sam um, und es sieht aus, als würden wir am Ende, wenn alles vorüber ist, ohne Dach über dem Kopf dastehen.«

»Geld?« Naiv wie eh und je, begriff ich nicht, warum sie damit anfing.

Geld? Ist es wirklich mit das Wichtigste im Leben, wichtig im grundlegendsten Sinne? Ich finde nicht. Ich finde, es ist nur wichtig als die Lüge, die es ist. Die größte Lüge, die der Menschheit von der Zivilisation aufgetischt wurde. Ich finde, Geld ist ein gigantischer Gutschein für den ganzen Schund in der Welt und noch dazu ein gefälschter Gutschein. Es erinnert mich an einen einarmigen Banditen, der Bons ausspuckt, die man nirgends einlösen kann außer in der Kneipe, in der man spielt. Ein Machtversprechen, das zur Lähmung führt, ein Glücksversprechen, das den Weg öffnet in die unangenehme Welt der Opiumraucher, der falschen Freunde, der falschen Liebhaber, des falschen Luxus, ein magischer Talisman in einer unwirklichen Welt.

Das Glitzern von Gold. Das Rascheln der Scheine. Und es war Geld, das mir Martha in die Hände lieferte.

»Niemand ist bereit, uns zu helfen«, klagte Martha. »Wir haben es überall versucht. Bei jeder Bank – aber Sam ist bankrott und sie fassen ihn nicht mal mit spitzen Fingern an.« In Marthas Augen funkelten Tränen. »Es würde so viel für uns bedeuten in dieser Situation, wenn jemand Sam vertraute. Ganz bestimmt würde er jedes Darlehen mit Zins und Zinseszins zurückzahlen, sobald er wieder Boden unter den Füßen hat. Er ist tüchtig, du kennst ihn ja, Jennie. Er steckt voller Energie und Ideen, er arbeitet sich halb tot, es war nicht sein Fehler, dass die Firma Pleite ging ...«

»Worauf willst du hinaus, Martha?«

»Es ist so erniedrigend«, sagte sie. »Ich habe Sam erklärt, ich würde es nicht tun, aber ihn so am Boden, so verzweifelt zu sehen ist mehr, als ich ertrage ...«

»Du willst mein Geld? *Bist du deshalb hier?*« Wie konnte sie nur glauben, ich hätte Mitgefühl mit Sam, nach all den furchtbaren Jahren, die ich mit der Schüssel in der Hand gebettelt hatte, nicht um Geld, sondern um Marthas Aufmerksamkeit, jedes Fitzelchen davon. Und wer hatte mich von der Quelle verwiesen, aus der ich meine geistige Gesundheit schöpfte – Sam Frazer, ohne Skrupel. Er war an allem schuld, war schuld daran, dass mir und meinen Kindern Böses widerfahren war. Aber Martha redete bereits weiter.

»Mir ist klar, dass es dir schwer fallen muss, Sam zu vergeben für das, was er dir angetan hat. Aber vergiss nicht,

Jennie, jahrelang haben Sam und ich einiges über uns ergehen lassen müssen von deiner Seite – wofür du natürlich nichts kannst.« Sie hob die Hände, als wolle sie meinen zornigen Widerspruch abwehren – »wofür du natürlich nichts kannst – *das weiß ich.* Uns ist beiden klar, dass du nichts dafür konntest, was in deinem Kopf abging. Wir waren so geduldig, wie wir nur konnten, nicht nur ich, auch Sam, vor allem als Stella starb. Wir taten, was in unseren Kräften stand, um dir zu helfen, Jennie. Wir ertrugen eine Unmenge Scheiße von dir im Lauf der Jahre …«

»Ihr wart sehr nett«, sagte ich.

»Ich konnte deine Liebe nicht erwidern, Jennie. Und das war es, was du dir wirklich gewünscht hast. Ich hatte andere Verpflichtungen, die Kinder, Sam, meine Arbeit, und ich hatte nicht die Energie oder den Willen, dir all das zu geben, was du wolltest. Ich habe dir so oft vergeben.«

»Niemand kann mich so lieben, wie ich mir das wünsche«, sagte ich, und in meiner Stimme schwang plötzlich tiefe Trauer mit. »Ich suche mir stets die Leute aus, die nicht dazu in der Lage sind. Wer, bitte, würde schon seine Nachbarin lieben, eine Frau noch dazu?«

Martha lächelte bitter. »Du verdankst mir etwas Einzigartiges und Wichtiges. Du verdankst mir den Schmerz, den du für deine Kunstwerke brauchtest.«

Offensichtlich hatte sie den Artikel gelesen, wo ich mich darüber ausgelassen hatte, der Schmerz sei mein Antrieb. Sie hatte sofort gewusst und verstanden, worauf ich mich bezog.

»Das verdanke ich tatsächlich dir«, musste ich zugeben. »Aber vielleicht wäre ich ohne meine Arbeit glücklicher gewesen. Vielleicht hätte es mich ja glücklicher gemacht, ein normales Leben zu führen, als Hausfrau, bei meinen Kindern zu bleiben.«

»Ein normales Leben als Hausfrau bei den Kindern war

der Grund für diese Leidenschaft, die nicht wusste, wohin.« Sie schien verärgert, dass ich es noch immer nicht gerafft hatte. »Etwas mehr Beschäftigung, und du wärst nicht auf diesen Trip gekommen. Du darfst nicht mir die Schuld geben für deine Hemmungen oder für die Schmerzen, noch dafür, dass sie sich freie Bahn brachen.«

»Es war die verhängnisvolle Kombination. Eine andere Nachbarin, egal wer, und ich hätte ein erfülltes Leben geführt, hätte es genossen, eine gute Ehefrau und Mutter zu sein, und wär mit meinem Los zufrieden gewesen. Aber dann kamst du daher, und der Wahnsinn begann, du warst alles, was ich immer sein wollte, ich beneidete dich, ich bewunderte dich, ich brauchte dich …«

»Das ist jetzt nicht mehr so«, unterbrach mich Martha bestimmt. »Du bist selbstsicher, gelassen, optimistisch …«

»Aber Martha, das habe ich allein dir zu verdanken.«

»Nein, nein.« Sie sank in ihrem Stuhl zusammen, und es sah aus, als habe ich ihr mit meinen unablässig aufgestellten Behauptungen den letzten Nerv geraubt, als habe ich sie ausgesaugt, wie die jungen Spinnen sich von Eingeweiden ihrer Mutter nähren.

»Wir haben uns oft königlich amüsiert, nicht wahr? Das gab es auch.« Ich konnte an ihren Augen ablesen, dass sie in letzter Zeit nicht oft Anlass zum Lachen gehabt hatte. »Wie läuft's auf der Arbeit?« Ich war zu weit gegangen, ich musste dieses Treffen etwas auflockern.

»Langweilig«, sagte sie. »Lausig bezahlt. Unsere Schulden sind unglaublich, und es werden jeden Tag mehr.« Die Flammen warfen ihren Lichtschein über das Messingh und das Glas und die Tischsets aus Pferdehaar. Martha klang wie ich, nicht wie sie selbst, negative Schwingungen, absolut hoffnungslos. Ich hatte mich zu lange von ihr fern gehalten, jetzt brauchte sie selbst eine Nahrungsquelle. Zum ersten Mal brauchte Martha mich.

»Du bittest mich um Geld.«

»Ich weiß nicht, Jennie. Eigentlich wollte ich es, deshalb bin ich heute gekommen. Aber ich sehe jetzt ein, dass es nicht geht. Übrigens war es Sams Idee, nicht meine. Er säuft im Augenblick ganz schön.« Ihr Gesicht wurde hart, das war diese stille Wut, die ich aus der Vergangenheit kannte, wo sie sich meist gegen mich gerichtet hatte. Vor allem damals, als ich das Gerücht streute, sie habe ihren Alkoholkonsum nicht unter Kontrolle. Müde fuhr sie fort: »Sam überzeugte mich davon, du würdest uns nach der gemeinen Lüge über ihn und Tina etwas schulden.«

Sie tat mir Leid, wirklich Leid, und diese neue Erfahrung war mir zuwider. Das da vor mir war Martha, die niedergeschlagen war und sich selbst erniedrigte, Martha, die so lange für mich der ruhende Pol in den Wirren meines Wahnsinns gewesen war.

»Jennie, du solltest es mit der Religion versuchen«, erklärte sie schließlich, als lese sie meine Gedanken, als seien meine Gefühle durchsichtig. Und sie schenkte sich nach. »Sehen wir der Tatsache ins Gesicht, du brauchst einen Gott, nicht eine mickrige Beziehung zu einem Menschen. Jesus würde dich nicht verletzen. Jesus würde nicht einfach weggehen und dich sitzen lassen.«

»Jesus war schwach. Jesus wurde ans Kreuz geschlagen.«

»Aber Gott nicht. Gott ist ein Mistkerl. Er selbst hat dieses Kruzifix aufgestellt.«

»Und jetzt versuchst du, ihn mir anzudrehen?«

Keine von uns lächelte. »Verehre jemanden aus der Ferne, dann kommen dir die Schwächen nicht in die Quere. Irgendeinen Prominenten, einen Fußballer oder einen Popstar. Ach ja, ich würde sie dir andrehen, wenn das bedeuten würde, diese traumatischen Geschichten zwischen uns nähmen ein Ende.«

Ihr Leben war nicht gerade ein Erfolg, wenn man an Sams

Betrügereien und diesen Bankrott mit den entsetzlichen Folgen dachte. Ihr Liebesleben war nicht so beneidenswert, warum war ihres dann mehr wert als meines? Einfach weil es nicht so exotisch war.

»Aber du musst dich mit diesem Schmerz herumschlagen. Du richtest deine Bedürfnisse auf dieses Ziel aus.« So wie sie Schmerz sagte, hörte es sich an wie ein Pfeil, dessen Spitze in tödliches Gift getaucht war. »Und um kreative Energie freizusetzen, muss das Schmerzniveau sogar noch höher steigen. Deine Leidenschaft, Jennie, wirkt sich verheerend auf andere aus.«

Die eine Minute hatte sie es auf mein Geld abgesehen, die nächste war sie auf einen Angriff aus. »Ich habe es mir nicht ausgesucht, so zu sein«, musste ich zugeben.

»Auf einer tieferen Ebene schon«, entgegnete Martha erregt. »Du bist so scharf darauf wie Junkies auf ihren nächsten Kick. Deine Droge ist unerwiderte Liebe, und das ist krank, das ist mörderisch, es ist so übel wie Heroin.«

»Was willst du?«, fragte ich sie, »*wie viel?*« Wir konnten es ebenso auf das Wesentliche beschränken. Warum sollte ich nicht eingestehen, dass ihre Gründe, mich wiederzusehen, ebenso wenig persönlicher Natur waren wie das Aufsuchen eines Schlitzes in der Wand, an dem man sich Bares abholte.

»Es klingt vielleicht nach einer ganzen Menge …«, begann sie und spielte wieder mit ihrem Glas.

»*Wie viel?*« Mit jeder weiteren Frage demütigte ich sie. Mit jeder Frage wurde die Rollenumkehr perfekter.

»Zweihundertfünfzigtausend Pfund. Einzuzahlen auf ein auf Guernsey geführtes Konto unter einem Namen, der noch nicht feststeht. Keine Bange, ich werde Sam nicht ranlassen. Ein getrenntes Konto, das von mir geführt wird, um meine persönlichen Ausgaben zu decken … als Erstes ein Dach über dem Kopf, Essen für die Kinder, einen Gebrauchtwagen abzahlen, in einem Zeitraum von fünfundzwanzig Jahren zu einer noch festzusetzenden Zinsrate …?«

Herr im Himmel. Doch meine letzte Arbeit, bei der Hogg ganz aus dem Häuschen war, würde nach Amerika gehen, zu einem Preis, der nicht weit darunter lag. Ich wusste, Graham wäre es egal. Was ich mit meinem Geld machte, war meine Angelegenheit. Und er hätte Verständnis, wenn Martha involviert war. Wir hatten unser Haus, für das wir keine Hypothek gebraucht hatten. Und wir hatten genug angelegt, um bequem davon leben zu können. Unsere Renten und Versicherungen waren gesichert und keineswegs schmal bemessen. Selbst wenn meine Blockade zurückkehren sollte, selbst wenn ich heute zu arbeiten aufhörte, würde es Graham und mir an nichts fehlen … er wollte seinen Job ohnehin nicht aufgeben … und verdankten wir das alles nicht Martha?

War ich ihr das nicht schuldig?

Wer hat das letzte Wort? Das ist schließlich meine Geschichte. Sollte ich da nicht das letzte Wort haben?

36

MARTHA

Wer hat das letzte Wort? Das ist schließlich meine Geschichte. Sollte ich da nicht das letzte Wort haben?

Hier saß ich also in Piglet's Patch, dem Haus, das Sam und ich ursprünglich gewollt hatten. Doch als der Kauf nicht zustande kam, entschieden wir uns für die Mulberry Close. Und hier spielte ich die persönliche Assistentin für die berühmte Bildhauerin Jennie Gordon – mein Gehalt war nicht üppig, aber die Miete wurde bezahlt, sowie die Grundsteuer und das Wasser, und ich bekam einen neuen Vauxhall Corsa gestellt.

Das war der Wendepunkt in meinem Leben, als ich aufhörte, den Teufelskreis durchbrechen zu wollen. Der Strudel war einfach stärker. Wie hieß es noch in dem Kinderlied – »Here we go round the Mulberry Bush …«

Als ich nach dem Lunch mit Jennie nach Hause kam, stellte ich fest, dass Sam während meiner Abwesenheit seine Koffer gepackt und mich mitsamt seinem iMac und seinen CDs verlassen hatte. In einem Brief schrieb er, er hielte es nicht mehr aus, mit einer Lesbe unter demselben Dach zu leben, und weitere gemeine Unterstellungen.

Ich vermute, er war sich im Klaren darüber, dass die Wahrheit ans Licht käme.

Das kam so plötzlich, war so einschneidend, so unerwartet wie damals, als seine Firma Pleite ging. Wieder musste ich den Kopf in den Sand gesteckt haben, denn ich hatte nichts gemerkt. Und Carl Gallagher, der wegen dieser Geschichte ganz aus dem Häuschen war, erzählte, Sam und Tina hätten eine Wohnung in Glasgow. Sie hatten die Sache seit Monaten vorbereitet. Doch warum ausgerechnet Glasgow?

»Aber Tina kommt aus Essex ...«

»Ja«, sagte Carl, »aber darauf konnten sie jetzt keine Rücksicht nehmen. Sie hat ihr eigenes Einkommen, sie arbeitet zu Hause, wo Tina wohnt, hat nie eine Rolle gespielt. Und in Glasgow sind die Wohnungen sicher billig.«

Carl hatte diesen zufriedenen, dämlichen Gesichtsausdruck, ein Kater, der an den Rahmtopf gekommen war. Es war offensichtlich, warum. Tinas Befürchtungen waren alle gerechtfertigt, er hatte seit Jahren eine andere Frau gebumst, die sich ebenfalls nicht lange bitten ließ, bei ihm einzuziehen.

Aber ich, ich war arm dran. Was sollte ich jetzt tun? Wie bequem, einfach abzuhauen und seinen Müll vor der Haustür abzuladen – zusammen mit den Schlüsseln und einem Stapel Rechnungen.

»Wo ist Daddy?«

»Daddy wohnt jetzt in Schottland, Scarlet.«

»Für immer?«

»Schatz, das weiß ich noch nicht.«

»Er hat dich verlassen, stimmt's?«

»Ja.«

»Aber uns hat er nicht verlassen«, erklärte sie mir mit Triumph in der Stimme. »Wir haben in der Schule über Scheidung gesprochen. Daddys, die ausziehen, lieben ihre Kinder trotzdem und wollen den Kontakt zu ihnen halten. Sie können nur die Mummys nicht mehr ausstehen.«

»Schön, dass du das verstehst, Scarlet. Und könntest du das bitte auch Lawrence erklären.«

Als ich mit Lawrence darüber zu reden versuchte, war er zu sehr in Tomb Raider Vier vertieft und stöhnte: »Warte, in einer Minute bin ich so weit.«

»Es ist wegen Daddy, Lawrence«, sagte ich in demselben vor Bedeutung triefenden Ton, in dem ich mit ihnen über die Tatsachen des Lebens und warum Läuse saubere Haare vorziehen gesprochen hatte.

»O Gott«, entgegnete er, »darüber weiß ich schon alles. Ich hab's fast geschafft, Mum, ich bin im fünften Level.«

Und so ging ich, entgegen all der klugen Ratschläge.

Die Besitzer von Piglet's Patch waren nach Peru gegangen, um dort einen Damm zu bauen, und hatten das Cottage einer Agentur überlassen mit dem Auftrag, es für drei Jahre zu vermieten. Jennie grub diese wunderbare Information aus, nachdem ich sie anrief, um das Darlehen festzuzurren, und sagte, ich würde wegziehen aus der Mulberry Close und etwas zu mieten suchen. »Es hat keinen Zweck«, erklärte ich ihr. »Sie wollen mich weghaben. Dagegen komme ich nicht an. Ich kann hier nicht mehr bleiben. Ich gebe die Schlüssel ab und verschwinde.«

»Warte mal«, sagte sie. »Unternimm vorerst gar nichts. Ich ruf erst mal Hogg an, er hat eine Liste von Häusern und Wohnungen für Kunden, die nach Großbritannien kommen, um Kurse zu belegen oder ihr Sabbatjahr hier zu verbringen. Lass mich das erst abchecken, ich rufe dich zurück.«

Sie tat mehr als das. Sie war unglaublich, organisierte alles, zahlte die Kaution, den Umzug, den ganzen Krempel und erklärte, ich könne dort wohnen, ohne Miete zu zahlen, falls ich für sie arbeite, mit einer besseren Bezahlung als eine »kleine Journalistin«. Erpressung, anders konnte man es nicht nennen. Aber was konnte ich dagegen einwenden?

Unter anderen Umständen hätte ich sie ausgelacht, hätte ich mich über diese manipulative Ader lustig gemacht, die noch genauso stark ausgeprägt wie früher war. Wieder benutzte sie mich wie ein Wegwerffeuerzeug in einem dieser manipulativen Spielchen, die sie mit dem wirklichen Leben trieb.

Jeden möglichen Widerspruch zerstreute sie im Vorfeld. »Denk nur an den Spaß, wie in unseren besten Zeiten. Ich brauche eine persönliche Assistentin, du brauchst ein Zuhause und einen Ort, um wieder auf die Beine zu kommen. Das ist ein geschäftliches Arrangement, vertraglich geregelt, legal. Ohne Haken. Außerdem, Martha, brauchst du mich jetzt, da Sam abgehauen ist.«

Sie hätte es auch etwas sanfter formulieren können. Das Angebot war verführerisch, keine Frage, es brauchte nicht viel Zureden. Und nach all dem, was Sam ihr unterstützt durch meine Schwäche angetan hatte, erwies sie sich als eine Freundin, die verzeihen konnte. Ich war noch immer voller Selbstekel wegen dieser Dinge, die ich hatte geschehen lassen. Jennie hatte nie die Absicht, gemein zu sein, mich zu verletzen.

Die Gerichtsvollzieher kamen am nächsten Tag. Ich hatte Sam im Verdacht, davon gewusst und sich gerade rechtzeitig aus dem Staub gemacht zu haben. Sie riefen an, als ich auf der Arbeit war, aber Hilary Wainwright sagte ihnen, wann ich zurückkäme, und die Bande kam eine Stunde früher, um mich ja nicht zu verpassen. Scarlet und Lawrence erschreckten sich zu Tode.

Mir wäre dieses brutale Eindringen egal gewesen, wäre ich darauf aus gewesen, zu kämpfen, mich mit Zähnen und Klauen zu wehren. Doch ich hatte mich bereits damit abgefunden, dass nichts mehr mir gehörte. Sie gingen rücksichtslos vor, und sie machten mir Angst, dabei war ich unschuldig. Wie kann eine zivilisierte Gesellschaft es zulassen, dass diese Brutalos ungehindert ihren Geschäften nachgehen? Diese Mistkerle versuchten, sich Lawrence' Computer unter den Nagel zu reißen. Sie nahmen den Wasserkessel mit.

Sogar die Katzen sahen sie sich an, allesamt zahnlos und Gott sei Dank ohne Wert. Ich brüllte sie an, und ich verfluchte Sam, uns in diesem Schlamassel einfach sitzen gelassen zu haben. Ich verabscheute ihn für alles, was er uns angetan hatte.

Und daher war die Vorstellung, in Piglet's Patch neu anzufangen, doppelt verlockend, so zu leben, wie ich es mir ursprünglich erträumt hatte – Holunderblüten und Glockenblumen für die Kinder. Eine Zuflucht vor der Hölle. Und dennoch war mir klar, dass Jennie mich benutzte – sie machte kein Hehl daraus. Ich begab mich also nicht mit geschlossenen Augen in diese Situation.

Witzig, vor dieser Sache hätte ich mich selbst als stark bezeichnet. Ich dankte Gott, dass Jennie kein Geld gehabt hatte, als ihre Leidenschaft am stärksten war.

Hier saß ich also im gemachten Nest, ausgestattet mit Computer und Faxgerät. *Here we go round the Mulberry Bush* – ein Maulbeerbaum war zwar hier nicht in Sichtweite, doch Jenny lief noch immer im Kreis, als fände sie diese alte Tretmühle unwiderstehlich. Das Cottage, das, je nach Terminplan der Kinder, voller lärmender Freunde von ihnen war oder in Schweigen versank, machte mich stets glücklich. Es war ein bezaubernder Ort mit seinem tief gezogenen Reetdach, dem Steinboden, den kleinen Fenstern und dem gemauerten Backofen.

»Was treibst du eigentlich so den ganzen Tag, Martha?«, fragte Peter Taylor, mein alter Redakteur, der mich anrief, um sich zu erkundigen, ob ich Zeit für ein Feature hatte.

»Ach, ich fahre hinüber zu Jennie, wenn sie mich braucht. Mache Reservierungen, schreibe Briefe, kümmere mich um die Buchführung und ihre Terminplanung, schicke E-Mails an ihre Kunden in der ganzen Welt, und wenn sie reist, begleite ich sie. Graham kümmert sich dann um die Kinder!«

Mein Terminkalender ließ mir genug Zeit, um zu lesen, den Bachlauf von dem Unkraut zu befreien und wieder mit dem Malen anzufangen. Die finanziellen Sorgen war ich los. Ich sehnte mich nicht mehr nach Arbeit wie früher. Inzwischen genoss ich es mehr, allein zu sein. Und wenn Jennie mich nicht in ihr Haus rief, kam sie unweigerlich auf einen Kaffee bei mir vorbei. Hier war es nicht so wichtig, mit anderen Menschen zusammenzukommen, wie in der Mulberry Close. Die Natur spielte eine größere Rolle, die Farben draußen explodierten, es war ein Leben und Sterben, unmöglich, sich zu langweilen. Und die Katzen waren im siebten Himmel.

»Solange du glücklich bist«, meinte Peter überrascht, »aber hier gibt es immer Arbeit für dich, falls du deine Meinung ändern solltest.« Wahrscheinlich sah er mich als Jennies Mädchen für alles, das sich mit der zweiten Reihe zufrieden gab und jeden Ehrgeiz verloren hatte, dachte, ich identifiziere mich mit meinem Gemüse, das ich im Garten pflanzte. Sam fehlte mir, nachts weinte ich, wenn ich den leeren Platz im Bett sah. Ich führte im Kopf lange Gespräche mit ihm, versuchte, alles wieder gutzumachen. Ich verzieh ihm. Wenn er jemand anders gefunden hatte, konnte das nur meine Schuld sein. Für mich war Tina der Feind, nicht er. Wir hatten nur noch brieflichen Kontakt, und das nicht häufig. Immer ging es um Geld. Ich hatte Jennies Darlehen nicht angegriffen, es lag auf dem Konto für den Fall, dass ich es brauchte. Doch es war nicht für ihn da.

Gelegentlich, wenn ich im Bett lag und nicht schlafen konnte, wenn es draußen still war bis auf das Geheul der Käuzchen im Wald, wenn der Wind in den Bäumen mich zu verspotten schien, wenn ich erschöpft und niedergeschlagen war, fragte ich mich, ob ich meine Seele verkauft hatte, ob das sein konnte. Saugte mich Jennie aus in ihrer Zielstrebigkeit, ihrer Besessenheit und ihrer Entschlossenheit, mich für sich zu behalten, raubte sie mir das wenige Leben, das mir geblieben war?

Gehörte ich nun ausschließlich ihr?

Wer war der Parasit, sie oder ich? Hatte ich jahrelang unbewusst von ihrer kranken Verehrung gezehrt und war nun zu schwach, um Widerstand zu leisten?

Die Zeit verging, und Veränderungen traten zutage.

Ich begann merkwürdige Albträume zu haben. Diese albtraumhaften Gefühle wirkten selbst noch nach, wenn ich wach war. Ein Gefühl der Unwirklichkeit ließ mich den ganzen Tag nicht mehr los.

Unter dem alten Apfelbaum neben dem Tor blühten wieder die Krokusse. Die Drosseln flogen eifrig hin und her auf der Suche nach Zweigen für ihr Nest. Überall neues Leben, aber für mich? Für sie? Manchmal war ich so viel allein zu Hause, dass ich glaubte, den Verstand zu verlieren. Das bedeutungslose Geschwätz in meinem Kopf hörte sich an wie der Wind, wenn er in den Kamin hineinfegte. Das unschuldige Schattenspiel auf dem Gras ermüdete mich wie meine eigenen Gedanken, das Prasseln des Regens auf die Fensterscheiben verwandelte sich in höhnisches Gelächter. Die Einsamkeit wurde unerträglich, und ich wartete darauf, dass Jennie kam.

Jennie kam und vergoss Tränen auf meinem Schoß, Tränen hoffnungsloser Sehnsucht.

»Ich liebe dich«, beharrte sie, »wie ich dich liebe.«

Sie war so selbstsüchtig, so unbarmherzig, aber ich wehrte mich nicht mehr. Ich hielt sie fest und tröstete sie. Die groteske Parodie einer mütterlichen Umarmung. Nur war die Mutter eine leere Hülle.

37

Der Unterschied lag darin – dass wir gleich zu sein schienen. Diese Beziehung von Unterlegener und Überlegener hatte sich aufgelöst, galt nicht mehr. Wie sollte das gut gehen?

Sie kam in mein Haus, und ich ließ sie nicht aus den Augen.

»Was machst du?«, fragte sie an diesem letzten Tag.

Sie sah wunderschön aus in diesem bunten Sommerkleid und dem Strohhut, der an einem Band auf ihrem Rücken hing. So gelassen und in sich ruhend.

Es war ein ganz normaler Schultag. In einer Woche sollten wir nach New York zu einem Treffen mit Demetrius Hogg fliegen, ich hatte bereits angefangen zu packen und freute mich auf die Abwechslung. Das konnte witzig werden, so wie früher. Wir hatten beide eingekauft für die Reise. Ich rieb mir die Schläfen, als ich in die Sonne blickte. Kündigte sich eine Migräne an? Die Farbe des Himmels schien eigenartig. »Hab gerade die Zeitung gelesen«, erzählte ich ihr. »Setz dich zu mir.«

»Bleib ruhig sitzen. Ich mach den Kaffee.«

Ich ließ sie nicht aus den Augen.

Ein kalter Wind kam auf, der überhaupt nicht zu dem warmen Vormittag passte. Dieses verächtliche Lachen – war ich das gewesen?

Als sie ging, folgte ich mit meinen Blicken ihrem Schatten, als sie sich bückte, um sich nicht an den Ästen des Apfelbaumes zu stoßen. Sie weitete sich aus und zog sich zusammen, wurde breiter und wieder schmaler wie eine Figur aus Alice im Wunderland. Sie rotierte albtraumgleich in mir. Tauchte aus einem fahlen Nebel auf und nahm eine verzerrte, deformierte Gestalt an. Einen Augenblick lang war alles wunderbar, im nächsten, mein Puls ging schneller, spürte ich etwas Böses, das mich zu erwürgen drohte. Und ich hatte das atemberaubende Gefühl, kurz vor einer Entdeckung zu stehen. Ich hatte meine Seele den Mächten der Dunkelheit übergeben. Nun begann ich gegen die anschwellende Panik in meiner Brust anzukämpfen. Ich kämpfte darum, zur Normalität zurückzukehren, doch dieser Terror ging einher mit einer Einzigartigkeit, die mein ganzes Bewusstsein ausfüllte. War das ein Herzanfall? Ein Schlaganfall – in meinem Alter? Wäre ich, wenn ich wieder aufwachte, gelähmt, für immer von anderen abhängig? Lieber Gott. Ich versuchte mich zu räuspern, um dieses tröstliche Geräusch zu hören. Diese Gefühle waren schlecht, ich konnte sie riechen, der Geruch von verwesendem Fleisch.

Das Gelächter, das aus meinem Inneren hervorbrach, während ich auf ihre Rückkehr wartete, war eher die Folge eines Krampfanfalls. Nach so vielen Jahren trafen Ausgelassenheit und Seelenschmerz aufeinander, und dieses Geräusch war das Ergebnis. Ein vulkanartiger Ausbruch von Wut verursachte dieses Beben. Eine solche Heftigkeit in einem so zerbrechlichen Behältnis.

Ich ließ sie nicht aus den Augen.

Sie kam zurück, setzte sich auf den Korbstuhl und stellte das Tablett vorsichtig auf dem kleinen Tisch ab. Sie brachte das Telefon mit heraus, hatte wichtige Anrufe zu erledigen.

In diesem Augenblick kam der Schmerz zurück, die Klinge drehte sich nach oben in meine Eingeweide. Galle stieß mir auf. Sie sah zu mir herüber und fragte: »Frierst du?«

Blöde Frage – nichts als die Geste des Besitzers. Wenn mich fror, musste sie auch frieren. Wir waren verbunden wie siamesische Zwillinge, nicht am Bauch, der Brust oder dem Rücken, nein, wir waren an unserer Seele zusammengewachsen. Man hätte uns abtreiben sollen – das wäre der schonendste Weg gewesen. Föten für den Verbrennungsofen. Kein menschliches Wesen konnte so überleben, in einem außer Rand und Band geratenen Blindekuhspiel, in dem man sich ständig an den Ecken und Kanten des Lebens stößt, gegen riesige Hindernisse taumelt und ohne jede eigene Identität zurechtkommen muss. Wir raubten einander den Lebenssaft. Was ich brauchte, war ein Skalpell, scharfes, glänzendes Metall. Ein Schnitt, ein tiefer und blutiger Spalt, um die Trennung zu vollziehen.

Ich ließ sie nicht aus den Augen.

»Brauchst du eine Decke?«

Diese dumme Frage war es wohl, die die Detonation auslöste, deren gewaltiger Sog mich leer zurückließ. Das Licht aus meinen Augen und meinem Gehirn war gewichen. Alles verschwand in einem riesigen und unerträglichen Vakuum des Zorns.

»Ich hole eine.«

»In der Diele liegt eine Decke.«

»Ich weiß.«

Ich ging.

Der Messerblock stand in der Küche, und an der Seite des Butcherblocks hing ein kleines Beil, das zum Abtrennen des Fetts gedacht war. Ich benutzte es auch, um Kokosnüsse zu spalten, und mit dem stumpfen Ende knackte ich Nüsse. Ein äußerst nützliches Werkzeug. Ich schliff die Klingen regelmäßig.

Spontan griff ich danach und starrte es eine Weile an – so wie man diese 3-D-Bilder anstarrt, um das darin versteckte Muster zu entdecken. Der Glanz des Metalls brach in meinem Kopf auf und verwandelte sich in eine Million Sterne. Als ich die Klinge berührte, blutete mein Finger, doch die Wunde war unbedeutend, nicht schlimmer als der Schnitt mit einem Blatt Papier.

Ich war wieder ein Kind, in der Küche meiner Mutter, und putzte, schwarze Flecken auf den Fingern, das Tafelsilber. Ich war ausgelaugt, war es so satt – das Objekt der Begierde zu sein. Die abgrundtief Geliebte zu sein war sicher nicht minder anstrengend, als die zwanghaft Begehrende zu sein – wir hatten beide so lange so sehr gelitten.

Mein Plan stand fest. Ich nahm eine karierte Decke aus der Deckentruhe in der Diele. Darunter verborgen umklammerte ich den Griff des Beils. Eine so hübsche Waffe, manchmal wurde sie sogar benutzt, um Holzspäne zu spalten. Sie war leicht, lag gut in der Hand, als wäre sie genau für eine Frauenhand geschaffen und ausbalanciert. Ein Mann hätte über diese Miniaturaxt als Mordwaffe wohl nur die Nase gerümpft.

Wir waren am Kopf verbunden, also musste ich auf den Kopf zielen, so sorgfältig, wie ein Chirurg seine Schnittlinie wählte.

Sie sah nicht auf, als ich das Beil niedersausen ließ, genau auf die Linie, die die rechte Gehirnhälfte von der linken zu trennen schien. Ich hieb mit meiner ganzen Kraft zu, das Beil blieb in ihrem Schädel stecken, aber sie fiel nach vorne. Taumelnd richtete sie sich auf und wandte sich um zu mir, starrte mir mit leeren Blicken in die Augen, bevor sie mir in die Arme sank, um ihr Recht kämpfend, mich zu verschlingen.

Ein Kampf begann. Ich versuchte verzweifelt, das Beil herauszuziehen, da ich annahm, ein zweiter Hieb wäre notwendig. Doch jedes Mal, wenn ich daran zog, mit aller Kraft zog, hob sich ihr ganzer Körper, bis sie schließlich vom Stuhl glitt. Falls sie etwas von der Gefahr mitbekommen hatte, konnte es nur für den Bruchteil einer Sekunde gewesen sein. Da war Blut. Ihr Kopf war gespalten, graue Gehirnmasse, an deren Seite Haare klebten, war zu sehen. Was hatte ich zu sehen erwartet? Rosa Herzen in einem lila Band? Ich blieb mit ihr im Garten, bis es Abend wurde und ihr Gesicht nicht mehr rot, sondern schwarz von Fliegen war.

Die Trennung war erfolgreich. Ich sank, unfähig, mich zu bewegen, auf den Boden. Als sie endlich die Augen schloss, wusste ich, für sie war die Liebe immer wirklich gewesen, denn als sie starb, war da eine Wärme, wie Tränen auf zerrissenem Papier, wie die letzten Schneeflocken auf dem Gras. Es war vorbei, *lieber Gott, endlich war es vorbei.*

Man überließ uns uns selbst, die eine tot in ihrem Grab, die andere lebendig im Gefängnis, um die Strafe für uns beide abzusitzen.

Vorsätzlicher Mord. Vor Gericht klang das kaltblütig, unvermeidlich.

Wer war das Opfer, wer der Mörder, diese Frage kann ich noch immer nicht aufrichtig beantworten.

Das Gefängnis scheint mir zu bekommen, ich war so viele Jahre eingesperrt – *ihre Gefangene* –, der geregelte Tagesablauf entspricht meinen Bedürfnissen.

Den Kindern geht es gut, sie wachsen schnell heran. Graham kümmert sich um sie, der stets zuverlässige Graham, dem es leicht fällt, zu verzeihen, weil er von Grund auf anständig ist – und klug. Sam besucht sie, wenn er kann, und schickt ihnen übertriebene Geschenke, wenn er nicht kommen kann. Mit mir haben sie nur wenig Kontakt. Sie schicken mir stets eine Karte zum Geburtstag oder zu Weihnachten, aber die Besuche im Gefängnis waren nicht gerade erbaulich, und wir beschlossen, sie allmählich auslaufen zu lassen, außer die Kinder würden ihre Einstellung ändern. Wenn ich entlassen werde, werden sie längst verheiratet sein und bestimmt eigene Kinder haben. Ich habe ein Foto an meiner Zellenwand hinter dem Bett mit allen vieren. Sie lachen und halten sich an den Händen in dem hohen Gras, als wir Urlaub machten in Betws-y-Coed. Und dabei denke ich: Welch ein unschuldiger Spaß hätte das sein können.

Anmerkung der Autorin

Diese Geschichte beruht auf überarbeiteten Auszügen aus dem Tagebuch des Opfers, wozu die nächsten Verwandten ihre Zustimmung gaben, und auf Aussagen der Angeklagten, die diese vor der Verhandlung bei den ermittelnden Beamten und dem Polizeipsychiater machte.

Die Autorin möchte allen danken, die durch ihre persönliche Meinung oder ihr Fachwissen zur Entstehung dieses Buchs beigetragen haben.